SUPERBESTSELLER
565

Della stessa autrice

INCONTRI
LA TENUTA
RITRATTO DI FAMIGLIA
SVOLTE
MENZOGNE
PALOMINO
PROMESSA D'AMORE
GIRAMONDO
ORA E PER SEMPRE
L'ANELLO
FINE DELL'ESTATE
STAGIONE DI PASSIONE
UNA VOLTA NELLA VITA
UN AMORE COSÌ RARO
AMARSI
AMARE ANCORA
DUE MONDI DUE AMORI
UNA PERFETTA SCONOSCIUTA
COSE BELLE
IL CERCHIO DELLA VITA
IL CALEIDOSCOPIO
ZOYA
DADDY-BABBO
MESSAGGIO DAL VIETNAM
BATTE IL CUORE
GIOIELLI

DANIELLE STEEL

NESSUN AMORE PIÙ GRANDE

SPERLING PAPERBACK

Traduzione di Grazia Maria Griffini
No Greater Love
Copyright © 1991 by Danielle Steel
All rights reserved including the rights
of reproduction in whole or in part in any form
© 1992 Sperling & Kupfer Editori S.p.A.
I edizione Sperling Paperback s.r.l. gennaio 1997

ISBN 88-7824-714-6
86-I-97

II EDIZIONE

*A Beatrix
ragazza dolce, speciale
mi colmi di gioia,
amore e ammirazione.
Ragazza coraggiosa,
possa la tua vita
essere sempre serena
e scivolare su mari tranquilli
con gente cortese
brezze gentili, giorni assolati
e se mai una tempesta
dovesse abbattersi
un giorno
ricorda quanto ti amiamo.*

*E a John,
per il quale non ci fu mai,
non ci sarà mai,
né potrebbe esserci
un amore più grande
di quello che io gli porto.
Nessun amore più grande
e tutto il mio cuore
e la mia vita
per sempre.*

d.s.

1

10 aprile 1912

L'UNICO suono nella sala da pranzo era il tic tac del grosso orologio sulla mensola del camino; e, di tanto in tanto, il fruscio di un tovagliolo di lino. C'erano undici persone nella grande sala, e faceva così freddo che Edwina non riusciva quasi a muovere le dita. Abbassò gli occhi e colse lo scintillio dell'anello di fidanzamento nel sole del primo mattino; allora sorrise e rialzò la testa per guardare di sottecchi i genitori, seduti di fronte a lei. Nonostante il padre tenesse gli occhi abbassati sul piatto, non le sfuggì il suo sorriso malizioso ed ebbe la certezza che sotto il tavolo stesse stringendo la mano alla mamma. Lasciati a se stessi, non facevano che ridere e sussurrarsi paroline dolci. Anche gli amici dicevano spesso che non c'era da meravigliarsi se avevano sei figli! A quarantun anni, Kate Winfield aveva ancora l'aspetto di una ragazza, con quella figura slanciata e la vita sottile. Vista da dietro, era facile scambiarla con la figlia maggiore, Edwina, la quale era altrettanto alta e aveva lucenti capelli scuri e grandi occhi azzurri. Erano molto legate; come del resto tutta la famiglia. Una famiglia, quella dei Winfield, molto affiatata, in cui regnava sempre l'allegria e scherzi e burle erano all'ordine del giorno.

E in quel momento Edwina non riusciva davvero a rimanere impassibile davanti a suo fratello George che sbuffava di continuo, trasformando il fiato in nuvole di vapore, in quella sala gelida che allo zio Rupert, lord Hickham, piaceva mantenere a una temperatura a dir poco polare. I ragazzi Winfield erano invece abituati alle comodità della loro casa americana, nel clima più caldo della California. Erano arrivati già da un mese, dalla lontana San Francisco, per un soggiorno in casa degli zii e per l'annuncio del fidanzamento di Edwina, che rinnovava i loro legami con l'Inghilterra. La sorella di Kate, Elizabeth, aveva infatti sposato lord Rupert ventiquattro anni prima ed era partita per l'Inghilterra per diventare la seconda viscontessa, nonché la padrona, di Havermoor Manor. Aveva ventun anni quando le era stato presentato il molto più anziano lord Hickham, venuto in California con alcuni amici, e lo aveva sposato dopo un breve corteggiamento. Adesso che erano passati più di vent'anni, i suoi nipoti non riuscivano ancora a capire che cosa l'avesse affascinata in lui. Lord Hickham era infatti un tipo burbero, piuttosto scostante e poco ospitale. Sembrava che non fosse nemmeno capace di ridere. Ed era chiaro a tutti che doveva avere trovato estremamente sgradevole vedersi circondato di ragazzi e bambini proprio lì, in casa sua. Non che li *avesse in antipatia* — si affannava a spiegare zia Liz — semplicemente non *era abituato* a vederseli attorno, non avendo mai avuto figli.

E questo spiegava anche il motivo per cui lo zio Rupert aveva mostrato di non gradire affatto lo scherzo di George, che una volta gli aveva messo un po' di girini nella birra. In effetti Rupert aveva ormai cessato di desiderare un figlio. Avrebbe voluto un erede per Havermoor Manor e le sue altre grandi proprietà terriere, ma a un certo momento si era rassegnato: evidentemente ciò non rientrava nei grandiosi piani divini. La sua prima moglie, dopo aver abortito diverse volte, era morta di parto circa diciassette anni prima che lui sposasse Liz, alla quale aveva sempre rimproverato il fatto che nemmeno quel secondo matrimonio fosse stato allietato dalla nascita di un erede. Certo non aspirava ad avere tanti figli come Kate e Bertram... e sicuramente non così maleducati! Era un vero e proprio scandalo, aveva detto irritato alla moglie, il modo in cui lasciavano fare ai ragazzi tutto quello che volevano. D'altra parte era un'abitudine americana questa, e non certo una novità! Non avevano alcun senso del decoro e dell'autocontrollo; erano maleducati e indisciplinati. Per questo aveva provato un enorme sollievo alla notizia che Edwina stava per sposare il giovane Charles Fitzgerald. Forse per lei c'era ancora qualche speranza, aveva detto in tono bisbetico a Liz quando gli aveva dato la notizia.

Lord Hickham era sulla settantina e non aveva nascosto il suo disappunto quando Kate aveva scritto alla sorella chiedendo di ospitarli per tutto il tempo del soggiorno in Inghilterra. Prima si sarebbero fermati a Londra per fare la conoscenza dei Fitzgerald e annunciare il fidanzamento. Il fatto che, al termine di quella visita, venissero a insediarsi ad Havermoor fu qualcosa che lasciò allibito Rupert

«Che cosa? Con l'intera nidiata?» aveva esclamato con aria costernata quando Liz glielo aveva annunciato con tutto il tatto possibile, una mattina a colazione. Natale era ormai vicino e l'arrivo dei Winfield era previsto per marzo. Liz aveva sperato che, avendo tempo per abituarsi all'idea, si sarebbe deciso a dare il suo assenso. Per quanto la riguardava, desiderava con tutto il cuore rivedere la sorella e i bambini, che avrebbero portato un raggio di sole nelle sue tetre giornate. Dopo ventiquattro anni durante i quali era sempre vissuta ad Havermoor con Rupert, era arrivata a odiarlo e sentiva disperatamente la mancanza della sorella e della fanciullezza felice che avevano trascorso insieme in California.

Vivere accanto a un uomo come Rupert non era facile; e il loro non era certo il matrimonio che aveva sognato. Nei primi tempi era rimasta colpita dalla sua aria aristocratica, dal titolo, dalla infinita gentilezza che mostrava nei suoi confronti, dagli aneddoti che raccontava sulla «vita decorosa» che tutti facevano in Inghilterra. C'erano venticinque anni di differenza fra loro; al suo arrivo ad Havermoor, Elizabeth era rimasta sconvolta nel trovare la sontuosa residenza di campagna deprimente in un modo addirittura angoscioso e in uno stato totale di decadimento. A quell'epoca Rupert teneva una casa anche a Londra, ma Liz scoprì ben presto che in realtà non se ne serviva mai. E dopo non averci messo più piede per quattro anni di seguito, aveva finito per venderla a uno dei suoi migliori amici. Avere dei figli poteva essere un aiuto, così pensava, ed era ansiosa di crearsi una famiglia e di udire voci giovani e allegre risuonare in quei tetri saloni. Ma con il passare degli anni divenne chiaro che quello non era il suo destino. Ormai viveva soltanto nell'attesa di vedere i figli di Kate, le rare volte che andava a trovarla a San Francisco. Ma a un certo momento anche quei piccoli piaceri le furono negati perché Rupert era troppo malato per viaggiare. I reumatismi, la gotta, gli acciacchi della vecchiaia gli impedivano ormai di girare il mondo come un tempo e poiché aveva bisogno che sua moglie lo assistesse notte e giorno, Liz si ritrovò prigioniera ad Havermoor. Più spesso di quanto volesse ammettere, le capitava di fantasticare su un possibile ritorno a San Francisco, benché fossero anni che non riusciva più ad andarci. Tutto questo rendeva ancora più importante per lei le visite di Kate e dei suoi figli e fu molto grata a Rupert quando finalmente acconsentì a ospitarli... purché il loro soggiorno non si prolungasse indefinitamente!

Questa volta la loro visita rese Liz più felice che mai. Dopo tanto tempo il solo fatto di riverderli la colmò di una gioia infinita. In tutti quegli anni di lontananza non aveva fatto che sognare le lunghe passeggiate in giardino con la sorella. C'era stato un periodo in cui era facile scambiarle per gemelle e Liz adesso si stupiva nel vedere che Kate aveva ancora un aspetto così giovanile, così grazioso. Ed era evidente che era sempre innamoratissima di Bert! Liz, invece, rimpiangeva più che mai di avere sposato Rupert. Con il passare degli anni più di una volta si era domandata quale sarebbe stata la sua vita se non fosse mai diventata lady Hickham e avesse sposato qualcuno negli Stati Uniti.

Sia lei sia Kate erano state allegre e spensierate da ragazze, circondate dall'affetto e dalle attenzioni dei genitori. Entrambe avevano fatto il loro ingresso in società, come voleva la consuetudine, a diciott'anni e per qualche tempo si erano divertite insieme partecipando a pranzi, cene, balli e ricevimenti; poi era arrivato Rupert e Liz era partita per l'Inghilterra. Eppure, benché ormai avesse trascorso in questo Paese più di metà della sua vita, si sentiva ancora un'estranea. Tanto per cominciare, non era mai riuscita a cambiare, anche solo in qualche piccolo dettaglio, il ritmo degli avvenimenti e delle abitudini stabilito da Rupert ad Havermoor Manor prima che lei arrivasse. Così aveva la sensazione di essere una specie di ospite, un'ospite che non aveva alcuna influenza, alcun controllo e che, forse, non era nemmeno la benvenuta. E poiché non era stata capace di dare un erede, perfino la sua stessa presenza in quella casa pareva senza scopo.

Quanto era diversa la sua esistenza rispetto a quella di sua sorella Kate! Certo, Kate non se ne rendeva conto, con quel bellissimo marito dai capelli scuri, e i sei magnifici figli che le erano stati donati, quasi come benedizioni divine, a intervalli regolari in ventidue anni di unione felice. Erano tre maschi e tre femmine, tutti dotati di una intelligenza brillante e di un'ottima salute, della bellezza e dello spirito del padre e della madre, ricchi di uno straordinario senso dell'umorismo. Forse Kate e Bert a volte potevano sembrare addirittura fin troppo fortunati, ma quando li si aveva davanti ci si rendeva conto che meritavano tanta fortuna. Benché Liz avesse invidiato sua sorella per anni — e spesso gliel'aveva anche detto chiaro e tondo — il suo non era mai stato un sentimento meschino. In fondo, sembrava una cosa talmente giusta... perché Kate e Bert erano profondamente due persone buone, gentili, perbene. Erano consapevoli e grati delle gioie che la vita aveva dato loro, e spesso lo ripetevano ai figli. Tutto questo risvegliava nel cuore di Liz una profonda nostalgia per ciò che non aveva mai conosciuto... l'amore di un figlio... e quel rapporto fatto di calore umano, di affetto e di passione che Kate aveva con suo marito. Vivere con Rupert per tanti anni le aveva tolto ogni slancio. A volte pareva che ci fosse tanto poco da dire! E, soprattutto, nessuno a cui dirlo. Rupert non aveva mai mostrato un particolare interesse nei suoi confronti. Ne aveva altri: le terre, le anatre, le pernici e i fagiani e, quando era più giovane, i cavalli e i cani. Una moglie, in fondo, gli era relativamente poco utile, soprattutto adesso che la gotta lo faceva soffrire quasi in continuazione. Una moglie poteva versargli il vino, suonare il campanello per chiamare i domestici e aiutarlo ad andare a letto — ma il suo appartamento era molto, molto distante da quello di lei, sul lato opposto del lungo corridoio. Erano anni ormai, cioè da quando aveva capito che non gli avrebbe mai dato dei figli. Tutto ciò che condividevano erano il rimpianto, la casa nella quale vivevano insieme, e quel senso di gelo e di solitudine che provavano tutti e due. Ecco perché una visita dei Winfield era un po' come spalancare le persiane, scostare d'un colpo le tende, lasciare entrare nelle stanze la luce del sole e l'aria fresca e pulita di una primavera californiana.

Si levò prima un lieve singhiozzo, poi una risatina soffocata all'estremità opposta del tavolo rispetto a lord Rupert che, seduto tra Kate e Liz, sembrò non avesse udito. Le due donne si scambiarono un sorriso. Liz sembrava ringiovanita di dieci anni da quando erano arrivati. Rivedere la sorella e i nipoti le ridonava sempre la gioia di vivere. Kate, da parte sua, si sentiva stringere il cuore vedendo quanto fosse invecchiata così chiusa in se stessa da quando viveva in quella campagna desolata e solitaria, in una casa che odiava, con un uomo che ormai non doveva amarla affatto — lo si capiva — e forse non l'aveva amata nemmeno in passato. Si sentì straziare al pensiero della partenza. Fra poco meno di un'ora se ne sarebbero andati. E chissà quando sarebbero potuti tornare in Inghilterra! Kate l'aveva invitata a raggiungerla a San Francisco per i preparativi del matrimonio di Edwina, ma Liz sapeva di non poter lasciare Rupert per un periodo così lungo e le promise di andarci in agosto per le nozze.

Il singulto all'altra estremità del tavolo sembrò irrefrenabile e Kate, lanciando un'occhiata a sua figlia Alexis che aveva quasi sei anni, si accorse che stava di nuovo per scoppiare a ridere. George le stava sussurrando chissà che cosa all'orecchio.

«Sssh...» bisbigliò Kate sorridendo ai suoi figli; ma intanto lanciò un rapido sguardo a Rupert. A casa, il momento della prima colazione si trasformava sempre in una specie di allegro e scatenato pic nic, mentre qui i ragazzi dovevano comportarsi bene. Tutti avevano ubbidito alle regole imposte con severità dallo zio Rupert, che, grazie a Dio, pareva che con l'età si fosse comunque un po' addolcito. Più di una volta aveva portato a caccia il sedicenne Phillip il quale, pur confessando a suo padre di detestare quelle spedizioni, si era mostrato sempre gentile ed educato, aveva ringraziato lo zio e lo aveva seguito ubbidiente. Del resto Phillip era fatto così: ansioso di campiacere tutti, era sempre disponibile, un vero gentiluomo, e sapeva anche essere straordinariamente premuroso verso gli altri, a differenza dei ragazzi della sua età. Ci si stupiva che avesse solo sedici anni; in fondo, fra tutti i Winfield era quello che rivelava maggior senso della responsabilità. All'infuori di Edwina, naturalmente, che comunque aveva vent'anni e ormai era una donna che nel giro di cinque mesi avrebbe avuto un marito e una casa sua. E magari ben presto anche un bambino, come lei sperava. Kate non riusciva quasi a credere che la figlia maggiore fosse diventata tanto grande da sposarsi e avere dei bambini!

Adesso era arrivato il momento di tornare a casa per occuparsi dei preparativi per le nozze; anche Charles tornava negli Stati Uniti con loro. Aveva venticinque anni ed era innamoratissimo di Edwina. Si erano conosciuti per caso a San Francisco e fin dall'estate precedente avevano cominciato a frequentarsi sempre più spesso e a volersi bene.

Il matrimonio era stato fissato per agosto; infatti ora Edwina e Kate portavano con sé, già chiusi nel bagaglio, i metri e metri di stupenda stoffa color avorio comperata a Londra per l'abito nuziale. Kate aveva intenzione di farlo ricamare con un delicato motivo di piccole perle dalla sua sarta di San Francisco, mentre il velo sarebbe stato confezionato da una francese che, da Parigi, si era recentemente trasferita a Londra. Lady Fitzgerald lo avrebbe portato con sé a San Francisco verso la fine di luglio. Nel frattempo c'erano mille cose da fare. Bertram Winfield era uno degli uomini più importanti e famosi della California, proprietario con la sua famiglia di uno dei più solidi e celebri quotidiani di San Francisco. Alle nozze sarebbero state invitate centinaia di persone e Kate ed Edwina stavano già preparando l'elenco da più di un mese. Il numero degli invitati aveva già superato i cinquecento. Ma Charles era scoppiato a ridere quando Edwina lo aveva avvertito che probabilmente era destinato ad aumentare.

«A Londra sarebbe stato molto peggio. Due anni fa, quando si è sposata mia sorella, ce n'erano settecento. Grazie a Dio io ero ancora a Delhi.» Infatti in quegli ultimi quattro anni Charles non aveva fatto che viaggiare. Dopo due anni di servizio militare in India, si era avventurato nel Kenya dove aveva trascorso un altro anno, viaggiando, ospite di amici. Edwina era incantata quando lo sentiva descrivere tutte le sue avventure. Lo aveva supplicato di condurla in Africa per la luna di miele, ma Charles aveva ritenuto più opportuno scegliere qualche luogo meno selvaggio. Così avevano deciso di trascorrere l'autunno in Italia e in Francia e di tornare a Londra per Natale. In cuor suo, Edwina si augurava di essere incinta per quell'epoca. Era innamorata alla follia di Charles e desiderava una famiglia numerosa e un legame solido e meraviglioso come quello che esisteva fra suo padre e sua madre. Non che non litigassero anche loro qualche volta e, quando questo capitava, si sentivano addirittura tremare le pareti della loro casa di San Francisco... soprattutto quando Kate perdeva le staffe. Ma insieme alla collera c'era sempre l'amore. E c'erano sempre tenerezza e comprensione e voglia di perdonare. Bastava guardare Kate e Bertram per capire quanto si amassero, ed era proprio quello che Edwina desiderava nella propria vita matrimoniale con Charles. Questo soltanto desiderava. Non le interessava che suo marito fosse un uomo importante, o di nobile famiglia, oppure che fosse il padrone di una casa stupenda in una grande proprietà terriera. No, non voleva nessuna di tutte quelle cose che, in passato, avevano attratto Liz spingendola a sposare Rupert. Edwina desiderava soltanto bontà, senso dell'umorismo, intelligenza; qualcuno con cui poter ridere, parlare e lavorare con impegno. Certo, la loro sarebbe stata una vita facile e comoda, con Charles che adorava gli sport, le gite con gli amici e non aveva mai avuto l'impegno e la preoccupazione di doversi guadagnare da vivere; per fortuna, comunque, era stato educato ad apprezzare gli autentici valori della vita ed Edwina lo ammirava per questo. Un giorno avrebbe occupato il posto di suo padre alla Camera dei Lord.

Anche Charles, esattamente come Edwina, voleva almeno una mezza dozzina di figli. Kate e Bertram Winfield ne avevano avuti sette, ma uno era morto al momento della nascita. Era un maschietto nato prima di Phillip il quale, forse proprio per questo, si era sentito molto più responsabile nei confronti della famiglia. Di conseguenza chi aveva la vita facile, in questa situazione, era George il quale, dodicenne, era convinto che la sua unica missione nella vita fosse divertire il prossimo, mentre il senso della responsabilità era l'ultimo dei suoi problemi. Non appena possibile tormentava Alexis e i fratelli più piccoli ed era convinto di dover rallegrare con ogni mezzo il fratello maggiore e rendere un po' meno austero il suo comportamento, ragione per cui gli faceva il sacco nel letto oppure gli infilava innocue bisce nelle scarpe, gli piazzava un topolino qua e là, ogni tanto, e gli condiva con il pepe il caffè del mattino... giusto per fargli cominciare bene la giornata. Quanto a Phillip, ormai era arrivato alla conclusione che George fosse stato mandato sulla terra per rovinargli l'esistenza, anche perché nelle rare occasioni in cui, con estrema cautela, cercava di corteggiare qualche ragazza, George sembrava intuirlo e si presentava al momento opportuno, pronto a offrirgli la sua assistenza di «esperto». George, infatti, non era per niente timido con le ragazze, come del resto con chiunque altro. Durante il viaggio di andata, sul bastimento, ovunque Kate e Bertram andassero, trovavano sconosciute che sembravano conoscere a perfezione il loro secondo figlio maschio. Quando Kate si sentiva accogliere con frasi come: «Oh, dunque *sareste voi* i genitori di George!» rabbrividiva e si domandava che cosa avesse combinato. Bertram invece rideva divertito delle innocenti burle del ragazzo, compiaciuto del suo umorismo. La più timida era Alexis, con quell'aureola di capelli biondo chiarissimo e i grandi occhi celesti. Gli altri avevano tutti capelli neri e gli occhi azzurri, come Kate e Bert. Ovunque andasse, la gente si fermava a guardarla e a farle dei complimenti, dicendole che era bellissima. Ma Alexis non si fermava mai ad ascoltare e, nel giro di pochi minuti spariva, per ricomparire, zitta zitta, ore e ore più tardi. Per Kate era «la piccolina», e per suo padre «la mia bambina speciale». Accadeva di rado che Alexis si azzardasse a parlare con qualcun altro. Viveva felice nella cerchia dei suoi famigliari, protetta da tutti. Era sempre presente, silenziosa, osservatrice, eppure parlava pochissimo. A volte era capace di passare ore e ore in giardino a intrecciare ghirlande per i capelli di sua madre. I genitori erano tutto per lei, anche se voleva molto bene a Edwina la quale, a dire la verità, si sentiva più vicina, come carattere e come spirito, alla sorellina minore, Frances, di quattro anni. Fannie, come la chiamavano tutti, con quel visetto paffuto, le mani grassocce e le gambette robuste. Aveva un sorriso che incantava, soprattutto suo padre, e, come Edwina, occhi azzurri e lucenti capelli neri. Somigliava moltissimo a Bertram e aveva anche il suo buon carattere; era sempre felice, sorridente, contenta di quello che aveva e dell'ambiente in cui si trovava, non molto diversa — in questo — dal piccolo Teddy che, a due anni, era la pupilla degli occhi di sua madre. Ormai aveva già cominciato a parlare da un po' e aveva iniziato a scoprire il mondo intorno a lui; aveva una testolina coperta di folti riccioli e una risata allegra, di gola. Il suo maggior divertimento era scappare a nascondersi costringendo Oona a dargli caccia. Oona era una bella ragazza irlandese, molto dolce e di buon carattere, che aveva abbandonato l'Irlanda a quattordici anni e che Kate era stata felicissima di accogliere a San Francisco. Aveva diciotto anni e per Kate era di grande aiuto con i bambini. A volte si azzardava perfino a dire alla sua padrona, con aria di rimprovero, che viziava il piccolo Teddy. E Kate, ridendo, confessava che era la verità! Infatti si divertiva a viziarli e a coccolarli tutti, perché li amava con tutto il cuore! Ma ciò che stupiva Kate, con il passare degli anni, era il fatto che fossero così diversi tra loro. Ciascuno aveva una propria personalità, ed esigenze diverse. Ogni cosa in loro era differente — atteggiamenti, aspirazioni, persino il modo in cui reagivano al suo affetto, alla vita, ai rapporti reciproci. La caratteristica di Alexis era la timidezza, unita a mille paure; quella di Phillip il grande senso di responsabilità che in George mancava nel modo più assoluto; e in Edwina la forza, la pacata sicurezza di sé. Era sempre stata così premurosa e così dolce, sempre pronta a pensare agli altri prima che a se stessa... al punto che ora, per Kate, era un sollievo vederla tanto innamorata di Charles e felice di quell'amore. Se lo meritava. Per quattro anni era stata il suo braccio destro e Kate riteneva che fosse ormai il momento di lasciarle vivere la propria vita.

L'unica cosa che le dispiaceva era il trasferimento in Inghilterra. Per la seconda volta nella vita perdeva una persona a cui voleva bene e la vedeva partire per lidi lontani. Non le restava altro che augurarsi che la figlia fosse più felice, in Inghilterra, di quanto non fosse stata Liz. Fortunatamente, Charles era completamente diverso da Rupert, pieno di fascino, brillante, intelligente, attraente e gentile e Kate era sicura che sarebbe stato un marito meraviglioso.

Si sarebbero incontrati con lui quella mattina stessa, sul molo della White Line Star a Southampton. Infatti Charles aveva acconsentito a tornare negli Stati Uniti con loro sia perché non sopportava separarsi da Edwina per i quattro mesi successivi, sia perché Bert aveva insistito offrendogli come dono di fidanzamento quel viaggio. E fra poco si sarebbero imbarcati su una nave nuova di zecca. Quello sarebbe stato il suo viaggio inaugurale e al pensiero tutti si sentivano terribilmente emozionati.

Ma per il momento erano ancora seduti nella sala da pranzo di Havermoor Manor. Alexis cominciò a ridere mentre George, sottovoce, si lasciava sfuggire qualche commento prima di riprendere a soffiare il suo alito nell'aria gelida trasformandolo in nuvolette di vapore. Anche Bertram stava ridacchiando con i figli quando Rupert finalmente si alzò in piedi e tutti furono liberi di andarsene. Bert girò intorno al tavolo per salutarlo e stringergli la mano. Questa volta — stranamente — Rupert non nascose di essere sinceramente dispiaciuto di vederlo partire. Bert gli era simpatico; con il passare degli anni aveva finito per affezionarsi anche a Kate, mentre per quanto riguardava i loro figli i suoi sentimenti erano ancora incerti.

«Abbiamo trascorso una splendida vacanza qui, con voi, Rupert. Ora vieni a trovarci tu, a San Francisco!» esclamò Bertram, e forse parlava sul serio.

«Ho paura che ormai per me sia praticamente impossibile.» Si erano già accordati perché Liz raggiungesse San Francisco all'epoca delle nozze in compagnia dei genitori di Charles. Quanto a Liz, si era sentita molto sollevata quando il marito le aveva permesso di accettare l'invito. Non vedeva l'ora di partire ed era già andata a Londra, con Kate ed Edwina, per scegliere la toilette per la cerimonia.

«Comunque, se ti sentissi abbastanza in forze, ti aspettiamo!» Poi i due uomini si strinsero la mano di nuovo. Rupert era contento che fossero stati suoi ospiti, ma adesso non gli dispiaceva vederli ripartire.

«Mi raccomando, ricordati di scriverci e di raccontarci qualcosa del bastimento. Deve essere una cosa che va al di là dell'immaginazione!» Per un attimo sembrò quasi invidioso, ma solo per un attimo. E Liz, da parte sua, in quel momento non li invidiò per niente. Il solo pensiero di una nave le faceva venire il mal di mare. E pensò con terrore alla traversata che avrebbe dovuto fare in luglio. «Hai intenzione di parlarne sul tuo giornale, Bert?»

Bert sorrise. Capitava molto di rado, se non addirittura mai, che scrivesse qualcosa per il quotidiano di cui era proprietario, a parte un raro editoriale di tanto in tanto, quando non riusciva assolutamente a farne a meno. Ma in questo caso — dovette ammetterlo — ci aveva pensato, e più di una volta. «Può darsi. Nel caso mi decidessi, quando avrò pubblicato l'articolo ti manderò una copia del giornale.»

Rupert mise una mano sulla spalla di Bert e insieme si avviarono verso la porta, mentre Edwina e Kate, con l'aiuto di Oona, radunavano i bambini più piccoli e controllavano che andassero tutti in bagno prima di partire per Southampton.

Era ancora molto presto e il sole stava sorgendo, ma li attendeva un viaggio in automobile di tre ore per raggiungere Southampton. Rupert aveva dato l'incarico al suo chaffeur e a due degli stallieri di accompagnarli con tre automobili. Avevano poco bagaglio con sé perché la maggior parte, insieme ai bauli, era stata spedita il giorno prima ed era già a bordo.

Dopo pochi minuti i bambini furono fatti salire sulle tre vetture; Edwina, Phillip e una parte del bagaglio con George, che aveva insistito per sedersi davanti, di fianco allo stalliere che si era messo al volante; Oona con Fannie e il piccolo Teddy e il resto delle valigie su una seconda automobile, mentre Kate, Bertram e Alexis avrebbero viaggiato a bordo della Silver Ghost personale di Rupert. Liz si era offerta di accompagnarli, ma Kate aveva obiettato che il viaggio era troppo lungo. Del resto si sarebbero riviste di lì a quattro mesi e per Liz sarebbe stato troppo triste tornare a casa sola soletta con quel corteo di automobili vuote. Le due donne si abbracciarono e per un lungo momento Liz strinse a sé la sorella senza capire per quale motivo si sentisse tanto commossa, proprio quella mattina!

«Riguardati... chissà quanto sentirò la tua mancanza...» Questa volta le sembrava particolarmente doloroso vederla partire... quasi non potesse più sopportare l'idea di altre separazioni. La strinse di nuovo al cuore e Kate scoppiò in una risata riaggiustando con un tocco l'elegantissimo cappello che Bertram le aveva acquistato a Londra.

«Agosto arriverà senza che tu nemmeno te ne accorga, Liz», bisbigliò dolcemente all'orecchio della sorella, «e tornerai a casa.» Poi la baciò su una guancia e si staccò leggermente da lei per guardarla ancora una volta, rammaricandosi che Liz avesse quell'aria così stanca, affaticata e depressa. Di nuovo si ritrovò a pensare a Edwina, al suo trasferimento in Inghilterra, dopo le nozze, e in cuor suo pregò che la vita di sua figlia fosse molto più felice di quanto non fosse stata quella di sua sorella. Odiava anche il solo pensiero di averla così lontana, esattamente come odiava, adesso, il pensiero di doversi separare da Liz. In quel momento Rupert tossicchiò, mentre dava le ultime istruzioni agli autisti e insisteva perché partissero immediatamente in modo da non correre il rischio di perdere la nave. La partenza era infatti fissata di lì a cinque ore.

«Salperà a mezzogiorno, vero?» Tirò fuori l'orologio dal taschino e si consultò con Bert, mentre Kate stringeva Liz fra le braccia per l'ultima volta e poi saliva a bordo dell'automobile, tirandosi dietro Alexis.

«Sì, infatti. Ma ci arriveremo comodamente.» Erano le sette e mezzo del mattino del 10 aprile.

«Vi auguro un viaggio meraviglioso! È una nave favolosa! Buona traversata!» Agitò la mano in segno di saluto mentre la prima automobile si metteva in moto e Liz lo raggiunse in quel momento. Anche la seconda auto si avviò, e infine l'ultima. Kate salutò la sorella con la mano, rivolgendole un sorriso radioso, con Alexis seduta in grembo e Bertram, di fianco a lei, che le circondava le spalle con il braccio.

«Vi voglio bene!» gridò Liz mentre le automobili si allontanavano tra il rombo dei motori. «Vi voglio bene...» Le parole si persero nel vento mentre si asciugava gli occhi pieni di lacrime, senza riuscire a spiegarsi perché si sentisse tanto angosciata. Che sciocchezza! Li avrebbe rivisti tutti in agosto. Sorrise tra sé a questo pensiero e seguì Rupert in casa. Quando lui si chiuse in biblioteca, come faceva spesso al mattino, Liz tornò lentamente in sala da pranzo e rimase a fissare la tavola con i posti vuoti, e si sentì sommergere da un terribile senso di solitudine. Solo pochi minuti prima quella sala era piena di vita, di gioia, di persone alle quali voleva bene! Adesso era vuota e lei era sola, mentre gli altri erano in viaggio verso Southampton.

2

A MANO a mano che si avvicinavano al molo di Southampton, l'automobile con a bordo Kate e Bertram si mise alla testa del piccolo corteo di vetture dirette verso la zona della banchina dove si imbarcavano i passeggeri di prima classe. A bordo della seconda automobile, George stava saltando su e giù dal sedile, mentre Edwina non faceva che ripetergli di stare fermo al suo posto, perché sia lei che Phillip erano esasperati e non ne potevano più di tutto quel chiasso.

«Guardala! Guardala, Edwina!» George le stava indicando i quattro enormi fumaioli della nave mentre Phillip lo invitava a calmarsi. A differenza del fratello minore, così esuberante, Phillip aveva letto molto per documentarsi sul bastimento non appena era venuto a sapere che, durante il suo viaggio inaugurale, anche loro sarebbero stati a bordo. La nave aveva una gemella, praticamente identica — la *Olympic* — che era già entrata in funzione fin dall'anno prima. Ma questa era davvero la nave più grande che ci fosse al mondo. In realtà il *Titanic* era un transatlantico di dimensioni poco superiori a quelle della nave gemella, ma poteva esser considerato il più imponente di tutti quelli che solcavano i mari. George rimase a bocca aperta quando lo vide. Il quotidiano di suo padre lo aveva definito «la nave delle meraviglie» e a Wall Street era stata ribattezzata «la nave speciale dei milionari». Il fatto di essere a bordo del transatlantico durante il suo viaggio inaugurale era un privilegio rarissimo. Bert Winfield si era fatto riservare cinque delle ventotto cabine di lusso sul Ponte B, che erano una delle molte caratteristiche per le quali il transatlantico si distingueva da qualsiasi altra nave al mondo. Si trattava infatti di cabine che avevano finestre al posto degli oblò, arredate con pezzi di antiquariato francesi, olandesi e inglesi. La White Star Line, la società di navigazione, aveva davvero superato se stessa. Fra l'altro, le cinque lussuose cabine dei Winfield erano comunicanti, così che somigliavano più a un grandioso appartamento che non a una serie di stanze l'una adiacente all'altra.

George ne avrebbe occupata una con Phillip; Edwina avrebbe dormito con Alexis, e Oona con i due bambini più piccini, Fannie e Teddy; Bertram e Kate avevano scelto la cabina più ampia e comoda e un'altra, adiacente alla loro, era stata riservata per il futuro genero, Charles Fitzgerald. La traversata sarebbe stata certamente memorabile e George, che non vedeva l'ora di salire a bordo, scese a precipizio dall'automobile dopo pochi minuti e si avviò verso la passerella. Ma suo fratello fu pronto a intervenire e, dopo averlo afferrato per un braccio, lo tirò indietro costringendolo a raggiungere Edwina che aiutava la madre a occuparsi degli altri fratellini.

«Mi vuoi dire dove volevi andare, giovanotto?» gli domandò con tono autoritario cercando di imitare suo padre e riuscendo solo a irritare George.

«Sai una cosa? Cominci ad assomigliare sempre più allo zio Rupert!»

«Lascia perdere! Guai a te se ti muovi di qui fino a quando papà non verrà a dirti che puoi salire a bordo!» Lanciò un'occhiata al di sopra delle spalle di Edwina e notò che Alexis stava nascondendosi dietro le gonne di sua madre, mentre la bambinaia aveva il suo daffare con i due più piccoli, in lacrime. «Vai a darle una mano con Teddy. Non vedi che Oona sta cercando di aiutare la mamma a radunare le nostre valigie?» Intanto Bert stava salutando e congedando gli autisti di lord Hickham. Era un momento di grande confusione e caos, una situazione che a George piaceva alla follia perché in genere gli consentiva di squagliarsela e di fare esattamente quello che gli saltava in testa.

«Devo proprio?» Era inorridito alla prospettiva di dover fare il baby-sitter quando c'erano tante cose da scoprire. L'enorme scafo del *Titanic*, talmente grandioso da incutere meraviglia e stupore, era lì, accostato alla banchina, e ormai George non sognava altro che svelarne tutti i segreti. Non vedeva l'ora di cominciare la sua esplorazione.

«Sì, *devi* fare la tua parte anche tu», esclamò Phillip di nuovo, spingendo George verso i fratellini più piccoli mentre lui correva ad aiutare suo padre. Intanto, con la coda dell'occhio, vide Edwina alle prese con Alexis.

«Non fare la sciocca!» Era inginocchiata di fianco a lei sulla banchina, senza badare all'elegante tailleur nuovo di lana blu che aveva indossato per andare a conoscere i genitori di Charles a Londra. «Si può sapere di che cosa hai paura? Guarda!» Edwina fece un gesto verso l'enorme transatlantico. «Non è altro che una città galleggiante. Tra pochi giorni saremo a New York e di lì prenderemo il treno per tornare di nuovo a San Francisco.» Edwina stava cercando di minimizzare tutto, di dare a quel viaggio il sapore di un'avventura, ma Alexis era letteralmente terrorizzata dall'imponente transatlantico, tanto che si aggrappò di nuovo alle gonne di sua madre e ricominciò a piangere mentre, con uno strattone, si divincolava dalle braccia di Edwina.

«Che cosa c'è?» Kate lanciò un'occhiata alla figlia maggiore cercando di capire quello che stava dicendo. Infatti in quel momento l'orchestra che suonava sul ponte si era lanciata in un ragtime. A parte questo, sembrava che la partenza del transatlantico non dovesse essere accompagnata da manifestazioni particolarmente clamorose o da grandi cerimonie. Evidentemente, la White Star Line aveva deciso che non sarebbero state di buon gusto. «Che cos'è successo?» chiese Kate cercando di calmare Alexis.

«Ha paura», spiegò Edwina a sua madre e Kate annuì. Come sempre, la povera piccola Alexis era terrorizzata da ogni novità, che si trattasse di avvenimenti, persone o luoghi; aveva avuto una gran paura anche durante il viaggio di andata, a bordo del *Mauretania*, tanto che aveva domandato più di una volta a sua madre che cosa sarebbe successo se fosse caduta in acqua.

Kate accarezzò quei riccioli biondi, morbidi come la seta, con l'esile mano guantata e si chinò a mormorarle qualche parola misteriosa, un segreto tutto per lei. Bastò a far tornare il sorriso sulle labbra della bambina: la mamma le aveva ricordato che cinque giorni dopo sarebbe stato il suo compleanno. Stava per compiere sei anni e Kate le aveva promesso una gran festa per quel giorno, a bordo del transatlantico, e un'altra ancora al ritorno a San Francisco. «D'accordo, va bene così?» bisbigliò alla bambina spaventata, ma Alexis si limitò a scrollare la testa ricominciando a singhiozzare e si aggrappò di nuovo a lei.

«Non voglio partire.» Ma ancora prima che potesse aggiungere qualcos'altro, si sentì afferrare delicatamente da due mani forti e si ritrovò issata sulle spalle di suo padre.

«Certo che partirai, tesorino. Non vorrai rimanere in Inghilterra senza di noi, vero? Certamente no, sciocca bambina. Stiamo per tornare a casa tutti insieme sul bastimento più bello che sia mai stato costruito. E poi... sai chi ho visto proprio adesso? Una bambina che deve avere più o meno la tua età; scommetto che prima di arrivare a New York sarete diventate grandi amiche. Adesso saliamo a bordo e andiamo un po' a vedere come sono le nostre cabine, vuoi?» Con Alexis sulle spalle, Bert prese sua moglie sottobraccio e guidò la famiglia verso la passerella. Fece scendere Alexis solo quando furono arrivati tutti, sani e salvi, a bordo, ma la bambina continuò ad aggrapparsi convulsamente alla sua mano anche quando salirono il grande scalone che portava al ponte superiore e andarono a sbirciare attraverso le finestre della palestra per vedere il famoso cammello elettrico del quale tanto si era parlato.

C'era ovunque una gran folla, gente che andava e veniva, che ammirava lo stupendo arredamento, la elegantissima boiserie e i legni scolpiti, i sontuosi lampadari, i tendaggi, i cinque pianoforti a coda. Perfino Alexis si calmò e tacque mentre facevano un giro del transatlantico prima di raggiungere il Ponte B e le loro lussuose cabine.

«È qualcosa di straordinario, non ti pare?» disse Bert a Kate, e lei sorrise. Era felice al pensiero di trovarsi a bordo del transatlantico con suo marito. Si sentiva al sicuro, ed era così romantico... un po' come essere sospesi tra due mondi. Una volta tanto, stava pensando di lasciare che fosse Oona a occuparsi dei bambini, in modo da poter passare tranquillamente un po' di tempo con suo marito. Bert non nascose di essere particolarmente affascinato dalla palestra; poi fece capolino nella sala per fumatori, ma a questo punto Kate rise e lo minacciò con un dito.

«No, niente affatto! Durante questo viaggio voglio passare un po' di tempo con te.» Per un attimo si strinse a lui, e Bert sorrise.

«Vuoi forse dire che Charles ed Edwina non sono gli unici due giovani innamorati su questa nave?» le sussurrò continuando a tenere Alexis stretta per mano.

«Spero di no!» esclamò Kate con un sorriso molto esplicito, accarezzandogli dolcemente una guancia con la punta delle dita.

«Va bene. Allora, che ne direste se rientrassimo nelle nostre cabine a disfare i bagagli? Così dopo potremo esplorare un po' il transatlantico, vi pare?»

«Non possiamo farlo subito, papà?» lo supplicò George. Non stava più nella pelle, tanto era eccitato, ma Bert replicò facendogli notare che sarebbe stato tutto più semplice se almeno i più piccoli fossero stati accompagnati nelle loro cabine.

A questo punto lui e George avrebbero potuto finalmente iniziare la loro perlustrazione. Ma la tentazione era grande e prima che avessero raggiunto il Ponte B, che si trovava due piani sotto la palestra, George si era già dileguato. Kate, preoccupata, cominciò a domandarsi dove si fosse cacciato e avrebbe addirittura voluto che Phillip andasse a cercarlo.

«Lascialo fare, Kate. Non può andare molto lontano. Fintanto che non scende a terra, non corre pericoli. È talmente eccitato al pensiero di trovarsi sul transatlantico! Quando ci saremo sistemati, andrò io a cercarlo.»

Kate acconsentì a malincuore perché aveva sempre paura che potesse combinare qualche pasticcio o cacciarsi in chissà quali guai! Ma appena videro le lussuose e accoglienti cabine che Bertram aveva prenotato, tutti furono troppo felici e incuriositi per pensare ad altro. Pochi minuti dopo arrivò anche Charles.

«Siete qui?» domandò facendo capolino dalla porta, i capelli scuri pettinati alla perfezione, gli occhi azzurri scintillanti di gioia non appena vide la futura sposa, che balzò in piedi e attraversò di corsa il salottino privato di cui Kate e Bertram pensavano di servirsi per stare un po' insieme appena fossero riusciti a liberarsi dai bambini.

«Charles!» Edwina diventò rossa come un papavero buttandosi tra le sue braccia. I suoi capelli avevano lo stesso colore di quelli di lui, gli occhi di un azzurro ancora più intenso e ogni cosa, in lei, rivelava la felicità. Charles, prendendola fra le braccia, la sollevò dal pavimento e la fece roteare in aria mentre Alexis e Fannie scoppiavano a ridere.

«Si può sapere che cosa avete da ridere, voi due?» Gli piaceva giocare con le due bambine; quanto a Teddy, era il bambino più adorabile che avesse mai conosciuto. Con Phillip erano buoni amici e perfino quel mattacchione di George riusciva a strappargli un sorriso. I Winfield erano una famiglia meravigliosa e lui era felice di avere incontrato Edwina. «Avete già visto i cagnolini?» domandò alle bambine. Fannie fece cenno di no con la testa, mentre Alexis parve tutto a un tratto impaurita. «Nel pomeriggio, dopo il sonnellino, andiamo a trovarli!» Per loro, ormai, era quasi una figura paterna — e del resto Edwina era un po' una seconda mamma.

«Dove sono?» domandò Alexis preoccupata perché quei cagnolini le facevano quasi paura.

«Giù nelle gabbie, e non possono uscire», si affrettò a rassicurarla Edwina. Al solo pensiero di trovarsi di fronte un cane in agguato in uno dei corridoi del transatlantico, Alexis avrebbe potuto impuntarsi a non voler più uscire dalla cabina per tutto il resto del viaggio.

Poi Edwina riconsegnò i fratellini a Oona e seguì Charles nella cabina che avevano fissato per lui. Lontano dagli occhi curiosi dei bambini ai quali niente sfuggiva, Charles la prese fra le braccia e la baciò dolcemente sulle labbra. Edwina trattenne il respiro; ogni volta che si trovava così vicina al futuro marito, la sua presenza le faceva dimenticare tutto il resto. E si domandava come avrebbe fatto ad aspettare fino ad agosto. Ma era impensabile che potessero cedere al desiderio che provavano uno per l'altro perfino lì, a bordo di una nave così romantica. Edwina non avrebbe tradito, mai e poi mai, la fiducia che il padre e la madre avevano in lei, e nemmeno Charles.

«Le piacerebbe fare una passeggiata, signorina Winfield?» Charles sorrise alla fidanzata mentre le faceva questa proposta.

«Mi piacerebbe moltissimo, signor Fitzgerald.» Charles posò sul letto il pesante cappotto e si preparò a fare quattro passi con lei sul ponte. Dalla parte di babordo, verso il porto, non faceva particolarmente freddo; e poi era talmente felice di essere con Edwina che non riusciva a pensare quasi a nient'altro. Erano rimasti separati per qualche giorno, ma adesso anche ogni attimo sembrava loro interminabile ed Edwina era felicissima che il fidanzato avesse deciso di accompagnarli a San Francisco. Un'altra separazione sarebbe stata insopportabile. «Ho sentito terribilmente la tua mancanza», gli bisbigliò mentre tornavano verso l'imponente scalone dal quale si accedeva al ponte di passeggiata.

«Anch'io, amore mio. Per fortuna non ci vorrà ancora molto e poi non rimarremo mai più divisi nemmeno per un attimo.»

Lei annuì, felice, mentre passavano davanti al *Café* in stile francese. C'era anche un piccolo *boulevard*, perché l'atmosfera fosse veramente parigina, e all'interno del locale i camerieri, naturalmente francesi, parlavano nella loro lingua e sorrisero con ammirazione al passaggio della bella ragazza. Molti dei passeggeri di prima classe rimasero affascinati dal piccolo *bistrot*. Era una novità che non esisteva a bordo di nessun altro transatlantico, come del resto parecchie altre caratteristiche del *Titanic*.

Procedettero verso la metà anteriore del ponte di passeggiata, dove grandi vetrate chiudevano alcune zone in modo che i passeggeri potessero contemplare ugualmente il mare, ma al riparo delle intemperie. «Credo che su questa nave riusciremo a trovare un mucchio di simpatici angolini, tranquilli e solitari, dove rimanere un po' soli, amore mio.» Charles sorrise e strinse forte il braccio che Edwina aveva infilato sotto il suo. Lei rise.

«È la stessa cosa che ha pensato George. Mentre raggiungevamo le nostre cabine, lo abbiamo perduto. Quel ragazzino è terribile. Se tu sapessi come ci fa disperare! A volte mi domando come fa la mamma a non avere voglia di strozzarlo!» Sembrava esasperata, parlando del fratello minore.

«Non lo strozza perché quel bambino è un grande incantatore!» ribatté Charles, difendendolo. «George sa benissimo fino a che punto può arrivare, e dove fermarsi!» Effettivamente, Edwina non poteva contraddirlo anche se, a volte, era lei che provava una gran voglia di strangolare quel monellaccio!

«Immagino che tu abbia ragione. A ogni modo è incredibile quanto sia diverso da Phillip. Phillip non farebbe mai niente del genere.»

«E anch'io, da bambino. Forse è per questo che adesso lo ammiro tanto. Vorrei aver fatto le sue birichinate. Vedi, George non avrà mai il rimpianto delle cose proibite, e perdute, e di tutto quello che 'non avrebbe dovuto fare'. Sono infatti sicuro che lui le ha fatte proprio tutte, le cose proibite!» Si mise a ridere ed Edwina alzò gli occhi a guardarlo, sorridendo felice. Poi Charles le circondò le spalle con un braccio e rimasero ad assistere alla partenza dell'immenso transatlantico che si staccava lentamente dalla banchina. Edwina si ritrovò a pregare in cuor suo che suo padre avesse ragione a proposito di George. Sperò che non gli fosse venuta la brillante idea di scendere a terra durante le sue incursioni qua e là. Eppure, proprio come suo padre, sentiva che non si sarebbe azzardato a fare niente di simile perché, in fondo, c'erano già talmente tante cose da scoprire a bordo, senza scendere a terra! Mentre guardavano verso il basso, si levò una serie di fischi assordanti — erano le sirene del transatlantico — e conversare diventò impossibile. Pareva che l'aria stessa vibrasse, tanta era l'eccitazione generale; e Charles, attirandola di nuovo fra le sue braccia, baciò Edwina dolcemente, mentre le sirene continuavano a suonare.

Con l'aiuto di sei rimorchiatori, il gigantesco transatlantico si staccò dal molo e si mosse verso l'uscita del porto, diretto a Cherbourg, dove altri passeggeri sarebbero saliti a bordo. Poi un'altra sosta a Queenstown e infine l'oceano e... New York. Dopo pochi minuti ci fu un altro momento di batticuore che nessuna delle persone ferme sulla banchina notò ma che lasciò sbalorditi i passeggeri sul ponte. Accadde mentre il transatlantico passava lentamente fra una nave americana e una inglese, attraccate nel porto e costrette a rimanervi in seguito a un improvviso sciopero proclamato qualche giorno prima nelle miniere di carbone. Il *New York* dell'American Line aveva gettato l'àncora nelle vicinanze dell'*Oceanic* della White Star Line, e le due piccole navi commerciali di linea adesso erano ferme, a fianco a fianco, riducendo lo spazio di passaggio per il *Titanic*. D'un tratto si sentì uno schiocco improvviso, un rumore secco simile a un colpo di rivoltella, e senza che niente lo lasciasse prevedere le gomene che tenevano legato il *New York* all'*Oceanic* si spezzarono, cedendo di colpo. Il *New York* cominciò a sbandare verso il *Titanic*, arrivando a pochi metri di distanza dal transatlantico. Sembrava che stesse per investirlo con violenza, sul lato sinistro, ma con una serie di manovre rapidissime uno dei rimorchiatori che aiutavano il *Titanic* a uscire dal porto passò una gomena al *New York* e i marinai sul ponte riuscirono a fermare la nave prima che entrasse in collisione con il *Titanic*. Poi il *New York* venne rimorchiato più lontano e il *Titanic* uscì finalmente dal porto a tutto vapore, diretto a Cherbourg. Ma il pericolo era stato grande; solo una serie di abilissime manovre aveva evitato il disastro. I passeggeri che avevano assistito alla scena dichiararono di essere stati testimoni di una prova di straordinaria abilità. Ma il *Titanic* sembrava invincibile, invulnerabile a tutto. Aveva una lunghezza pari a quella di quattro isolati di una città — cioè di quasi trecento metri — come Phillip si era affrettato a informarli poco prima, preciso come sempre. E quindi era tutt'altro che facile da manovrare.

«Il pericolo è stato davvero così grande come è sembrato a me?» domandò Edwina, ipnotizzata da ciò che aveva appena visto, e il fidanzato fece cenno di sì.

«Proprio così! E ora vogliamo andare a prendere una coppa di champagne al *Café Parisien* per festeggiare la partenza che si è risolta senza pericoli?» Edwina annuì, felice, e si avviarono verso il *Café* dove, pochi minuti dopo, George, senza fiato e con gli abiti piuttosto malconci, finalmente riuscì a ritrovarli.

«Che cosa stai facendo qui, sorellina?» Si presentò con il berretto di sghembo e i lembi della camicia fuori dei calzoni, che erano ormai ridotti in condizioni miserevoli, sporchi e stracciati sulle ginocchia. Ma non era mai sembrato tanto felice in vita sua.

«Potrei fare a te la stessa domanda. La mamma ti ha cercato dappertutto. Si può sapere che cosa diavolo hai combinato?» ribatté Edwina guardandolo con disapprovazione.

«Dovevo fare un giro per dare un'occhiata intorno, Edwina.»

La guardò con aria di commiserazione e poi si rivolse con tono allegro a Charles: «Salve, Charles, come stai?»

«Ottimamente, grazie, George. Come ti sembra il transatlantico? Sicuro? Ne sei soddisfatto?»

«È una nave straordinaria! Lo sapevi che ci sono quattro ascensori e che ciascuno serve nove piani? C'è anche un campo per giocare a squash e una piscina, e trasportano a New York perfino un'automobile nuova di zecca, una Renault, e nelle cucine c'è qualche macchina che definirei a dir poco fantastica! Ci ho provato, ma non sono riuscito a entrare negli alloggi dei passeggeri di terza classe; però ho eseguito un controllo della seconda e mi sembra che lì tutto vada a meraviglia; c'era anche una ragazza molto carina», aggiunse, mentre il futuro cognato sembrava decisamente divertito ed Edwina inorridiva al pensiero di quello che il fratello aveva combinato. George non possedeva nemmeno un briciolo di autocontrollo e non sembrava imbarazzato all'idea di presentarsi lì, in quell'ambiente così elegante, scarmigliato e con gli abiti in disordine.

«Mi sembra che tu abbia dato un'occhiata a tutto, George. Hai fatto molto bene», Charles si congratulò con lui e il piccolo vagabondo sorrise pieno di orgoglio. «Sei stato sul ponte?»

«No.» Il ragazzino sembrò deluso. «A dire la verità non ho ancora fatto in tempo ad andare di sopra. Ho provato a salire, ma c'era troppa folla e non ho visto che cosa stava succedendo. Proverò a tornare più tardi. Non avresti voglia di fare una nuotata dopo pranzo?»

«Mi piacerebbe moltissimo, sempre che questo non intralci i progetti di tua sorella.»

Ma Edwina era ormai furiosa. «Secondo me dovresti essere mandato a letto a *fare un sonnellino* con Fannie e Teddy. Se ti illudi di poter correre da un capo all'altro del transatlantico e comportarti come un pazzo, sarà meglio che cambi subito idea. Se non sarò io a impedirtelo, ci penseranno mamma e papà.»

«Oh, Edwina!» Il ragazzino si lasciò sfuggire un gemito. «Non capisci niente. Queste sono cose di enorme importanza.»

«In tal caso, comportati come si deve. Aspetta che la mamma veda come ti sei conciato!»

«Perché questi rimbrotti?» La voce di Bert si levò in quel momento proprio dietro le sue spalle. Aveva un tono vagamente divertito. «Salve, Charles... ciao, George! Si direbbe che ti sia già dato molto da fare.» C'era perfino una macchia di grasso di macchina sulla faccia di George, ma non era mai sembrato tanto felice in vita sua, o a proprio agio. Intanto suo padre lo scrutava dalla testa ai piedi con aria divertita.

«È tutto fantastico, papà.»

«Mi fa piacere saperlo.» Ma in quel preciso istante, Kate, che si stava avvicinando, vide suo figlio e non appena lo ebbe raggiunto cominciò a rimproverarlo.

«Bertram! Come puoi permettergli di andare in giro conciato a questo modo! Ma guardalo... sembra un monello di strada!»

«Hai sentito, George?» gli domandò Bert con la massima calma. «Anch'io direi che è venuto il momento di andare a darsi una ripulita. Penso che sarebbe opportuno che tu tornassi nella tua cabina per cambiarti e metterti qualcosa di un po' meno... uhm... sciupato... prima di far andare su tutte le furie tua madre.» Però Bertram sembrava più divertito che irritato quando il ragazzino alzò gli occhi a guardarlo e gli rivolse un sorriso che assomigliava in modo incredibile al suo. Kate, invece, sembrava molto meno soddisfatta e si affrettò a raccomandare a George di infilarsi subito nella vasca da bagno, lavarsi bene e cambiarsi da capo a piedi prima di tornare in circolazione.

«Oh, mamma...» George guardò Kate con aria implorante, ma tutto fu inutile. Lei si rimboccò una manica, lo prese per mano e lo trascinò giù per il grande scalone, fino al ponte sottostante dove lo affidò a Phillip, il quale stava studiando l'elenco dei passeggeri con la speranza di trovare qualcuno di sua conoscenza. A bordo c'erano gli Astor, naturalmente, e il signor Isidor Straus con la moglie, appartenenti alla famiglia proprietaria del grande magazzino *Macy's*. I nomi famosi non mancavano e c'erano parecchi giovanotti e ragazze; ma Phillip non ne conosceva nessuno. Però aveva già notato parecchie fanciulle che non avevano mancato di attirare il suo interesse e si augurava di poterle conoscere di persona durante la traversata. Stava ancora esaminando la lista dei passeggeri quando sua madre entrò nella sala tirandosi dietro George e lo pregò di controllare che il fratellino si ripulisse dalla testa ai piedi e si comportasse in modo un po' più decoroso. Phillip promise di fare del suo meglio, ma George mordeva già il freno per la smania di ritrovarsi di nuovo in libertà. Voleva dare un'occhiata al locale delle caldaie e al ponte e voleva tornare nelle cucine perché c'erano parecchie macchine che ancora non gli avevano consentito di usare. Per di più si sentiva assolutamente in dovere di controllare un ultimo ascensore per vedere se andasse più su o più giù degli altri.

«È un vero peccato che tu non soffra il mal di mare», gli disse Phillip con aria afflitta, mentre Kate tornava a raggiungere gli altri sul ponte di passeggiata.

Con suo marito gustò un pranzo raffinato in compagnia di Edwina e Charles; poi si ritrovarono con Phillip, George, Oona e i bambini più piccoli, dopo il sonnellino pomeridiano. Quanto ad Alexis, sembrava che adesso avesse un po' meno paura. Era incantata dalle persone che chiacchieravano o passeggiavano sui ponti e ormai aveva già fatto conoscenza della bambina di cui le aveva parlato suo padre poco prima. Si chiamava Lorraine, ma a dire la verità era più vicina a Fannie come età. Infatti aveva tre anni e mezzo e un fratellino minore di nome Trevor; i suoi erano originari di Montreal. Anche lei, come Alexis, aveva una di quelle bambole con l'aspetto di giovani donne raffinate ed eleganti. Era stata Liz a regalarla ad Alexis a Natale, e adesso la bambina non se ne separava praticamente mai. L'aveva ribattezzata «Signora Thomas». Quella di Lorraine aveva più o meno gli stessi lineamenti ma né il cappello né il cappotto erano eleganti e civettuoli come quelli della bambola mandata da Liz; e infatti la «Signora Thomas» indossava una toilette di seta rosa confezionata da Edwina, e sopra aveva il mantello di velluto nero che faceva parte del suo guardaroba. Portava anche scarpine dal tacco alto con tanti bottoncini. Quel pomeriggio Alexis decise di condurre anche lei a fare una passeggiata quando salì sul ponte in compagnia di mamma e papà.

Il transatlantico attraccò a Cherbourg più o meno all'ora in cui Alexis andava a letto la sera. I più piccoli erano già addormentati e George sembrava di nuovo sparito. Kate ed Edwina si stavano cambiando per la cena mentre Charles, Phillip e Bertram aspettavano le signore nel salotto per fumatori.

Quella sera cenarono nel grande salone da pranzo del Ponte D. Gli uomini erano in frac, naturalmente, mentre le signore indossavano le raffinate toilette acquistate a Londra, Parigi o New York. Kate si era messo lo stupendo girocollo in perle e brillanti che era appartenuto alla madre di Bertram. Anche il salone da pranzo, come tutto il resto, era stupendo: boiserie, ottoni lucenti, lampadari di cristallo. In quel fastoso locale, illuminato sfarzosamente, i trecento passeggeri di prima classe che erano seduti per la cena sembravano personaggi di fiaba. Guardandosi attorno, Edwina pensò che non aveva mai visto niente di più bello, e sorrise felice al suo futuro marito.

Dopo aver cenato presero posto nell'adiacente salone delle feste, dove ascoltarono l'orchestra della nave suonare per ore e ore. A un certo momento Kate, con uno sbadiglio, confessò di essere talmente stanca da non avere più la forza di muoversi. Era stata una giornata lunga e fu ben felice di ritirarsi nella suite con il marito e il figlio maggiore. Edwina e Charles avevano deciso di fermarsi ancora un po' e Kate non fece alcuna obiezione. Quando Phillip andò a controllare se George fosse in cabina e lo vide profondamente addormentato nel suo letto, tutti tirarono un sospiro di sollievo. L'indomani, verso mezzogiorno, fecero l'ultima fermata per imbarcare alcuni passeggeri di terza classe a Queenstown. Improvvisamente, mentre erano sul ponte a osservare i nuovi arrivati che salivano a bordo, Oona lanciò un grido e si aggrappò al parapetto del ponte di passeggiata.

«Oh, Signoriddio! Signora Winfield! Quella è mia *cugina*!»

«Come puoi esserne così sicura, da questa distanza?» Kate non pareva convinta. Oona era una ragazza molto emotiva, e dotata di una fervida immaginazione. «Sono certa che ti sbagli!»

«La riconoscerei ovunque! Ha due anni più di me, siamo sempre state come sorelle. Ha i capelli rossi e una bambinetta... adesso le vedo proprio tutte e due... signora Winfield, glielo *giuro*...! Per anni non ha fatto che parlare del suo desiderio di venire negli Stati Uniti... Oh, signora Winfield!» Aveva le lacrime agli occhi. «Come farò a trovarla qui, a bordo della nave?»

«Se si tratta realmente di tua cugina, lo sapremo dal commissario di bordo. Potrà fare un controllo sull'elenco dei passeggeri di terza classe e, se è lei, ne avremo la conferma. Come si chiama?»

«Alice O'Dare. E sua figlia, Mary. Adesso avrà cinque anni.» Quest'ultimo particolare colpì Kate. Se aveva due anni più di Oona, doveva essere sulla ventina... con una bambina di cinque anni... Non poté fare a meno di domandarsi se ci fosse anche un marito, ma temendo di offendere Oona preferì non chiederglielo. Del resto era già arrivata alla conclusione — che si sarebbe rivelata giusta — che probabilmente non esisteva nessun marito.

«Posso giocare con la sua bambina?» domandò Alexis sottovoce. Si sentiva meglio, quel giorno. Dopo una bella dormita in un lettino comodo e caldo, il *Titanic* non sembrava più farle paura come prima. E a bordo erano tutti talmente gentili con lei che quasi quasi cominciava a divertirsi. Come del resto Fannie. Quella mattina era andata zitta zitta a infilarsi nel letto di Edwina e ci aveva trovato Alexis; dopo un po' anche Teddy ci si era arrampicato, per raggiungerle, e poco dopo era apparso George il quale, sedutosi sul bordo del letto, aveva cominciato a fare il solletico a tutti fino a quando risate e urli avevano finalmente svegliato Oona. La ragazza era arrivata correndo ma poi anche lei era scoppiata a ridere di fronte a quella scena. E non nascose la sua felicità quando trovò il nome della cugina sull'elenco dei passeggeri. Eccolo lì, chiaro come il sole: Alice O'Dare. Corse subito a riferirlo a Edwina, che si stava vestendo per andare a cena al ristorante con Charles e i genitori.

«Signorina... avevo ragione... quella che è salita sul transatlantico era proprio mia cugina. Me lo sentivo! L'ho riconosciuta. Pensi che non la vedevo da quattro anni, e non è cambiata neppure un po'!»

«Come fai a saperlo?» Edwina le sorrise. Oona era una brava ragazza, dal carattere dolce, e lei sapeva quanto sinceramente fosse affezionata ai bambini.

«Una delle cameriere è rimasta con i piccoli per un'oretta mentre facevano il sonnellino e io sono scesa in terza classe a cercarla. Era sull'elenco dei passeggeri, così ha detto il commissario di bordo, e dovevo assolutamente vederla.» Poi come se volesse difendersi da una eventuale critica aggiunse: «La signora

Winfield lo sapeva. Gliene ho parlato e lei mi ha detto che potevo andare».

«Non preoccuparti, hai fatto bene.» A volte quella di Edwina era una posizione difficile, non più bambina ma nemmeno padrona, e sapeva che, a casa, Oona e gli altri a volte la consideravano quasi una spia perché pensavano che potesse raccontare a Kate quello che facevano. «Sono sicura che tua cugina sarà stata felicissima di vederti.» E guardò con dolcezza la ragazza. Si sentiva più vecchia di lei... tanto, tantissimo... addirittura anni luce! E Oona, sollevata e felice, sorrise.

«È una bellissima ragazza, e la piccola Mary un vero tesoro!... L'ultima volta che l'ho vista aveva soltanto un anno. Assomiglia tanto ad Alice quand'era bambina! Con quei capelli rossi... come il fuoco!» Era felice ed Edwina le sorrise con affetto mentre si metteva gli orecchini con i brillanti che appartenevano a sua madre.

«Va a New York?»

La ragazza irlandese fece segno di sì con la testa e in quel momento si sentì baciata dalla fortuna. «Così voleva! Ha una zia e alcuni cugini laggiù, ma io l'ho pregata di venire in California. Ha detto che proverà. Sarei pronta a fare qualsiasi cosa per aiutarla.» Edwina le sorrise di nuovo. Oona sembrava proprio felice, ed era bello che avesse qualcuno della sua famiglia a bordo. Poi, di colpo, le venne in mente una cosa alla quale sapeva avrebbe subito pensato anche sua madre.

«Quando sei tornata disopra, ti sei lavata bene le mani?»

«Sì, certo.» Oona sembrò vagamente offesa, anche se capiva benissimo il motivo di quella domanda. Per gente come i Winfield, la terza classe era una specie di lebbrosario, un posto che nessuno andava mai a vedere, né tantomeno desiderava vedere. A Oona quel luogo non era sembrato tanto brutto come si era aspettata. Naturalmente, la cabina non era neppure lontanamente paragonabile alla sua, ma tutto era decoroso e pulito. Quella nave in fondo serviva solo a trasportarli in America e a farli arrivare sani e salvi, ed era questo che importava! «Non siamo fortunate, signorina? Trovarci sulla stessa nave... le giuro sulla mia testa che non avrei mai pensato di avere un colpo di fortuna come questo!» Sorrise di nuovo e ritornò nella sua cabina per sorvegliare i bambini. Nel frattempo Edwina passò nel salotto per raggiungere i genitori e Charles. E mentre attraversava la stanza non poté fare a meno di condividere in cuor suo ciò che Oona aveva appena detto. Non potevano che ritenersi fortunati e benedetti da Dio, per la vita che conducevano, le persone alle quali volevano bene, i luoghi nei quali andavano, e questo magnifico transatlantico che li riportava negli Stati Uniti nel suo viaggio inaugurale. Strinse forte la mano di Charles e, inguainata nell'abito di raso celeste pallido, con i capelli raccolti in una morbida crocchia e l'anello di fidanzamento che le scintillava al dito, Edwina Winfield capì che in tutta la sua vita non era mai stata tanto fortunata e tanto felice. E mentre si incamminava lentamente lungo il corridoio al braccio di Charles, dietro Kate e Bertram che chiacchieravano piacevolmente, intuì che quella sarebbe stata una serata speciale, il preludio a un futuro meraviglioso.

3

LE giornate sul *Titanic* scorrevano tranquille e piacevoli. C'erano tante cose da fare e al momento in apparenza poco tempo per farle tutte! Era veramente una traversata splendida, con la sensazione di essere come sospesi tra due mondi, a bordo di un transatlantico che offriva tutto, nel vero senso della parola, da pasti raffinati e squisiti a partite di squash, alle piscine, al bagno turco.

Phillip e Charles fecero parecchie partite a squash, si cimentarono con le biciclette fisse e i cavalli meccanici, ogni mattina, mentre Edwina sperimentava la novità del cammello elettrico. George, invece, preferiva salire e scendere sugli ascensori e fare amicizie. Comunque, tutta la famiglia si riuniva ogni giorno all'ora del pranzo. Poi, quando i più piccoli andavano a fare il sonnellino pomeridiano con Oona, Kate e Bertram salivano sul ponte di passeggiata per lunghe camminate durante le quali affrontavano tutti quegli argomenti dei quali, per anni, non avevano più avuto il tempo di parlare. Eppure sembrava che le giornate passassero fin troppo in fretta e, prima ancora che se ne rendessero conto, il viaggio arrivò alla fine.

La sera scendevano a cena in una delle sale da pranzo principali oppure nell'ancor più elegante ristorante *À la Carte* dove i Winfield, il secondo giorno della traversata, furono presentati agli Astor dal capitano Smith. La signora Astor si complimentò con Kate per la sua simpatica famiglia e da qualche frase quest'ultima finì per concludere che, sposata di recente, fosse in attesa di un figlio. Era molto più giovane del marito e, a guardarli, si sarebbe detto che fossero innamoratissimi. Ogni volta che Kate li incontrava si parlavano sempre sottovoce oppure si tenevano per mano, e una volta li vide baciarsi mentre si avviavano verso la loro lussuosa cabina. Anche gli Straus erano una coppia che riscuoteva le simpatie di Kate. Non aveva mai visto due persone così affiatate e innamorate dopo tanti anni; fra l'altro, nel corso delle conversazioni che aveva avuto con la signora Straus, si era resa conto che era una donna dotata di uno spiccato senso dell'umorismo.

Complessivamente, i passeggeri di prima classe erano trecentoventicinque. Molti di loro erano persone interessanti e alcune famose, ma Kate trovò particolarmente piacevole la compagnia di una scrittrice, Helen Churchill Candee, autrice di numerosi libri, che pareva interessata a una grande varietà di soggetti. E bisogna anche dire che una grande varietà di «soggetti» sembrava provare uno spiccato interesse per lei. Infatti Kate si era accorta più di una volta che l'affascinante signora Candee spesso era circondata da non meno di mezza dozzina di uomini, alcuni dei quali veramente affascinanti... ma non quanto Bert, naturalmente.

«Vedi come avresti potuto organizzare la tua vita se non fossi rimasta attaccata a me», commentò ridendo Bert mentre passeggiavano sul ponte, passando davanti alla poltrona della signora Candee intorno alla quale un gruppo di uomini pendeva letteralmente dalle sue labbra. E Kate sentì la sua risata argentina mentre si allontanavano. Rise anche lei in risposta alla battuta di suo marito. Infatti non le era mai passato per la mente di poter condurre un'esistenza come quella della signora Candee. Adorava la sua casa, i suoi figli e suo marito.

«Purtroppo non sarò mai capace di comportarmi da *femme fatale*, amore mio!»

«Perché no?» Bert parve offeso, come se Kate mettesse in dubbio il suo buon gusto. «Sei una donna molto bella.»

«Sciocco!» Lo baciò sul collo e poi scrollò la testa con una risatina allegra, da ragazza. «Credo che non sarei capace di far altro che correre qua e là con un fazzoletto in mano a soffiare il naso dell'uno o dell'altro dei miei figli. Ho proprio l'impressione che il mio destino fosse semplicemente quello di essere una madre.»

«Che peccato... se pensi che avresti potuto avere tutta l'Europa ai tuoi piedi, come la celebre signora Candee!» replicò ridendo Bert sempre innamoratissimo di lei. Così come Kate era innamoratissima di suo marito.

«A conti fatti preferisco avere te, Bertram Winfield. Non ho bisogno di altro!»

«Immagino che dovrei essertene grato.» Le sorrise pensando agli anni di vita comune, alle gioie, ai dolori, alla felicità. Il loro era un bellissimo rapporto perché non erano soltanto amanti ma anche amici.

«Mi auguro che Edwina e Charles abbiano quello che abbiamo noi, un giorno.» Kate aveva parlato sottovoce e questa volta Bert comprese che diceva sul serio.

«Anch'io.» Si fermò, strinse sua moglie tra le braccia e la baciò con ardore. «Voglio che tu sappia quanto ti amo», le sussurrò, e lei sorrise. Bert sembrava più serio del solito, tanto che Kate gli sfiorò dolcemente il viso con una carezza prima che lui la baciasse una seconda volta.

«Ti senti bene?» Pareva teso, inquieto — e questo non era usuale per lui.

Fece cenno di sì con la testa. «Certo, sto benissimo... ma qualche volta non guasta pronunciare certe parole invece di pensarle soltanto.» Ripresero la passeggiata, mano nella mano. Era domenica pomeriggio; durante la mattinata avevano assistito alla funzione religiosa del capitano Smith e pregato per «Coloro che erano in mare». Una giornata tranquilla, nel complesso, ma il tempo si stava facendo sempre più freddo al punto che quasi tutti i passeggeri, ormai, si erano ritirati sottocoperta. Si fermarono per un attimo e diedero un'occhiata alla palestra, dove trovarono la signora Candee con il giovane Hugh Woolner. Poi Bertram e Kate ripresero la passeggiata, ma alla fine decisero di rientrare per prendere un tè. Faceva troppo freddo per rimanere ancora all'aperto. Quando si ritrovarono nei saloni, al riparo, notarono subito John Jacob Astor che stava bevendo un tè con la giovane moglie Madeleine, in un angolo. Poi videro George e Alexis che stavano facendo la stessa cosa dall'altra parte della sala, in compagnia di due anziane signore.

«Lo hai visto? Che birbante!» Bert ridacchiò, «Dio solo sa che cosa diventerà quel ragazzino da grande! A volte mi vengono i brividi solo a pensarci.» Lasciò Kate al tavolo e andò a presentarsi alle due anziane signore che stavano intrattenendo i suoi figli. Le ringraziò per la loro gentilezza e, alla fine, riuscì a ricondurre i due bambini da Kate. «Si può sapere che cosa diavolo state facendo qui?» domandò mentre li spingeva davanti a sé verso la mamma; poi guardò divertito e stupito Alexis, che gli era sembrata perfettamente a proprio agio con quelle due sconosciute. Era veramente incredibile! Infine chiese incuriosito: «E come avete fatto a liberarvi di Oona?»

George fu felicissimo di potergli rispondere. «È scesa in terza classe a fare visita a sua cugina e ha lasciato i più piccoli a una delle nostre cameriere. Io le ho detto che avrei accompagnato Alexis a raggiungervi», gli spiegò, con una scrollata di spalle, molto soddisfatto di sé, «e lei mi ha creduto.»

«George mi ha fatto vedere la palestra», annunciò Alexis tutta fiera, «e la piscina, e poi siamo andati su e giù con gli ascensori. Alla fine mi ha detto che bisognava trovare qualcuno che ci offrisse qualche pasticcino, e così abbiamo fatto. Sono state molto carine», spiegò con la massima naturalezza, e sollevò quel visino d'angelo, visibilmente soddisfatta della grande avventura che aveva appena vissuto. «E io ho spiegato che domani è il mio compleanno.» Benissimo. Proprio il giorno prima Kate aveva ordinato una torta per lei, e Charles Joughin, il capo pasticciere, le aveva promesso di prepararla con la glassa bianca e una decorazione di roselline rosa. Doveva essere una sorpresa.

«Bene, sono felice che vi siate divertiti tanto!» esclamò Bert e non poté fare a meno di sorridere, come del resto Kate, ascoltando la descrizione che Alexis le fece delle loro birichinate. «Ma forse la prossima volta sarà meglio che veniate con noi invece di farvi invitare a prendere il tè da persone sconosciute.» George guardò i genitori con aria maliziosa e Alexis si rannicchiò vicino a Kate la quale, dopo averle dato un bacio su una guancia, la strinse teneramente a sé. Ad Alexis piaceva molto stare così vicina alla mamma, le piacevano il suo calore, la sua figura morbida, il fruscio dei suoi capelli quando girava la testa, l'aroma del suo profumo. Fra loro esisteva un legame molto speciale, ma questo non significava che Kate volesse meno bene agli altri figli. Kate adorava tutti i suoi figli, ma l'attaccamento che Alexis aveva per lei era più forte di quello degli altri fratelli. Forse era meglio così. Era un po' come se Alexis non si fosse mai completamente staccata da lei — e forse ciò non sarebbe avvenuto — come Kate a volte pensava e sperava. Di tanto in tanto si augurava infatti di poterla tenere sempre vicina a sé in futuro, soprattutto se Edwina fosse andata a vivere in Inghilterra.

Poco più tardi anche Edwina e Charles rientrarono nel salone, dopo la passeggiata sul ponte. Salutarono con un cenno della mano Bert e Kate. Quando si avvicinò ai genitori, Edwina stava ancora cercando di riscaldarsi le mani.

«Fuori si gela, vero, mamma?» esclamò Edwina, allegra e serena. Adesso era sempre sorridente. Kate pensò che non aveva mai visto nessuno tanto felice, a parte se stessa, naturalmente, quando aveva sposato Bert. Sembrava che i due ragazzi fossero fatti l'uno per l'altro. Anche la signora Straus lo aveva notato osservando i giovani fidanzati e aveva detto a Kate che erano davvero una coppia stupenda e si augurava che fossero molto felici.

«Chissà perché fa così freddo», disse Edwina a suo padre mentre ordinavano tè e pane tostato e imburrato. «Molto più di stamattina.»

«Adesso la nostra rotta è cambiata e punta molto più a nord. E non è escluso che stasera si riesca a vedere qualche piccolo iceberg.»

«Ma non sono pericolosi?» Edwina sembrava preoccupata. Intanto stavano arrivando il tè e i toast che avevano ordinato. Ma suo padre scrollò la testa con aria rassicurante.

«Certamente non lo sono per un transatlantico come questo. Hai sentito anche tu quello che dicono del *Titanic*. È inaffondabile. Ci vorrebbe ben più di un iceberg per far colare a picco un bastimento di questo genere, a parte il fatto che sono sicuro che se ci fosse qualche pericolo il capitano procederebbe con estrema cautela.» In effetti per tutta la giornata avevano viaggiato a una velocità di quasi ventitré nodi, un ottimo tempo per il *Titanic*. Ma nel pomeriggio, mentre sorseggiavano il tè, il *Titanic* aveva già ricevuto tre comunicazioni di allarme, proprio a proposito degli iceberg, da altri bastimenti, per la precisione il *Caronia*, il *Baltic* e l'*Amerika*. Il capitano Smith non aveva tuttavia fatto ridurre la velocità. Non pensava che fosse necessario, anche perché teneva costantemente sotto controllo le condizioni meteorologiche. Era uno dei più esperti comandanti della White Star Line e dopo anni di lavoro sempre con la stessa società di navigazione aveva deciso di andare in pensione dopo quell'ultimo viaggio, il più prestigioso.

A bordo c'era anche Bruce Ismay, direttore generale della White Star Line. Anche lui aveva letto una di quelle comunicazioni in cui li avvertivano del pericolo di iceberg sulla rotta. E aveva intascato il messaggio dopo averne discusso con il capitano.

Fu Kate che si occupò di mettere a letto i bambini quella sera perché Oona era scesa di nuovo in terza classe a trovare la cugina; e una delle cameriere di servizio nel corridoio aveva promesso di fare da baby sitter fino al suo ritorno. Ma in fondo a Kate questo non dispiaceva. Amava occuparsi dei suoi figli personalmente; anzi lo preferiva. Si accorse subito che la temperatura era molto più rigida rispetto a poche ore prima, e perciò decise di andare a prendere altre coperte per i bambini.

Quando uscirono dalla suite per raggiungere il ristorante *À la Carte*, quella sera, salirono per pochi minuti sul ponte, più che altro per prendere una boccata d'aria, ed ebbero l'impressione che si gelasse, letteralmente. Avviandosi verso il ristorante si misero a chiacchierare di Phillip, che pareva si fosse trovato una ragazza. Per vari giorni non aveva fatto che osservarla dal ponte superiore. Viaggiava in seconda classe, ma sembrava una creatura deliziosa. Purtroppo sapeva che non avrebbe mai avuto alcuna possibilità di fare la sua conoscenza. Anche lei gli aveva lanciato qualche timida occhiata, più di una volta, e quindi Phillip era tornato in quello stesso posto ogni giorno nella speranza di rivederla. Adesso Kate aveva paura che si prendesse una terribile infreddatura rimanendo all'aperto con quell'aria così gelida. In ogni caso, la ragazza doveva avere molto più buon senso — o forse erano stati i genitori a trattenerla — dal momento che non si era fatta vedere. Phillip, avvilito e depresso per tutto il pomeriggio, alla fine aveva deciso di non raggiungere gli altri nemmeno a cena.

«Poverino», esclamò Edwina con comprensione mentre si sedevano a tavola. Suo padre nel frattempo stava scambiando qualche parola con il signor Guggenheim; poi si fermò brevemente a parlare con W. T. Stead, il famoso giornalista e scrittore il quale, anni prima, aveva pubblicato parecchi articoli sul quotidiano dei Winfield a San Francisco. E finalmente Bertram si decise a raggiungere gli altri.

«Chi era la persona con cui parlavi poco fa, caro?» Kate era curiosa. Aveva riconosciuto Stead, ma non l'altro signore.

«Benjamin Guggenheim. L'ho incontrato a New York parecchi anni fa», le spiegò Bert, ma sembrò non desiderare dilungarsi su quell'argomento. E Kate, per la quale suo marito non aveva segreti, si domandò se il motivo non fosse proprio la donna che era in compagnia di Guggenheim, una bionda affascinante. Sospettava che non fosse sua moglie e quando lo domandò a Bert, lui non sembrò particolarmente ansioso di approfondire la questione.

«Quella è la signora Guggenheim?»

«Non credo.» L'argomento era chiuso e Bert si rivolse a Charles domandandogli se avesse indovinato il numero esatto di miglia percorse quel giorno. Ne avevano percorse cinquecentoquarantasei e Bert non si era nemmeno avvicinato a quella cifra, mentre Charles l'aveva azzeccata in pieno. E così facendo aveva anche guadagnato una piccola somma.

La traversata, tutto sommato, aveva offerto a tutti un'ottima occasione per conoscersi meglio. Per il momento, Bert e Kate non potevano che ritenersi soddisfatti di Charles e ormai erano sicuri che, sposandolo, la loro figlia sarebbe stata molto felice.

«Non c'è nessuno che abbia voglia di fare una passeggiata sul ponte assieme a me?» propose Bert mentre uscivano dal salone delle feste dove avevano ascoltato il solito concerto serale. Ma non appena misero piede fuori, si resero conto che faceva troppo freddo. La temperatura era ormai diventata polare e le stelle splendevano ancora più luminose del solito.

«Mio Dio, che gelo!» Kate rabbrividì, malgrado fosse avvolta nella pelliccia. «Stasera fa un freddo incredibile.» Eppure la notte era limpidissima, e nessuno di loro sapeva che il radiotelegrafista aveva ricevuto ulteriori comunicazioni da altre due navi, durante la cena, sulla presenza di pericolosi iceberg nelle vicinanze. Ma tutte le persone che avrebbero dovuto preoccuparsene, erano convinte che non ci fosse nulla da temere.

Erano le dieci e mezzo quando scesero fino al Ponte B. Bert e Kate scambiarono ancora qualche parola a voce bassa mentre si spogliavano. Intanto Charles ed Edwina continuavano a chiacchierare, sorseggiando una coppa di champagne, nel salotto della suite.

Alle undici Kate e Bertram andarono a letto e spensero la luce; più o meno nello stesso momento il transatlantico *Californian*, che si trovava nelle vicinanze, inviò un messaggio radio al *Titanic* per informarlo che avevano appena avvistato un iceberg. Ma il radiotelegrafista del transatlantico, Phillips, era impegnatissimo a trasmettere i messaggi personali dei passeggeri alla stazione di collegamento di Cape Race, nel Newfoundland. Quindi rispose al *Californian* di non interromperlo. Aveva ancora una mezza dozzina di messaggi da trasmettere e le notizie sugli iceberg gli erano già arrivate prima. Ecco perché questa volta pensò che non fosse necessario avvertire il capitano il quale, del resto, aveva già ricevuto le stesse informazioni in precedenza, ma non ne era rimasto particolarmente impressionato. Il *Californian* interruppe allora le comunicazioni e non fornì al *Titanic* le indicazioni relative al luogo in cui era stato localizzato l'iceberg. Phillips continuò a spedire i messaggi a Cape Race, e Kate e Bertram a poco a poco si addormentarono mentre i loro figli più piccoli sognavano nei loro lettini ed Edwina e Charles, abbracciati sul divano del salotto, parlavano dei loro sogni e delle loro speranze mentre si avvicinava mezzanotte.

Stavano ancora parlando quando il transatlantico ebbe una leggera vibrazione, seguita da una scossa, come se avesse urtato contro qualcosa. Il colpo non era stato particolarmente violento, quindi pensarono entrambi che, di qualsiasi cosa si trattasse, non poteva essere di particolare gravità. Continuarono a parlare per qualche minuto e poi, di colpo, Edwina si rese conto che un certo sommesso ronzio non si sentiva più e, con esso, era scomparsa anche quella vibrazione familiare che ormai li accompagnava sempre. Il transatlantico si era fermato e soltanto a quel punto, per la prima volta, Charles diede qualche segno di preoccupazione.

«Secondo te, c'è qualcosa che non va?» Adesso anche Edwina appariva preoccupata. Charles andò a guardare fuori della finestra del salotto che dava sulla fiancata sinistra della nave, ma non riuscì a vedere niente.

«Non penso. Hai sentito quello che tuo padre ha detto oggi. Questo transatlantico è praticamente inaffondabile. Forse stanno facendo riposare i motori, oppure c'è un cambiamento di rotta o qualcosa del genere. Sono sicuro che non è niente.» A ogni modo andò a prendere il cappotto e baciò dolcemente sulle labbra Edwina. «Vado a dare un'occhiata. Torno fra un minuto a farti sapere qualcosa.»

«Vengo anch'io.»

«Fa troppo freddo, fuori. Resta qui, tesoro.»

«Non dire sciocchezze! Quando facevamo colazione a casa dello zio Rupert, faceva ben più freddo!» Allora Charles sorrise e l'aiutò a infilare la pelliccia di sua madre. Continuava a essere convinto che non fosse successo niente di grave. E in ogni caso era sicuro che se si fosse trattato di un guasto avrebbero eseguito rapidamente le riparazioni necessarie, e ben presto la traversata sarebbe ripresa.

Nel corridoio incontrarono altri passeggeri incuriositi, più o meno come loro, gente in camicia da notte e pelliccia, ancora in frac e abito da ballo, oppure in accappatoio. A giudicare dal numero, erano moltissime le persone, John Jacob Astor incluso, che avevano intuito che qualcosa non andava e volevano sapere che cosa fosse successo. Ma un giro sul ponte non rivelò niente più di quello che già sapevano, cioè che il transatlantico si era fermato e tre dei grandi fumaioli continuavano a soffiare vapore nel cielo notturno. Non si notava, almeno esteriormente, alcun segno visibile di pericolo. Nessun grande mistero da risolvere, niente di irreparabile; alla fine uno dei camerieri di bordo spiegò che erano andati a urtare contro un piccolo iceberg ma che non era assolutamente il caso di preoccuparsi. Il signor Astor tornò da sua moglie; anche Charles ed Edwina rientrarono per ripararsi dal freddo e si sentirono confermare che non c'era niente da temere. Anzi, se proprio volevano saperlo, c'era ancora un piccolo pezzo dell'iceberg nella sala di soggiorno della terza classe e qualche persona in coperta, verso prua, poté osservare i passeggeri che, molto più sotto, si buttavano le palle di neve e pezzi di ghiaccio, ridendo.

Né Charles né Edwina trovarono particolarmente divertente quello spettacolo, e poiché, a quanto pareva, sembrava non fosse accaduto niente di drammatico, pensarono che fosse meglio tornare in cabina. Ormai mancavano cinque minuti a mezzanotte, ma quando rientrarono nel salotto della suite, trovarono Bertram ad aspettarli, con aria visibilmente preoccupata.

«Qualcosa non va? Vuole dirmi che cos'è successo?» Parlava sottovoce perché non voleva svegliare sua moglie, ma aveva cominciato a sentirsi inquieto fin da quando i motori si erano fermati.

«Non si direbbe», si affrettò a rispondergli Charles, buttando il suo pesante cappotto su una poltrona. Intanto Edwina si toglieva la pelliccia della madre. «A quanto pare abbiamo urtato contro una massa di ghiaccio, ma nessuno sembra particolarmente preoccupato. Direi che anche l'equipaggio si comporta come se niente fosse e in coperta non si vede niente.» Charles aveva l'aria tranquillissima e Bertram sembrò sollevato. Si sentì un po' sciocco per essersi preoccupato tanto, ma in fondo aveva con sé tutta la sua famiglia e voleva essere sicuro che ogni cosa andasse alla perfezione. Salutò i due ragazzi augurando loro la buona notte, raccomandò a Edwina di non rimanere alzata troppo e se ne tornò a letto. Per l'esattezza, erano le 24.03; intanto nella sala macchine i fuochisti stavano lottando per spegnere i fuochi che ardevano nelle caldaie dell'enorme transatlantico e l'acqua stava già invadendo il pavimento del locale che fungeva da ufficio postale. Il *Titanic* aveva effettivamente urtato un iceberg e le sue prime cinque paratie, cosiddette stagne, erano piene d'acqua entrata dallo squarcio provocato dalla collisione. Sul ponte, il capitano Smith, Bruce Ismay, direttore generale della Star Line, e Thomas Andrews, il costruttore del transatlantico, si fissavano increduli, cercando di capire fino a che punto la situazione fosse disperata.

Le conclusioni alle quali Andrews arrivò erano tutt'altro che ottimistiche. Con cinque paratie stagne completamente piene d'acqua, il *Titanic* non sarebbe rimasto a galla ancora a lungo. Il transatlantico inaffondabile stava per affondare. Si dissero convinti di poterlo tenere a galla ancora per un po', ma nessuno poteva sapere quanto a lungo. Intanto, Bertram Winfield, mentre se ne tornava a letto, ebbe la sensazione — ma fu solo questione di un attimo — che il pavimento sotto i suoi piedi si fosse lievemente inclinato da una parte; comunque, pensò subito che doveva essersi sbagliato.

A mezzanotte e cinque minuti, dietro le insistenze di Thomas Andrews, il capitano Smith guardò i suoi ufficiali che si erano raccolti con lui sul ponte e diede ordine di togliere i teloni che coprivano le lance di salvataggio. Fino a quel punto nessuno aveva fatto le esercitazioni d'uso, non c'erano stati né avvertimenti, né preparativi in tal senso... Quello era il transatlantico che non poteva colare a picco, il bastimento per il quale non avrebbero mai avuto alcuna preoccupazione, ma adesso, tutti i camerieri della prima classe stavano bussando alle porte delle cabine. Bert in un attimo raggiunse il salotto. Aveva sentito delle voci quando Charles si era affrettato a spalancare la porta, ma non era riuscito a capire che cosa dicessero. Ora le parole gli giunsero piuttosto chiare! Il cameriere sorrideva e si stava rivolgendo ai passeggeri con estrema cortesia, come se fossero bambini e lui volesse essere ben sicuro che lo ascoltassero con attenzione; ma non voleva assolutamente che si spaventassero, anche se era chiaro che dovevano eseguire, e con la massima rapidità, gli ordini che stava impartendo.

«Tutti in coperta, con le cinture di salvataggio addosso. Immediatamente!» Non si sentivano né campane, né sirene, nemmeno l'allarme generale. Anzi, era calato uno strano silenzio; purtroppo l'espressione dell'uomo era eloquente. Edwina capì che doveva prendere subito in mano la situazione, come era abituata a fare quando uno dei suoi fratellini si faceva male. Si rese conto che non c'era tempo da perdere e che doveva stare vicino a sua madre per aiutarla con tutti gli altri.

«Ho il tempo di cambiarmi?» domandò Edwina al cameriere prima che questi passasse alla cabina successiva, ma lui si limitò a fare cenno di no e girando appena la testa soggiunse: «Non credo. Rimanga com'è, però infili la cintura di salvataggio. Servirà a tenerla calda. È solo una precauzione, ma bisogna salire immediatamente in coperta». Scomparve. Per un istante Edwina guardò Charles, che le strinse forte la mano, mentre suo padre correva a svegliare Kate e i bambini. Oona era già rientrata dalla sua visita alla cugina, ma dormiva anche lei profondamente.

«Ti aiuto io con i bambini», le propose Charles e andò a chiamare Phillip e George, aiutandoli a infilare le cinture di salvataggio e insistendo perché si affrettassero ma, allo stesso tempo, cercando di non spaventarli troppo, anche se non era facile. Solo George diede subito l'impressione di trovare tutto estremamente divertente, mentre il povero Phillip era chiaramente agitato.

Edwina corse a svegliare Alexis, scrollandola con dolcezza e dandole un rapido bacio, poi andò da Fannie. La tirò su dal letto e poi cercò di scuotere con delicatezza anche il braccio di Oona. Quando Edwina cercò di spiegarle quello che era successo, senza mettere paura ai bambini, Oona la guardò con gli occhi sbarrati.

«Dov'è la mamma?» Alexis sembrava terrorizzata, tanto che si precipitò di nuovo a nascondersi nel suo lettino mentre Edwina raccomandava a Oona di occuparsi di Teddy. Solo in quel momento Kate uscì dalla sua camera da letto infilandosi la vestaglia sulla camicia da notte. Aveva l'aria ancora insonnolita, ma perfettamente composta e controllata. Alexis si precipitò fra le sue braccia, in preda a una paura folle.

«Che cosa succede?» chiese Kate confusa, vedendo il marito, la figlia e anche Charles. «Mentre dormivo è successo qualcosa di grave?» Le sembrava di essere stata catapultata nel mezzo di una situazione drammatica della quale, però, fino a quel momento non capiva ancora nulla.

«Confesso che non lo so.» Bertram volle essere onesto con lei. «Tutto quello che sono riuscito a scoprire è che abbiamo urtato contro un iceberg. Affermano che non è niente di serio, o perlomeno questo è quello che avevano detto a Charles mezz'ora fa; ma adesso ci vogliono tutti in coperta, con la cintura di salvataggio addosso, vicino alle scialuppe che ci sono state indicate a suo tempo.»

«Capisco.» Kate si stava già guardando attorno e abbassando gli occhi vide i piedi di Edwina, che portava un paio di sandali d'argento leggerissimi, con tacchi sottili. In coperta avrebbe avuto i piedi congelati nel giro di cinque minuti. «Edwina, cambiati le scarpe. Oona, infila il cappotto e metti la cintura di salvataggio a Fannie e Teddy. Immediatamente!» Charles era già pronto ad aiutarla, mentre Bertram andò a infilarsi una paio di calzoni sopra il pigiama e si tolse le pantofole per sostituirle con calzini e scarpe. Mise anche un maglione che aveva portato con sé e non aveva mai usato, e poi il cappotto e la cintura di salvataggio. Poi portò un vestito di lana caldo a Kate nella cabina dove lei stava aiutando Alexis a vestirsi e si accorse improvvisamente che il pavimento sotto i suoi piedi ormai era inclinato in modo visibile. Per la prima volta da quando si era svegliato si sentì terrorizzato.

«Su, ragazzi, sbrighiamoci», disse, cercando di dimostrare quella sicurezza e quella tranquillità che non provava affatto. George e Phillip erano pronti. Edwina si era infilata un paio di scarponcini pesanti e un cappotto sopra l'abito da sera di raso celeste; Charles era riuscito con grande pazienza ad aiutarla a vestire e a far mettere le cinture di salvataggio a Fannie, Teddy e Alexis. Soltanto Oona stava ancora correndo in giro a piedi nudi e in camicia da notte. Kate stava infilando sulla vestaglia il pesante abito da viaggio che Bert le aveva portato; poi si mise un paio di scarpe da passeggio e infine la pelliccia.

«Devi vestirti», sussurrò Edwina a Oona. Non voleva che i bambini si spaventassero ancora di più, ma nello stesso tempo cercò di farle capire quanto la situazione fosse grave.

«Oh, Alice... devo andare da mia cugina Alice e dalla piccola Mary...» esclamò Oona piangendo, mentre continuava a correre in giro per la cabina.

«Non farai niente del genere, Oona Ryan. Adesso ti vesti e vieni fuori con noi», le ordinò Kate in tono secco. Intanto teneva Alexis per mano e la bambina, benché fosse terrorizzata, non protestava più.

Capiva che non avrebbe corso alcun pericolo fintanto che era con il papà e la mamma. Adesso erano tutti pronti, all'infuori di Oona che non nascondeva di essere troppo spaventata per seguirli.

«Io non so nuotare... io non so nuotare...» cominciò a gridare.

«Non essere ridicola.» Kate l'afferrò per un braccio e fece segno a Edwina di avviarsi con gli altri. «Non c'è nessun bisogno che tu nuoti, Oona. Vieni con me. Tra un minuto saliamo di sopra. Ma devi metterti qualcosa addosso.» E riuscì a far indossare alla ragazza uno dei propri vestiti di lana pesante; poi si inginocchiò ai suoi piedi e l'aiutò a infilare le scarpe, le buttò sulle spalle un cappotto, afferrò una cintura di salvataggio e, nel giro di pochi minuti, raggiunsero gli altri. A quel punto, ormai, i corridoi erano affollati di persone che si stavano avviando verso i ponti, tutte vestite più o meno nello stesso modo bizzarro dei Winfield, con cinture di salvataggio e facce preoccupate, anche se qualcuno rideva e continuava a ripetere che erano tutte sciocchezze. Era mezzanotte e un quarto e Phillips, il radiotelegrafista, cominciò a lanciare il primo messaggio con una richiesta di soccorso.

Intanto l'acqua continuava a salire a livello dei ponti più bassi, molto più in fretta di quanto il capitano Smith si fosse aspettato, visto che la collisione con l'iceberg era avvenuta solo mezz'ora prima. Ormai sul campo da gioco dello squash l'acqua arrivava fino al soffitto, anche se Fred Wright, l'istruttore, si guardò bene dal dirlo al giovane Phillip Winfield quando lo incontrò mentre si avviavano tutti insieme verso le scialuppe di salvataggio.

«Non pensi che forse avrei dovuto portar con me qualcuno dei miei gioielli?» domandò improvvisamente Kate a Bert, preoccupata. Le veniva in mente soltanto adesso, ma ormai non aveva più voglia di tornare indietro. Aveva con sé la fede nuziale ed era l'unica cosa a cui tenesse o che desiderasse.

«Non preoccuparti.» Lui le sorrise e le strinse forte la mano. «Ti comprerò qualche nuovo gingillo nel caso tu dovessi... non poter più recuperare questi...» preferì non pronunciare la parola «perdere» per paura di quello che poteva sottintendere. Di colpo si sentì invadere dal terrore al pensiero di ciò che poteva accadere a sua moglie e ai suoi figli. Raggiunsero il ponte delle scialuppe di salvataggio. Allungando gli occhi verso la palestra, Bert intravide John Jacob Astor e sua moglie seduti in silenzio sui cavalli meccanici. Non aveva voluto farla rimanere al freddo per paura che, spaventandosi con tutto quel trambusto, e al gelo, rischiasse di perdere il bambino. Avevano già indossato le cinture di salvataggio e lui ne teneva una terza sulle ginocchia giocherellando con il temperino mentre chiacchieravano. Superata la palestra i Winfield si avviarono verso la fiancata sinistra, dove l'equipaggio stava togliendo il telone a otto scialuppe di legno e mentre l'orchestra cominciava a suonare. Altre otto scialuppe vennero preparate dal lato di tribordo, quattro verso poppa, quattro verso prua; e furono aggiunti anche quattro canotti peneumatici. Bert non si sentì certo rassicurato di fronte a questi preparativi, e mentre osservava i marinai si rese conto di avere il cuore in gola e strinse con forza la mano della moglie.

Kate aveva in braccio Fannie e Alexis aggrappata alla gonna. Phillip stringeva a sé il piccolo Teddy. Rimasero così, tutti vicini e uniti, al freddo, incapaci di credere che a bordo di quell'enorme transatlantico dall'aspetto solido e sicuro si stessero approntando le scialuppe di salvataggio sulle quali di lì a poco avrebbero dovuto salire. Di tanto in tanto tra la folla si levava qualche mormorio; poco dopo Kate notò che Phillip si era messo a chiacchierare con un ragazzo con il quale aveva fatto amicizia all'inizio della traversata. Si chiamava Jack Thayer e veniva da Filadelfia. Quella sera suo padre e sua madre erano stati invitati a una cena offerta dai Widener, anche loro oriundi di Filadelfia, in onore del capitano, ma Jack non si era unito a loro. I due ragazzi sorrisero, poi Jack si spostò verso un altro gruppo, alla ricerca dei suoi genitori. Kate vide anche gli Allison di Montreal, con la piccola Lorraine aggrappata alla mano di sua madre e — stretta al cuore — la bambola adorata. Erano rimasti un po' indietro rispetto agli altri e la signora Allison stringeva forte il braccio del marito. La governante teneva il bambino più piccolo, imbacuccato in una coperta per proteggerlo dall'aria gelida.

Il comandante in seconda, Lightoller, era stato incaricato di occuparsi delle scialuppe di salvataggio che si trovavano nella zona di babordo e di farvi salire i passeggeri. Intorno a lui c'era un po' di confusione, anche se tutti si comportavano con educazione. A bordo del transatlantico non era mai stata eseguita una delle esercitazioni di salvataggio prescritte e nessuno aveva mai ricevuto indicazioni sul modo di comportarsi in caso di pericolo né su quale scialuppa imbarcarsi in caso di necessità, a parte l'equipaggio, naturalmente. Ma perfino i marinai non erano del tutto sicuri del compito loro assegnato. Alcuni gruppetti di uomini stavano togliendo il telone alle scialuppe, ma a caso, senza seguire ordini precisi, e vi scaraventavano dentro lanterne e scatole di gallette. La maggior parte della gente si teneva ancora in disparte, mentre alcuni uomini dell'equipaggio si avvicinavano alle gru di imbarcazione e cominciavano a girare le manovelle per sollevare le scialuppe, provvedendo contemporaneamente a spostarle al di fuori del parapetto. Infine le abbassarono. Ora i passeggeri, che immobili ed esitanti li stavano a guardare, avrebbero potuto imbarcarsi. L'orchestra si era messa a suonare un ragtime. A questo punto Alexis scoppiò in lacrime, ma Kate, che la teneva stretta per mano, si chinò per ricordarle che il giorno del suo compleanno era già iniziato e più tardi ci sarebbero stati i regali e, forse, perfino una torta.

«E più tardi, quando saremo tornati tutti sani e salvi a bordo della nave, avrai una meravigliosa festa di compleanno.» Poi Kate si sistemò meglio contro la spalla Fannie, e si strinse Alexis più vicino mentre lanciava un'occhiata a suo marito. Bert stava cercando di capire quello che veniva detto dalle persone intorno a loro, nella speranza di raccogliere qualche informazione più chiara. Ma pareva che nessuno sapesse che cosa stava succedendo, a parte il fatto che presto avrebbero dovuto salire tutti su quelle scialuppe, donne e bambini per primi... e poi gli uomini chissà quando! Fu in quel momento che, mentre l'orchestra continuava a suonare più forte che mai, Kate sorrise ai suoi cari cercando di nascondere il terrore. «È impossibile che la situazione sia tanto grave, altrimenti l'orchestra non suonerebbe una così bella musica, vi pare?» Poi scambiò una lunga occhiata con Bertram e solo in quel momento si rese conto di quanto fosse spaventato anche lui. Purtroppo avevano ben poco da dire ed era meglio tacere, soprattutto con i bambini. Tutto stava accadendo troppo, troppo rapidamente.

Edwina era in piedi vicino a Charles, che stava conversando con qualche altro giovanotto. Nell'aria gelida della notte, continuavano a tenersi per mano. Lei aveva dimenticato i guanti e Charles le teneva le mani strette fra le proprie e cercava di scaldarle le dita ghiacciate. In quel momento vennero chiamate le donne e i bambini, ma sembrò che i passeggeri si tirassero istintivamente indietro quando l'ufficiale in seconda, Lightoller, diede ordine di fare in fretta. Nessuno riusciva ancora a credere che il pericolo fosse tanto grave. Un certo numero di donne sembrò esitare e furono i mariti a prendere in mano la situazione. I signori Kenyon, Pears e Wick spinsero verso la scialuppa le mogli e le aiutarono a salire mentre loro li supplicavano di non lasciarle proprio in quel momento.

«Non fate le sciocche, signore», si mise a gridare uno dei mariti a nome di tutti. «Per la colazione saremo di nuovo a bordo della nave. Qualunque sia il guasto, per quell'ora lo avranno scoperto... e pensate un po' che razza di avventura state vivendo!» Aveva un tono così gioviale che qualcuno si mise a ridere e un gruppetto di donne si fece avanti timidamente. Molte avevano con sé le cameriere, ma ai mariti fu ordinato senza mezzi termini di tenersi in disparte. Sulle scialuppe dovevano salire soltanto le donne e i bambini. Lightoller non avrebbe mai permesso a un uomo di seguire i suoi cari. E malgrado le donne protestassero affermando che i mariti avrebbero potuto aiutarle a remare, Lightoller non volle sentire ragioni. L'ordine da lui ricevuto era di caricare sulle scialuppe donne e bambini *soltanto*. Quando pronunciò di nuovo queste parole, Oona guardò Kate e di colpo scoppiò in lacrime.

«Non posso, signora... non posso, non so nuotare... Alice, e Mary...» E cominciò a tirarsi indietro lentamente. Kate capì che aveva tutte le intenzioni di scappare. Solo per pochi attimi si staccò da Alexis e si avvicinò alla ragazza nella speranza di confortarla, ma Oona dopo essersi lasciata sfuggire un grido, girò sui tacchi e scappò via correndo per raggiungere la terza classe dove si trovavano la cugina e la sua bambina.

«Devo seguirla?» domandò Phillip a sua madre, lanciandole

un'occhiata preoccupata, mentre lei ritornava verso il gruppetto di bambini. Kate rivolse uno sguardo pieno di ansia a Bertram. A quel punto la piccola Fannie si era messa a piagnucolare ed Edwina ora teneva il piccolo Teddy fra le braccia. Ma Bertram non voleva che nessuno di loro si precipitasse all'inseguimento di Oona. La ragazza era tanto sciocca da correre chissà dove, c'era solo da sperare che salisse su un'altra lancia di salvataggio e si riunisse a loro più tardi. Non voleva che nessuno della sua famiglia si smarrisse; era essenziale che rimanessero tutti insieme.

Kate esitò e poi si voltò a domandargli: «Non possiamo aspettare? Non voglio lasciarti. Forse, se aspettassimo, non è escluso che tutto si risolva... e avremmo fatto prendere un terribile spavento ai bambini per nulla». Proprio mentre parlava, il ponte si inclinò ancora di più e Bertram a quel punto non si fece più illusioni. La situazione era grave e qualsiasi ritardo avrebbe potuto rivelarsi fatale. Non poteva sapere che, sul ponte, Thomas Andrews aveva informato il capitano Smith che avevano poco più di un'ora prima che il transatlantico colasse a picco, e che le scialuppe di salvataggio sarebbero state sufficienti solo per meno della metà dei passeggeri. Si stavano facendo sforzi disperati per avvertire il *Californian*, a sole dieci miglia di distanza, ma disgraziatamente, malgrado i tentativi frenetici del radiotelegrafista, non riusciva a riprendere le comunicazioni interrotte.

«Adesso tocca a te, Kate. Voglio che tu vada.» Bert pronunciò queste parole a voce bassa e Kate, fissandolo negli occhi, rimase sconvolta da quello che vi lesse. Le bastò quello sguardo per capire che era preoccupato... e impaurito come mai lo aveva visto in vita sua! E istintivamente si voltò a cercare Alexis che solo fino a pochi minuti prima le era vicina. Ma la bambina non era aggrappata alle sue gonne questa volta. Alexis non c'era. Kate aveva lasciato la sua mano per tentare di rincorrere Oona pochi minuti prima. Si guardò attorno a lungo, frugando con gli occhi tra la folla e controllò che non fosse andata a raggiungere Edwina, ma Edwina stava parlando a bassa voce con Charles, e George era vicino a loro, con l'aria infreddolita e stanca, molto meno eccitato di mezz'ora prima. Il ragazzino parve rianimarsi quando in aria si levò un'esplosione di razzi che illuminarono il cielo notturno tutt'intorno a loro. Ormai erano le 24.45 ed era passata poco più di un'ora da quando si era verificata la collisione con l'iceberg e ai passeggeri era stato detto che non correvano alcun pericolo.

«Che cosa significa questo, Bert?» sussurrò Kate, sempre guardandosi attorno angosciata alla ricerca di Alexis. Chissà, forse era andata a parlare con la figlia degli Allison, a giocare con le bambole, come tante altre volte.

«Significa che la situazione è molto grave, Kate.» E fu così che Bert le spiegò l'improvviso lancio dei razzi. «Devi salire immediatamente su una di quelle lance, con i bambini.» E stavolta Kate non si fece illusioni: Bert parlava sul serio. Le strinse con forza la mano e la guardò con gli occhi pieni di lacrime.

«Non so dove sia andata Alexis», disse con voce tremante in preda al panico, e Bert si guardò attorno angosciato, ma per quanto con la sua altezza dominasse la folla non riuscì a vedere la figlia. «Secondo me è andata a nascondersi. La tenevo per mano fino a pochi minuti fa, quando sono corsa dietro a Oona...» mormorò tra le lacrime. «Oh, mio Dio, Bert... dov'è? Dove può essere finita?»

«Non ti preoccupare, la troverò io. Rimani con gli altri, tu!» Si fece largo tra la folla, passò attraverso un gruppo, frugò in ogni angolo, correndo da una parte all'altra. Alexis non si vedeva in nessun posto. Allora tornò da Kate che adesso teneva Teddy fra le braccia e stava cercando di non perdere d'occhio George. Alzò la testa e guardò con ansia suo marito, in una tacita domanda, e lui per tutta risposta scrollò il capo. «Non ancora», mormorò, «ma non può essere andata lontano. Non si stacca mai da te!» Però appariva sconvolto e preoccupato.

«Vuol dire che si è smarrita!» Kate era in preda al panico. Pensò ad Alexis, che aveva solo sei anni, in mezzo a quella confusione, mentre i passeggeri cominciavano a salire a bordo delle scialuppe di salvataggio.

«Sarà andata a nascondersi», esclamò Bert aggrottando la fronte. «Lo sai anche tu quanta paura ha dell'acqua!» E quanta paura aveva avuto di salire a bordo del transatlantico, e come Kate l'aveva rassicurata affermando che non poteva succederle niente! Purtroppo era accaduto esattamente il contrario e adesso la bambina era sparita... Lightoller chiamò di nuovo altre donne e altri bambini. L'orchestra continuava a suonare vicino a loro. «Kate...» Bert la guardò, ma aveva già capito che senza Alexis non si sarebbe mai mossa. E forse nemmeno se Alexis fosse stata ritrovata.

«Non posso...» mormorò guardandosi attorno. Intanto, al di sopra delle loro teste i razzi continuavano a esplodere con il rombo di cannonate.

«Allora manda Edwina.» Adesso Bertram aveva il viso coperto da un velo di sudore... Mai avrebbe immaginato di ritrovarsi a vivere un incubo simile! Mentre il ponte di coperta continuava a inclinarsi sotto i loro piedi, si rese conto che il transatlantico inaffondabile stava per colare a picco. Si avvicinò a sua moglie e le tolse il piccolo Teddy dalle braccia; con dolcezza, quasi senza accorgersene, baciò quei riccioli che spuntavano da sotto il berrettino di lana che Oona gli aveva calzato bene sulla testa. «Edwina può portare i più piccini con sé. E tu salirai sulla prossima scialuppa con Alexis.»

«E tu?» Il viso di Kate era di un pallore mortale nell'abbacinante riflesso delle luce dei razzi. Intanto l'orchestra era passata da un ragtime a una serie di valzer. «E George, e Phillip?... e Charles?...»

«Per ora non permettono agli uomini di salire sulle scialuppe», disse Bert in risposta alla sua domanda. «Hai sentito che cosa diceva quell'uomo. Prima le donne e i bambini. Phillip, George, Charles e io vi raggiungeremo in seguito.» Vicino a loro si era intanto radunato un gruppo di uomini che salutavano con grandi gesti della mano le loro mogli, mentre la scialuppa si riempiva lentamente. L'una era passata da cinque minuti e l'aria stava diventando sempre più fredda. Le donne continuavano a supplicare il comandante Lightoller di consentire ai mariti di raggiungerle, ma lui fu irremovibile. Anzi, allontanò con fermezza gli uomini, deciso a non cedere a preghiere o suppliche.

In quel momento Kate raggiunse rapidamente Edwina per riferirle le disposizioni che Bert le aveva appena dato: «Papà vuole che tu salga su una di quelle scialuppe insieme con Fannie e Teddy. E con George», aggiunse all'improvviso. Voleva che almeno lui potesse rimanere unito alle sorelle. In fondo era ancora un bambino, aveva soltanto dodici anni.

«E tu?» domandò Edwina, fissando sconvolta sua madre, e angosciata alla prospettiva di lasciare il resto della famiglia a bordo di quella nave, portando con sé soltanto George e i due fratellini più piccoli.

«Io ti raggiungerò con la prossima scialuppa, e con Alexis», le rispose Kate con calma. «Sono sicura che si sarà nascosta da qualche parte, e ha solo paura di farsi avanti perché non vuole salire sulla scialuppa!» In realtà Kate non era affatto sicura che questa fosse la verità, ma pensava che fosse meglio non mettere in allarme la figlia maggiore. Voleva assolutamente che Edwina si imbarcasse su una di quelle scialuppe con i bambini più piccoli. E il fatto che Oona le avesse abbandonate complicava la situazione. Kate si chiese se avesse rintracciato la cugina. «George ti potrà essere di aiuto fino a quando non arriveremo papà e io.» Ma George si lasciò sfuggire un gemito a quella prospettiva; lui avrebbe voluto rimanere fino alla fine insieme agli uomini. Kate invece lo riaccompagnò con molta fermezza verso Bert, seguita da Charles e Phillip. «Non l'hai ancora trovata?» domandò a suo marito, alludendo ad Alexis, mentre si guardò attorno sempre più angosciata e innervosita. Purtroppo, della bambina non c'era nessuna traccia. Ormai Kate era ansiosa di far salire gli altri figli sulla scialuppa in modo da poter aiutare Bert a cercare Alexis. Ma Bert era impegnato. Lightoller aveva dato ordine di preparare la scialuppa numero otto e alcune donne vi erano già salite, ma c'erano ancora molti posti vuoti. Ci sarebbe stata la possibilità di imbarcarvi anche parte degli uomini, ma a quel punto nessuno avrebbe più osato mettere in discussione gli ordini dell'ufficiale, così severo e deciso. Anzi era addirittura corsa voce che Lightoller avesse minacciato di sparare a chiunque si fosse azzardato a tentare di imbarcarsi. Nessuno si arrischiò quindi a sfidare gli ordini.

«Altri quattro!» gridò Bert ed Edwina si voltò a dare un'ultimo sguardo terrorizzato ai genitori, e al di là delle loro spalle a Charles, che la fissava angosciato e ammutolito.

«Ma...» Non ebbe neppure il tempo di parlare perché suo padre la spinse verso la scialuppa numero otto con Fannie, George e il piccolo Teddy fra le braccia.

«Mamma... non posso aspettare anche te?» chiese con gli occhi pieni di lacrime; per un attimo si guardò attorno con aria smarrita come una bambina. Sua madre l'abbracciò stretta e la fissò negli occhi. Teddy si mise a strillare e a tendere anche lui le braccine paffute verso la mamma.

«No, piccolino, vai con Edwina... la mamma ti vuole bene, lo sai...» gli mormorò Kate con voce carezzevole, accostando il proprio viso a quello del bambino, poi gli baciò una guancia, gli baciò le manine e infine con la punta delle dita carezzò il viso di Edwina, guardando con tenerezza la figlia maggiore. Aveva gli occhi pieni di lacrime e questa volta non erano lacrime di paura ma di dolore. «Da un momento all'altro vi raggiungerò anch'io. Ti voglio bene, bambina mia adorata, ti voglio bene con tutto il cuore. Qualsiasi cosa succeda... prenditi cura di loro!» E poi sussurrò: «Vai, perché così ti salverai... ci vediamo fra poco». Per un attimo Edwina si domandò se sua madre fosse davvero convinta di quello che stava dicendo e improvvisamente capì che non voleva andarsene senza di lei.

«Oh, mamma... no...» mormorò aggrappandosi a lei, con il piccolo Teddy fra le braccia; e a un tratto entrambi scoppiarono a piangere invocando la madre. Ma le braccia salde e robuste degli uomini l'afferrarono insieme a George e a Fannie. Edwina rivolse una lunga occhiata colma di terrore a sua madre, a suo padre e a Charles. Non aveva neppure avuto il tempo di dirgli addio. Allora gli gridò: «Ti amo», mentre lui le mandava un bacio e agitava le braccia. Le lanciò poi i suoi guanti ed Edwina li afferrò al volo, mentre si metteva a sedere, senza staccare lo sguardo dal fidanzato. Anche Charles la stava fissando, come se volesse imprimersi per sempre negli occhi la sua immagine. «Sii coraggiosa, bambina mia! Vedrai che arriveremo presto anche noi», le gridò. In quel momento la scialuppa venne calata ed Edwina non riuscì quasi più a vederli. Con gli occhi annebbiati dalle lacrime guardò sua madre, suo padre e Charles, finché non li vide più. Kate udì ancora il piccolo Teddy piangere disperatamente e rivolse ai suoi figli un ultimo gesto di saluto, lottando per ricacciare indietro le lacrime, immobile sul ponte, stringendo forte la mano di suo marito. Lightoller si era opposto vedendo George salire sulla scialuppa, ma Bert si era affrettato a spiegargli che non aveva ancora compiuto dodici anni. Poi, senza aspettare i commenti del comandante, aveva preso in braccio il figlio e l'aveva issato a bordo. In realtà aveva mentito perché George aveva compiuto i dodici anni già da due mesi; d'altra parte temeva che, dichiarando la sua vera età, non avrebbe potuto mettere in salvo il figlio. Anche se George lo aveva supplicato di lasciarlo rimanere con lui e con Phillip, Bert aveva pensato che, sola con i due fratellini più piccoli, Edwina avrebbe avuto bisogno del suo aiuto.

«Vi voglio bene, ragazzi», sussurrò Bert. E rimase a guardarli fino a quando non riuscì più a vederli e la scialuppa toccò l'acqua. Poi, dopo aver gridato le ultime parole di incoraggiamento: «Presto arriveremo anche la mamma e io», aveva voltato in fretta le spalle perché i suoi figli non lo vedessero scoppiare in lacrime.

Kate si lasciò sfuggire un grido disperato quando la scialuppa venne calata in acqua, ma all'ultimo momento si fece coraggio e guardò giù aggrappandosi con forza alla mano di Bertram. Vide che Edwina stringeva a sé Teddy e teneva per mano Fannie. George alzò gli occhi verso di loro mentre la scialuppa cigolando scendeva lentamente sulla superficie del mare. La manovra era delicata; Lightoller sembrava un chirurgo che eseguisse un'operazione difficile: una mossa troppo rapida, un attimo di distrazione e la scialuppa avrebbe potuto rovesciarsi catapultando i passeggeri nelle acque gelide. Intanto, intorno a loro si udivano grida di ogni genere, invocazioni disperate, raccomandazioni, frasi d'amore. Poi, tutto a un tratto, quando era ancora a metà discesa, Kate riconobbe la voce di Edwina. La vide agitare freneticamente le braccia, fare cenni con la testa per indicarle qualcosa. Allora Kate guardò verso la prua della scialuppa e la vide. Un'aureola di riccioli biondi... Anche se il volto era voltato dall'altra parte, era impossibile non riconoscere Alexis rannicchiata lì sotto! Kate si sentì travolgere da un'ondata di sollievo mentre gridava a Edwina: «La vedo!... la vedo!...» Era in salvo, con gli altri... i suoi cinque figli, le sue cinque adorate creature erano tutte a bordo di quella scialuppa! Adesso non le restava altro che imbarcarsi anche lei su un'altra, insieme a Phillip, Charles e Bert. Lui stava chiacchierando a bassa voce con alcuni degli uomini che si erano appena separati dalle mogli; cercavano di farsi coraggio reciprocamente affermando che presto tutto si sarebbe sistemato e anche loro avrebbero abbandonato il transatlantico.

«Oh, Dio sia ringraziato, Bert! Edwina l'ha trovata!» Kate provò un tale sollievo dopo aver ritrovato Alexis da dimenticare le terribili tensioni di quelle ultime ore. «Ma perché mai è salita su una scialuppa di salvataggio senza di noi?» chiese, rivolta al marito.

«Può darsi che qualcuno l'abbia presa in braccio e l'abbia fatta salire mentre lei si allontanava da noi. E Alexis, troppo spaventata, non ha avuto il coraggio di parlare. A ogni modo, ormai è in salvo. Adesso voglio che sulla prossima scialuppa salga tu. Sono stato chiaro?» Bert assunse un tono severo, più che altro per nascondere la propria angoscia e il proprio terrore; ma Kate lo conosceva troppo bene per credere a ciò che le stava dicendo.

«Non capisco per quale motivo non posso aspettare anch'io con te, Phillip e Charles. I bambini sono al sicuro con Edwina.» Ora che sapeva che tutti i suoi figli erano in salvo sulla stessa scialuppa e che Alexis non correva più alcun pericolo, affidata finalmente alle cure della sorella maggiore, scoprì che desiderava restare accanto a suo marito. Rabbrividì pensando quale sarebbe stata la sua angoscia se non avesse avuto notizie di Alexis, e ringraziò di nuovo Dio che Edwina fosse riuscita a farle sapere che la bambina non correva più alcun pericolo.

Intanto le scialuppe di salvataggio si stavano allontanando dal transatlantico. Mentre la scialuppa numero otto toccava le gelide acque sottostanti, Edwina si strinse al petto il piccolo Teddy e cercò di far sedere Fannie sulle ginocchia, ma i sedili erano troppo alti e ci riuscì solo a fatica. Adesso avrebbe voluto spostarsi verso la prua della scialuppa, in modo da far sapere ad Alexis che era lì anche lei, ma ormai era impossibile muoversi da dove si trovava. Intanto George stava remando con tutti gli altri. Questo bastava a farlo sentire un personaggio importante; e in effetti, c'era un gran bisogno del suo aiuto. A un certo punto Edwina si decise finalmente a pregare una delle altre donne affinché avvertisse Alexis che sulla scialuppa c'era anche lei e attese con espressione angosciata mentre il messaggio passava di bocca in bocca. Quando finalmente la bambina si voltò, Edwina poté vederla chiaramente in faccia e si lasciò sfuggire un grido. Era una bambina bellissima e piangeva disperatamente perché aveva lasciato la madre a bordo del transatlantico... ma non era Alexis. Edwina si rese conto di avere fatto una cosa terribile. Aveva detto a sua madre che Alexis era lì con lei e perciò nessuno della famiglia si sarebbe più preoccupato di cercarla. Le sfuggì un singhiozzo mentre guardava la bambina bionda e anche Fannie cominciò a piangere perché Edwina, senza accorgersene, la stava stringendo sempre più forte a sé, facendole male.

In quel preciso momento Alexis era invece tranquillamente seduta nella sua cabina. Era sgattaiolata via quando Kate le aveva lasciato la mano un attimo per rincorrere Oona, e lei era tornata sottocoperta, come avrebbe voluto fare fin dal principio.

Aveva dimenticato la sua bellissima bambola sul letto e non voleva lasciare la nave senza portarla con sé. Non appena rientrata nella cabina aveva visto la bambola ed era corsa a prenderla; poi le era sembrato che lì ci fosse molta più tranquillità. E aveva molto meno paura di prima. Adesso non avrebbe più dovuto salire su una scialuppa, rischiando di cadere in quella brutta acqua nera! Decise così di aspettare lì che tutto finisse e che gli altri tornassero indietro. E si mise tranquillamente a sedere con la «Signora Thomas», la bambola. Intanto sentiva la banda che continuava a suonare, di sopra, e la musica del ragtime arrivava dalle finestre aperte, insieme alle voci e alle grida. Non si sentiva più correre nessuno nel corridoio.

Tutti erano fuori, sui ponti del transatlantico, per salutare le persone alle quali volevano bene e per salire sulle scialuppe, mentre i razzi continuavano a esplodere nel cielo scuro e il radiotelegrafista tentava disperatamente di chiamare in aiuto tutti i bastimenti nelle vicinanze. Il primo a rispondere fu il *Frankfurt*, alle 24.18; poi il *Mount Temple*, il *Virginian* e il *Birma*. Nessuna risposta dal *Californian*, che aveva interrotto le comunicazioni dal momento in cui, intorno alle undici, quella sera, aveva lanciato un messaggio per segnalare l'iceberg nelle vicinanze e Phillips aveva replicato pregando il radiotelegrafista di non interromperlo più. Da allora in poi la radio del *Californian* aveva sempre taciuto. Anzi, in realtà, era stata chiusa. Eppure si trattava dell'unico bastimento tanto vicino da essere in grado di aiutarli. Disgraziatamente, sembrava impossibile mettersi in comunicazione. Perfino i razzi non servirono a niente. Tutti coloro che li videro, a bordo del *Californian*, pensarono semplicemente che facessero parte dei festeggiamenti che dovevano senz'altro svolgersi durante il viaggio inaugurale. A nessuno passò nemmeno per la testa che l'inaffondabile *Titanic* potesse avere dei problemi. Chi poteva mai pensare una cosa del genere?

Alle 24.25 il *Carpathia*, che si trovava a sole cinquantotto miglia di distanza, si mise in contatto con il *Titanic* e promise di raggiungerlo il più in fretta possibile. A quel punto ormai anche l'*Olympic*, la nave gemella, era entrata in comunicazione con il *Titanic*, ma purtroppo si trovava a cinquecento miglia e quindi era troppo lontana per poter dare un aiuto immediato.

Il capitano Smith non faceva che entrare e uscire dalla cabina radio e dopo aver visto che il radiotelegrafista Phillips mandava nell'etere il solito segnale di pericolo e la richiesta di soccorso, insistette perché venisse inviato anche quello nuovo, l'SOS appena entrato nell'uso delle segnalazioni marittime, con la speranza che qualche radioascoltatore dilettante potesse captarlo. A quel punto ogni aiuto sarebbe stato gradito perché la situazione era disperata. Erano le 24.45 quando venne lanciato il primo SOS e in quel momento Alexis era sola nella cabina avvolta dal silenzio. Giocava con la bambola e canticchiava tra sé. Sapeva benissimo che gli altri l'avrebbero rimproverata molto severamente quando fossero tornati, ma forse non si sarebbero troppo arrabbiati con lei perché era scappata via... in fondo era il giorno del suo compleanno! Aveva sei anni adesso. Ma la sua bambola era molto più vecchia. Si divertiva a raccontare che la Signora Thomas aveva ventiquattro anni. Era una donna. Una persona grande.

Sul ponte, Lightoller stava facendo salire altre persone su un'altra scialuppa; intanto da tribordo, su quelle che venivano calate in mare, era salito anche qualche uomo.

A babordo, invece, Lightoller non ammetteva deroghe e imbarcava soltanto le donne e i bambini. Anche le scialuppe di seconda classe cominciavano a riempirsi, mentre alcuni passeggeri di terza classe erano riusciti a scardinare porte sbarrate e ad abbattere barriere di ogni genere nella speranza di salire sulle scialuppe di seconda o addirittura di prima classe, ma non avevano nessuna idea di dove andare o di come arrivarci. Qualche membro dell'equipaggio minacciò di sparare contro di loro se si fossero azzardati a cercare un passaggio attraverso la nave. Avevano infatti paura che saccheggiassero le cabine o danneggiassero le proprietà di altri passeggeri. Quindi li invitarono a tornare indietro, mentre la gente urlava e supplicava i membri dell'equipaggio di non tenerli lontano dalle scialuppe di salvataggio di prima classe. Una ragazza irlandese, accompagnata da un'altra giovane donna più o meno della sua età e da una bambinetta, stava spiegando che lei era scesa lì dalla prima classe poco prima, ma il marinaio di guardia le impedì di abbandonare la zona della nave occupata dai viaggiatori di terza classe. Era troppo furbo per credere a storie del genere!

Kate e Bert, intanto, erano entrati per pochi istanti nella palestra, un po' per cercare di riscaldarsi e un po' per sfuggire a quello spettacolo straziante. Phillip rimase invece sul ponte, con Jack Thayer e Charles, ad aiutare le donne e i bambini a salire sulle lance. Dan Martin aveva appena fatto salire sua moglie sulla stessa scialuppa di Edwina e un altro passeggero aveva accompagnato sua moglie con il loro bambino piccolo. Kate e Bert si accorsero che gli Astor erano sempre seduti sui cavalli meccanici, in palestra, e chiacchieravano sottovoce. Si sarebbe detto che lei non avesse nessuna fretta di lasciare il transatlantico e lui aveva messo in guardia la cameriera di sua moglie e il proprio cameriere personale sul ponte perché tenessero d'occhio la situazione.

«Credi che i ragazzi non corrano pericoli?» Kate guardò Bert preoccupata e lui fece cenno di no con la testa, sollevato al pensiero che Edwina avesse trovato Alexis e che almeno cinque dei loro figli fossero riusciti ad abbandonare la nave. Ma continuava ad arrovellarsi per cercare il modo di far salire su una scialuppa anche Kate e Phillip. Sperava che Lightoller, alla fine, si sarebbe impietosito e avrebbe accolto anche Phillip. Per Charles e Bert le possibilità erano molto poche, e lo sapevano.

«Credo che non avranno difficoltà», riprese Bert, rassicurando la moglie. «A ogni modo è certo un'esperienza che nessuno di loro dimenticherà. E neppure io», aggiunse rivolgendo a Kate un'occhiata preoccupata. «Vedi, sono convinto che il transatlantico stia per affondare.» Ormai ne aveva la certezza già da una buona mezz'ora, anche se nessuno dell'equipaggio voleva ammetterlo e l'orchestra continuava a suonare come se quella fosse una serata come tutte le altre. Poi, guardando la moglie con amore, prese una delle sue mani lunghe e sottili e cominciò a baciarle la punta delle dita. «Voglio che tu salga sulla prossima scialuppa, Kate. Cercherò di persuadere in qualche modo i marinai perché facciano salire anche Phillip con te. Ha soltanto sedici anni, non dovrebbero esserci grandi difficoltà. In fondo è poco più di un ragazzo.»

Il problema, purtroppo, non era tanto convincere lei quanto Lightoller.

«Non vedo per quale motivo non potremmo aspettare anche noi fino a quando non cominceranno a far salire gli uomini sulle scialuppe. Così potremmo lasciare la nave insieme. Adesso non potrei aiutare Edwina in nessun modo, perché ci troveremmo comunque su scialuppe diverse. Per fortuna è una ragazza molto brava e capace.»

Era terribile essere separata da loro, ma Kate si sforzò di sorridere, convinta che ormai fossero in salvo. *Doveva* essere così. Del resto, per i fratelli Edwina era una seconda mamma. Ma adesso ciò che importava era mettere in salvo il figlio maggiore, il marito e il fidanzato di Edwina, Charles. Solo quando si fossero ritrovati insieme su una scialuppa di salvataggio non si sarebbe preoccupata della sorte del transatlantico. Sembrava che le operazioni si svolgessero con la massima calma e le scialuppe che venivano calate in mare non erano nemmeno al completo, il che poteva significare soltanto una cosa, cioè che c'erano posti per tutti. Era sicura che avessero a disposizione ancora molte ore prima che accadesse qualcosa di grave... ma forse non sarebbe accaduto proprio niente. Quell'atmosfera di falsa calma la indusse a convincersi che non avevano niente da temere.

Invece, sul ponte di comando, il capitano Smith sapeva la verità. L'una del mattino era già passata da un pezzo e la sala macchine era completamente allagata. Non c'erano più dubbi: il transatlantico sarebbe affondato. Restava solo da vedere se ciò sarebbe accaduto molto presto, oppure se rimaneva ancora del tempo... Ma era ormai certo che il tempo a disposizione era brevissimo. Il radiotelegrafista Phillps stava lanciando messaggi disperati dappertutto; a bordo del *Californian*, con la radio ancora fuori servizio, i passeggeri osservavano i razzi sparati dal *Titanic* senza nemmeno immaginare quale fosse il loro significato. Erano sempre convinti che a bordo del transatlantico si facesse festa. A un certo momento però si resero conto che c'era qualcosa di anomalo e uno degli ufficiali ebbe l'impressione che lo scafo fosse inclinato nell'acqua con una strana angolatura. Ma a nessuno passò per la mente che stesse per colare a picco. L'*Olympic* radiotelegrafò in risposta informandosi se il *Titanic* poteva andargli incontro. Nessuno si rendeva conto di ciò che stava succedendo né della rapidità con cui stavano affondando. Era inconcepibile che un transatlantico «inaffondabile», il più grande che a quell'epoca solcasse i mari, stesse per essere inghiottito dalle acque dell'oceano. In effetti ormai era affondato quasi per metà.

Quando Bert e Kate uscirono dalla palestra trovarono l'atmosfera molto cambiata. La paura si stava ormai impadronendo di tutti e i mariti spingevano a viva forza le mogli sulle scialuppe di salvataggio. Lightoller, a babordo, non derogava dalla regola di far salire sulle lance solo le donne e i bambini, mentre sul lato opposto qualche uomo si vedeva offrire una speranza di salvezza soprattutto se affermava di intendersene, bene o male, di barche. In effetti, solo a forza di remi era possibile allontanare le scialuppe dal transatlantico. Parecchie persone adesso piangevano senza ritegno e ovunque, intorno a loro, le scene di addio erano strazianti. Ormai gran parte dei bambini non era più a bordo e Kate si sentì molto sollevata al pensiero che anche i suoi figli fossero in salvo, a parte Phillip, che presto avrebbe comunque lasciato il *Titanic* con loro. Poi, quando con la coda dell'occhio scorse la piccola Lorraine Allison ancora sul ponte, aggrappata alla mano di sua madre, pensò ad Alexis, che per fortuna era sana e salva con i fratelli e le sorelle sulla scialuppa numero otto. La signora Allison aveva voluto tenere Lorraine con sé e fino a quel momento si era sempre rifiutata di dividersi dal marito, anche se aveva fatto imbarcare il figlio più piccolo, Trevor, insieme con la bambinaia, su una delle prime scialuppe che avevano lasciato il transatlantico. Del resto Kate aveva già visto intere famiglie che si separavano. Mogli e figli precedevano i mariti, sicure che avrebbero comunque trovato posto a bordo delle scialuppe calate in mare successivamente. Fu solo verso la fine che risultò chiaro a tutti che non c'era nessun'altra lancia da calare in mare. A bordo erano rimaste quasi duemila persone per le quali non c'era via di scampo, nessuna possibilità di abbandonare il transatlantico che stava per colare a picco. Anche i passeggeri cominciarono a rendersi conto di quello che il capitano, i costruttori e il direttore generale della White Star Line avevano sempre saputo fin dal principio, cioè che non c'erano scialuppe di salvataggio per tutti. Se il transatlantico si fosse inabissato, gran parte dei passeggeri sarebbe annegata... Ma chi aveva mai pensato che il *Titanic* potesse affondare e che sarebbero state necessarie tutte le scialuppe a disposizione — e altre ancora — per mettersi in salvo?

Il capitano era sempre sul ponte e Thomas Andrews, il direttore generale della società che aveva costruito il gigantesco bastimento, continuava ad aiutare la gente a salire sulle scialuppe. Bruce Ysmay, invece, direttore generale della White Star, dopo essersi rialzato il bavero della giacca, aveva preso posto su una delle lance e nessuno aveva avuto il coraggio di opporsi e obbligarlo a scendere. Fu così uno dei pochi fortunati a cui fu offerta la salvezza, mentre quasi duemila persone venivano abbandonate al loro tragico destino sul *Titanic* che colava a picco.

«Kate...» sussurrò Bert e guardò la moglie con espressione significativa mentre osservavano entrambi la scialuppa successiva che oscillando si abbassava appesa alla gru. «Voglio che tu salga su questa.» Ma lei fece cenno di no con la testa, decisa, e lo fissò. Quando il suo sguardo incrociò quello del marito, nei suoi occhi lui vide una calma e una forza straordinaria. Kate gli aveva sempre ubbidito; ma questa volta era chiaro che si sarebbe ribellata e niente sarebbe servito a farle cambiare opinione.

«Io non ti lascio», mormorò a fior di labbra. «Ma voglio che Phillip salga su quella scialuppa, adesso. Io rimango qui con te. Abbandoneremo il transatlantico insieme quando sarà possibile.» Era in piedi e lo fissava con aria decisa. Oramai sarebbe stato impossibile farle cambiare idea, e Bert lo sapeva fin troppo bene. Lo aveva amato, aveva vissuto con lui per ventidue anni e non lo avrebbe lasciato proprio adesso. Tutti i suoi figli all'infuori di uno erano salvi; e lei non si sarebbe divisa da suo marito.

«E se noi non riuscissimo a lasciare la nave?» Da quando quasi tutti i loro figli si erano allontanati, il suo terrore era un po' diminuito, al punto che adesso riusciva perfino a pronunciare parole simili. Ormai desiderava soltanto mettere in salvo Kate e Phillip, e anche Charles, se ci fosse riuscito. Per quanto lo riguardava, era pronto a inabissarsi con il transatlantico purché il resto della sua famiglia si salvasse. Un sacrificio che era disposto a fare per amore di Kate e dei suoi figli. Non voleva però che si sacrificasse anche lei. Non sarebbe stato giusto né per lei né per la sua famiglia. I figli avevano bisogno di una madre. «Non voglio che tu rimanga qui, Kate.»

«Ti amo», mormorò lei e queste parole dicevano tutto.

«Anch'io ti amo.» La tenne stretta a sé per un attimo che parve lunghissimo e pensò di fare ciò che aveva visto fare anche da altri, cioè imporsi con la forza e affidare la moglie alle braccia di un marinaio che l'avrebbe imbarcata a viva forza su una delle scialuppe. Ma non si sentiva di fare questo a Kate. L'amava troppo, avevano vissuto insieme troppo a lungo. Doveva rispettare la sua volontà anche se questo poteva costarle la vita. Ma non poté non apprezzare il valore di quel gesto. Kate era pronta a morire insieme a lui. Del resto quello che li aveva sempre legati era proprio un amore di questo genere, un amore totale, al quale si univano la tenerezza e la passione.

«Se tu rimani, voglio rimanere anch'io.» Kate pronunciò queste parole con voce limpida mentre Bert la teneva stretta a sé, ansioso di mandarla via e nello stesso tempo di non costringerla a fare qualcosa che non volesse. «Se tu muori, voglio stare con te.»

«Non posso permetterlo, Kate. Non te lo permetterò. Pensa ai nostri figli.» Ma Kate ci aveva pensato e aveva già preso una decisione. Li amava con tutto il cuore, ma amava anche lui, gli apparteneva, era una cosa sola con lui. Bert era suo marito. E se lei fosse morta, Edwina era matura e adulta abbastanza per occuparsi dei fratelli. Tra l'altro, in fondo al cuore, Kate continuava a essere convinta che tutto si sarebbe risolto e che alla fine si sarebbero ritrovati insieme a bordo delle scialuppe e, per l'ora di pranzo, a tavola sul *Titanic*. Cercò di convincere Bert di questa sua opinione, ma lui scrollò il capo. «Non credo. Comincio a pensare che la situazione sia molto più grave di quanto ci abbiano detto.» E infatti lo era, anche se non lo sapevano. All'1.40 del mattino l'equipaggio aveva fatto esplodere l'ultimo razzo e ormai anche le ultime scialuppe venivano a poco a poco riempite di passeggeri. Intanto nella cabina, nel cuore della nave, Alexis continuava a giocare con la sua bambola.

«Penso che tu abbia una responsabilità verso i ragazzi», continuò Bert. «*Devi* lasciare la nave.» Era l'ultimo tentativo e cercò di convincerla. Ma Kate si rifiutò di obbedire. Gli strinse la mano convulsamente e lo guardò negli occhi. «Bert Winfield, *non* ti lascerò. Mi hai capito?» Poco distante, la signora Straus aveva fatto esattamente la stessa scelta, ma era più anziana di Kate e non aveva figli piccoli. La stessa decisione era stata presa anche dalla signora Allison, che aveva scelto di rimanere a bordo con il marito e la bambina e di morire con loro, se la nave fosse colata a picco come ormai tutti pensavano che sarebbe accaduto.

«E Phillip?» Bert decise di non discutere più con Kate per il momento, anche se continuava a sperare di farle cambiare idea.

«Non puoi fare come hai detto, e magari pagare i marinai, perché prendano a bordo anche Phillip?» domandò Kate.

L'equipaggio stava imbarcando i passeggeri sull'ultima scialuppa. Ora non restava a disposizione che la numero quattro, che si trovava proprio sotto di loro, più o meno alla stessa altezza delle grandi vetrate che proteggevano alcuni settori del ponte di passeggiata. Ma mentre Lightoller si dava da fare sul ponte superiore, altri membri dell'equipaggio erano impegnati a spalancare tutte le finestre che davano sul ponte di passeggiata, in modo che altre donne potessero salire sulla scialuppa facendole passare da quelle finestre, in precedenza sbarrate, che poco prima avevano costituito un ostacolo. Quella sarebbe stata l'ultima scialuppa in servizio regolare a lasciare il *Titanic*.

Bert si avvicinò all'ufficiale con le dovute cautele e gli parlò cercando di adottare il tono più adatto alla situazione. Ma Lightoller scrollò il capo con veemenza. Kate vide che si voltava a dare un'occhiata in direzione di Phillip, sempre vicino al ragazzo Thayer, il quale stava parlando a bassa voce con suo padre.

«Dice di no, che non se ne parla neppure, almeno fintanto che a bordo ci sono donne e bambini», venne a riferirle Bert poco dopo. Adesso si stavano imbarcando sulle scialuppe alcuni passeggeri di seconda classe, ma ormai tutti i bambini di prima classe avevano già lasciato la nave, a parte la piccola Lorraine Allison che, in piedi vicino a sua madre, stringeva al petto una bambola somigliantissima a quella che Alexis portava ovunque con sé. Kate sorrise per un attimo guardandola; poi distolse subito gli occhi. Ormai era come se ogni scena cui si assisteva fosse troppo commovente, troppo intima o privata perché un estraneo potesse assistervi.

Intanto Phillip, Charles, Bert e Kate cominciavano a consultarsi, e seriamente, sul modo di far allontanare dal transatlantico i due ragazzi più giovani e, se possibile, anche Bert e Kate, malgrado i divieti di Lightoller.

«Secondo me dovremo aspettare ancora un po'», disse Charles tranquillamente, gentiluomo fino in fondo. Infatti, malgrado tutto quello che era avvenuto, non aveva dimenticato le buone maniere e non aveva perso il suo spirito e il suo coraggio. «Però credo che adesso lei, signora Winfield, dovrebbe fare di tutto per salire su una delle scialuppe. Non ha senso indugiare ancora qui con gli uomini.» Le sorrise con affetto e, chissà per quale motivo, soltanto allora, per la prima volta, si accorse di quanto somigliasse a Edwina. «Noi ce la caveremo. Ma lei potrebbe lasciare la nave adesso, senza rischi, piuttosto che aspettare l'ultimo momento con noi. Perché ci sarà un po' di confusione. Se fossi in lei, farei un ultimo tentativo per portare via anche il nostro giovane amico qui presente.» Già, ma come? L'ultimo ragazzo della sua età che aveva tentato di salire su una delle scialuppe, vestito da donna, era stato minacciato con una rivoltella, anche se alla fine avevano deciso di lasciarlo imbarcare ugualmente perché non c'era più tempo di fare le manovre per farlo scendere. Comunque adesso tutti erano più che mai agitati, con i nervi a fior di pelle; proprio per questo motivo Bert non aveva nessuna voglia di implorare nuovamente Lightoller. Nessuno naturalmente sapeva che le cose stavano andando un po' diversamente dal lato di tribordo. Il transatlantico era talmente enorme che risultava praticamente impossibile sapere che cosa accadeva altrove. Intanto, mentre discutevano la situazione e Kate continuava a ripetere a Bertram che non lo avrebbe lasciato, Phillip si avvicinò a Jack Thayer per scambiare ancora qualche parola con lui. Charles si mise a sedere su una sedia a sdraio e accese una sigaretta. Non voleva intromettersi, non voleva dare fastidio al padre e alla madre di Edwina, soprattutto adesso, perché aveva capito che la loro era una discussione seria: stavano decidendo se Kate dovesse o no lasciare il *Titanic*. Quanto a lui, non faceva che pensare a Edwina e alla propria solitudine. Ormai non aveva più alcuna speranza di poter abbandonare il transatlantico e salvarsi.

Sottocoperta, le cabine erano tutte vuote perché l'equipaggio aveva effettuato un accurato controllo. L'acqua era salita fino al Ponte C. Mentre giocava con la sua bambola nel salotto della suite, Alexis poté ancora sentire l'orchestra che suonava una bellissima musica. E di tanto in tanto anche un rumore di passi, quando qualche membro dell'equipaggio attraversava quella zona della nave oppure qualcuno dei passeggeri di seconda classe passava di corsa cercando di raggiungere il ponte delle lance di salvataggio che si trovava dalla parte della prima classe. Intanto Alexis stava cominciando a domandarsi quando gli altri sarebbero tornati indietro. Era stanca di giocare da sola e non aveva nessuna voglia di salire su una delle scialuppe, ma cominciava ad accorgersi che la mamma le mancava moltissimo, e anche gli altri. Ormai era rassegnata a sentirsi fare una ramanzina coi fiocchi. La sgridavano sempre quando scappava a nascondersi, soprattutto Edwina.

In quel momento sentì un passo pesante e mentre sollevava la testa si chiese chi sarebbe apparso adesso, papà, Charles o addirittura Phillip? Ma quando si voltò verso la porta vide uno sconosciuto. L'uomo trasalì, sconvolto, trovandosela davanti. Era l'ultimo cameriere che stava per lasciare quel settore e già da parecchio tempo aveva controllato che tutte le cabine del Ponte B fossero vuote. Aveva comunque preferito eseguire un ultimo controllo prima che l'acqua salisse dal Ponte C ad allagarle. Rimase inorridito vedendo la bambina seduta lì tranquillissima con la sua bambola.

«Ehi, senti un po'...» Fece un passo verso di lei, ma Alexis scappò nella cabina adiacente e tentò di chiudere la porta; per fortuna il cameriere, un uomo robusto, con una folta barba rossa, fu più pronto di lei. «Un minuto, signorina... che cosa stai facendo qui?» Si domandò come avesse fatto a scappare e a nascondersi e come mai nessuno fosse venuto a cercarla. Si stupì di questo fatto e decise che la cosa migliore fosse imbarcarla su una delle scialuppe di salvataggio. «Vieni con me...» Alexis non aveva cappello né soprabito. Li aveva lasciati nella propria cabina prima di tornare in salotto a giocare con la «signora Thomas».

«Ma io non voglio venire!» Cominciò a piangere mentre l'uomo la prendeva in braccio, e afferrata una coperta da uno dei letti, la imbacuccava bene, sempre con la bambola stretta al petto. «Io voglio aspettare qui... voglio la mia mamma!»

«Troveremo la tua mamma, piccolina. Ma ora non abbiamo tempo da perdere.»

Si precipitò su per le scale con quel fagottino fra le braccia e stava per passare al livello del ponte di passeggiata quando uno dei membri dell'equipaggio gli gridò: «Ormai l'ultima è quasi al completo. Non ce ne sono altre sul ponte di sopra. L'ultima sta per essere calata in acqua dal ponte di passeggiata... ormai manca solo un minuto... Fai in fretta, figliolo... presto!»

Il cameriere si precipitò fino al ponte di passeggiata in tempo per vedere Lightoller e un altro marinaio, in piedi sul davanzale della prima grande finestra, che lottavano per mettere in funzione la gru della scialuppa numero quattro, appesa proprio davanti ai finestroni spalancati. «Ehi, un momento, ragazzi!» si mise a gridare. «Qui ce n'è ancora una!» Alexis, però, si era messa a strillare, a scalciare e a invocare la mamma... la mamma che non sapeva niente di tutto questo ed era convinta che lei già da molto tempo fosse in salvo. «Aspettate!» Lightoller stava già calando la scialuppa in acqua quando il marinaio si precipitò alla finestra aperta con Alexis. «Qui ne ho un'altra!» Il secondo ufficiale si guardò indietro ma ormai era troppo tardi per bloccare la manovra. Fece un cenno con la testa mentre sotto di lui la scialuppa rimaneva in precario equilibrio, con a bordo tutte le donne che avevano accettato di lasciare la nave. Fra queste la giovane signora Astor e la madre di Jack Thayer. John Jacob Astor aveva domandato a Lightoller se non poteva imbarcarsi anche lui, poiché sua moglie si trovava in una condizione «delicata», ma Lightoller si era mostrato irremovibile e Madeleine era salita sulla lancia in compagnia della cameriera.

Il cameriere abbassò gli occhi verso la scialuppa che si trovava poco di sotto; ormai era impossibile farla risalire verso il ponte, ma lui non se la sentiva di tenere Alexis ancora a bordo; fu così che la fissò per un attimo, le diede un bacio sulla fronte come se fosse stata sua figlia e infine la scaraventò fuori dalla finestra pregando con tutto il cuore che qualcuno della scialuppa l'afferrasse al volo o che almeno non si facesse troppo male cadendo. Infatti erano molte le persone che spinte o buttate nelle scialuppe, si erano lussate le caviglie o fratturati i polsi. Ma per fortuna, mentre Alexis cadeva, uno dei marinai che erano ai remi si alzò in piedi e allungò le braccia rendendo meno violento l'impatto. La bambina rimase sul fondo della scialuppa singhiozzando, avvolta nella coperta, mentre appena un ponte più sopra sua madre, ignara di tutto quello che stava succedendo, continuava a parlare sottovoce con il marito.

Il cameriere rimase a osservare mentre Alexis veniva sistemata subito al sicuro vicino a una donna con un bambino; poi Lightoller e i suoi uomini cominciarono a calare lentamente la scialuppa verso le acque nere e gelide. Alexis continuò a fissare terrorizzata, tenendo stretta al petto la bambola, l'enorme scafo che incombeva su di loro, mentre toccavano l'acqua. Intanto si domandava se avrebbe mai più riveduto la sua mamma. I marinai e le donne cominciarono a remare quasi subito e Alexis, con la sensazione che stesse per succedere qualcosa di terribile, rimase a fissare con gli occhi sbarrati l'imponente transatlantico dal quale si staccavano lentamente. All'1.55 del mattino quella fu l'ultima scialuppa di salvataggio regolamentare a lasciare il *Titanic*.

Alle due, Lightoller stava ancora affannandosi intorno a quattro canotti pneumatici, tre dei quali non volevano staccarsi dalle gru. Finalmente il canotto D venne calato in acqua. Ormai non c'erano più dubbi: era l'ultima possibilità di lasciare il transatlantico; e forse nemmeno quell'imbarcazione ce l'avrebbe fatta perché la sua sorte sembrava molto incerta. A bordo salivano soltanto donne e bambini, ma intorno a esso si affollavano gli uomini dell'equipaggio. Vi presero posto due bambini molto piccoli e un certo numero di donne e di ragazzi. Bert finalmente riuscì, proprio all'ultimo momento, a persuadere Lightoller a lasciar salire anche Phillip. Dopo tutto aveva soltanto sedici anni! Poi anche il canotto si staccò dal transatlantico e cominciò la precaria discesa per raggiungere le altre scialuppe già in mare. Bert e Kate lo seguirono con gli occhi. Da quel momento le operazioni di salvataggio cessarono. Non c'era più alcun luogo dove andare, alcun mezzo di salvarsi; chi non era salito sulle scialuppe si sarebbe inabissato in mare con la nave. Bert non riusciva ancora a credere che Kate si fosse rifiutata di lasciarlo. Prima che fosse troppo tardi, aveva cercato di spingerla sul canotto, ma lei si era aggrappata con la forza della disperazione. E ora, in quegli ultimi terribili istanti, la tenne stretta a sé.

Gli Straus continuarono a passeggiare in silenzio sul ponte, sottobraccio; sul ponte delle lance comparve anche Benjamin Guggenheim, ancora in frac, in compagnia del domestico; Bert e Kate si baciarono, si tennero per mano e ripresero a parlare con voce sommessa di tante piccole cose, così sciocche... come si erano conosciuti... il giorno delle nozze... e la nascita dei loro figli.

«Oggi è il compleanno di Alexis», mormorò Kate alzando gli occhi verso Bert e ricordando quel giorno di sei anni prima, quando Alexis era venuta alla luce, in una mattina di sole, nella loro casa di San Francisco. Chi avrebbe mai pensato, allora, che potesse succedere questo? Adesso era un gran conforto sapere che i loro figli sarebbero sopravvissuti, che sarebbero stati amati, protetti e amorosamente curati e difesi dalla sorella maggiore. Kate si sentì sollevata, ma avvertì una stretta al cuore al pensiero che non li avrebbe mai più riveduti. Bert, intanto, lottava disperatamente per ricacciare indietro le lacrime.

«Vorrei che tu fossi andata con loro, Kate. Hanno tutti bisogno di te!» Era sconvolto all'idea che quella sarebbe stata la fine di tutto... Mai e poi mai lo avrebbe immaginato! Se solo avessero scelto un altro transatlantico... se il *Titanic* non avesse urtato contro un iceberg. Se... se... una serie di possibilità infinite.

«Non sopporterei di vivere senza di te, Bert», mormorò Kate stringendolo a sé e sollevandosi sulla punta dei piedi per baciarlo. Si baciarono a lungo e Bert la tenne stretta in un abbraccio mentre qualche persona cominciava a buttarsi in acqua dalla nave. Rimasero a guardarli. Videro che anche Charles li imitava. Ormai il ponte delle lance era solo tre metri al di sopra del livello dell'acqua; qualcuno stava raggiungendo le scialuppe di salvataggio e vi si aggrappava disperatamente, in una speranza di salvezza. Purtroppo Kate non sapeva nuotare, e non era ancora venuto il momento di fare l'ultimo tentativo e abbandonare a nuoto la nave. Lo avrebbero fatto anche loro se ci fossero stati costretti, ma era inutile rischiare troppo presto. Continuavano a illudersi che forse, quando il transatlantico fosse colato a picco, anche a loro sarebbe stato possibile raggiungere una delle scialuppe che avevano intorno, e salvarsi.

Mentre si scambiavano i loro pensieri, fu fatto qualche altro tentativo di liberare due dei canotti pneumatici rimanenti, ma anche quando furono tolte tutte le funi che li bloccavano risultò impossibile far scendere dal ponte il canotto pneumatico B a causa della eccessiva pendenza della nave. Fu così che Jack Thayer si buttò in acqua, come aveva fatto Charles pochi minuti prima. Quasi per un miracolo riuscì a raggiungere il canotto D, dove ritrovò Phillip. Entrambi furono costretti però a rimanere in piedi perché il canotto imbarcava già fin troppa acqua.

Poco più in alto, Kate e Bert si tenevano stretti l'uno all'altra con tutte le loro forze e fu in quel momento che l'acqua invase completamente anche quel ponte. Kate si lasciò sfuggire un'esclamazione soffocata, sorpresa dal gelo terribile delle onde. Bert la sorresse mentre venivano risucchiati dal mare. Cercò di tenerla a galla per quanto era possibile, ma ormai la corrente era troppo vorticosa e mentre le acque li inghiottivano la sentì pronunciare le sue ultime parole: «Ti amo». Poi Kate sorrise e scomparve. Gli scivolò dalle mani; poi anche Bert fu colpito con violenza da una coffa nel preciso istante in cui, vicinissimo a loro, Charles Fitzgerald veniva inesorabilmente trascinato nel fondo dell'oceano.

A quel punto, ormai, la cabina radio era sott'acqua, era sparito anche il ponte e il canotto pneumatico A si stava allontanando. Centinaia di passeggeri si buttarono in acqua, in ogni parte del transatlantico, mentre la gigantesca prua colava a picco. Ormai da un po' non si udiva più la musica dell'orchestra; le ultime note che si erano diffuse nell'aria erano quelle dell'inno *Autunno*, che avevano accompagnato donne, bambini e i pochi fortunati uomini nel loro viaggio verso la salvezza! Quelle note rimasero quasi sospese come gocce di ghiaccio nell'aria gelida della notte... E quel suono avrebbe perseguitato i superstiti per il resto della loro esistenza.

Adesso chi si trovava a bordo delle scialuppe rimase immobile a osservare l'enorme prua che si inabissò così rapidamente tanto che la poppa rimase sospesa a mezz'aria, puntando verso il cielo come una gigantesca montagna scura. Sembrò che le luci rimanessero accese a bordo e — questa fu la cosa più strana — continuassero a brillare a lungo spegnendosi poi lentamente per riaccendersi ancora una volta, ma di colpo, prima di sparire per sempre in quell'oscurità terrificante. Ma la poppa continuò a rimanere ritta verso il cielo come una montagna infernale. Si levò nell'aria un rombo spaventoso, che proveniva dall'interno della struttura del *Titanic*, mentre tutto quanto conteneva si spezzava e andava in frantumi. Un rumore demoniaco, al quale si mescolarono grida angosciate quando il primo fumaiolo, quello di prua, si spezzò piombando in acqua in mezzo a una pioggia di scintille, con un tonfo sordo che strappò nuove grida disperate ad Alexis, rannicchiata nella sua coperta vicino a una donna sconosciuta.

Poi, mentre Edwina fissava con gli occhi sbarrati le tre eliche giganteschi che si stagliavano contro il cielo, si udì un rombo, un rumore che non poteva essere paragonato a niente di quello che lei aveva sentito in vita sua. Fu come se l'intero transatlantico venisse dilaniato, smembrato, ridotto in pezzi. In seguito, qualcuno diede un'altra spiegazione di quel rombo pauroso e disse che il bastimento si era spezzato in due. Ma questo non sarebbe mai stato possibile. Ed Edwina, mentre assisteva a quella scena terrificante, pensò con angoscia che non sapeva neppure dove fossero Charles o Phillip o Alexis o i suoi genitori. Ignorava se qualcuno di loro fosse riuscito a scampare al naufragio. Si aggrappò con forza alla mano di George, anche lui sconvolto e senza parole. Se lo strinse al petto e gli coprì gli occhi con la mano mentre scoppiavano in lacrime insieme. Avevano appena assistito alla tragedia del *Titanic*, il transatlantico inaffondabile che era naufragato.

Quando l'enorme bastimento si inabissò definitivamente e anche la poppa sparì sott'acqua i superstiti, increduli, si lasciarono sfuggire esclamazioni sommesse. Tutto era finito. Il *Titanic* non esisteva più. Erano le 2.20 del mattino del 15 aprile 1912. Il transatlantico aveva urtato un iceberg esattamente due ore e quaranta minuti prima. Edwina, che aveva assistito al suo naufragio, stringendo a sé Teddy e Fannie, pregò in cuor suo che anche gli altri si fossero salvati.

4

ALL'1.50 antimeridiane, il *Carpathia* ricevette l'ultimo messaggio dal *Titanic*. Ormai a quell'ora la sala macchine era stata invasa dall'acqua, che aveva raggiunto le caldaie. Da quel momento in poi non si era saputo più nulla. Il transatlantico si era mosso dirigendosi a tutto vapore verso il luogo in cui riteneva si trovasse il *Titanic*. Immaginavano che il bastimento fosse in gravissime difficoltà, ma nessuno ebbe mai il sospetto che potesse colare a picco prima ancora che lo raggiungessero.

Alle quattro del mattino, quando arrivarono nel punto segnalato dell'ultima comunicazione radio, il capitano Rostron del *Carpathia* si guardò attorno incredulo. Il *Titanic* non si vedeva da nessuna parte.

Perlustrarono la zona con cautela, cercando di capire dove fosse andato, ma passarono dieci minuti prima che i razzi verdi in distanza richiamassero la loro attenzione. Forse si trattava del *Titanic*, ma dopo pochi attimi il capitano Rostron e i suoi uomini si resero conto di quale fosse la realtà. I razzi erano stati lanciati dalla scialuppa di salvataggio numero due che si trovava nelle acque circostanti. E, mentre il *Carpathia* le si avvicinava lentamente, Rostron ebbe la certezza che il *Titanic* fosse colato a picco.

Poco dopo le quattro, la signorina Elizabeth Allen fu la prima a salire a bordo del *Carpathia*, mentre i passeggeri affollavano i ponti e corridoi per assistere alla scena. Già durante la notte si erano accorti che il *Carpathia* aveva cambiato rotta e qualcuno aveva notato i preparativi dell'equipaggio; quindi tutti avevano capito che doveva essere successo qualcosa di molto grave. In un primo momento avevano temuto che la nave fosse in difficoltà, ma poi avevano saputo da qualche membro dell'equipaggio che il *Titanic* stava affondando... il transatlantico inaffondabile era in pericolo... aveva urtato un iceberg... colava a picco... E adesso, guardandosi intorno, per un raggio di sei chilometri circa, videro scialuppe di salvataggio che li circondavano. Da qualche imbarcazione si levavano grida di richiamo e qualcuno agitò le mani in cenno di saluto, mentre su altre lance regnava soltanto un profondo silenzio. Volti pallidi e sconvolti erano rivolti verso l'alto. Non esisteva nessun modo di spiegare quello che era successo né tanto meno di descrivere ciò che avevano provato quando quella poppa gigantesca, che si stagliava contro il cielo notturno, sprofondava nelle acque trascinando con sé mariti, fratelli, amici.

Mentre osservava il *Carpathia* che si faceva sempre più vicino, Edwina pregò George di prendere in braccio il fratellino e sistemò meglio Fannie in mezzo a loro. George aveva le mani talmente congelate che non ce la faceva a remare e fu lei, che aveva ancora i guanti di Charles, a sostituirlo ai remi in modo da avvicinarsi il più possibile alla nave. Si sedette accanto alla contessa di Rothes, che non aveva mai smesso di remare da un paio d'ore. Anche George aveva fatto la sua parte, mentre Edwina si era soprattutto occupata di Teddy che teneva fra le braccia, cercando di consolare Fannie che era scoppiata in lacrime e aveva cominciato a invocare la mamma fin dal momento in cui avevano lasciato la nave, continuando a domandare ossessivamente dove fosse Alexis. Edwina aveva cercato di rassicurarla spiegandole che appena possibile si sarebbero tutti ritrovati insieme.

Edwina, chissà perché, ormai era convinta che sua madre avesse ritrovato Alexis, anche se era stata proprio lei a farle credere che la sorellina fosse sulla scialuppa. Ma non era escluso che Alexis fosse stata ritrovata. E intanto Edwina continuava a credere che il resto della sua famiglia e Charles si trovassero su qualcuna delle altre scialuppe vicine. *Doveva* convincersi che fosse così. E già si levavano grida di richiamo da una scialuppa all'altra man mano che il *Carpathia* si avvicinava. Tutti chiedevano notizie di mariti e amici, domandavano chi ci fosse a bordo delle altre imbarcazioni, oppure se qualcuno avesse veduto i loro cari. Parecchie scialuppe erano riuscite a legarsi l'una all'altra, mentre la numero otto e alcune altre erano ancora lontane e si muovevano lentamente sull'acqua dove qua e là galleggiavano masse di ghiaccio. Finalmente, alle sette del mattino, arrivò il loro turno e si avvicinarono alla scala di corda e all'imbracatura che il *Carpathia* aveva preparato per farli salire a bordo dove gli altri superstiti li stavano aspettando. Sulla scialuppa numero otto c'erano ventiquattro donne e bambini e quattro membri dell'equipaggio. Il marinaio Jones, che era ai remi, avvertì i marinai del *Carpathia* che avevano a bordo parecchi bambini molto piccoli. Dalla nave fu calato allora un grosso sacco, uno di quelli usati per la posta e con mani tremanti Edwina aiutò Jones a sistemarvi Fannie, che cominciò a strillare e a supplicare di non farla salire sulla nave a quel modo.

«Non ti preoccupare, tesoro, va tutto bene. Adesso saliremo anche noi su questa bella nave grande e troveremo papà e mamma.» Lo diceva non solo per convincere la sorellina, ma anche se stessa. Mentre osservava quella testolina nera sbucare dal sacco della posta, si sentì salire le lacrime agli occhi pensando a quello che avevano passato. Si accorse che George le si era avvicinato e le stringeva forte una mano, e ricambiò quella stretta senza guardarlo. Se lo avesse fatto, sarebbe scoppiata in singhiozzi. No, non poteva concedersi il lusso di crollare in quel momento, di lasciare che i nervi avessero il sopravvento. Non poteva farlo fino a quando non avesse avuto la conferma che anche gli altri erano in salvo; nel frattempo doveva badare a Fannie, a Teddy e a George... e preferiva non pensare al resto.

Aveva ancora addosso l'abito da sera sotto il pesante cappotto che sua madre aveva insistito per farle mettere e ai piedi un paio di robusti scarponcini. Ma si sentiva la testa stretta in una morsa di gelo, come se le ficcassero dentro a forza dei chiodi tanto le doleva, e le pareva di avere due pezzi di marmo al posto delle mani. Quando il sacco postale venne calato di nuovo sulla scialuppa, vi sistemò Teddy con l'aiuto di uno dei camerieri di bordo, Hart. Il piccolo era addirittura cianotico dal freddo e più di una volta, durante la notte, lei aveva avuto paura che le morisse fra le braccia. Aveva fatto tutto il possibile per tenerlo caldo, stringendolo contro di sé, sfregandogli braccia, gambe e guance. A un certo momento lo aveva perfino sistemato, stretto stretto, fra sé e George. Quella temperatura glaciale aveva fatto soffrire terribilmente non solo lui, ma anche la piccola Fannie. Si sentì angosciata pensando a loro e quando tentò di arrampicarsi sulla scala di corda scoprì di non avere la forza di afferrarla e di reggersi. Quindi fece sistemare George nell'imbracatura e anche lui, mentre veniva sollevato verso il ponte del transatlantico, le parve un bambino piccolo. Edwina non l'aveva mai visto così taciturno, avvilito e depresso. Poi calarono di nuovo l'imbracatura e Hart l'aiutò a sistemarvisi. Mentre la issavano in coperta, Edwina chiuse gli occhi; ma quando li riaprì si guardò attorno e vide le altre scialuppe di salvataggio alla tenue luce rosata dell'alba, circondate da un mare di ghiaccio punteggiato di piccoli iceberg e qua e là altre scialuppe piene di gente in attesa di essere salvata. Sperò con tutto il cuore che avessero a bordo le persone che aveva lasciato poche ore prima sul ponte del *Titanic*. Al solo pensiero di ciò che era successo si sentì le lacrime agli occhi. In quel momento mise finalmente piede sul ponte del transatlantico.

«Come si chiama?» Una cameriera l'accolse con un sorriso sul *Carpathia*; le rivolse la parola mentre un marinaio le buttava una coperta sulle spalle. Dentro, ad attenderli c'erano caffè, tè e brandy. Il medico di bordo e il suo assistente erano già pronti a occuparsi dei superstiti. Per quanti non potevano camminare erano state allestite alcune barelle, e qualcuno era già corso a prendere una bella tazza di cioccolata calda per George. Edwina cominciò a guardarsi attorno ansiosa, ma non riuscì a vedere né sua madre né suo padre... Phillip... Alexis... Charles... E a un tratto si rese conto di non riuscire quasi a parlare, tanto era esausta.

«Edwina Winfield», mormorò sottovoce mentre osservava gli altri naufraghi che venivano lentamente issati sul ponte. Poiché alcune scialuppe non erano ancora state recuperate, cominciò

a pregare in cuor suo che gli altri si trovassero a bordo di quelle.
«I suoi bambini, signora Winfield?»
«I miei... io... oh...» Poi, a un tratto, capì che cosa volevano dire. «Sono i miei fratelli, George e Theodore Winfield, e la mia sorellina Frances.»
«Viaggiavate con qualcun altro?» Le misero fra le mani una tazza di tè fumante ed Edwina si rese conto che tutti la stavano osservando. Certo, il suo abito da sera celeste, che svolazzava al vento, doveva sembrare un po' fuori luogo. Rispose mentre si scaldava le mani tenendole strette intorno al recipiente fumante.
«Io... sono in viaggio con i miei genitori. Il signor Bertram Winfield di San Francisco e sua moglie Kate. C'erano anche mio fratello Phillip e la mia sorellina Alexis. E il mio fidanzato, Charles Fitzgerald.»
«Ha una vaga idea di dove possano essere?» le domandò la donna in tono dolce e comprensivo, mentre la faceva passare nel grande salone da pranzo del transatlantico che era stato trasformato in ospedale e ricovero per i sopravvissuti del *Titanic*.
«Non saprei...» Edwina la guardò con gli occhi colmi di lacrime. «Penso che siano su qualche altra scialuppa di salvataggio. Quando noi siamo saliti sulla nostra, mia madre stava cercando la mia sorellina più piccola e... io ho creduto... a bordo della nostra scialuppa c'era una bambina e in un primo momento ho creduto...» Non riuscì a dire altro e la cameriera, con le lacrime agli occhi, le diede un colpetto affettuoso sulla spalla per rincuorarla e aspettò. Nel grande salone da pranzo erano nel frattempo arrivate molte altre persone e donne infreddolite, stravolte e piangenti, esauste, con le mani sanguinanti a furia di remare. Quanto ai bambini, erano stati radunati tutti in un angolo e si guardavano attorno con gli occhi spaventati. Qualcuno piangeva silenziosamente osservando la madre e si disperava pensando al padre ormai perduto. «Vuole aiutarmi a cercarli, per favore?» chiese implorante Edwina alla cameriera. Lanciò un'occhiata a George e lo vide tranquillo. Un'infermiera stava occupandosi di Teddy, ancora inebetito dal freddo. Aveva cominciato a piangere, ma per fortuna sul suo visetto stava tornando il colorito normale. Quanto alla piccola Fannie, terrorizzata e

ammutolita, era venuta ad aggrapparsi alla gonna di Edwina.

«Voglio la mamma...» si mise a gemere sommessamente, mentre la cameriera li lasciava per occuparsi degli altri naufraghi. Aveva comunque promesso di tornare da loro il più presto possibile per dire a Edwina se c'erano notizie di suo padre e sua madre.

Una dopo l'altra furono raggiunte tutte le scialuppe, perfino le quattro che erano state legate insieme. Già da parecchio tempo gli uomini caricati sul canotto pneumatico B erano stati raccolti e fatti salire a bordo della scialuppa numero dodici e fu lì che alla fine si trovò anche Jack Thayer. Ma quando lo aiutarono a lasciare il canotto che stava affondando, era troppo esausto per badare a chi fossero i suoi compagni. C'era addirittura sua madre a bordo della scialuppa numero quattro, legata a quella su cui si trovava lui, ma non la vide! E del resto neppure la signora Thayer vide lui. Erano tutti stanchi e sconvolti e infreddoliti, preoccupati solo della propria sopravvivenza.

Edwina lasciò i due fratellini più piccoli con George, che stava ancora sorseggiando la sua tazza di cioccolata bollente, e salì di nuovo sul ponte per assistere alle operazioni di salvataggio dei naufraghi. Vide parecchie altre signore che avevano viaggiato con lei sul *Titanic* e, fra queste, Madeleine Astor la quale, purtroppo, aveva pochissime speranze che suo marito fosse riuscito ad abbandonare il transatlantico dopo di lei. Tuttavia rimase lì, più che altro nella speranza che... No, non poteva sopportare l'idea di averlo perduto! E come lei anche Edwina pregava in cuor suo di scorgere un viso familiare fra quelli dei superstiti che venivano issati a bordo. Immobile, appoggiata al parapetto della nave, osservava gli uomini che si arrampicavano sulla scaletta di corda, le donne issate sul rudimentale sedile, e i bambini caricati nel sacco postale. Alcuni degli uomini erano troppo stanchi per arrampicarsi fino al ponte e avevano le mani talmente congelate che quasi non riuscivano a stringere le corde. Ma quello che impressionò Edwina fu il grande silenzio. Nessuno parlava, nessuno si lasciava sfuggire nemmeno un suono. Erano tutti troppo sconvolti, profondamente turbati da ciò che avevano visto, troppo infreddoliti e troppo spaventati, ancora sotto choc. Perfino i bambini piangevano di rado, a parte i più piccoli, affamati, che si lasciavano sfuggire di tanto in tanto un lamento.

Nella sala da pranzo c'erano ancora parecchi bambini molto piccoli che non erano stati identificati e aspettavano che le madri venissero a reclamarli. Una donna a bordo della scialuppa numero dodici aveva afferrato al volo un bambino che era stato lanciato, ma non aveva la minima idea di chi avesse compiuto quel gesto, anche se pensava che potesse trattarsi di una donna che viaggiava in terza classe ed era riuscita a salire fino al ponte delle lance per affidare il suo bambino a chiunque fosse disposto a portarlo in salvo. Adesso il piccolo era dentro, con gli altri, e piangeva disperatamente.

La scena, nella sala da pranzo, era commovente e al tempo stesso caotica. Le donne erano radunate in gruppetti e piangevano sommessamente pensando ai loro uomini, mentre venivano interrogate dalle assistenti di bordo, dalle cameriere, dalle infermiere e dai medici. Con loro c'era anche un gruppetto di uomini, molto esiguo, in ossequio alle ferree disposizioni del comandante Lightoller, che si era rifiutato di farli salire sulle scialuppe di salvataggio. Alcuni erano comunque riusciti a mettersi in salvo perché, per fortuna, sul lato di tribordo le regole non erano così severe e, in alcuni casi, per pura e semplice ingegnosità. Purtroppo, altri erano morti, in acqua, nel tentativo di arrampicarsi sulle scialuppe. Ma la maggior parte delle persone che si erano buttate dal transatlantico era stata lasciata in mare, a morire, perché a bordo delle lance avevano paura che il loro peso potesse far capovolgere le imbarcazioni. All'inizio, le loro grida, le urla disperate e i lamenti erano stati strazianti, ma alla fine era calato terribile il silenzio.

Fu in quel momento che Edwina vide entrare Jack Thayer e più tardi sentì le grida della madre che lo aveva scorto e stava correndo verso di lui, in lacrime. Poi Edwina sentì che gli domandava: «E papà? Dov'è?» Fu a questo punto che Jack Thayer la vide e la salutò con un cenno del capo; lei, alla fine, si decise a raggiungerlo, a passo lento, angosciata al pensiero di ciò che avrebbe potuto dirle, ma ancora con la speranza che potesse avere qualche buona notizia. Purtroppo lui, quando si accorse che la ragazza gli si avvicinava, scrollò tristemente la testa.

«Sulla tua scialuppa c'era qualcuno della mia famiglia?»
«Purtroppo no, signorina Winfield. C'era suo fratello all'inizio, ma è scivolato in acqua quando siamo stati colpiti da una grossa ondata, e non so se sia stato raccolto da qualche altra scialuppa. Il signor Fitzgerald si è lanciato in acqua più o meno quando mi sono buttato io; ma poi non l'ho più visto. Quanto a suo padre e a sua madre, l'ultima volta che li ho notati erano ancora sul ponte.» Non volle aggiungere che aveva avuto l'impressione che fossero decisi a rimanere insieme e a inabissarsi con il transatlantico, se non avessero avuto alternative. «Mi dispiace. Non so quale sia stata la loro sorte.» Le parole gli morirono in gola mentre qualcuno gli metteva in mano un bicchiere di brandy. «Mi dispiace moltissimo.» Edwina fece segno di sì, con le guance rigate di lacrime. Ormai non faceva che piangere in continuazione, senza più riuscire a smettere.

«Grazie.» No, non voleva che quella fosse la verità. Non era possibile. Voleva sentirsi dire che erano vivi, che erano in salvo, che si trovavano nella stanza accanto. Non che erano annegati, oppure che lui non lo sapeva. Non Phillip, né Charles, né Alexis, né mamma e papà. Non era possibile... non riusciva ad accettarlo. In quel momento, una delle infermiere venne a cercarla. Il dottore voleva parlarle a proposito del piccolo Teddy. Quando lo raggiunse, il bambino giaceva immobile, ancora avvolto in una coperta, i grandi occhi spalancati, le mani gelide, il corpicino tremante. La fissò e lei lo prese in braccio e lo tenne stretto a sé mentre il dottore le spiegava che le ore successive sarebbero state decisive. «No!» si mise a gridare tremando da capo a piedi, più ancora del fratellino. «No! Lui sta bene... non corre alcun pericolo...» No! Non poteva permettere che gli succedesse qualcosa, non adesso, non se... No! Non riusciva a sopportarlo. Tutto era stato così perfetto nella loro famiglia! Si erano sempre voluti bene... e adesso, all'improvviso, se n'erano andati tutti, o quasi tutti, e per sempre. Il medico le stava spiegando che Teddy forse non sarebbe riuscito a sopravvivere alla lunga esposizione al freddo. Lo tenne stretto a sé, sperando di riscaldarlo con il proprio corpo, cercando di fargli bere a sorso a sorso il brodo caldo che lui si rifiutava di inghiottire. Non faceva che scrollare la testa e aggrapparsi disperatamente a lei.

«Guarirà? Credi che si riprenderà?» le domandò George fissandola con gli occhi sbarrati. E mentre lei si aggrappava al fratellino, piangendo disperatamente, anche George scoppiò in lacrime perché cominciava a rendersi conto di quanto era successo in quelle ultime poche ore. «Senti, Edwina, credi che si rimetterà presto? Non corre pericoli?»

«Oh, ti supplico, signore Iddio... me lo auguro...» Alzò gli occhi verso George e lo strinse a sé; poi abbracciò Fannie, sempre imbacuccata nella sua coperta.

«Quando verrà la mamma?» le domandò la bambina.

«Presto, tesoro... presto....» Edwina si accorse che faceva fatica a mormorare quelle parole mentre osservava i sopravvissuti che continuavano a entrare alla spicciolata nel grande salone del *Carpathia*, ancora inebetiti dopo le ore terribili in mezzo al mare.

Poi, cercando di non pensare a quello che aveva perduto, si strinse al petto, ancor più fortemente di prima, il fratellino minore e scoppiò in un pianto silenzioso pensando agli altri.

5

Si arrampicò su per la scala di corda, ma aveva le mani talmente congelate che quasi non riusciva a muoverle. Tuttavia si era rifiutato di essere issato a bordo nell'imbracatura, come fosse una ragazza. Quando aveva abbandonato il canotto pneumatico D era stato raccolto dalla scialuppa numero dodici, dove era rimasto accasciato sul fondo, quasi svenuto per la stanchezza. Ma adesso avvertiva una nuova energia, una specie di esaltazione al pensiero di essersi salvato. La loro fu l'ultima delle scialuppe a raggiungere il *Carpathia*: erano le otto e mezzo del mattino. Si arrampicò su per la scala di corda precedendo solo l'equipaggio e pochi minuti più tardi si ritrovò sul ponte del *Carpathia* con le guance rigate di lacrime. Non riusciva a credere che quella cosa terribile fosse successa a loro. Ma lui ce l'aveva fatta. Ce l'aveva fatta da solo, senza genitori, sorelle o fratelli — e adesso non gli rimaneva che pregare che fossero salvi anche gli altri. Quando si avviò lentamente verso il grande salone da pranzo, barcollante e con le gambe tremanti, vide una marea di visi ignoti. I superstiti erano settecentocinque. Più di millecinquecento persone erano perite nel naufragio, ma in quel momento i sopravvissuti sembrarono addirittura migliaia, a Phillip. Non sapeva da dove cominciare per mettersi a cercare qualcuno dei suoi, qualcuno di quelli che conosceva, e fu solo dopo più di un'ora che scorse Jack Thayer.

«Hai per caso visto qualcuno dei miei?» gli chiese con voce angosciata. Aveva i capelli ancora umidi, gli occhi stralunati e infossati. Quello che era accaduto era terribile e non avrebbe mai potuto dimenticarlo, per tutto il resto della vita. Dappertutto, intorno a lui c'erano persone vestite alla bell'e meglio, avvolte in coperte, alcune in abito da sera, o in accappatoio e camicia da notte. Nessuno pensava a cambiarsi né a muoversi di lì. Nessuno voleva andarsene, abbandonare gli altri. L'unica cosa che desideravano era ritrovare i loro cari e scrutavano in mezzo a quella folla con la speranza di vedere qualche volto familiare.

Jack Thayer fece cenno di sì con la testa. «C'è tua sorella laggiù, da qualche parte. L'ho vista poco fa.» I due ragazzi si abbracciarono e rimasero così a lungo, commossi e sconvolti, dando sfogo alle lacrime ora che erano sani e salvi e l'incubo per loro era finalmente finito.

Phillip si separò da Jack, e sul suo viso riapparve l'espressione terrorizzata. Si sentiva angosciato all'idea di mettersi alla ricerca delle persone che amava; si sentiva oppresso dalla paura di non trovarli. «C'era qualcuno della famiglia con Edwina?»

«Non so...» Jack sembrava vago. «Mi pare che ci fosse un bambino molto piccolo.» Non poteva essere che Teddy... E gli altri? Phillip cominciò a girare fra quella massa di gente, poi uscì sul ponte sperando di trovare sua sorella e infine, rientrato nel salone, la scorse all'improvviso, di spalle, e riconobbe quei capelli scuri e la figura sottile. Vicino a lei c'era George, a testa bassa. Oh, Dio! Phillip scoppiò in lacrime mentre si faceva largo fra la folla per raggiungerli, correndo come un pazzo. Poi, senza una parola, quando le arrivò vicino l'afferrò per un braccio, la costrinse a voltarsi e la guardò negli occhi. Poi la strinse a sé con un gesto convulso. Edwina prima trasalì e poi, lasciandosi sfuggire un singhiozzo, ricominciò a piangere.

«Oh, mio Dio... oh, Phillip...» Non riuscì a dire altro. E non ebbe il coraggio di chiedere notizie degli altri. Intorno a loro, ovunque guardasse, c'erano persone molto meno fortunate, che piangevano sommessamente. Passò molto tempo prima che Phillip avesse il coraggio di farle la domanda che lo tormentava.

«Chi c'è qui con te?» Aveva visto George e ora vide anche Fannie, imbacuccata nella coperta. Teddy era sul pavimento, avvolto in altre coperte, in una specie di culla di fortuna. «Come sta?» Gli occhi di Edwina si riempirono di lacrime e guardando Phillip scrollò il capo. Teddy era ancora vivo, ma aveva le labbra violacee... anzi adesso sembravano quasi nere! Phillip si tolse la giacca e gliela distese addosso, poi afferrò Edwina per una mano e gliela strinse forte. Almeno loro cinque ce l'avevano fatta. Purtroppo, alla fine della giornata non avevano trovato nessun altro.

Per quella notte Teddy fu ricoverato nell'infermeria di bordo, dove fu tenuto sotto controllo dai sanitari, come del resto Fannie che sembrava avesse due dita congelate. George dormiva profondamente su una specie di giaciglio che gli avevano sistemato in un corridoio. A notte inoltrata, Edwina e Phillip si ritrovarono sul ponte in silenzio, a fissare il vuoto. Nessuno dei due riusciva a dormire. Non ne sentivano nemmeno il bisogno. Quanto a Edwina, non aveva nemmeno più il desiderio di chiudere gli occhi, addormentarsi, pensare, o sognare. Non voleva che la sua mente tornasse a quei momenti terribili. Non riusciva quasi a credere a tutto quanto era accaduto. Poche ore prima, mentre la folla si diradava nella sala da pranzo del *Carpathia*, aveva quasi avuto la certezza che presto avrebbe scorto mamma e papà che chiacchieravano tranquillamente in un angolo, e Charles in piedi accanto a loro. Era impossibile credere che non si fossero salvati, che non fossero tra i superstiti, che i suoi genitori se ne fossero andati per sempre... Alexis... Charles... e che non ci sarebbe stato nessun matrimonio per lei, in agosto. Era impossibile crederlo o accettarlo. Anche il suo abito da sposa era finito in fondo al mare. Si domandò se la mamma avesse tenuto Alexis per mano... se fosse stato terribile... o rapido... o penoso. Erano pensieri tremendi che non aveva nemmeno il coraggio di esprimere ad alta voce, pensieri che non osava comunicare a Phillip, in piedi accanto a lei, in silenzio. Edwina era rimasta con Fannie e Teddy per tutto il giorno; Phillip aveva tenuto d'occhio George, ma durante tutte quelle ore era come se fossero rimasti lì ad aspettare... Ad aspettare persone che non sarebbero riapparse mai più, persone che non sarebbero mai più tornate, persone che lei aveva tanto amato. Il *Carpathia* aveva fatto un'ultima perlustrazione della zona prima di partire a tutto vapore verso New York, ma non era stato ritrovato nessun altro superstite.

«Phillip?» La voce di Edwina risuonò dolcissima e triste nel buio.

«Hmm?» Quando si voltò a guardarla, i suoi occhi improvvisamente parvero quelli di un uomo e non di un ragazzo di sedici anni. Nel giro di poche ore, su quella scialuppa di salvataggio, era invecchiato di cent'anni.

«Che cosa facciamo adesso?» Che cosa avrebbero fatto senza i genitori? Era terribile solo pensarci. Quante persone amate avevano perduto! E adesso Edwina avrebbe dovuto occuparsi di quelli che erano rimasti. «Torniamo a casa, penso.» Pronunciò queste parole sottovoce nell'oscurità della notte. Non c'era altro da fare, se non portare Teddy da un bravo medico a New York... se fosse vissuto tanto a lungo. Le avevano già detto che la prima notte sarebbe stata determinante. Ed Edwina sapeva che non ce l'avrebbe fatta a sopportare un'altra perdita, un altro lutto. No, non potevano lasciare che Teddy morisse! Non potevano, assolutamente. Era il suo pensiero costante, adesso, salvare il fratellino più piccolo. Più tardi, nella notte, mentre lo teneva fra le braccia e ascoltava il suo respiro affannoso, pensò a quei bambini che lei non avrebbe mai avuto... i figli di Charles... Tutti i suoi sogni erano svaniti, se n'erano andati con lui. Il dolore era atroce e si accorse di avere di nuovo le guance rigate di lacrime e le spalle scosse dai singhiozzi.

Phillip e George si erano addormentati su un paio di materassi in un corridoio. Ma Phillip tornò più tardi a controllare come stesse Edwina: era stanco e preoccupato. Continuava a chiedersi se suo padre e sua madre non avessero per caso tentato di buttarsi in acqua dalla nave, in tal caso se fossero riusciti a sopravvivere a lungo in mare. Chissà, forse avevano cercato di nuotare verso le scialuppe di salvataggio e nessuno li aveva raccolti. Così erano morti in quelle acque gelide. Intorno a lui — lo ricordava bene — centinaia di persone erano state abbandonate in quel mare di ghiaccio, nessuno aveva voluto soccorrerli e quei poveretti avevano gridato e tentato di nuotare, finché ne avevano avuto le forze, ma alla fine erano stati inghiottiti dal mare come tutti gli altri. Un destino orribile e Phillip era rimasto sveglio a lungo arrovellandosi, senza riuscire a scacciare quel pensiero, fino a quando, rinunciando all'idea di riprendere sonno, aveva preferito raggiungere Edwina. Era rimasto seduto lì con lei, in silenzio, a lungo. Del resto, dappertutto, a bordo del *Carpathia*, anche gli altri superstiti si comportavano come loro. Pareva che nessuno avesse la forza nemmeno di parlare; qua e là si vedevano persone che fissavano il mare con occhi smarriti, oppure gruppetti di gente che si limitava a starsene seduta, in silenzio, senza sapere che fare.

«Continuo a domandarmi se...» Era difficile trovare le parole nell'infermeria quasi buia. C'erano parecchie altre persone presenti e, in un'altra stanza, una dozzina di bambini non ancora identificati. «Continuo a pensare alla fine...» mormorò con voce spezzata e voltò di scatto la testa dall'altra parte, mentre Edwina allungava una mano per fargli una carezza.

«Non pensarci... tanto... non servirebbe a niente... perché niente può cambiare.» Ma anche lei, per tutta la notte, non aveva fatto che pensare alla stessa cosa... ai suoi genitori, e perché sua madre avesse scelto di rimanere... a Charles... ad Alexis. Che cos'era successo alla sua sorellina, alla fine? Erano riusciti a ritrovarla? Era stata inghiottita dall'oceano anche lei con gli altri? Phillip era rimasto sconvolto quando aveva scoperto che Alexis non era con Edwina. Papà e mamma non erano mai stati nemmeno sfiorati dal sospetto che la piccola non si fosse imbarcata sulla scialuppa numero otto.

Sospirò e si voltò a guardare il piccolo Teddy, profondamente addormentato, con quella testolina coperta di folti e morbidi riccioli, ma con le guance di un pallore mortale. Ancora adesso, di tanto in tanto, era tormentato da violenti accessi di tosse. Anche Phillip si era preso una brutta infreddatura, ma cercò di non darvi peso. Cercò di convincere sua sorella che ce l'aveva fin dal giorno prima e fu in quel momento che Edwina si ricordò di qualcosa che aveva detto la mamma, e cioè che si era preso il raffreddore rimanendo sul ponte a guardar giù, verso la seconda classe, per ammirare una ragazzina sconosciuta. E adesso probabilmente anche lei se n'era andata per sempre, come molti altri...

«Come sta?» domandò Phillip, guardando il fratellino.

«Non è peggiorato...» Edwina sorrise con dolcezza, gli accarezzò i capelli e poi si chinò a dargli un bacio. «Mi sembra che vada un po' meglio! Purché non sopraggiunga una polmonite!»

«Rimango io con lui. Perché non provi a dormire un po'?» le propose Phillip. Ma Edwina sospirò: «Non credo che riuscirei a chiudere occhio». Continuava a pensare alla ricognizione che il *Carpathia* aveva fatto, fra mille cautele, battendo avanti e indietro tutta la zona in cui il *Titanic* era colato a picco nelle primissime ore di quella mattina. Il capitano Rostron aveva voluto avere la certezza assoluta che non ci fossero altri sopravvissuti, ma non avevano trovato che poltrone a sdraio, pezzi di legno, qualche cintura di salvataggio, un tappeto che assomigliava a quello che lei aveva nella sua cabina e il cadavere di un marinaio che galleggiava a pelo d'acqua. Quel pensiero la fece rabbrividire. Non riusciva a crederci. Appena la sera prima i Widener avevano organizzato una cena in onore del capitano Smith e adesso, ventiquattr'ore più tardi, il transatlantico era affondato; e con il transatlantico si erano inabissati nell'oceano il signor Widener, suo figlio Harry e più di millecinquecento altri passeggeri. Edwina continuava a domandarsi come potesse essere successa una tragedia simile. E pensava a Charles e a quanto lo avesse amato. Aveva detto che gli piaceva quell'abito di raso celeste... le aveva detto che era dello stesso colore dei suoi occhi, e che gli piaceva anche il modo in cui si era acconciata i capelli. Li aveva raccolti, così neri e lisci, in una morbida crocchia in cima alla testa — una pettinatura molto simile a quella della signora Astor. Lo aveva ancora addosso quel vestito, ormai a brandelli. Le avevano offerto un abito di lana nera, quel pomeriggio, ma era troppo impegnata con i fratellini per trovare il tempo di cambiarsi. Del resto, che importanza poteva avere ormai? Charles se n'era andato per sempre; e lei e i suoi fratelli erano orfani.

Rimasero seduti così, l'uno accanto all'altra, quella notte, ricordando il passato e cercando di pensare al futuro. A un certo momento Edwina pregò Phillip di andare a dormire perché George si sarebbe spaventato se, svegliandosi, non lo avesse più trovato accanto a sé.

«Povero ragazzo, anche lui ha vissuto una terribile esperienza!» Ma si era comportato coraggiosamente, senza perdersi d'animo, e in quelle ultime ventiquattr'ore era stato non solo un conforto ma anche un aiuto per sua sorella. Se fosse stata un po' meno stanca, forse si sarebbe addirittura preoccupata di trovarlo tanto arrendevole! Quanto alla piccola Fannie, non fece che dormire profondamente per tutta la notte, vicino a lei. Quando Phillip se ne fu andato, Edwina rimase seduta in silenzio a osservare Fannie e Teddy, accarezzando i loro visetti, i capelli neri. Diede un bicchiere d'acqua a Teddy quando si svegliò assetato, e consolò Fannie, prendendola fra le braccia, quando si mise a piangere nel sonno. Rimase lì tutta la notte, immobile, a pregare come aveva pregato quella mattina durante la funzione religiosa celebrata dal capitano Rostron. Non tutti i naufraghi vi avevano assistito, ma lei e Phillip avevano voluto essere presenti. Molti dei superstiti erano troppo stanchi, o stavano troppo male o avevano pensato che quella cerimonia fosse troppo straziante. Più di trentasette donne erano rimaste vedove. Millecinquecentoventitré, tra uomini, donne e bambini, erano periti nella sciagura. I superstiti erano solo settecentocinque.

Alla fine Edwina si assopì, ma si svegliò di soprassalto quando Teddy si agitò irrequieto e, fissandola con quei grandi occhi tanto simili a quelli della loro madre, le domandò: «Dov'è la mamma?» Per fortuna sembrava tornato quello di sempre e quando Edwina si chinò a dargli un bacio le sorrise. Poi, scoppiò di nuovo in lacrime, invocando la mamma.

«La mamma non è qui, tesoro.» Edwina, in realtà, non sapeva che cosa dirgli. Teddy era troppo piccolo per capire, ma lei non voleva mentirgli né tanto meno promettergli che la mamma sarebbe arrivata più tardi.

«Anch'io voglio la mamma!» Fannie si mise a piagnucolare con aria disperata e smarrita non appena sentì che Teddy si svegliava e la cercava.

«Fai la brava bambina!» la pregò Edwina, cercando di calmarla. Poi si alzò e dopo aver lavato la faccia a Teddy lo affidò alle cure di un'infermiera, quindi accompagnò Fannie in bagno. Quando si guardò in uno specchio si rese conto che l'esperienza che aveva vissuto l'aveva invecchiata in un giorno solo di mille

anni; si sentiva, anzi aveva l'aspetto di una vecchia — o almeno
così le parve. Ma un pettine preso a prestito e un po' di acqua
calda contribuirono a migliorare notevolmente la situazione.
Certo non aveva più l'aspetto radioso di prima, né si sentiva
felice, ma quando, poco dopo, entrò nel salone da pranzo per
cercare i suoi fratelli, si accorse che anche gli altri avevano un
aspetto terribile. Indossavano ancora gli abiti della sera prima,
sui quali avevano infilato altri capi di vestiario presi a prestito,
a volte troppo larghi o troppo stretti, o non adatti. La gente
continuava ad andare e venire senza sosta; quando era stato possibile, i superstiti erano stati sistemati in qualche cabina, dove
adesso stavano stipati, oppure sui giacigli improvvisati nei vestiboli e nei corridoi. Centinaia dormivano invece sui materassi
nel grande salone, negli alloggi dell'equipaggio, su brande e giacigli di ogni genere, persino sul pavimento. Ma per nessuno di
loro, ormai, tutto questo aveva importanza. Erano vivi, è vero,
ma forse molti di fronte a quell'immane tragedia desideravano
non essersi mai salvati.

«Come sta Teddy?» domandò George appena vide sua sorella e provò un gran sollievo quando lei gli sorrise. Nessuno di
loro avrebbe avuto la forza di affrontare una nuova perdita.

«Meglio, mi pare. Gli ho detto che sarei tornata da lui dopo
cinque minuti.» Aveva portato Fannie con sé e voleva trovare
qualcosa da darle da mangiare prima di tornare ad assistere il
fratellino più piccolo.

«Rimango io con lui, se vuoi», si offrì George e poi, improvvisamente, il sorriso si spense sulle sue labbra mentre fissava
con gli occhi sbarrati qualcosa che gli era apparso proprio alle
spalle di Edwina. Sembrava che avesse visto un fantasma, tanto che la sorella, dopo averlo guardato allibita, lo prese per un
braccio e glielo strinse, chinandosi verso di lui.

«George, che cosa c'è?»

Ma lui continuò a tenere lo sguardo fisso, senza riuscire a parlare. Finalmente, dopo un minuto, le indicò qualcosa sul pavimento, vicino a un materasso. Poi, sempre in silenzio, si precipitò ad afferrare quell'oggetto e tornò indietro di corsa a mostrarglielo. Era la «Signora Thomas», la bambola di Alexis. Edwina ne era sicura, ma non si vedevano bambini nei dintorni e quando provarono a domandare alle persone vicine non riuscirono a sapere nulla. Nessuno ricordava di aver visto quella bambola, prima, né la bambina che l'aveva abbandonata lì.

«Eppure Alexis dev'essere qui!» Edwina si guardò attorno, agitatissima. Vide qualche bambina, ma nessuna di loro era Alexis. Mentre stringeva la bambola tra le mani, improvvisamente ricordò e sentì un tuffo al cuore. Anche la figlia degli Allison aveva una bambola simile, ma quando provò a dirlo a Phillip lui scrollò la testa. No, era sicuro che si trattasse della bambola di Alexis, l'avrebbe riconosciuta ovunque. George glielo confermò, e anche Fannie.

«Come fai a non ricordartene, Edwina? Sei stata tu a confezionarle questo vestito con gli avanzi della stoffa di uno dei tuoi.» E mentre Phillip glielo spiegava, di colpo anche lei rammentò e si sentì salire le lacrime agli occhi. Che crudeltà se la bambola si fosse salvata, e Alexis no!

«Dov'è Alexis?» domandò Fannie alzando gli occhi che somigliavano in un modo incredibile a quelli di Bert. Che gioia era sempre stata per il padre, quella incredibile somiglianza!

«Non lo so», le rispose Edwina con molta franchezza e, sempre tenendo la bambola stretta tra le mani tremanti, continuò a guardarsi attorno. Ma non vide Alexis.

«È andata a nascondersi?» Fannie conosceva bene quell'abitudine della sorellina più grande, ma Edwina questa volta non sorrise.

«Non lo so, Fannie. Spero di no.»

«Anche mamma e papà sono andati a nascondersi?» Aveva un'aria così confusa che Edwina sentì un nodo alla gola mentre faceva cenno di no con la testa e continuava a guardarsi attorno.

Purtroppo, un'ora dopo non l'avevano ancora trovata; Edwina fu costretta a tornare nell'infermeria, da Teddy. Aveva sempre la bambola con sé, e aveva lasciato Fannie in compagnia di Phillip e George. Anche Teddy, non appena vide la bambola, fissò insospettito la sorella maggiore.

«Lexie?» disse. «Lexie?» Anche lui aveva riconosciuto la bambola. Ed effettivamente Alexis raramente se ne separava. Una delle infermiere sorrise passando accanto a loro. Teddy era un bambino bellissimo e la donna si commosse vedendoli insieme.

Fu in quel momento che a Edwina venne in mente qualcosa e fermò l'infermiera per farle una domanda.

«Esiste qualche mezzo per trovare... stavo cercando....» Non sapeva come formulare esattamente la frase. «Non siamo riusciti a trovare la mia sorellina di sei anni e pensavo... era con mia madre...» Era terribile pronunciare quelle parole... eppure doveva sapere. L'infermiera capì al volo, sfiorò dolcemente con la mano il braccio di Edwina e le consegnò un elenco.

«Qui troverà i nomi di tutte le persone che abbiamo raccolto e che sono a bordo della nave, bambini inclusi. È possibile che ieri, in tutta quella confusione, non siate riusciti a trovarla. Ma che cosa le fa pensare che si trovi a bordo del *Carpathia*? L'ha vista su una delle scialuppe, in salvo, prima di lasciare il transatlantico?»

«No.» Edwina scrollò il capo; poi le mostrò la bambola. «Questa... non l'abbandonava mai, nemmeno per un minuto!» Edwina si sentì di nuovo al culmine della disperazione: scorrendo rapidamente con gli occhi l'elenco non vide il nome di Alexis.

«È sicura che sia proprio la bambola della sua sorellina?»

«Sicurissima. Le ho fatto io, con le mie mani, il vestito!»

«Non potrebbe averla presa qualche altra bambina?»

«Sì, immagino di sì.» A questo Edwina non aveva pensato. «Ma non ci sono anche bambini smarriti, che sono qui sopra senza i genitori?» Sapeva che c'erano parecchi neonati o bambini molto piccoli nell'infermeria, e non erano ancora stati identificati. Ma Alexis era grande abbastanza per saper dire come si chiamava, se lo voleva... se non era rimasta troppo traumatizzata... Edwina di colpo si domandò se Alexis non fosse lì, a bordo del *Carpathia*, e si aggirasse qua e là, smarrita, non ancora identificata, senza sapere che su quella stessa nave c'erano anche i suoi fratelli. Provò a spiegarlo all'infermiera, la quale rispose che le sembrava molto poco probabile.

Ma proprio verso la fine del pomeriggio, mentre passeggiava avanti e indietro sul ponte cercando di scacciare un'immagine che la perseguitava come un incubo — l'immagine terrificante del *Titanic* che si stagliava contro il cielo notturno appena prima di inabissarsi nell'oceano, con la poppa che si rizzava enorme contro l'orizzonte — vide la cameriera della signora Carter, la signorina Serepeca, la quale stava facendo una breve passeggiata in coperta con i bambini. La piccola Lucille e il maschietto, William, avevano la stessa aria spaventata di tutti gli altri bambini superstiti; con loro c'era un'altra bambina che si aggrappava disperatamente alla mano della ragazza e sembrava quasi troppo terrorizzata per avere il coraggio di fare qualche passo sul ponte. A un tratto si voltò e quando Edwina la vide bene in faccia trasalì e un attimo dopo stava già correndo verso di lei e la prendeva tra le braccia, sollevandola in aria, stringendola al petto con tutto il suo amore, con tutta la sua forza, piangendo di gioia. L'aveva trovata! Era Alexis!

Mentre teneva la bambina fra le braccia e le accarezzava i capelli, la signorina Serepeca le spiegò, come meglio poteva, quello che era successo. Quando Alexis era stata buttata nella scialuppa numero quattro, la signora Carter si era resa conto quasi subito che non c'era nessuno della sua famiglia e, appena si era trovata a bordo del *Carpathia*, aveva deciso di prendersi cura di quella bambina sconosciuta fino a quando avessero raggiunto New York. Non solo — e questo la signorina Serepeca lo aggiunse a mezza voce — ma da quando la piccina aveva visto il transatlantico inabissarsi nell'oceano, quasi due giorni prima, non aveva più pronunciato una parola. Quindi non sapevano né il suo nome di battesimo né il suo cognome; fin dal primo momento si era rifiutata di parlare con qualcuno di loro, di spiegare da dove provenisse e chi fosse. Così la signora Carter adesso aveva solo la speranza che qualcuno della famiglia si facesse vivo a New York per reclamarla. La signorina Serepeca aggiunse che sarebbe stato un grande sollievo per la signora Carter scoprire che la mamma della bambina era a bordo del *Carpathia*. Bastò che pronunciasse queste parole perché Alexis si voltasse di scatto cercando istintivamente Kate. Ma Edwina scrollò la testa in silenzio e strinse più forte a sé la sorellina.

«No, piccola, la mamma non è qui con noi.» Erano le parole più difficili, le parole più crudeli che avesse mai detto ad Alexis. La bambina cercò di divincolarsi, sempre con la testa abbassata, come se si rifiutasse di ascoltare ciò che la sorella le stava dicendo. Adesso Edwina non le avrebbe più permesso di allontanarsi, nemmeno di un passo. Già una volta avevano rischiato di perderla. Quindi ringraziò la signorina Serepeca e promise di cercare la signora Carter per ringraziare anche lei di essersi presa cura di Alexis. Ma quando tornò indietro verso il grande salone, quello che adesso era diventato una specie di rifugio per loro, portandola sempre in braccio, Alexis la fissò con i grandi occhi colmi di angoscia. Fino a quel momento non aveva ancora pronunciato una sola parola. «Ti voglio bene, tesoro mio... oh, se tu sapessi quanto ti voglio bene... e come eravamo preoccupati per te...» Le lacrime le rigarono le guance mentre stringeva al cuore la piccola. Che dono del cielo era stato ritrovarla...! E si scoprì a desiderare spasmodicamente di poterli ritrovare tutti, di poter scoprire in un angolino, chissà dove, anche papà, mamma e Charles... No, non era possibile che se ne fossero andati davvero per sempre! Non era possibile che fosse successo a quel modo... anche se purtroppo era la realtà dei fatti... e solo Alexis era rimasta, come un piccolo fantasma uscito dal passato. Un passato che esisteva ancora, vivo e reale solo poco tempo prima, e che adesso si era concluso bruscamente. Per sempre — come un sogno che lei non avrebbe mai dimenticato.

Quando le mostrò la sua bambola adorata, Alexis la strappò letteralmente dalle mani di Edwina e se l'avvicinò al viso, tenendola stretta, ma continuò a rifiutarsi di parlare con chiunque di loro. Rimase a guardare impassibile Phillip che era scoppiato in lacrime rivedendola, e fu solo a George che si rivolse con aria interrogativa perché suo fratello la stava guardando con gli occhi sgranati per lo stupore.

«Credevo che te ne fossi andata per sempre, Lexie», le disse George tranquillamente. «Ti abbiamo cercato dappertutto.» La bambina non gli rispose, ma non lo lasciò più con gli occhi e quella notte dormì vicino a lui, tenendolo per mano. Nell'altra stringeva la bambola. Phillip non smise di sorvegliarli nemmeno un momento. Edwina era rimasta in infermeria a dormire con Fannie e Teddy, anche se entrambi stavano molto meglio e non correvano più alcun pericolo. Ma quello era il suo posto, per il momento, poiché i due fratellini avevano ancora bisogno delle sue cure. Teddy infatti continuò a tossire per tutta la notte. Edwina aveva proposto ad Alexis di dormire con loro, nell'infermeria, ma la bambina, scrollando la testa, aveva seguito George nel grande salone e si era distesa accanto a lui sullo stretto materasso. Suo fratello si era sdraiato su un fianco per sorvegliarla, ma dopo un po' erano caduti entrambi in un sonno profondo. Era stato un po' come rivedere di nuovo la mamma, per George, quando avevano ritrovato Alexis, perché Kate e la bambina erano sempre state praticamente inseparabili. E quella notte il ragazzo sognò i genitori. E stava ancora sognandoli quando si svegliò bruscamente, nel cuore della notte, perché Alexis stava piangendo vicino a lui. Provò a consolarla e l'abbracciò stretta stretta ma la bambina non si calmò.

«Che cosa c'è, Lexie?» le domandò alla fine, chiedendosi se si sarebbe decisa a dirglielo oppure se, come tutti loro, era talmente triste e addolorata da non riuscire a far altro che piangere. «Ti fa male qualcosa?... Non ti senti bene? Vuoi Edwina?»

Lei fece cenno di no con la testa e mettendosi a sedere di scatto sul materasso chinò gli occhi a guardarlo, sempre con la bambola stretta al cuore. «Voglio la mamma...» bisbigliò a fior di labbra mentre i suoi grandi occhi azzurri lo fissavano interrogativi. Allora anche George si sentì salire le lacrime agli occhi rendendosi conto che finalmente la sorellina si era decisa a dire qualcosa, aveva parlato... E l'abbracciò forte forte.

«Anch'io, Lexie... anch'io.» Ripresero a dormire tenendosi per mano, quella notte, due dei figli di Kate, le creature tanto amate che aveva lasciato quando aveva deciso di non abbandonare il marito. Tutti ricordavano il grandissimo amore che aveva avuto per loro, l'amore e la tenerezza che avevano sempre legato Kate e Bert, ma ormai tutto questo non esisteva più, apparteneva a un altro luogo, a un'altra epoca. E ciò che rimaneva della famiglia da loro creata erano quelle sei persone, sei vite, sei anime, sei dei pochissimi sopravvissuti alla tragedia del *Titanic*. Mentre Kate, Bert, Charles e gli altri se n'erano andati per sempre. E non sarebbero tornati mai più.

6

EDWINA e Phillip si ritrovarono sul ponte la sera del giovedì, sotto una pioggia fitta, mentre il *Carpathia* passava davanti alla Statua della Libertà ed entrava nel porto di New York. Eccoli di nuovo a casa, negli Stati Uniti. Purtroppo, era come se per loro non ci fosse più nulla, ormai. Era una sensazione terribile, ma Edwina reagì e cercò di rammentare a se stessa che, se non altro, aveva sempre i fratelli. Certo, la loro vita non sarebbe mai più stata quella di prima. Erano scomparsi i genitori e l'uomo che l'amava. Tra quattro mesi lei e Charles avrebbero dovuto sposarsi... e adesso lui non c'era più... il suo brio, il suo buonumore, l'intelligenza brillante, il bel viso, quella gentilezza che l'aveva sempre affascinata, quel modo curioso di piegare un po' di lato la testa quando si prendeva affettuosamente gioco di lei... tutto questo non esisteva più, e con Charles era svanita ogni speranza di un futuro felice, di un futuro luminoso.

In quel momento, Phillip si voltò verso di lei e vide che piangeva. Intanto, il *Carpathia* entrava lentamente nel porto, trainato dai rimorchiatori ma senza né sirene, né banda che suonava allegramente, senza nulla... accompagnato solo dal dolore e dal silenzio.

La sera prima, il capitano Rostron aveva assicurato a tutti i superstiti del naufragio che avrebbe cercato per quanto possibile di tenere lontani la stampa e i giornalisti. Ma li aveva tuttavia avvertiti che la cabina radio della nave era stata letteralmente assediata dai cablogrammi della stampa fin dalla mattina del 15 aprile; lui, comunque, non aveva risposto a nessuno di essi né tanto meno avrebbe consentito a un solo giornalista di salire a bordo della nave. I superstiti del *Titanic* avevano il diritto di piangere in pace i loro morti e si assumeva personalmente la responsabilità di farli arrivare a casa sani e salvi, ma senza pubblicità né clamore.

Purtroppo, Edwina non faceva che pensare a ciò che si erano lasciati indietro, nel profondo dell'oceano. Phillip, senza aprire bocca, la prese per mano e rimase in piedi vicino a lei, con il viso rigato di lacrime pensando a come tutto sarebbe stato diverso se la sorte fosse stata meno dura nei loro confronti.

«Win?» Era molto tempo che non la chiamava più così, fin da quando era un bambino, piccolo piccolo, e lei gli sorrise fra le lacrime.

«Sì?»

«E adesso... che cosa facciamo?» Ne avevano parlato più volte, ma Edwina in realtà non aveva avuto il tempo di pensarci seriamente, preoccupata com'era per Teddy e Alexis, così sconvolta. Anche gli altri le davano pensiero adesso. George non apriva bocca da due giorni, tanto che si era trovata a desiderare che ritrovasse un po' del suo spirito allegro, che tornasse ad avere l'argento vivo addosso, come prima! Quanto alla povera Fannie, piangeva ogni volta che Edwina la lasciava, sia pure per pochi minuti. Era stato perciò difficile trovare il tempo di riflettere tranquillamente, con tutte le responsabilità che le erano piombate addosso all'improvviso. Sapeva soltanto una cosa: ora toccava a lei occuparsi della sua famiglia e proteggerla. Non avevano che lei, la sorella maggiore.

«Non so che cosa dirti, Phillip. Torneremo a casa, almeno così penso, non appena Teddy si sarà completamente ristabilito.» Aveva ancora una bruttissima tosse e fino al giorno prima un po' di febbre. Per il momento nessuno di loro era in grado di affrontare il lungo viaggio in treno per tornare in California. «Rimarremo a New York per un po'; poi torneremo a casa.» Ma la casa, e il giornale? Era più di quanto lei riuscisse ad affrontare. In quel momento il suo unico desiderio era quello di tornare indietro con il pensiero... anche solo per poco... anche solo per qualche giorno... a quell'ultima sera, quando aveva ballato con Charles al suono di uno scatenato ragtime. Com'era stato tutto semplice, allora, mentre la faceva volteggiare sulla pista da ballo, per poi trascinarla a danzare quei bellissimi valzer, il ballo che le piaceva più di tutti. Avevano ballato tanto a lungo in quei quattro giorni, sul transatlantico, che aveva quasi consumato le nuove scarpine d'argento. Pensò che non avrebbe mai più avuto voglia di ballare. Mai più.

«Win?» Phillip si era accorto che Edwina era perduta di nuovo nei suoi pensieri. Lo faceva spesso. Come tutti loro, del resto.

«Hmm?... Scusami...» Intanto fissava il porto di New York, fissava con occhi smarriti la pioggia, lottando per ricacciare indietro le lacrime, rimpiangendo che le cose fossero completamente diverse. Del resto era così per tutti, sul *Carpathia*: le vedove erano allineate lungo la balaustra, con il viso rigato di lacrime, e piangevano i loro uomini e tutte le persone care. Erano passati solo quattro giorni, e sembrava un secolo.

Molti sapevano che sarebbero stati accolti da parenti e da amici, mentre i Winfield, purtroppo, a New York non avevano nessuno che li aspettasse. Prima della partenza Bert si era preoccupato di prenotare le camere per tutta la famiglia al *Ritz-Carlton* ed era lì che sarebbero andati ad alloggiare fino al ritorno in California. Ma adesso anche i dettagli più semplici sembravano improvvisamente complicati. Non avevano denaro, non avevano vestiti; Alexis — chissà come — era riuscita a perdere le scarpe ed Edwina era rimasta con quell'abito da sera celeste, ormai ridotto in brandelli, e quello nero che qualcuno le aveva offerto il giorno del salvataggio. Era un problema per tutti. Ed Edwina si domandò come avrebbe pagato l'albergo. La cosa migliore sarebbe stata spedire un telegramma all'ufficio del padre, a San Francisco. Di colpo si trovò a dover risolvere problemi ai quali, solamente una settimana prima, non aveva mai pensato.

Dal *Carpathia* avevano fatto inviare un cablogramma all'agenzia londinese della White Star, pregando che comunicasse allo zio Rupert e alla zia Liz che tutti i ragazzi Winfield si erano salvati dal naufragio, ma Edwina sapeva che la zia sarebbe rimasta sconvolta dalla notizia della morte della sua unica sorella. Poi aveva spedito via radio le stesse informazioni anche all'ufficio del padre. All'improvviso si trovò con tante cose a cui pensare. Mentre fissava con occhi trasognati la nebbiolina del porto di New York, davanti a loro apparve una flottiglia di rimorchiatori, si sentì un sibilo acuto e a un tratto ogni nave all'àncora nel porto suonò la sirena in segno di saluto. La cappa di tragico silenzio sotto la quale avevano vissuto per quattro giorni stava per dissolversi. Né Edwina né Phillip avevano pensato che una tragedia di simili proporzioni potesse trasformarsi in una clamorosa notizia, e quando videro i rimorchiatori, i battelli e le navi traghetto affollati di fotografi e cronisti, capirono che il loro arrivo sarebbe stato tutt'altro che facile.

Ma il capitano Rostron mantenne la parola e nessuno all'infuori del pilota salì a bordo del *Carpathia* quando il transatlantico attraccò alla banchina. I fotografi furono costretti ad accontentarsi delle immagini che riuscirono a catturare con le loro macchine da molta distanza. L'unico che si era intrufolato a bordo, scoperto e fermato, era stato confinato dal capitano sul ponte.

Raggiunsero il molo alla 21.35 e, per un attimo, a bordo calò un profondo silenzio. Il terribile viaggio stava per concludersi. Per prime erano state calate le scialuppe di salvataggio del *Titanic*. Le gru erano state sistemate al loro posto e le scialuppe abbassate esattamente come quando, quattro giorni prima, avevano abbandonato la nave che affondava — ma questa volta vennero calate con un solo marinaio a bordo di ciascuna e i superstiti si affollarono intorno ai parapetti a guardarle mentre i lampi si susseguivano nel cielo notturno e il rombo del tuono esplodeva sopra di loro. Pareva che anche il cielo piangesse su quelle scialuppe vuote mentre i naufraghi le guardavano; perfino la folla, sulla banchina, rimase in rispettoso silenzio mentre venivano gettate le àncore. Nel giro di poche ore le scialuppe sarebbero state saccheggiate di tutto quanto contenevano.

Alexis e George avevano raggiunto Edwina e Phillip mentre le scialuppe venivano calate verso il ponte; Alexis scoppiò in lacrime aggrappandosi alla gonna della sorella. Era spaventata perché il temporale le faceva paura e i suoi occhi erano pieni di terrore mentre guardava le scialuppe scendere lentamente in mare. Edwina se la tenne vicino, stretta stretta, come aveva sempre fatto Kate. Ma non avrebbe mai potuto sostituire la madre, lo sapeva bene.

«Anche noi... andiamo giù con loro di nuovo?» Alexis, terrorizzata, non riusciva quasi a parlare ed Edwina cercò di rassicurarla. Si limitò a far cenno di no con la testa perché piangeva troppo disperatamente per risponderle... quelle scialuppe... quei fragili gusci... così importanti, così preziosi per alcuni di loro... Se fossero state molte di più, anche gli altri adesso sarebbero stati vivi...

«Ti prego, Lexie, cerca di non piangere...» Non riuscì a dire altro mentre stringeva la sua piccola mano. Non poteva nemmeno prometterle che ogni cosa sarebbe tornata come prima. Ormai non ci credeva nemmeno lei. Come poteva, allora, fare promesse ai suoi fratelli? Si sentiva il cuore colmo di tristezza.

Quando si voltò a guardare la banchina, si accorse che ad aspettarli c'erano centinaia, forse migliaia, di persone. Le sembrò un mare di volti. Poi, mentre un lampo illuminava di nuovo il cielo, vide che ce n'erano sempre di più... c'era gente dappertutto! I giornali, in seguito, affermarono che sulla banchina c'erano almeno trentamila persone e altre diecimila lungo le rive del fiume. Edwina, comunque, quasi non si accorse della loro presenza. E del resto che importanza potevano avere? Le persone che amava non c'erano più: papà, mamma e Charles. Ad aspettarli non c'era nessuno. Come non c'era più nessuno al mondo che li proteggesse, li circondasse di affetto. Ormai ogni responsabilità era sulle sue spalle, e su quelle del povero Phillip. A sedici anni, quell'esperienza terribile lo aveva reso uomo, ma si era mostrato pronto ad accollarsi quel fardello fin dal primo momento. Eppure, adesso tutto questo le sembrava ingiusto, mentre lo osservava raccomandare a George di mettersi il soprabito e tenersi il più vicino possibile ad Alexis. Si sentì travolgere da una tristezza infinita, vedendo quei vestiti a brandelli, le facce sconvolte. All'improvviso le apparvero per quello che in effetti ormai erano, cioè degli orfani.

I primi a scendere furono i passeggeri del *Carpathia*. Poi una lunga attesa, mentre il capitano raccoglieva tutti gli altri nel grande salone da pranzo dove avevano dormito per tre giorni e recitava una preghiera per chi era morto in mare, per i superstiti e per i loro figli. Un lungo momento di silenzio, poi un suono di singhiozzi. Fu a quel punto che la gente cominciò a salutarsi, una carezza sul braccio, una stretta, un ultimo sguardo, un cenno del capo. Poi tutti andarono a stringere la mano al capitano Rostron. Avevano ben poco da dire mentre a uno a uno silenziosamente si salutavano per l'ultima volta. Non si sarebbero ritrovati mai più, ma il ricordo di quella tragedia che li accomunava tutti sarebbe rimasto vivo per sempre.

Due delle donne raggiunsero per prime la passerella. Esitanti, fecero per tornare indietro, poi scesero lentamente con il viso rigato di lacrime. Erano amiche, originarie di Filadelfia, e avevano perduto entrambe il marito. A metà strada si fermarono mentre dalla folla si levava un boato, in cui si mescolavano grida, richiami, urla, e che esprimeva disperazione, dolore e comprensione. Fu un suono terrificante al punto che la povera Alexis nascose la testa fra le gonne di Edwina coprendosi le orecchie con le mani e chiudendo gli occhi. Fannie si lasciò sfuggire un lungo gemito disperato mentre Phillip la prendeva in braccio.

«Va tutto bene... va tutto bene, bambini...» Edwina cercò di rassicurarli, ma in mezzo a tutto quel frastuono non la potevano sentire. Quanto a lei, rimase sconvolta vedendo i cronisti precipitarsi verso i poveri superstiti circondandoli e imprigionandoli in mezzo a loro. Ovunque esplodevano i flash delle macchine fotografiche mentre la pioggia cadeva scrosciante e i lampi illuminavano il cielo. Era una notte orribile, ma non certo peggiore di quella che aveva visto la tragedia di pochi giorni prima. Quella era stata la peggiore della loro vita... e questa.. non era altro che una notte in più. Che altro poteva succedere ancora ai Winfield? pensò Edwina mentre sospingeva gentilmente avanti a sé i fratelli e le sorelle verso la passerella. Non aveva cappello, era bagnata fradicia fino alle ossa, e aveva anche dovuto prendere in braccio Alexis che le si aggrappava tutta tremante, in preda alla disperazione. Phillip aveva preso in braccio i due piccoli e George gli camminava vicino con aria avvilita, quasi spaventata. Quella folla era così fitta che era difficile capire con esattezza che cosa dovevano fare. Quando poi arrivarono in fondo alla passerella, Edwina si accorse che tutta quella gente adesso si stava rivolgendo a loro, gridando un nome dopo l'altro.

«Chandler!... Harrison!... Gates? Gates!... Non li avete visti?...» Erano famigliari, o amici, alla ricerca disperata dei superstiti, ma a ogni nome lei faceva cenno di no con la testa. Non ne conosceva nessuno. In lontananza vide i Thayer che venivano accolti da amici di Filadelfia. Ovunque c'erano ambulanze e automobili e di nuovo qua e là i flash delle macchine fotografiche dei reporter. Dalla folla si levarono gemiti e singhiozzi mentre i superstiti scrollavano la testa sentendo nomi che venivano gridati. Fino a quel momento non era stata pubblicata una lista completa dei superstiti e c'era sempre la speranza che le notizie fino ad allora diffuse non fossero esatte, e che qualche persona si fosse salvata. Il *Carpathia* aveva opposto un netto rifiuto alle richieste di fornire alla stampa comunicazioni in merito, alzando una barriera di silenzio intorno ai sopravvissuti, per proteggerli. Ma adesso il capitano Rostron non poteva più fare niente per difenderli.

«Signora... signora!» Un giornalista si lanciò verso Edwina facendo sobbalzare Alexis — che per poco non le sfuggì dalle braccia — e cominciò a tempestarla di domande: «Questi sono tutti figli suoi? Eravate a bordo del *Titanic*?» Era sfacciato, audace, con voce tonante, ed Edwina si rese conto che in quella confusione non sarebbe riuscita a sfuggirgli.

«No... sì... io... per favore... per favore...» E scoppiando in lacrime desiderò disperatamente avere vicino a sé Charles, suo padre e sua madre, mentre uno di quei lampi terrificanti le esplodeva in faccia. Phillip aveva cercato di difenderla ma non era riuscito, impedito com'era dai fratelli che teneva in braccio. Improvvisamente, una marea di giornalisti li circondò, spingendo da parte George, mentre lei gli gridava che non si allontanasse, temendo di perderlo di vista. «Per favore... basta!...» Avevano fatto la stessa cosa con Madeleine Astor quando era scesa dal *Carpathia* con la sua cameriera, ma Vincent Astor e il padre di lei, il signor Force, l'avevano messa in salvo conducendola rapidamente via a bordo dell'ambulanza che avevano fatto venire appositamente. Edwina e Phillip, purtroppo, non avrebbero avuto la stessa fortuna, ma riuscirono ugualmente ad allontanarsi di lì in fretta; Phillip li fece salire su una delle automobili mandate dal *Ritz-Carlton* e furono così condotti fino alla Settima Avenue e qui scesero ed entrarono lentamente nell'hotel con gli abiti a brandelli, stravolti, e senza bagaglio. Trovarono altri giornalisti ad aspettarli, ma per fortuna un impiegato premuroso e sollecito si affrettò ad accompagnarli nelle loro camere, dove Edwina dovette fare uno sforzo per non abbandonarsi a una violenta crisi di nervi. Le parve di non essere mai andata via di lì. Tutto era esattamente come prima. Le camere raffinate, eleganti, molto belle, erano le stesse che avevano occupato solo un mese e mezzo prima, ma ora per loro tutto era cambiato in modo radicale. Purtroppo, avevano riservato ai Winfield le stesse camere che avevano avuto all'arrivo da San Francisco, prima di salpare sul *Mauretania* per raggiungere l'Europa, dove avrebbero poi incontrato i Fitzgerald e avrebbero festeggiato il fidanzamento di Edwina.

«Win... ti senti bene?»

Lei per un attimo non riuscì a parlare, ma poi fece cenno di sì con la testa, pallidissima. Indossava ancora l'abito da sera celeste — ormai era ridotto in condizioni pietose — il cappotto e i pesanti scarponcini che aveva al momento in cui era stata costretta ad abbandonare il *Titanic*. «Sì, sto bene», sussurrò, anche se in tono molto poco convinto, ma purtroppo in quel momento riusciva a pensare soltanto all'ultima volta in cui si era trovata in quelle camere, appena poche settimane prima, con Charles, mamma e papà.

«Vuoi che vada a chiedere se ce ne possono dare altre?» Phillip aveva l'aria molto preoccupata. Se Edwina si fosse ammalata, se fosse crollata in quel momento, che cosa avrebbero fatto tutti loro? A chi si sarebbero rivolti, a chi avrebbero chiesto aiuto? Ormai era tutto quanto avevano... Ma Edwina scrollò lentamente la testa, si asciugò gli occhi e si fece forza per tranquillizzare i bambini.

«George, dai un'occhiata al menu. Abbiamo bisogno di mangiare qualcosa. E tu, Phillip, aiuta Fannie e Alexis a infilarsi la camicia da notte.» Poi, di colpo le venne in mente che non l'avevano più. Subito dopo, passando nelle altre camere, vide che la direzione del *Ritz-Carlton* aveva provveduto a mettere a loro disposizione un assortimento di capi di vestiario da donna e bambino. Anche per i ragazzi trovò calzoncini e giacche di lana, calze e scarpe e, allargate sul letto, due camicie da notte per le bambine. Due bambole nuove, una camicina da notte e un orsacchiotto anche per Teddy. Tanta gentilezza commosse profondamente Edwina, che scoppiò di nuovo in lacrime. Ma quando entrò nella camera da letto matrimoniale della suite, il suo cuore sussultò vedendo che sul letto erano stati accuratamente disposti anche altri indumenti per suo padre e sua madre, e una bottiglia di champagne. E se avesse guardato nell'ultima delle camere da letto, avrebbe certamente trovato le stesse cose per Charles. Un sospiro le morì in gola e si trasformò in un singhiozzo. Poi, dopo aver dato un'ultima occhiata intorno a sé, spense la luce, chiuse la porta e tornò dai fratelli che l'aspettavano.

Adesso sembrava più calma; si affrettò a mettere subito a letto i più piccoli e poi andò a sedersi sul divano con Phillip e George e rimase a guardarli mangiare un intero piatto di pollo arrosto e qualche pasticcino. Quanto a lei, le sembrava di non avere la forza neppure di assaggiare qualcosa. Appena prima di andare a letto Alexis aveva ripreso quella sua espressione terrorizzata, ed Edwina per tranquillizzarla le mise fra le braccia la vecchia bambola, la «signora Thomas», e la invitò a portare con sé sotto le coperte anche l'altra bambola, quella nuova. Fannie si era già addormentata in un grande e accogliente lettone, e il piccolo Teddy dormiva profondamente, in una bellissima ampia culla, con la nuova camicina da notte.

«Domattina dovremo telegrafare allo zio Rupert e alla zia Liz», disse ai ragazzi. Dal *Carpathia*, tramite la White Star Line, avevano già inviato un cablogramma ai genitori di Charles, ma adesso considerava un dovere avvertirli che erano arrivati sani e salvi. Quante cose da fare, a cui pensare! Niente poteva essere dato per scontato. Niente era più sicuro e stabilito. Adesso toccava a lei procurare capi di vestiario per tutti prima di tornare in California, recarsi in banca, portare i più piccoli da un dottore. Edwina voleva far visitare Teddy per avere la conferma che non corresse alcun pericolo e che Fannie non avrebbe perduto le due dita congelate. A ogni modo ora stavano già meglio e malgrado i disagi dell'arrivo a Teddy non era tornata la febbre. A dire la verità, la più traumatizzata era Alexis. Sembrava che la perdita della madre l'avesse sconvolta al punto da toglierle ogni interesse per tutto quanto accadeva intorno a lei. Era impaurita, di malumore, si abbandonava a scene isteriche se Edwina cercava di lasciarla anche solo per pochi attimi. Del resto non c'era da stupirsene dopo la terribile esperienza vissuta! Sarebbe passato molto tempo prima che potesse superare un simile choc. Edwina stessa aveva le mani scosse da un tremito ogni volta che cercava di mettere qualcosa per iscritto; non riusciva a scarabocchiare neppure il proprio nome, o allacciare i bottoni degli abiti dei bambini. D'altra parte, non poteva far altro che farsi forza e tirare avanti come meglio poteva. Lo considerava suo dovere.

Scese nell'atrio e si presentò al banco del portiere chiedendo se fosse possibile noleggiare un'automobile e un autista per il giorno seguente, o almeno una carrozza, nel caso tutte le automobili fossero state prenotate. Subito le assicurarono che avrebbero messo a sua disposizione una vettura con autista. Lei ringraziò per i capi di vestiario che avevano preparato nelle loro camere e per i doni ai bambini più piccoli, ma il direttore dell'albergo si affrettò a stringerle la mano con aria triste e a farle le sue condoglianze per la perdita dei genitori. I Winfield erano ottimi clienti dell'albergo da moltissimo tempo ed era rimasto sconvolto quando aveva saputo che erano periti nel naufragio.

Edwina lo ringraziò con poche parole pronunciate a bassa voce e tornò lentamente di sopra. Le era parso di intravedere due o tre visi familiari, persone che si trovavano sulla nave con lei, ma ora tutti sembravano esausti, dopo la tragica esperienza. Era quasi l'una del mattino quando trovò i fratelli che giocavano a carte nel salotto della loro suite. Bevevano acqua di seltz e stavano divorando gli ultimi pasticcini. Per un attimo, ferma sulla soglia, Edwina sorrise guardandoli. Si sentiva triste rendendosi conto che la vita continuava come se niente fosse successo, ma nello stesso tempo capiva che solo quella poteva essere la loro salvezza. Dovevano andare avanti, perché avevano una vita intera da vivere, un futuro! Erano così giovani! Ma sapeva che senza Charles per lei niente sarebbe più stato come prima.

Non ci sarebbe mai stato un altro uomo come lui, lo sapeva. Avrebbe dedicato la vita ai suoi fratelli. Avrebbe vissuto per loro e basta.

«Non vanno a letto stasera, i signori?» Ricacciò indietro le lacrime con uno sforzo mentre li guardava. Le sorrisero. Poi, di colpo, osservando il modo buffo nel quale lei era vestita, George la fissò negli occhi e si sentì salire alle labbra una risata. Era la prima volta da quando avevano abbandonato il *Titanic*. Sembrava tornato il monello di sempre.

«Hai un aspetto orrendo, Edwina.» Poi la risata si fece scrosciante e perfino Phillip sorrise, nonostante tutto. Edwina lo imitò di colpo: in quelle camere d'albergo così raffinate e lussuose, quello strano abbigliamento sembrò molto ridicolo.

«Grazie, George.» Gli sorrise. «Farò del mio meglio per mettere qualcosa di decente domattina, in modo da non farti vergognare di me.»

«Brava! Provvedi in tal senso», le rispose lui con voce severa, prima di tornare al suo gioco di carte.

«Benone! E voi due invece provvedete ad andare a letto, per favore», ribatté lei, in tono di rimprovero. Poi andò a immergersi nella vasca per un lungo bagno rilassante. Quando si tolse il vestito, lo sollevò fra le mani e lo fissò a lungo. Pensò di buttarlo via perché non voleva rivederlo mai più, ma nel profondo del suo cuore qualcosa le diceva che invece sarebbe stato bello conservarlo. Era il vestito che aveva indossato l'ultima volta che aveva avuto Charles vicino... l'ultima sera che aveva trascorso con papà e mamma... era la reliquia di una vita perduta, di un attimo del tempo in cui ogni cosa era cambiata e finita per sempre. Lo ripiegò con cura e lo mise in un cassetto. Non sapeva che cosa ne avrebbe fatto, ma in un certo senso le sembrava quasi che fosse tutto quanto le restava: un abito da sera lacero e sciupato. Era come se appartenesse a un'altra persona, la persona che lei era stata e che non sarebbe stata mai più; quella che adesso quasi non riusciva a ricordare se fosse veramente esistita.

7

LA mattina dopo, Edwina indossò l'abito nero che le avevano dato sul *Carpathia* e condusse Fannie, Teddy e Alexis dal medico che le aveva segnalato il direttore dell'albergo. Durante la visita il dottore non le nascose di essere addirittura stupito che i bambini fossero sopravvissuti senza gravi conseguenze alla terribile esperienza.

Probabilmente il mignolo e l'anulare della mano sinistra di Fannie non sarebbero mai tornati come prima, sarebbero rimasti un po' rigidi e dotati di minore sensibilità rispetto alle altre dita, ma era quasi sicuro che non li avrebbe perduti. Quanto a Teddy, la sua ripresa era quasi eccezionale, tanto che era già sulla via della guarigione. Il medico disse a Edwina che giudicava incredibile il fatto che il bambino non fosse morto assiderato. Poi tentò di farle qualche domanda sulla notte nella quale il *Titanic* si era inabissato nell'oceano, ma Edwina si mostrò riluttante a parlarne, soprattutto davanti ai bambini.

Infine lo pregò di visitare anche Alexis la quale, però, sembrava in buona salute, a parte alcuni lividi e qualche ammaccatura. Purtroppo, la tragica esperienza doveva aver sconvolto la sua mente. Da quando l'avevano ritrovata a bordo del *Carpathia*, Edwina si era resa conto che la sorellina non era più la stessa. Pareva non avesse la forza di affrontare la dura realtà che la mamma se n'era andata per sempre... E così preferiva non affrontare niente. Non parlava quasi mai e sembrava sempre assorta, distaccata da tutto quanto la circondava.

«Può darsi che rimanga così per parecchio tempo», spiegò il medico a Edwina quando rimasero soli per un momento, mentre l'infermiera aiutava i bambini a rivestirsi. «E forse non tornerà mai quella di prima. Lo choc è stato troppo forte.» Ma Edwina si rifiutò di crederci. Era sicura che con il tempo Alexis sarebbe tornata quella di sempre, benché fosse sempre stata una bambina timida e, in un certo senso, eccessivamente attaccata alla madre. E giurò a se stessa che non avrebbe permesso a quella tragedia di distruggere le loro vite, se non altro quelle dei suoi fratelli e delle sue sorelle. Finché pensava a loro e si occupava dei loro problemi, non aveva il tempo di pensare a se stessa — ed era un bene! Il medico assicurò che, nel giro di una settimana, sarebbero stati in grado di affrontare la partenza per San Francisco. Avevano bisogno ancora di un po' di tempo per riprender fiato prima di un altro viaggio, come del resto Edwina. Rientrando in albergo trovarono Phillip e George assorti nella lettura degli articoli dei quotidiani. Quindici pagine del *New York Times* erano dedicate a interviste e resoconti dell'immane tragedia. George avrebbe voluto leggerle da cima a fondo a sua sorella la quale, invece, non ne volle sapere. Aveva già ricevuto personalmente almeno tre inviti dai reporter di quel quotidiano a concedere un'intervista, ma li aveva respinti.

Non desiderava assolutamente perdere tempo con la stampa. Sapeva che il giornale di suo padre avrebbe parlato della sua scomparsa e delle circostanze in cui il famoso transatlantico era colato a picco; e se le avessero chiesto un colloquio al suo ritorno a casa, in quell'occasione certo non avrebbe potuto rifiutarsi. Ma non voleva aver niente a che fare con il sensazionalismo a cui stavano abbandonandosi i quotidiani newyorkesi. Anzi, si irritò quando vide la fotografia che le avevano scattato mentre scendeva dal *Carpathia* con i fratelli e le sorelle.

Aveva anche ricevuto un altro messaggio quella stessa mattina — lo aveva trovato rientrando all'albergo. Una sottocommissione del Senato si sarebbe riunita l'indomani all'hotel *Waldorf-Astoria* e lei era invitata a presentarsi per un colloquio nei giorni successivi. Volevano sapere in dettaglio ciò che era accaduto sul *Titanic* da tutti i superstiti che fossero disposti a parlare. Era importante che la commissione si rendesse conto con chiarezza di quanto era successo e a chi accollare la responsabilità, se mai era possibile, per evitare che un disastro simile potesse verificarsi in futuro. Edwina ne aveva parlato con Phillip; si sentiva agitata al solo pensiero di presentarsi davanti alla commissione, ma sapeva che era un dovere. E Phillip cercò di rassicurarla.

Pranzarono nella loro suite; poi Edwina annunciò che aveva qualcosa di importante da fare. Non potevano continuare a indossare quegli abiti presi a prestito; era necessario quindi fare un giro di acquisti.

«Dobbiamo venire anche noi?» George non le nascose di essere inorridito di fronte a quella prospettiva e Phillip si trincerò immediatamente dietro un giornale. Edwina sorrise, guardandoli. Per un attimo, ascoltando le parole di George, le era sembrato di sentir parlare suo padre.

«No, affatto, però devi rimanere qui e aiutare Phillip a tenere d'occhio gli altri.» Bastò questa osservazione per farle ricordare un'altra cosa: subito dopo essere tornata a casa avrebbe dovuto assumere qualcuno che l'aiutasse. Non poté fare a meno di pensare alla povera Oona. Adesso, purtroppo, ogni volta che cercava di concentrarsi su qualche cosa, la sua mente tornava automaticamente alle penose memorie del naufragio.

Per prima cosa andò in banca, poi da *Altman's*, sull'angolo della Quinta Avenue con la Trentaquattresima Strada, per acquistare tutto quanto era necessario per la sua famiglia. Poi passò da *Oppenheim Collins*, dove concluse la sua spesa. Dall'ufficio di suo padre le avevano spedito una discreta somma di denaro, più che sufficiente per sé e per i suoi fratelli.

Erano le quattro del pomeriggio quando rientrò in albergo indossando un sobrio completo nero da lutto acquistato da *Altman's*. Rimase stupefatta quando vide che George aveva ricominciato a giocare a carte con Phillip.

«Dove sono gli altri?» domandò mentre depositava gli acquisti sul pavimento del salotto e l'autista la seguiva con tutti gli altri pacchi. Improvvisamente, Edwina si rese conto della quantità incredibile di cose necessarie per vestire nel modo più adatto cinque ragazzi. Per sé aveva comperato cinque austeri abiti neri. Sapeva che li avrebbe indossati a lungo; quando, nel negozio, aveva provato quei capi così severi, si era resa conto con una fitta al cuore che la facevano assomigliare moltissimo alla mamma.

Mentre si guardava attorno, vide che i bambini più piccoli non c'erano e i due fratelli più grandi erano assorti nella loro partita a carte.

«Dove sono?»

Phillip sorrise e le indicò la camera da letto. Edwina attraversò rapidamente il salotto e lo spettacolo che si trovò davanti agli occhi la lasciò senza parole. Fannie, Alexis e Teddy stavano giocando con una delle cameriere e con almeno due dozzine di bambole nuove, un cavallo a dondolo e un trenino.

«Non ho parole!» Edwina si guardò attorno e non nascose il proprio stupore. Infatti c'erano altri pacchi e scatole, che non erano nemmeno stati aperti, ammonticchiati in un angolo.

«E da dove arriva tutta questa roba?» George si strinse nelle spalle e buttò sul tavolo una carta. Suo fratello prima andò su tutte le furie, poi rivolse un'occhiata distratta a Edwina, che continuava a guardarsi intorno sbalordita. «Veramente, non lo so. Però c'è un biglietto su ogni pacco. Credo che siano regali di clienti dell'albergo... c'è qualcosa da parte del *New York Times*... e anche della White Star Line. Non so... Da quello che ho capito sono semplicemente regali.» I bambini, intanto, si stavano divertendo alla follia ad aprire tutti quei pacchi. Perfino Alexis si guardava attorno con aria felice e rivolse addirittura un sorriso a sua sorella. Ecco la festa di compleanno che le era stata rubata, quella festa promessa e mai celebrata nella realtà, il giorno del naufragio! Anzi, si sarebbe detto che tutti quei regali valessero, come minimo, per dieci compleanni e un Natale!

Edwina era davvero stupita. Mentre guardava Teddy che cavalcava il nuovo cavallo a dondolo e la salutava con la mano, felice, chiese a George: «E che cosa ne facciamo di tutto questo?» «Immagino che dovremo portarcelo a casa. Molto semplice», le rispose George in tono pratico.

«Hai trovato tutto quello che ti occorreva?» le domandò Phillip mentre lei cercava di mettere un po' d'ordine nella stanza e di sistemare gli acquisti fatti. Poi la osservò con attenzione e aggrottando la fronte commentò: «Il vestito che hai addosso non mi piace molto. È un po' da vecchia signora, non ti pare?»

«Lo penso anch'io», rispose Edwina a voce bassa, anche se le era parso che fosse il più appropriato. Non si sentiva più giovane; anzi si domandava se mai sarebbe riuscita a esserlo di nuovo. «Non avevano molto, di nero, nei due negozi dove sono stata.» Tra l'altro lei era talmente alta e magra che non sempre era facile trovare quello che desiderava. Kate aveva avuto lo stesso problema, e spesso si scambiavano i vestiti. Adesso, non più. Non si sarebbero mai più scambiate nulla... non si sarebbero più date reciprocamente né amicizia, né affetto, né allegria.

Phillip tornò a osservarla e finalmente si rese conto del motivo per il quale era vestita di nero. Al primo momento non ci aveva pensato; adesso si chiese se lui e George avrebbero dovuto portare la cravatta nera, anche una fascia nera al braccio. Come avevano fatto quando erano morti i nonni. La mamma aveva spiegato che si trattava di un gesto di rispetto, mentre papà aveva affermato che per lui era solo una stupidaggine. Fu questa riflessione a rammentare a Phillip qualcosa che si era dimenticato di dirle.

«Oggi è arrivato un marconigramma dallo zio Rupert e dalla zia Liz.»

«Oh, povera me!» Edwina aggrottò le sopracciglia. «Avevo intenzione di spedire un cablogramma stamattina, ma agitata com'ero per la visita del dottore, me ne sono dimenticata. Dov'è?» Phillip le indicò lo scrittoio ed Edwina, dopo aver preso in mano il foglio, si lasciò cadere su una seggiola con un sospiro. Non era una notizia che le facesse piacere, anche se apprezzava le loro intenzioni. Nel giro di due giorni la zia Liz si sarebbe imbarcata sull'*Olympic*; perciò dovevano aspettarla a New York. Naturalmente intendeva riportarli con sé in Inghilterra. Leggendo queste parole, Edwina provò un tuffo al cuore e le dispiacque che la zia fosse costretta a fare quel viaggio, visto che soffriva terribilmente il mal di mare. A parte questo, il solo pensiero di una nuova traversata dell'oceano la faceva sentir male. Sapeva che per tutto il resto della sua esistenza non avrebbe mai più avuto il coraggio di metter piede su un transatlantico.

Mai e poi mai avrebbe dimenticato la visione della poppa del *Titanic* ritta sull'acqua come una montagna che si stagliava contro il cielo — e loro che la guardavano dalle scialuppe di salvataggio!

Spedì la risposta verso sera, insistendo perché la zia non partisse e spiegando che dovevano rientrare a San Francisco. Ma l'indomani mattina arrivò un secondo messaggio.

> Niente discussioni. Tornerete in Inghilterra con la zia Elizabeth. Stop. Mi rammarico delle circostanze per tutti voi. Bisognerà cavarsela al meglio qui. Ci vediamo presto. Rupert Hickham.

La sola prospettiva di tornare ad Havermoor Manor, e di viverci, fece quasi rabbrividire Edwina.

«Dobbiamo proprio andarci, Edwina?» George la guardò con paura e Fannie ricominciò a piangere dicendo che in quella casa aveva sempre avuto freddo e che il cibo era cattivo.

«Anch'io avevo freddo, e adesso smettila di piangere, ochetta. Noi non andiamo in nessun posto. Ce ne torniamo a casa. Sono stata chiara?» Cinque teste fecero segno di sì e cinque facce scure le lasciarono capire dalla loro espressione che speravano proprio che parlasse sul serio! In ogni caso, però, sarebbe stato ancora più difficile convincere lo zio Rupert. Edwina gli spedì immediatamente la sua risposta. Seguì una battaglia a base di messaggi telegrafici che durò due giorni e che si concluse con un violentissimo attacco di influenza che costrinse la zia Liz a rimandare il viaggio. Edwina ne approfittò e, nel frattempo, cercò di mettere le cose bene in chiaro con lo zio.

> Nessuna necessità di venire a New York. Torniamo a casa, a San Francisco. Molte cose da sistemare e organizzare. Laggiù staremo benissimo. Prego venire a trovarci. Per il 1° maggio saremo a casa. Tutto il nostro affetto a te e zia Liz. Edwina.

L'ultima cosa al mondo che i ragazzi Winfield desideravano era trasferirsi in Inghilterra a vivere con la zia Liz e lo zio Rupert. Edwina non se la sentiva di prendere in considerazione questa eventualità nemmeno per un momento.

«Sei sicura che non verranno a San Francisco a prenderci?» le chiese George, guardandola con aria preoccupata, ed Edwina rise, tanto il suo terrore era evidente.

«No, affatto. Non sono rapitori di bambini, sono solo i nostri zii, e pensano soltanto al nostro bene! Il fatto è che io sono convinta che potremmo cavarcela da soli a San Francisco.» Era un'affermazione molto coraggiosa, da parte sua. Purtroppo, sapeva benissimo come questo fosse ancora tutto da dimostrare, ma ormai aveva preso una decisione e voleva portarla fino in fondo. Il giornale era in mano a personale molto esperto e competente, scelto oculatamente da suo padre, e nel corso degli anni era stato diretto da lui con molta abilità. Non c'era quindi nessun motivo di fare cambiamenti proprio adesso, anche se Bert Winfield non era più al timone per dirigerlo. Quante volte aveva ripetuto che se gli fosse successo qualcosa nessuno se ne sarebbe mai accorto! Adesso tutto il personale sarebbe stato messo alla prova perché Edwina non aveva nessuna intenzione di vendere il giornale. Avevano assoluta necessità di ricavarne un reddito e, anche se non era a livello del *New York Times* o di uno qualsiasi degli altri importanti quotidiani americani, si trattava pur sempre di una piccola azienda che rendeva discretamente. Del resto, se volevano sopravvivere e rimanere insieme nella loro casa di San Francisco avrebbero avuto assoluto bisogno di quel denaro. D'altra parte, lei non aveva nessuna intenzione di lasciare che Rupert, o Liz o chiunque altro la costringesse a vendere il giornale o la casa o qualcosa di ciò che era stato di proprietà dei genitori. Ecco perché era ansiosa di tornare a San Francisco, in modo da sistemare gli affari di famiglia; nessuno avrebbe preso una sola decisione che la riguardasse senza la sua approvazione! Purtroppo, non poteva immaginare che Rupert avesse già fatto i suoi piani per farle chiudere la casa di famiglia e mettere in vendita il giornale. Per quello che lo riguardava, i ragazzi Winfield non avrebbero mai dovuto tornare a San Francisco o, se ci fossero tornati, non sarebbe stato per molto. Disgraziatamente, non aveva fatto i conti con Edwina e con la sua determinazione di continuare a vivere con la famiglia nel luogo che a tutti era più caro, San Francisco.

I ragazzi Winfield trascorsero la settimana successiva a New York, fecero lunghe passeggiate nel parco, tornarono per una visita dal dottore ed ebbero la gioia di sentirsi dare un buon referto sulla salute di Teddy e di Fannie. Pranzarono al *Plaza* e fecero un altro giro di acquisti — anche perché George aveva detto chiaro e tondo a Edwina che la giacca che gli aveva comprato non se la sarebbe messa neanche morto! In questo breve periodo ebbero modo di riposare e ritrovare un po' di serenità. Ma alla sera, erano sempre stranamente silenziosi, tormentati ciascuno da pensieri e timori segreti e dal ricordo del transatlantico e del naufragio.

Alexis continuava ad avere gli incubi e adesso riusciva a dormire solo nel letto di Edwina; Fannie occupava l'altro letto, vicinissimo al suo, e Teddy dormiva nella culla accanto a loro.

L'ultima sera cenarono in camera e passarono una serata tranquilla giocando a carte e chiacchierando. George riuscì a farli ridere con un'imitazione tanto spietata quanto imbarazzante, perché realistica al massimo, dello zio Rupert.

«No, non è bello!» Edwina cercò di rimproverarlo, ma rise come gli altri. «Quel poveretto ha la gotta, ed è pieno di buone intenzioni!» Disgraziatamente, era anche buffo e, quindi, diventava un ottimo soggetto per un tipo burlone come George, con un senso dell'umorismo così spiccato! La sola Alexis non rise con gli altri; da giorni e giorni non sorrideva, anzi era sempre più chiusa in se stessa e continuava a piangere in silenzio la scomparsa dei genitori.

«Io non voglio tornare a casa», sussurrò a Edwina quella sera, più tardi, quando erano rannicchiate l'una accanto all'altra nel letto, mentre gli altri già dormivano.

«E perché?» le domandò lei, ma Alexis si limitò a scrollare la testa con gli occhi pieni di lacrime e a nascondere la faccia contro la sua spalla. «Di che cosa hai paura, piccolina? Qui non c'è niente che possa farti del male...» Niente avrebbe più potuto ferirli o farli soffrire quanto la perdita che avevano subito con il naufragio del *Titanic*. A volte Edwina quasi si augurava di essere morta anche lei con gli altri perché non se la sentiva di tirare avanti senza Charles e senza i genitori. Aveva sempre pochissimo tempo per rimanere sola e pensare a lui, per piangerlo, anche soltanto per lasciare che i suoi pensieri tornassero ai momenti felici che avevano vissuto insieme. E contemporaneamente, il solo pensiero di Charles era talmente atroce e doloroso che le pareva quasi di non riuscire a sopportarlo. Purtroppo, con i più piccoli che contavano su di lei, capiva di dover fare uno sforzo per non perdere la testa e pensare al futuro con coraggio. Doveva pensare soltanto a loro, doveva farlo, e dimenticare tutto il resto. «Vedrai... ti ritroverai sana e salva nella tua bella stanzetta...» mormorò ad Alexis con tono convincente «...e potrai tornare a scuola con tutte le tue amichette...» ma Alexis le rispose scrollando energicamente la testa e poi si alzò a guardarla con gli occhi colmi di angoscia.

«Quando torneremo a casa, la mamma non ci sarà.» Purtroppo era una triste realtà, ma Edwina sapeva anche che una piccola parte di lei continuava a cullarsi nella speranza sciocca e infantile di ritrovarli, e di ritrovarci Charles con loro... E di sentirsi dire che era stato soltanto un gioco crudele, che niente era successo e tutto tornava come prima. Purtroppo, Alexis non si faceva nessuna illusione e, saggiamente, non voleva affrontare questa realtà al ritorno a casa.

«No, non sarà lì ad aspettarci. Ma sarà sempre nei nostri cuori. Come tutti gli altri... mamma, papà e Charles. E chissà che una volta tornati a casa anche noi non ci sentiamo più vicini alla mamma.» Nella casa di California Street Kate aveva messo una parte di sé, vi aveva fatto talmente tanto per renderla piacevole e accogliente per i suoi figli... Quanto al giardino, poi, era nato come per magia dalla sua volontà. «Non vuoi rivedere i cespugli di rose del giardino segreto della mamma?» Alexis si limitò a rispondere scrollando la testa mentre buttava le braccia al collo di Edwina in un gesto di tacita disperazione. «Non avere paura, tesoro mio... non avere paura... ci sono qui io... e ci sarò sempre...»

Mentre stringeva al cuore la sorellina si rese conto che non li avrebbe mai lasciati. Ripensò alle parole della madre quando, in passato, le spiegava quanto amore provasse per tutti i suoi figli. Le tornarono alla memoria, mentre a poco a poco si abbandonava al sonno con la sorellina stretta fra le braccia... Era vero, ricordava benissimo quanto la mamma le avesse voluto bene... non c'era amore più grande di quello, e lei avrebbe dovuto averlo, adesso, per i fratelli e le sorelle. E mentre si addormentava e pensava a Charles e a suo padre, rivide con chiarezza il viso della madre e stringendo a sé Alexis sentì le lacrime scivolare sul cuscino.

8

I WINFIELD lasciarono New York il 26 aprile. Era una mattinata tempestosa, ed erano passati undici giorni dal naufragio del *Titanic*. Un'automobile del *Ritz-Carlton* li accompagnò alla stazione e l'autista aiutò Edwina a caricare il bagaglio sul treno. Adesso avevano ben poco con sé, soltanto quello che Edwina aveva comperato per la sua famiglia a New York. Giocattoli e doni di persone che avevano voluto dimostrare in qualche modo il loro affetto e la loro simpatia erano già stati imballati e spediti in precedenza. Adesso non rimaneva altro che tornare a casa e ricominciare a vivere senza i genitori. Per i più piccoli, il cambiamento non sarebbe stato molto grande, ma Phillip sentiva di avere una enorme responsabilità nei loro confronti, e per un ragazzo di diciassette anni era un fardello pesante. Anche George era cambiato. Con Edwina non si azzardava a fare le solite monellerie e a disubbidire, perché la sorella si mostrava più severa di quanto papà e mamma fossero mai stati. Provava una gran pena per lei, che doveva occuparsi dei più piccoli e aveva sempre un mucchio di cose da fare.

Fannie non faceva che piangere, Teddy aveva sempre bisogno di essere cambiato, oppure tenuto in braccio, e Alexis era eternamente aggrappata al suo vestito oppure si nascondeva negli angoli più remoti, o dietro le tende, se veniva qualcuno. Edwina avrebbe dovuto avere mille braccia per accontentare tutti, e anche se George aveva sempre voglia di divertirsi, ora non si azzardava più a organizzare certi scherzi a spese della sorella maggiore.

Anzi, i due fratelli più grandi le sembrarono addirittura angelici quando la aiutarono a far salire sul treno e a sistemare i bambini più piccoli. Avevano due scompartimenti vicini e, dopo aver dormito per tre giorni su materassi distesi sul pavimento, a bordo del *Carpathia*, Edwina sapeva che nessuno si sarebbe azzardato a lagnarsi di quella soluzione. Eran ben felici di sentirsi al sicuro e al caldo, e soprattutto di tornare a casa. Quando il treno uscì lentamente dalla stazione, tirò un sospiro di sollievo. Finalmente tornavano a casa, in un luogo familiare, dove sarebbero stati al sicuro; niente di terribile doveva mai più succedere a nessuno della famiglia — almeno questa era la sua speranza. Com'era strana la sua vita, adesso! A volte era talmente occupata a badare a tutti gli altri che non le rimaneva tempo per pensare, o per ricordare; in altri momenti, invece, per esempio la notte, a letto con Alexis oppure con Fannie, non faceva che tornare col pensiero a Charles, ai suoi ultimi baci, alle sue carezze... all'ultimo ballo insieme... al suo coraggio e al buonumore quando lo aveva visto per l'ultima volta sul *Titanic*. Era un giovane elegante, buono e gentile; e lei sapeva che sarebbe diventato un marito meraviglioso. Purtroppo, tutto questo non aveva più importanza. Eppure continuava a torturarsi ripensandoci. E la stessa cosa le capitò anche sul treno, mentre il rumore delle ruote che correvano veloci sui binari ripeteva all'infinito il suo nome... Charles... Charles... Charles... ti amo... ti amo... A un certo momento, provò una gran voglia di mettersi a urlare perché era convinta non di immaginare, ma di udire sul serio quelle parole e la sua voce che la chiamava. Poi si impose di chiudere gli occhi, più che altro per cancellare l'immagine di quel viso che le sembrava ancora tanto reale. Sapeva che non lo avrebbe mai più dimenticato. E invidiò suo padre e sua madre che erano rimasti insieme fino alla fine. A volte si era ritrovata a desiderare di essere rimasta con Charles a bordo del transatlantico, di essere morta con lui in mare, inghiottita dalle onde... Ma poi si costringeva con uno sforzo di volontà a riportare il pensiero sulla famiglia che le era rimasta.

Durante l'attraversamento degli Stati Uniti non solo lei ma anche i suoi fratelli si dedicarono alla lettura dei giornali; dappertutto c'erano notizie del *Titanic*. La sottocommissione del Senato continuava le sue udienze. Edwina si era presentata a New York per un colloquio, ma per fortuna, per quanto penoso e commovente, era stato breve. D'altra parte lo aveva sentito come un dovere. La conclusione a cui la sottocommissione pareva arrivata fino a quel momento era che l'affondamento del *Titanic* sembrava fosse stato provocato da uno squarcio lungo circa un centinaio di metri sul lato di tribordo. Ormai tutto questo non aveva più particolare importanza, ma la gente aveva bisogno di trovare una ragione, una causa di quella tragedia, come se ciò potesse bastare a risolvere tutto. Edwina però sapeva fin troppo bene che non era così. Non solo, l'indignazione generale era enorme di fronte al numero di vite umane perdute e al fatto che le scialuppe di salvataggio fossero risultate meno della metà del necessario per accogliere tutti i passeggeri. La commissione le aveva domandato come si fossero comportati gli ufficiali e che cosa pensasse del comportamento della gente a bordo delle scialuppe. Adesso era anche nato un grosso scandalo per il fatto che non si fosse provveduto alle esercitazioni previste in caso di avaria o di pericolo e che perfino l'equipaggio non sapesse quale sarebbe dovuto essere il posto di ciascun marinaio in caso di difficoltà. Il fatto più atroce, comunque, era che le scialuppe di salvataggio fossero state calate in mare mezze vuote e che chi le occupava si fosse poi rifiutato di accogliere i naufraghi, dopo l'affondamento del transatlantico, per paura che le imbarcazioni si rovesciassero. L'intero episodio, comunque, sarebbe passato alla storia come una tragedia di immani proporzioni. Dopo aver reso la propria testimonianza, Edwina si era sentita al tempo stesso sconvolta e delusa, come se, presentandosi alla commissione, potesse servire a cambiare qualcosa, ma purtroppo non era stato così. Le persone alle quali aveva voluto bene se ne erano andate per sempre e nulla ormai le avrebbe riportate in vita. Anzi, il parlarne adesso rendeva tutto soltanto più penoso. Il dolore si fece ancora più straziante quando, in treno, Edwina lesse sul giornale che trecentoventotto cadaveri erano stati recuperati. Purtroppo, già prima di lasciare New York sapeva che fra questi non si trovavano né i suoi genitori né Charles.

Aveva ricevuto un telegramma toccante dai Fitzgerald, spedito da Londra, nel quale le facevano le condoglianze e le assicuravano che nei loro cuori l'avrebbero sempre considerata una figlia. Chissà per quale strano motivo, questo bastò a farle tornare alla mente lo stupendo velo da sposa che stavano confezionando per lei e che lady Fitzgerald avrebbe dovuto portarle in agosto negli Stati Uniti. Che cosa ne sarebbe stato, adesso? Chi lo avrebbe messo? E perché se ne preoccupava? No, si disse, non aveva nessun diritto di dolersi per le piccole cose o di preoccuparsi per questioni come quella, ora. Il suo velo da sposa non era più importante. Durante la notte, sul treno, rimase sveglia cercando di non pensare a tutto questo, e continuò a guardare fuori del finestrino. I guanti di Charles, che lui le aveva lanciato perché si riscaldasse le mani mentre abbandonava il transatlantico, erano ancora nella sua valigia. Non sopportava più di trovarseli davanti agli occhi. Ma il solo fatto di averli ancora con sé le era di conforto.

Era sveglia quando le montagne si stagliarono gigantesche nel cielo del primo mattino, chiazzate qua e là dalle prime rosee luci dell'alba. Era l'ultimo giorno del loro viaggio in treno e per la prima volta, dopo due settimane esatte, si sentì un po' meglio. Quasi sempre, ormai, non aveva nemmeno il tempo di pensare a se stessa, e forse era meglio così! Quella mattina andò a svegliare i fratelli e invitò tutti a guardar fuori del finestrino quello spettacolo meraviglioso.

«Non siamo ancora a casa?» domandò Fannie spalancando gli occhi stupita. Non vedeva l'ora di ritornare e aveva detto a Edwina più di una volta che lei, da casa, non se ne sarebbe andata mai più; la prima cosa che aveva intenzione di fare, al suo ritorno, era preparare una bella torta di cioccolata come quelle che Kate amava preparare per loro. Ed Edwina le aveva promesso di aiutarla. George aveva dichiarato che non aveva nessuna intenzione di tornare a scuola e stava cercando di convincere la sorella maggiore che lo choc era stato troppo forte per lui e che la cosa migliore sarebbe stata tenerlo a casa per un po' di tempo prima di fargli riprendere gli studi. Per fortuna, Edwina lo conosceva troppo bene per credergli. Anche il povero Phillip era preoccupato per la scuola. Gli mancava ancora un anno prima di partire per Harvard, come aveva fatto suo padre. Perlomeno quello era stato il suo progetto, una volta, ma adesso era difficile pensare a realizzarlo. Forse, pensò il giovane mentre viaggiavano verso casa, non sarebbe riuscito neppure ad andare in college! Nello stesso tempo si sentiva quasi colpevole di avere pensieri del genere di fronte alle tragedie ben più gravi che lo avevano colpito.

«Weenie», domandò Fannie, usando il nomignolo che faceva sempre ridere Edwina.

«Sì, Frances?» Edwina finse di assumere un'aria molto seria.

«Non chiamarmi così, per favore!» la rimproverò Fannie prima di chiederle: «Adesso andrai tu a dormire in camera della mamma?» E guardò la sorella maggiore con aria significativa; Edwina, invece, fu come se avesse ricevuto un pugno nello stomaco.

«No, non credo.» Non se la sentiva di dormire in quella camera, non ne avrebbe mai avuto il coraggio. «Continuerò a dormire nella mia.»

«Ma adesso non sei tu la nostra mamma?» chiese Fannie sconcertata ed Edwina notò che Phillip, mentre si voltava rapidamente a guardare fuori del finestrino, aveva gli occhi pieni di lacrime.

«No, affatto.» E scrollò la testa con tristezza. «Sono sempre Weenie, la vostra sorella grande.» E sorrise.

«Ma, allora, chi sarà la nostra mamma adesso?»

Che cosa rispondere? Come spiegarlo? Perfino George fingeva di guardare dall'altra parte; quella domanda era troppo penosa per tutti. «La mamma è sempre la nostra mamma. E sempre lo sarà.» Non seppe trovare altra risposta. Ma intuì che gli altri, se non Fannie, lo avevano capito.

«Ma lei adesso non è qui. E tu hai detto che ti saresti occupata di noi», insisté Fannie, quasi sul punto di scoppiare in lacrime, ed Edwina cercò di rassicurarla.

«Sarò io a occuparmi di te.» Prese la bambina sulle ginocchia e diede un'occhiata ad Alexis, che era seduta in un angolo con gli occhi bassi, e pregò in cuor suo che non ascoltasse quanto stavano dicendo. «Penserò io a fare tutte le cose che faceva la mamma, come meglio potrò. Ma sarà sempre lei la nostra mamma. Io, anche con tutta la mia buona volontà, non potrei mai sostituirla.» E del resto non avrebbe nemmeno voluto farlo.

«Oh!» Fannie fece cenno di sì con la testa, finalmente soddisfatta; poi, però, le venne in mente un'ultima cosa da chiarire prima dell'arrivo a casa. «Allora puoi dormire nel mio letto ogni notte?» Edwina si limitò a sorriderle.

«Penso che il tuo lettino andrebbe in pezzi, sai? Non ti pare che io sia un po' troppo grande?» Fannie, infatti, aveva un bellissimo lettino che Bert aveva fatto fabbricare per Edwina molti anni prima. «Però qualche volta potrai venire a farmi visita nel mio letto. Che te ne pare?» Fu in quel momento che si accorse che Alexis la stava guardando con aria triste; non le piaceva sentir parlare della mamma che se n'era andata per sempre e non sarebbe mai più tornata. «Anche tu, Alexis. Qualche volta puoi venire a dormire nel mio letto.»

«E io, allora?» George cercò, come al solito, di burlarsi di loro, e allungando due dita tirò il naso a Fannie. Poi passò di nascosto una caramella ad Alexis. Edwina si era accorta più di una volta di quanto il fratello fosse cambiato in questi ultimi quindici giorni. Adesso era molto più tranquillo e serio. Del resto, la prospettiva di arrivare a casa cominciava a preoccupare tutti. Rivedere quelle stanze, sapendo che papà e mamma non sarebbero mai più tornati, sarebbe stato molto penoso.

Ci pensarono anche durante l'ultima notte sul treno, ma nessuno ne parlò, anche se rimasero svegli a lungo, fino alle ore piccole. Edwina riuscì a dormire solo un paio d'ore; quando si decise ad alzarsi, alle sei del mattino, si lavò il viso e indossò uno dei più belli fra gli abiti da lutto che aveva comprato. L'arrivo era previsto poco dopo le otto del mattino e per quanto fosse preoccupata al pensiero del ritorno, si sentì stranamente sollevata guardando fuori del finestrino quel paesaggio che le era così familiare. Poi andò a svegliare i fratelli più piccoli e bussò alla porta dello scompartimento vicino, dove Phillip e George avevano dormito. Alle sette erano tutti nella carrozza ristorante a fare colazione. I ragazzi mangiarono di gusto; Alexis giocherellò per un po' con un uovo strapazzato mentre Edwina tagliava a pezzetti le focaccine, condite con burro e melassa, per Teddy e Fannie. Quando ebbero finito tornarono nei loro scompartimenti ed Edwina stava lavando i più piccoli e riordinandoli un po', quando il treno entrò lentamente in stazione. Aveva fatto il possibile affinché tutti fossero vestiti nel modo più appropriato, con i nuovi abiti che aveva comprato, i capelli ben pettinati e puliti, e aveva anche fatto un bel fiocco ai nastri che legavano i capelli di Fannie e di Alexis. Non sapeva chi sarebbe venuto ad accoglierli alla stazione, ma era sicura che sarebbero stati scrutati dalla testa ai piedi, e forse perfino fotografati da qualche giornalista per il quotidiano del padre. Voleva che i bambini gli facessero onore. Lo considerava un dovere nei confronti dei genitori. Quando sentì le ruote fermarsi con un forte stridore, trasalì e alzò lo sguardo sui fratelli. Non una sola parola venne pronunciata, ma tutti avevano avvertito un tuffo al cuore per quel ritorno dolce-amaro. Eccoli di nuovo a casa, così diversi da quando erano partiti, cambiati in un modo addirittura sconvolgente, così soli e nello stesso tempo così uniti.

9

QUANDO Edwina e i fratelli scesero dal treno in quell'assolata mattina di maggio, gli alberi erano tutti in fiore. Chissà perché lei si era aspettata che tutto fosse rimasto come prima, quando era partita. Invece no. Come la sua stessa vita, improvvisamente ogni cosa era diversa. Da quella casa era partita una ragazza felice e spensierata in compagnia di fratelli, sorelle e genitori. E con loro c'era anche Charles. Con lui non aveva fatto che parlare durante tutto il viaggio attraverso gli Stati Uniti. Avevano parlato di ciò che desideravano e di ciò in cui credevano, dei libri che amavano leggere e delle cose che amavano fare; avevano parlato perfino dei loro futuri figli, e di quanti ne avrebbero voluti avere. Adesso niente era più come prima, soprattutto Edwina stessa. Tornava a casa orfana, in lutto. Indossava un abito nero che la faceva sembrare più alta, più magra e molto più vecchia. Portava anche un cappellino nero, austero, con la veletta, comperato a New York. Non appena scese dal treno e si guardò attorno, vide i giornalisti che li aspettavano, proprio come aveva sospettato fin dal primo momento. C'erano quelli inviati dal giornale di suo padre, e altri giornali concorrenti. Per un attimo le sembrò che almeno una buona metà degli abitanti della città si fosse radunata lì per vederli arrivare. Quasi immediatamente, un cronista si fece avanti e l'accecò con il lampo della macchina fotografica. Come a New York, Edwina ritrovò l'indomani la propria immagine in prima pagina sul giornale. Ma in quel momento cercò di voltargli le spalle, di ignorare i fotografi e quella massa di gente che li fissava con gli occhi sgranati. Aiutò i fratelli a scendere dal treno. Phillip portava in braccio Alexis e Fannie, Edwina si occupò del piccolo Teddy, mentre George andava a cercare un facchino. Erano arrivati, adesso. Nonostante la folla dei curiosi, si sentirono al sicuro, anche se angosciati all'idea di tornare a casa.

Mentre Edwina si dava da fare per radunare i bagagli, un uomo si fece strada verso di loro. Voltandosi, Edwina lo riconobbe: era Ben Jones, il legale di suo padre. Era anche un amico, perché avevano più o meno la stessa età e venticinque anni prima avevano diviso la stessa stanza nel pensionato, ad Harvard. Ben era un uomo alto, attraente, con un sorriso dolce e i capelli biondo rossicci che ormai erano diventati grigi. Conosceva Edwina fin da piccola, e ora si trovò davanti una giovane donna triste e addolorata, che si dava da fare per condurre a casa, sani e salvi, fratelli e sorelle. Ben Jones si fece largo fra la folla e la gente si spostò senza un mormorio.

«Salve, Edwina.» I suoi occhi erano colmi di dolore, come quelli di Edwina. «Se tu sapessi come sono desolato.» Pronunciò questa parole in fretta, per non scoppiare in lacrime anche lui. Bert Winfield era il suo migliore amico, e quando erano arrivate le notizie del *Titanic* era rimasto sconvolto. Subito si era messo in contatto con il giornale per scoprire se ne sapessero di più, ma ormai a quel punto Edwina, accompagnata dai fratelli e dalle sorelle, ma senza il fidanzato e i genitori, aveva già dato sue notizie dal *Carpathia*, che viaggiava a tutto vapore verso New York. Ben aveva pianto per la perdita di un buon amico e di sua moglie, e per l'atroce dolore dei figli.

I bambini si rallegrarono nel vederlo e George gli fece un largo sorriso. Era allegro come non gli capitava più da settimane. Perfino Phillip sembrò sollevato. Ecco il primo amico che ritrovavano dal giorno in cui si erano salvati dal naufragio. Nessuno di loro, però, desiderava parlarne e Ben, che lo aveva capito, cercò di tenere i cronisti alla larga. Più che altro per rompere il silenzio, George gli diede subito un grande annuncio: «Durante il viaggio di ritorno a casa ho imparato a fare due nuovi giochi di prestigio con le carte». Ma — Ben se ne accorse subito — aveva l'aria stanca e triste ed era pallido. Certo non era più il ragazzino di una volta, anche se cercava coraggiosamente di tener viva la conversazione.

«Quando arriviamo a casa me li farai vedere, d'accordo? Continui sempre a imbrogliare, quando giochi a carte?» gli domandò Ben e George scoppiò a ridere. Poi, guardandosi attorno, Ben si accorse che il visetto di Alexis era completamente inespressivo. Notò anche quanto fossero pallidi e stanchi i bambini più piccoli e come Edwina fosse paurosamente dimagrita da quando, solo poco tempo prima, aveva lasciato la California. Aveva cominciato a calare di peso dopo essersi salvata dal naufragio del *Titanic*.

«La mamma è morta», gli annunciò Fannie mentre, fermi sotto il sole, aspettavano che arrivasse il bagaglio. Queste parole furono per Edwina come un pugno nello stomaco.

«Lo so», rispose Ben a voce bassa, mentre tutti rimanevano con il fiato sospeso chiedendosi che cosa avrebbe detto ancora la sorellina. «E mi è dispiaciuto moltissimo quando ho avuto la notizia.» Guardò Edwina, pallida sotto la veletta. Tutti erano turbati. Doveva essere stato un incubo per loro; bastava guardarli. Ben si sentì straziare il cuore. «Però sono felice che tutti voi stiate bene, Fannie. Se sapessi come eravamo preoccupati!»

Lei fece segno di sì con la testa, perché quelle frasi di conforto le facevano piacere; poi gli descrisse anche i propri guai. «Il 'Signor Gelo' mi ha morso le dita.» E gli mostrò le due dita che aveva quasi rischiato di perdere. Ben annuì con aria grave mentre in cuor suo ringraziava Dio che almeno i figli di Kate e Bert Winfield fossero sani e salvi. «E a Teddy è venuta la tosse, ma adesso sta bene.»

Edwina sorrise ascoltando il rapporto che Fannie faceva di tutte le loro traversie. Poi salirono a bordo dell'automobile con la quale Ben era arrivato, un'automobile del giornale. A volte, l'avevano usata per qualche gita; Ben aveva fatto venire anche un carro per i bagagli, per quanto i Winfield ne avessero molto pochi.

«È stato gentile da parte tua venirci a prendere», gli disse Edwina durante il tragitto.

Ben sapeva benissimo quanto fosse grande il loro dolore, avendo perso la moglie e il figlio nel terremoto del 1906. Era stata una tragedia che gli aveva quasi spezzato il cuore e, infatti, non si era mai più risposato. Suo figlio, adesso, avrebbe avuto più o meno l'età di George. E proprio per questo motivo George aveva sempre avuto un posto speciale nel suo cuore.

Ben chiacchierò un po' con lui lungo il tragitto, mentre gli altri tacevano, assorti e pensierosi. Tutti facevano la stessa riflessione: come sarebbe stata vuota la casa senza i genitori. Fu ancora peggio di quanto Edwina si fosse aspettata. I fiori che la mamma aveva piantato prima della partenza erano ormai in piena fioritura, con i colori vividi e brillanti, e la accolsero con un benvenuto dolce-amaro.

«Su, avanti, venite tutti con me. Entriamo», mormorò Edwina quando li vide fermi ed esitanti in giardino. Sembravano riluttanti, e Ben cercò, chiacchierando, di rendere le cose più facili. Ma nessuno aveva voglia di parlare. Entrarono e si guardarono attorno come se quella non fosse più la loro casa, come se si trovassero in un ambiente sconosciuto. Del resto, Edwina stessa si rese conto di tendere l'orecchio, illudendosi di udire i suoni che non avrebbe udito mai più... il fruscio delle gonne di sua madre... il lieve tintinnare dei suoi braccialetti... la voce di suo padre mentre saliva le scale. Adesso c'era solo il silenzio. Alexis, invece, sembrava sentisse chissà quali voci, mentre in realtà era solo un desiderio vano, il suo. Perché non c'era più nulla da ascoltare. La tensione stava diventando insopportabile. Edwina aveva l'impressione che si fossero raccolti tutti lì ad aspettare chissà che cosa. In quel momento Teddy la tirò per una manica.

«Mamma?» domandò, come se fosse convinto che gli avrebbero dato una spiegazione ragionevole. Anche se l'ultima volta l'aveva vista sulla nave, nella sua mente di bambino di due anni capiva che il posto della mamma era lì, in quella casa.

«Non c'è, Teddy.» Edwina si inginocchiò vicino a lui per cercare di spiegarglielo.

«Ciao ciao?»

«Sì, proprio così.» Fece cenno di sì con la testa mentre si toglieva il cappello e lo buttava sul tavolo del vestibolo. Improvvisamente, sembrò tornata più giovane. Si rialzò, ma si accorse di non trovare le parole adatte per spiegare qualcosa di più. Si limitò a stringergli la mano e si guardò attorno, con tristezza.

«È duro questo ritorno a casa, vero?» chiese con voce roca. I due ragazzi annuirono mentre Alexis cominciava a salire lentamente la scala. Edwina comprese subito dov'era diretta e desiderò disperatamente che si fermasse. Alexis stava andando nella camera di Kate. Forse era meglio così. Forse lì, in quella stanza, sarebbe riuscita ad affrontare la realtà. Phillip la guardò con aria interrogativa, ma lei si limitò a scrollare la testa. «Lasciala andare... è meglio così...»

L'autista, intanto, stava portando in casa i pochi bagagli; in quel momento apparve anche la signora Barnes, la loro anziana governante, asciugandosi le mani nel grembiule bianco inamidato. Era una donna dolce, che aveva sempre adorato Kate. Scoppiò in lacrime stringendosi al cuore Edwina e i suoi fratelli. No, niente sarebbe stato facile, Edwina se ne rese subito conto. Ci sarebbe stato un numero sterminato di persone pronte a porgere condoglianze, ansiose di ascoltare racconti dolorosi e spiegazioni. Al solo pensiero si sentiva esausta.

Mezz'ora più tardi, Ben si decise a lasciarli. Edwina lo accompagnò fino alla porta e lui la pregò di fargli sapere quando sarebbe stata pronta a parlare di affari.

«È necessario farlo presto?» gli domandò con aria preoccupata.

«Appena sarai pronta.» Aveva parlato a voce bassa perché non voleva spaventare né lei né i suoi fratelli, ma per fortuna gli altri erano lontano e non potevano sentirlo. George era già salito di sopra e stava passando come un ciclone per la sua camera; Phillip controllava la posta che era arrivata ed esaminava rapidamente i libri; la piccola Fannie era andata in cucina con la signora Barnes per farsi dare qualche biscotto, seguita da Teddy che di tanto in tanto si voltava indietro a guardare, come se si aspettasse da un momento all'altro di vedere la mamma e il papà.

«Hai una quantità enorme di decisioni da prendere», continuò Ben, sempre fermo nel vestibolo con Edwina.

«A proposito di che?» Voleva saperlo. Era da una settimana che quel pensiero la torturava. Che cosa sarebbe successo se non avessero avuto abbastanza denaro per vivere? Aveva sempre pensato che il denaro, in casa, non potesse mancare, ma se invece fosse stato vero il contrario?

«Devi decidere che cosa vuoi fare del giornale, di questa casa, di alcuni investimenti che tuo padre aveva. Forse sarà meglio che ti dica subito che, secondo tuo zio, dovresti vendere tutto e trasferirti in Inghilterra. Ma di questo possiamo parlare in seguito.» Non voleva spaventarla né angosciarla. Improvvisamente la ragazza avvampò e i suoi occhi ebbero uno scintillio di collera.

«Che cosa c'entra lo zio Rupert con tutto questo? È forse lui il mio tutore?» Sembrava sconvolta; una simile eventualità non l'aveva mai presa in considerazione. Ben scrollò la testa per rassicurarla.

«No, secondo il testamento di tua madre, è la zia. Ma solo fino a quando non avrai compiuto ventun anni.»

«Dio sia ringraziato!» Edwina sorrise. «Mancano solo tre settimane. Be', credo che potrò aspettare fino a quel giorno.» Ben ricambiò il suo sorriso. Era una ragazza intelligente e se la sarebbe cavata molto bene nella vita. Peccato che dovesse affrontare tutto questo, ora. «Sarò costretta a vendere il giornale?» Sul suo viso era apparsa di nuovo l'espressione terrorizzata di poco prima, ma Ben si affrettò a far cenno di no con la testa.

«Può darsi che un giorno tu voglia farlo, ma per ora chi se ne occupa è gente in gamba e ti fornirà quel reddito di cui hai assoluto bisogno. A ogni modo, se Phillip non vorrà prenderlo in mano fra qualche anno, probabilmente sarai costretta a venderlo. A meno che non voglia provare tu a dirigerlo, Edwina!» Sorrisero entrambi a questa idea. Era l'ultima cosa al mondo che lei desiderasse.

«Possiamo parlarne la settimana prossima, però preferisco dirtelo subito, Ben. Io non vado in nessun posto. E non vendo niente. La mia intenzione è di conservare tutto così com'è adesso... per i miei fratelli.»

«È una grossa responsabilità che ti assumi!»

«Può darsi», replicò lei con aria grave, mentre lo accompagnava alla porta. «Ma è mio dovere accettarla. Voglio fare quello che posso per conservare tutto com'era quando avevamo i nostri genitori.» E lui si rese conto che parlava sul serio.

Non poté fare a meno di ammirarla per questo tentativo, anche se si domandava come ci sarebbe riuscita. Allevare cinque ragazzi non era un compito da poco per una donna di vent'anni! D'altra parte, Ben sapeva che Edwina aveva il cervello di suo padre e il cuore, il coraggio e la generosità di sua madre; sapeva che aveva intenzione di portare a termine il compito che si era assunta, a qualsiasi costo. Forse aveva ragione. Forse ce l'avrebbe fatta!

Quando Ben se ne fu andato, Edwina richiuse la porta sospirando e si guardò attorno. Si vedeva che quella casa era rimasta vuota a lungo. Niente fiori nei vasi, nessun profumo gradevole, nessun suono lieto, nessun segno che, lì dentro, ci fossero persone che la amassero e se ne prendessero cura. E si rese subito conto che c'era moltissimo da fare. Prima di tutto doveva controllare che cosa stavano facendo i bambini. Sentiva i due più piccoli che giocavano in cucina con la signora Barnes e, al piano di sopra, Phillip e George stavano discutendo accanitamente su una racchetta da tennis che, a quel che sembrava, George aveva rotto. Nella cameretta di Alexis, invece, non trovò nessuno. Non era difficile indovinarne il perché e, passando davanti alla propria camera, proseguì a passo lento e cominciò a salire le scale verso le stanze allegre e piene di sole che erano appartenute ai suoi genitori.

In quel momento, le parve doloroso perfino salire quei gradini, ben sapendo che di sopra non avrebbe trovato nessuno. L'aria era soffocante e faceva caldo, come se da mesi nessuno avesse aperto le finestre.

Però erano stanze piene di sole, con un magnifico panorama sulla East Bay.

«Alexis?» La chiamò dolcemente. Sapeva che la sorellina doveva essere lì. Lo sentiva. «Tesoro... dove sei? Torna giù... sentiamo la tua mancanza.» Purtroppo, Alexis sentiva ancora più atrocemente la mancanza di sua madre, ed Edwina lo sapeva. Ecco perché era sicura che l'avrebbe trovata lì. Si sentì spezzare il cuore quando fu costretta a entrare nello spogliatoio della madre, tutto foderato in raso rosa, con le boccette di profumo allineate con cura sulla toilette, le scarpe in ordine perfetto... quelle scarpe che non avrebbe portato mai più. Edwina cercò di non guardarle mentre si sentiva un nodo alla gola. No, non avrebbe voluto salire lassù, non ancora, ma era stata costretta a farlo, per trovare Alexis. «Lexie?... Su, piccolina... vieni fuori... torna giù con noi...» Ma intorno a lei c'era solo silenzio, e quella luce così viva, che entrava a fiotti dalle finestre, e ovunque aleggiava il profumo di Kate. «Alex...» La sua voce si spense pronunciando quel nome. L'aveva vista: era là con la sua bambola adorata stretta fra le braccia e piangeva silenziosamente seduta nell'armadio guardaroba della madre. Si teneva aggrappata ai suoi abiti, ne aspirava il profumo ed era immobile, lì, tutta sola, nel grande splendore del sole di maggio. Edwina le si avvicinò lentamente, si inginocchiò sul pavimento, le prese il visetto tra le mani, la baciò sulle guance lasciando che le proprie lacrime si confondessero con quelle della sorellina.

«Ti voglio bene, tesoro mio... se tu sapessi quanto ti voglio bene... forse non proprio allo stesso modo in cui ti voleva bene la mamma... ma sono qui per te, Alexis... fidati!» Riuscì a malapena a balbettare queste parole perché la fragranza dolcissima che si sprigionava dagli abiti le straziava il cuore e le faceva tornare alla mente troppi ricordi. Le parve quasi insopportabile stare lì, in quella camera, adesso che Kate se n'era andata per sempre. Al di là del corridoio intravedeva gli abiti del padre, appesi nel suo spogliatoio. E per la prima volta nella sua vita ebbe l'impressione che ci fosse qualcosa di stonato nella sua presenza lì, come in quella di Alexis. Non era il loro posto, quello.

«Voglio la mia mamma», esclamò piangendo la bambina, mentre si abbandonava contro il corpo di Edwina.

«Anch'io», le rispose Edwina piangendo; poi la baciò di nuovo, sempre inginocchiata sul pavimento vicino a lei. «Ma se ne è andata, tesoro... se n'è andata per sempre... però ci sono io qui... e ti prometto che non ti lascerò mai...»

«Però lei se ne è andata... lei mi ha lasciato...»

«Non voleva farlo... ma non è stato possibile. È successo così... e basta.» Purtroppo, la realtà era ben diversa; Edwina aveva lottato giorni e giorni per respingere quel pensiero, fin da quando avevano abbandonato il *Titanic* senza di lei. Perché non era salita sulla scialuppa di salvataggio con lei e con i bambini? E perché non si era decisa a farlo in seguito, quando aveva creduto di vedere Alexis a bordo della sua stessa imbarcazione? E poi ce ne erano state altre... calate in acqua più tardi... avrebbe potuto salire su una di quelle. Invece aveva preferito rimanere accanto al marito. Phillip le aveva parlato della decisione della madre di rimanere con lui. Come aveva potuto fare una cosa simile a tutti loro?... Ad Alexis... a Teddy... a Fannie... ai ragazzi... Edwina si rese conto, nel fondo del suo cuore, di essere quasi in collera con lei per questa scelta. Purtroppo, non poteva ammetterlo con Alexis proprio in quel momento. «Non so perché le cose siano andate così, Alexis. Purtroppo non possiamo cambiarle. Adesso dobbiamo volerci bene e proteggerci l'uno con l'altro. Noi tutti sentiamo la sua mancanza, ma bisogna andare avanti a vivere... perché è quello che lei avrebbe voluto per noi.» Alexis rimase esitante a lungo; poi lasciò che Edwina l'aiutasse a venir fuori dall'armadio-guardaroba e ad alzarsi in piedi... Ma aveva sempre l'aria poco convinta.

«Non voglio venire giù...» Si ribellò, puntando i piedi, mentre Edwina cercava di condurla fuori; aveva cominciato a guardarsi attorno come se fosse in preda al panico, come se avesse paura di non poter più rivedere quella camera, o di accarezzare gli abiti della mamma, o di aspirare quel profumo così delicato.

«Non possiamo rimanere qui ancora, Lexie... serve soltanto a rattristarci. Io so che lei è qui, lo sai anche tu, perché la mamma è dappertutto... la portiamo con noi, nei nostri cuori. E adesso la sento come se fosse sempre vicino a me, e la sentirai anche tu... prova un po' a pensarci!» Ma Alexis esitava... Finché Edwina, con estrema dolcezza, la prese in braccio e la portò giù nella propria camera. La bambina, adesso, non sembrava più spaventata, e neppure disperata. Finalmente era tornata a casa. Era quello che tutti avevano desiderato di più e di cui avevano avuto più paura... perché li avrebbe messi di fronte alla realtà. I loro genitori se n'erano andati per sempre. Ma i ricordi continuavano a vivere. Senza dire niente, Edwina mise una piccola bottiglia del profuno della mamma sul cassettone di Alexis, quella sera. E da allora in poi sentì sempre quell'aroma addosso alla bambola di Alexis, la famosa «Signora Thomas». Ma era solo una pallida memoria della donna che avevano amato, la donna che aveva scelto di morire con suo marito.

10

«NON me ne importa un accidente!» esclamò Edwina fissando Ben Jones con aria decisa. «*Non venderò* il giornale.»

«Tuo zio è del parere che dovresti farlo. Proprio ieri ho ricevuto una lunga lettera da lui, Edwina. Prova perlomeno a riflettere su quello che dice. È dell'opinione che a poco a poco il giornale perderà quota e finirà per fallire, visto che non c'è nessuno della famiglia che possa prenderne in mano le redini e dirigerlo. È convinto che il posto più adatto per te e per i tuoi fratelli sia l'Inghilterra.» Ben sembrava volesse scusarsi di quello che stava dicendo, ma la sua voce suonò ferma e determinata mentre le ripeteva le opinioni dello zio.

«Sono un mucchio di sciocchezze. E con il tempo, ci sarà qualcuno che prenderà in mano le redini del giornale. Fra cinque anni potrà farlo Phillip.»

Ben sospirò. Capiva perfettamente che cosa Edwina volesse e forse aveva anche ragione, ma poteva darsi che avesse ragione anche lo zio. «Un ragazzo di ventun anni non può dirigere un quotidiano.» Quella era infatti l'età che Phillip avrebbe avuto fra cinque anni. Inoltre, Ben non era nemmeno convinto che una ragazza di ventun anni dovesse assumersi tante responsabilità verso i cinque fratelli minori. Non era giusto accollarle un peso del genere e forse il trasferimento in Inghilterra con loro avrebbe reso ogni cosa più semplice.

«Le persone che si occupano del giornale adesso sono bravissime e perfettamente adatte a quell'incarico. Lo hai detto tu stesso», insistette Edwina. «E un giorno a capo del giornale ci sarà Phillip.»

«E se invece ciò non avvenisse? Che cosa farai allora?» Per il momento era una domanda assurda, pensò Edwina.

«Affronterò questo problema quando si presenterà. Ma per ora ho altre cose da fare. Ho i bambini a cui pensare e non ho motivo di preoccuparmi per l'azienda di famiglia.» Aveva l'aria stanca, e si irritava facilmente. Quante cose doveva imparare, adesso! Suo padre aveva posseduto anche un certo numero di titoli e azioni; e qualcuna ne aveva anche Kate. E nella California del Sud c'era una piccola proprietà terriera, che Edwina aveva deciso di vendere. Avrebbe invece tenuto la casa. E poi c'era il giornale. Tutto era terribilmente complicato! E i fratelli erano sotto choc ancora. George non andava bene a scuola e inoltre sembrava che non riuscisse più ad andare d'accordo con Phillip, che a sua volta aveva paura di non superare gli esami. Quindi Edwina lo aiutava a studiare la sera, fino a tardi, e poi c'erano i pianti... e le lacrime notturne... e gli incubi continui. A volte le pareva di vivere su una giostra che girava, girava e non si fermava mai. E a lei non rimaneva che continuare a girare, occuparsi delle necessità degli altri, imparare nuove cose, prendere decisioni. Non aveva più spazio per se stessa, per quelle che erano le sue necessità... nemmeno per quella sofferenza continua che le provocava il ricordo di Charles. Non c'era nessuno a proteggere lei, adesso, e a volte la sensazione che mai più ci sarebbe stato.

«Edwina, non credi che per te sarebbe più semplice andare in Inghilterra a vivere con gli Hickham, almeno per un po'? Lascia che ti aiutino loro!»

Lei parve offesa da questa proposta. «Io non ho bisogno di aiuto. Noi stiamo benissimo così.»

«Lo so», Ben si affrettò a scusarsi, «ma non è giusto che tutte queste responsabilità ricadano sulle tue spalle; loro vogliono soltanto aiutarti!»

Ma lei vedeva le cose diversamente. «Non vogliono aiutarmi. Vogliono toglierci tutto», esclamò con le lacrime agli occhi. «La nostra casa, i nostri amici, le scuole dei ragazzi, il nostro modo di vivere. Come fai a non capirlo?» Lo guardò desolata. «Ormai è tutto quello che ci resta.»

«No!» Ben scrollò la testa lentamente augurandosi di poter trovare un punto di contatto con Edwina. «Avete l'affetto che vi lega l'un l'altro.» Non accennò più agli Hickham, ed Edwina riprese l'esame di carte e documenti, spiegando molto chiaramente quello che voleva fare senza badare a ciò che gli altri potevano pensare in proposito. Era più che mai convinta che fosse giusto conservare il giornale per i suoi fratelli, e la casa per tutta la famiglia.

«Posso permettermi di salvare tutto questo, Ben?» In effetti, il problema ormai si riduceva soltanto a quello. E doveva anche fargli una serie di domande alle quali prima non aveva mai assolutamente pensato; per fortuna Ben era sempre molto onesto con lei.

«Certo, che puoi. Per il momento niente deve cambiare. A un certo punto può darsi che tutto questo diventi improduttivo. Ma per ora il giornale ti fornirà un reddito più che discreto, e la casa non è un problema.»

«Allora vuol dire che conserverò tutti e due. C'è qualcos'altro?» A volte assumeva un tono pratico addirittura incredibile ed era tanto abile da lasciarlo strabiliato. Chissà, forse aveva ragione a lasciare tutto com'era e a non desiderare cambiamenti. Per il momento, era senz'altro il regalo più bello che potesse fare ai suoi fratelli.

Fu così che, per la centesima volta, si decise a spiegare tutto questo allo zio Rupert. E lui finalmente capì. Anzi, a dire la verità, si sentì sollevato. Era stata Liz a supplicarlo di far venire i ragazzi a vivere con loro e lui aveva soltanto accettato di fare quello che considerava un dovere. Edwina gli spiegò che sentivano tutti una grande gratitudine per lui, ma che i ragazzi erano ancora troppo sconvolti da quello che era successo, come lei del resto. Per il momento, avevano soltanto bisogno di rimanere lì, nella loro casa, di riprendere fiato, di condurre un'esistenza tranquilla, serena, in un ambiente famigliare. E anche se volevano bene a lui e alla zia Liz, non se la sentivano assolutamente di lasciare la California. Rupert rispose che se avessero cambiato idea sarebbero sempre stati ospiti graditi e da parte della zia Liz cominciò ad arrivare un fiume di lettere nelle quali prometteva di venire a trovarli non appena avesse potuto lasciare per un periodo di tempo ragionevole lo zio Rupert. Chissà perché, Edwina trovò queste lettere terribilmente deprimenti, ma si guardò bene dal manifestare la sua opinione ai fratelli più piccoli.

«Non partiamo», annunciò infine a Ben. «Anzi», aggiunse guardandolo con aria molto seria seduta davanti alla sua scrivania, nell'ufficio legale di cui Ben era uno dei soci, «credo che non metterò mai più piede su una nave. Non credo che ce la farei. Non immagini quello che è stato», concluse a voce bassa. A volte, nei suoi incubi, rivedeva ancora la poppa del gigantesco transatlantico ritta contro il cielo notturno, e quelle eliche gocciolanti, e sapeva che anche per gli altri era la stessa cosa. Per niente al mondo avrebbe fatto vivere a qualcuno di loro un'esperienza simile, e non aveva importanza ciò che Rupert Hickham considerava la soluzione migliore per loro, quello che considerava dovere nei loro confronti...

«Capisco», rispose Ben pacatamente. E pensò che era davvero molto coraggiosa ad affrontare la situazione senza l'aiuto di nessuno. Ma sembrava che se la cavasse molto bene, e ciò non mancò di stupirlo.

A volte si domandava come ci riuscisse. Eppure Edwina pareva assolutamente decisa a riprendere le fila della loro vita nel punto preciso in cui si erano spezzate; e l'ammirava moltissimo per questo. Qualsiasi altra ragazza della sua età non avrebbe fatto che piangere il fidanzato perduto. Edwina, invece, continuava la sua vita come meglio poteva, senza lamentarsi, senza dare sfogo al dolore. E questo non poteva non commuoverlo.

«Mi dispiace di dover affrontare di nuovo questi discorsi, ma ho ricevuto un'altra lettera dalla White Star», le disse un giorno. «Vogliono sapere se hai intenzione di fare causa alla società per la morte dei tuoi genitori e ho bisogno della tua risposta. Da un certo punto di vista, penso che dovresti farlo, perché sarai tu a doverti accollare le spese di tutto, in assenza di tuo padre, anche se questo non servirà certo a restituirti i tuoi cari. Mi dispiace perfino accennare a questo problema; d'altra parte bisogna che io conosca le tue decisioni. Farò quello che tu desideri, Edwina...» La sua voce si spense mentre incrociava il suo sguardo. Era una bellissima ragazza e ogni giorno che passava sentiva di affezionarsi sempre di più a lei. Ormai non era più una bambina e le difficoltà l'avevano trasformata in fretta in una donna. Una giovane donna, incantevole e affascinante.

«Lascia perdere...» mormorò lei a fior di labbra; poi, voltandogli le spalle, mosse lentamente qualche passo verso la finestra. Stava pensando a ciò che era stato, a come qualcuno potesse pagare per ciò che era accaduto... la piccola Alexis, che avevano quasi perduto quando era scappata a nascondersi... e Teddy, che aveva rischiato di morire assiderato a quelle temperature polari; e Fannie, con le dita congelate... e papà e mamma... e Charles... e tutti gli incubi, i terrori e i dolori... il velo da sposa che non avrebbe mai più messo, i guanti di Charles, che ora conservava in un astuccio di cuoio, chiuso a chiave, nel suo cassettone. Quasi non aveva più la forza nemmeno di contemplare la baia della città. Solo a guardare un bastimento si sentiva male... Come avrebbero fatto a ripagarla di tutto questo? Quanto potevano darle per una madre perduta?... Un padre che non avrebbe avuto mai più?... Un marito che se n'era andato per sempre?... Una vita distrutta?... Qual era il prezzo per tutto questo? «Non potrebbero mai ricompensarci di tutto quello che abbiamo perduto.»

Ben, dietro la sua scrivania, fece cenno di sì con la testa, tristemente. «A quanto pare, gli altri hanno fatto più o meno il tuo ragionamento. Gli Astor, i Widener, gli Straus, nessuno di loro vuole intentare causa alla società di navigazione. Qualcuno sembra abbia intenzione di farlo per poter avere un risarcimento per il bagaglio perduto. Se vuoi, posso fare questo. In fondo, basta semplicemente promuovere un'azione giudiziaria.» Ma Edwina fece di nuovo cenno di no con la testa e tornò a passo lento verso di lui, chiedendosi se sarebbero mai riusciti a dimenticare, se quel pensiero sarebbe mai stato cancellato dalla loro mente, se la vita sarebbe tornata a essere più o meno simile, sia pure alla lontana, a quella che era stata prima del *Titanic*.

«Quando finirà, Ben?» gli domandò tristemente. «Quando smetteremo di pensarci giorno e notte mentre fingiamo di aver dimenticato tutto? Quando Alexis smetterà di scappare di sopra, di nascosto, per andare ad accarezzare le pellicce della mamma, e il raso delle sue camicie da notte? Quando Phillip smetterà di avere l'aria di chi porta sulle spalle il peso del mondo intero? E quando il piccolo Teddy non andrà più in giro a cercare la mamma?» Lacrime di disperazione le rigavano le guance quando Ben, girando intorno alla scrivania, le si avvicinò circondandole le spalle con un braccio. E lei, allora, lo guardò come se fosse quel padre che aveva perduto e gli nascose la faccia contro la spalla. «Quando smetterò di rivederli ogni volta che chiudo gli occhi? Quando smetterò di pensare che Charles tornerà dall'Inghilterra?... Oh, Dio...» Ben la tenne stretta a lungo fra le braccia, lasciandola piangere, rammaricandosi di non avere risposte per quelle domande. Alla fine, Edwina si staccò da lui e si soffiò il naso, ma perfino il fazzoletto che aveva con sé era di sua madre, e niente di quello che lui poteva dire avrebbe cancellato le terribili esperienze che avevano vissuto o ciò che avevano perduto, né il segno che tutto ciò aveva impresso nei loro cuori.

«Dai tempo al tempo, Edwina. Non sono ancora passati due mesi.»

Lei sospirò, poi fece cenno di sì con la testa. «Mi dispiace.» Gli sorrise con tristezza e si alzò, gli diede un bacio su una guancia e si riaggiustò distrattamente il cappellino. Era delizioso: l'aveva comperato Kate a Parigi. Ben l'accompagnò fuori dal suo ufficio, fino alla carrozza. Mentre questa partiva, Edwina si voltò a salutarlo con la mano e lui non poté fare a meno di pensare che era una ragazza straordinaria. Poi si corresse. No, non era più una ragazza, ma una donna. Una giovane donna assolutamente straordinaria.

11

L'ESTATE passò serenamente per tutti i Winfield, che si accontentarono di fare cose semplici e soprattutto di stare insieme. In luglio, come avevano fatto sempre quando i genitori erano vivi, si recarono con Edwina sul lago Tahoe, dove, da tempo immemorabile, affittavano da amici del padre una piccola tenuta. Vi avevano passato gran parte delle estati precedenti ed Edwina desiderava, almeno per quanto possibile, che la loro vita fosse quella di prima. I ragazzi pescavano e facevano passeggiate e abitavano tutti insieme in piccoli bungalow vicini, molto graziosi. La sera pensava lei a cucinare la cena per i fratelli; durante il giorno andava a nuotare con Teddy e le bambine mentre Phillip e George facevano lunghe escursioni. Era una vita semplice e serena e fu lì che, finalmente, ebbe la sensazione che tutti cominciassero a riprendersi lentamente. Quella vacanza era proprio ciò di cui avevano bisogno; perfino lei non faceva più gli stessi sogni angosciosi e tormentati che la costringevano a rivivere quella tremenda nottata di aprile! Di notte, distesa nel suo letto, pensava a quello che avevano fatto durante il giorno e di tanto in tanto si concedeva di tornare con la mente all'estate dell'anno prima, quando anche Charles era lì con loro. Le capitava spesso di pensare a lui; ed erano sempre ricordi dolci, ma anche dolorosi.

In passato tutto era stato diverso. Suo padre aveva organizzato vere e proprie gite avventurose con i ragazzi; mentre lei faceva lunghe passeggiate con Kate raccogliendo fiori selvatici che crescevano intorno al lago. Avevano parlato a lungo, lei e sua madre, della vita, degli uomini, dei figli e della vita matrimoniale — ed era stato proprio lì che per la prima volta le aveva confessato di essere innamoratissima di Charles. Del resto, quello non era più un segreto per nessuno; anzi, George era stato spietato con le sue burle e le sue monellerie. Ma Edwina non gli aveva dato importanza. Era felice di dichiarare apertamente il proprio amore davanti al mondo intero. E che gioia quando Charles li aveva raggiunti da San Francisco ed era stato loro ospite! Aveva portato piccoli regali per le bambine — un nuovo monopattino per George e una serie di bellissimi libri rilegati per Phillip — facendo tutti felici. E insieme, lui ed Edwina, erano andati nei boschi per lunghe passeggiate. A volte, adesso, lei ci pensava ed era difficile non piangere mentre si imponeva con uno sforzo di tornare al presente. Quell'estate si stava rivelando per lei una prova impegnativa e mentre cercava di sostituire sua madre a volte si sentiva inadeguata. Aiutò Alexis a imparare come stare a galla e, intanto, sorvegliava Fannie intenta a giocare con le sue bambole sulla riva del lago. Adesso il piccolo Teddy non l'abbandonava un istante e Phillip le parlava per ore della sua speranza di entrare ad Harvard. Doveva essere tutto per loro — madre, padre, amica, tutore e maestra.

Erano lì da una settimana quando inaspettatamente Ben arrivò dalla città a trovarli. E come già aveva fatto gli anni precedenti, portò regali per tutti, e per Edwina qualche libro nuovo. Fu affettuoso con tutti, e si interessò a quanto facevano, e poiché i bambini lo consideravano una specie di zio preferito, furono molto lieti di rivederlo.

Perfino Alexis era scoppiata a ridere, felice, correndogli incontro, con i riccioli biondi che le ondeggiavano intorno alla testolina, e a piedi nudi, perché era appena tornata dal lago in compagnia di Edwina. Sembrava una piccola puledra e Teddy, fra le braccia della sorella maggiore, un tenero orsacchiotto. Ben, guardandoli, si sentì quasi salire le lacrime agli occhi. Pensò a quanto li avesse amati Bert, quanto la famiglia fosse stata sempre importante per lui, e sentì più forte che mai la sua mancanza.

«Avete tutti l'aria di stare benone!» Sorrise, felice di vederli, mentre Edwina metteva a terra Teddy il quale, fra risatine di gioia, cominciò a rincorrere Alexis.

Edwina sorrise scostandosi dalla fronte una ciocca dei lucenti capelli neri. «I bambini si divertono.»

«Si direbbe che la vacanza abbia decisamente fatto bene anche a te.» Era molto contento di vederla con quell'aria così sana, rilassata e abbronzata; ma dopo un attimo, prima che potesse aggiungere qualcosa di più, i bambini gli si affollarono intorno.

Giocarono insieme per ore; la sera, Edwina e Ben, seduti insieme alla luce del crepuscolo, poterono parlare un po' tranquillamente.

«È bello essere qui di nuovo.» Non disse che le faceva venire in mente di continuo il padre e la madre, ma entrambi ne erano consapevoli. Edwina sapeva di poter parlare con Ben di cose delle quali non avrebbe potuto parlare con nessun altro, proprio perché lui era sempre stato un amico intimo dei genitori. E adesso le pareva strano ritornare in quei luoghi nei quali era sempre stata con loro. Era un po' come se si aspettasse di ritrovarli lì; eppure man mano che tornava a visitare i luoghi intorno al lago che erano stati i loro preferiti, a uno a uno, cominciava a rendersi conto, come i bambini, che Kate e Bert non sarebbero tornati mai più. La stessa cosa accadeva anche con Charles. Era difficile convincersi che non sarebbe mai più tornato dall'Inghilterra... e che non c'era andato solo per qualche tempo e che presto sarebbe tornato da lei. No, ormai nessuno di loro sarebbe più tornato, mentre lei e i suoi fratelli continuavano la loro vita. Anche se non potevano cancellare quei ricordi, per la prima volta da molto tempo si divertivano e si sentivano sereni e tranquilli. E mentre sedeva con Ben alla luce del crepuscolo, fra le montagne, si scoprì a parlare con lui dei genitori. E perfino a ridere, rievocando qualcuna delle avventure di estati lontane. Anche Ben si divertì a ricordare quella volta che Bert aveva fatto finta di essere un orso e aveva terrorizzato a morte Kate, Ben ed Edwina girellando per la capanna con addosso una pelle d'orso.

Parlarono delle spedizioni di pesca che si potevano fare risalendo qualcuno dei torrentelli che conoscevano soltanto in pochi, e delle intere giornate trascorse sul lago con la barchetta che noleggiavano appositamente. Parlarono di cose senza importanza, di momenti di vita che avevano condiviso, di memorie care a entrambi. Per la prima volta da mesi, quei discorsi non erano più fonte di rinnovato dolore, ma piuttosto di consolazione. Con Ben, Edwina riuscì a ridere ricordando i genitori i quali, in questo modo, tornavano a essere creature umane, non erano più simili a divinità inaccessibili. Inoltre, mentre le loro risate si levavano sommesse nell'aria notturna, Edwina capì che tutto questo era qualcosa che avrebbe voluto condividere con i suoi fratelli.

«Sei davvero meravigliosa con loro», disse Ben, e lei ne fu commossa. A volte non ne era del tutto convinta.

«Cerco di fare del mio meglio», sospirò; ma Alexis aveva ancora paura, Phillip era sempre così depresso, e di tanto in tanto i due più piccoli soffrivano di incubi. «Ma non è sempre facile.»

«Allevare dei bambini non lo è stato mai! E tu stai facendo un lavoro magnifico.» Fu a quel punto che, finalmente, trovò il coraggio di parlare di una cosa a cui pensava da mesi ma che non aveva mai voluto menzionare. «Però dovresti uscire più spesso. Tuo padre e tua madre lo facevano. Non si accontentavano di occuparsi di voi e di farvi crescere. Viaggiavano, vedevano gli amici, tua madre si occupava di una quantità di cose, e tuo padre era sempre molto indaffarato con il giornale.»

«Mi stai forse suggerendo di trovarmi un'occupazione?» Edwina rise, prendendosi gioco di lui e Ben scrollò la testa guardandola. Era un uomo simpatico, di bell'aspetto, eppure Edwina non aveva mai pensato a lui come a qualcosa di diverso da un amico di famiglia, da una specie di zio adottivo.

«No, intendevo dire che dovresti uscire di più, vedere i tuoi amici.» Durante il fidanzamento era uscita con Charles quasi di continuo. Ben l'aveva ammirata, con quegli abiti stupendi e gli occhi scintillanti di gioia mentre usciva di casa al braccio del fidanzato. L'aveva vista spesso, quando era invitato a cena, da Kate e da Bert Winfield. Edwina era fatta per godere le gioie della vita, non per condurre un'esistenza da reclusa o da madre vedova. Aveva la vita intera davanti a sé, e anche se era cambiata radicalmente, non si poteva affatto considerare finita. «Non ti interessano più quelle feste alle quali... avevi l'abitudine di andare?» Improvvisamente ebbe paura di accennare a Charles; temeva che fosse troppo penoso per lei. Edwina abbassò gli occhi mentre gli rispondeva.

«Adesso non è più il momento per queste cose.» Era troppo presto; e sarebbe servito soltanto a ricordarle Charles e a rendere la sua mancanza infinitamente più difficile da sopportare. Non provava più il minimo desiderio di uscire di nuovo — perlomeno questa era la sua impressione per il momento. E in ogni caso, si affrettò a ricordarlo a Ben, era ancora in lutto stretto per i genitori. Continuava a vestirsi sempre e soltanto di nero e non aveva il minimo desiderio di andare in qualche posto, a meno che con lei non potessero andare anche i bambini.

«Edwina», replicò Ben, in tono fermo, «devi assolutamente distrarti, uscire di più!»

«Un giorno lo farò.» Ma a giudicare dall'espressione dei suoi occhi non ne sembrava convinta, anche se Ben si augurò che lo facesse presto. Aveva ventun anni e faceva la vita di una vecchia signora. Il suo compleanno era passato praticamente inosservato, a parte il fatto che adesso era diventata maggiorenne dal punto di vista legale e poteva firmare ogni genere di documenti.

Quella notte Ben dormì nella stessa capanna con i ragazzi, che gradirono molto la sua compagnia. Li portò a pescare, la mattina dopo alle cinque, e quando tornarono indietro trionfanti e puzzando di pesce lontano un miglio, Edwina stava già preparando la colazione. Aveva portato con sé Sheilagh, la nuova ragazza irlandese. Era molto simpatica, ma nessuno, fino a quel momento, pareva si fosse abituato alla sua presenza. Sentivano ancora tutti la mancanza di Oona. Sheilagh si conquistò le simpatie dei «pescatori» accettando di pulire il pesce che avevano portato ed Edwina, sia pure di malavoglia, li cucinò per la prima colazione. Tutti erano rimasti stupiti che i ragazzi fossero riusciti a prenderne qualcuno, invece di tornare a casa a mani vuote, con qualche scusa pronta.

Passarono giornate allegre e serene con Ben, e la sua partenza fu accolta con disappunto. Avevano appena finito di pranzare e lui li stava salutando, quando Edwina si rese conto di non aver più visto i ragazzi fin da prima di sedersi a tavola. Avevano detto che volevano fare una passeggiata e che poi sarebbero andati a nuotare; a un tratto, mentre Edwina e Ben scambiavano qualche parola, Phillip arrivò come una bomba nella radura.

«Lo sapete che cosa ha fatto quella piccola canaglia?» si mise a gridare, rivolto alla sorella. Pareva che non riuscisse a mettere insieme un discorso coerente; era furioso e senza fiato, e bastava guardarlo per capire che doveva essersi preso uno spavento terribile. Anche Edwina provò un tuffo al cuore temendo che fosse successa qualche catastrofe. «Se n'è andato mentre dormivo, nelle vicinanze di quell'ansa che c'è lungo il torrente... e quando mi sono svegliato ho visto le sue scarpe, il berretto e la camicia che galleggiavano sull'acqua... Ho frugato dappertutto con il bastone... mi sono tuffato cercando di raggiungere il fondo...» Mentre parlava, Edwina si accorse che aveva le braccia sanguinanti e piene di graffi. Era anche bagnato fradicio, con gli abiti a brandelli, le mani coperte di fango e le unghie rotte. «Ho pensato che fosse *annegato*!» gridò, piangendo per la paura, e anche per la rabbia. «Ho pensato...» Voltò bruscamente le spalle perché non lo vedessero piangere, ma tremava da capo a piedi quando, vedendo George arrivare, gli si precipitò incontro. Lo prese a schiaffi, lo afferrò per le spalle e cominciò a scrollarlo violentemente. «Non fare mai più una cosa del genere, sai?... La prossima volta che mi lasci e te ne vai, guai a te se non mi avverti!» Si era messo a gridare con quanto fiato aveva in corpo, e tutti si accorsero che anche George faceva fatica a ricacciare indietro le lacrime mentre restituiva al fratello schiaffi e pugni.

«Te lo avrei detto... ma dormivi! Non fai che dormire o leggere... e non sai neppure come si fa a pescare!» Tanto per rispondergli, gli gridò la prima cosa che gli venne in mente. Ma Phillip continuò a scrollarlo.

«Sai benissimo quello che papà ha detto l'anno scorso! *Nessuno* se ne può andare dove gli pare senza avvertire! Ci siamo capiti?» Ma il vero problema non era quello. Quella scenata serviva ai due fratelli per scaricare l'angoscia e il dolore di avere perduto i genitori; e l'ansia di trovarsi ad affrontare la dura realtà, cioè che non avevano più nessuno all'infuori di se stessi. George, però, non volle sentir ragioni né ammettere di aver sbagliato. Con un'occhiataccia al fratello rispose: «Io non devo dire *niente* a te! Tu *non sei* mio padre!»

«Tu *adesso* devi rispondere *a me* di quello che fai!» Phillip era su tutte le furie, ma ormai anche George aveva perduto le staffe. Gli allungò di nuovo un pugno ma mancò il bersaglio perché Phillip si scansò all'ultimo momento.

«Io non devo rispondere *a nessuno* di quello che faccio!» replicò George, piangendo disperatamente. «Tu non sei papà, e non lo sarai mai; e io ti odio!» Erano entrambi in lacrime, ora, e Ben si decise finalmente a intervenire per farli smettere! Si avvicinò ai due litiganti e li separò, mentre Edwina non riusciva a trattenere le lacrime. Vedere i suoi fratelli accanirsi l'uno contro l'altro mentre si picchiavano, le spezzava il cuore.

«Va bene, ragazzi! Adesso basta!» Ben prese George per le braccia, con gentilezzza, e lo condusse via, anche se continuava a balbettare e a gridare parole minacciose, mentre Phillip finalmente si calmava. Dopo un'occhiataccia a Edwina, raggiunse il suo bungalow ed entrò richiudendo la porta con un tonfo. Una volta dentro, si buttò sul letto e scoppiò in singhiozzi perché aveva creduto che George fosse annegato e sentiva disperatamente la mancanza di suo padre.

L'incidente, comunque, bastò a far capire come fossero tutti ancora molto scossi, con i nervi a pezzi, e a quale tensione fossero sottoposti di continuo, soprattutto i due ragazzi più grandi, dopo aver perduto il padre. Per fortuna, alla fine si calmarono e Ben poté salutare tutti. Ma quell'episodio bastò a confermargli che era vero ciò che aveva pensato fin dal principio, la famiglia era un peso troppo grave per Edwina al punto che, per un momento, si domandò se non fosse meglio cercare di costringerla a partire per l'Inghilterra e ad andare a vivere con gli zii. Gli bastò però guardarla negli occhi per rendersi conto che sarebbe stata una soluzione inaccettabile per lei. Edwina voleva soltanto tenere unita la sua famiglia, vivere in quei luoghi amati, anche se a volte non era né facile né semplice.

«Stanno benone, adesso; tutto è sistemato, sai?» disse a Ben, rassicurandolo. «A Phillip ha fatto bene scaricare un po' di tensione; quanto a George, è meglio fargli capire che non può fare scherzi a tutti! La prossima volta ci penserà, prima di combinare una delle sue burle!»

«Già, ma a te non pensi?» le domandò Ben. Come poteva farcela, costretta a tenere le redini di quella grossa famiglia da sola? Due ragazzi vivaci, che erano quasi due uomini, e tre bambini molto piccoli. Purtroppo, non aveva nessuno che l'aiutasse, ecco la verità! Anche se doveva ammettere, in cuor suo, che lei non pareva preoccuparsene molto.

«A me piace tutto questo, capisci?» replicò lei con la massima tranquillità, e non fu facile crederle. «E voglio bene ai miei fratelli.»

«Anch'io. Però questo non significa che non mi preoccupi per te. Ricordarti, Edwina... se avessi bisogno di qualche cosa, fammi un fischio e arriverò di corsa!» Lei lo baciò con gratitudine su una guancia e Ben la seguì a lungo con lo sguardo, mentre si avviava lentamente verso la stazione.

12

LASCIARE il lago fu triste per tutti. Ma Edwina aveva molte cose da fare a San Francisco. Adesso, in compagnia di Ben, partecipava una volta al mese a una riunione del giornale per mostrare a tutti che si interessava a quello che facevano. E toccava sempre a lei approvare determinate scelte e linee direttive della redazione. Ma continuava a sentirsi a disagio al posto di suo padre e, per quanto il suo ruolo in quelle decisioni fosse limitato, si accorgeva di avere ancora molto da imparare. Non aveva comunque nessun desiderio di prenderne in mano le redini lei stessa; piuttosto voleva che tutto continuasse così ancora per qualche anno, fino a quando Phillip avrebbe potuto occuparsene. Ed era sempre molto grata a Ben per i suoi consigli durante quelle riunioni.

Il giorno successivo alla riunione di agosto, un avvenimento turbò la sua serenità. Stava lavorando in giardino a strappare le erbacce quando arrivò il postino per consegnarle un pacco enorme, spedito dall'Inghilterra. In un primo momento pensò che fosse stata zia Liz a mandarlo, anche se non riusciva a immaginare che cosa potesse contenere. Pregò la signora Barnes di metterlo nel vestibolo e soltanto più tardi, quando rientrò con le mani sporche di terra e qualche filo d'erba ancora attaccato all'abito nero, lo guardò distrattamente. Subito provò un tuffo al cuore. Il nome del mittente sul pacco non era Hickham ma

Fitzgerald, tracciato con la calligrafia precisa ed elaborata che Edwina conosceva da molto tempo perché era quella della madre di Charles.

Andò in cucina a lavarsi le mani, poi tornò indietro a prendere il pacco. Quando lo toccò era scossa da un tremito. Non riusciva a immaginare che cosa lady Fitzgerald potesse inviarle, ma, chissà perché, aveva quasi paura che si trattasse di qualche oggetto appartenuto a Charles.

La casa era avvolta nel più completo silenzio quando salì nella sua camera. Infatti i ragazzi erano fuori con alcuni amici e Sheilagh aveva accompagnato i tre più piccoli al Golden Gate Park a vedere la nuova giostra; erano usciti di casa tutti di buonumore, allegri e sereni. Quindi adesso non c'era nessuno che potesse interromperla. Aprì con cautela il pacco che aveva viaggiato prima sul postale e poi per ferrovia. Ci aveva impiegato un mese ad arrivare dall'Inghilterra. Notò che era molto leggero. Quasi come se non contenesse niente.

Gli ultimi fogli di carta dell'involucro scivolarono al suolo ed ecco apparire una scatola bianca, liscia e lucida, a cui era attaccata una lettera scritta sulla carta azzurra che recava lo stemma dei Fitzgerald inciso nell'angolo superiore sinistro. Ma Edwina non lesse la lettera; era troppo curiosa di vedere che cosa ci fosse nella scatola. Quando slegò il nastro e sollevò il coperchio, il respiro le morì in gola. Erano metri e metri di tulle bianco e una coroncina di delicatissima fattura, in raso bianco, ricamata con un complicato motivo di piccolissime perle coltivate bianche. Era il suo velo da sposa, quello che lady Fitzgerald avrebbe dovuto portare con sé prima delle nozze. Edwina fece un rapido calcolo e scoprì che avrebbero dovuto essere celebrate il giorno successivo. Per quanto si fosse sforzata di scacciare questo pensiero dalla mente, non ci era riuscita. Adesso tutto quanto restava di quel sogno era il velo, che teneva sollevato fra le mani tremanti — metri e metri di tulle che a poco a poco, scivolando fuori dall'involucro, si erano allargati fino a coprire il pavimento. Con tutto il corpo che le doleva, dalla testa ai piedi, provò ad appoggiarsi la coroncina sulla testa e si guardò nello specchio con aria solenne, le guance rigate di lacrime. Sì, faceva un bellissimo effetto, proprio come aveva pensato, e si domandò come sarebbe stato il suo abito da sposa. Certo, altrettanto bello... Ma ormai nessuno lo avrebbe saputo. La stoffa per confezionarlo si era inabissata nell'oceano con il *Titanic*. Fino a quel momento era quasi riuscita a non pensare a tutto questo perché le sembrava inutile e insensato. Ma ecco che, a un tratto, aveva davanti il suo velo da sposa — anche se tutto quello di cui era il simbolo non esisteva più, era sparito per sempre.

Si lasciò cadere sul letto piangendo silenziosamente, sempre con la coroncina e il velo in testa, e aprì la lettera di lady Fitzgerald. Per la prima volta da mesi si sentì sola, disperata, imprigionata in quell'abito nero da lutto intorno al quale ondeggiava lievemente il velo bianco.

«Edwina mia carissima», così cominciava la lettera, e fu come sentire di nuovo la voce della madre di Charles. Sempre piangendo, continuò a leggere. Si somigliavano molto, lei e Charles, alti, aristocratici, molto anglosassoni. «Pensiamo moltissimo a te, a voi; parliamo quasi sempre di te. Non riesco quasi a credere che tu sia partita da Londra solo quattro mesi fa... non riesco quasi a credere a tutto quanto è successo nel frattempo.

«Adesso ti mando questo, con trepidazione e rimpianto. Sono molto preoccupata e ho una gran paura che quando riceverai il velo rimarrai sconvolta, ma lo avevano già finito da parecchio tempo e, dopo averci riflettuto a lungo, il padre di Charles e io pensiamo che tu debba assolutamente averlo. È il simbolo di un periodo molto bello, e dell'amore che Charles ha avuto per te fino alla morte. Eri la cosa più cara della sua vita, e so che sareste stati molto felici. Mettilo via, bambina carissima, e non pensarci troppo... ma forse, guardandolo di tanto in tanto, ricorderai il nostro adorato Charles, che ti ha amato moltissimo.

«Un giorno speriamo di rivederti. Nel frattempo, a te, ai tuoi fratelli e alle tue sorelle mandiamo tutte le nostre più sincere espressioni di affetto, ma soprattutto a te, Edwina cara... va il nostro pensiero, adesso e sempre.» La lettera era firmata «Margaret Fitzgerald», ma Edwina, a quel punto, era ormai accecata dalle lacrime e quasi non riuscì a leggerla. Rimase immobile, seduta sul letto, circondata da una nuvola di tulle fino a quando sentì la porta di casa che si richiudeva con un tonfo, al pianterreno, e le voci dei bambini, sulle scale, che venivano a cercarla. Erano andati sulla giostra e adesso tornavano a casa mentre Edwina, per tutto il pomeriggio, era rimasta lì a pensare a Charles e alle loro nozze che avrebbero dovuto essere celebrate l'indomani.

Si tolse il velo con mille cautele, lo piegò e lo ripose nella scatola. Mentre ne stava annodando il nastro, Fannie entrò di corsa con un sorriso felice e si buttò fra le braccia della sorella. Non vide né le lacrime né l'espressione disperata dei suoi occhi. Era troppo piccola per capire quello che era successo. Poi Edwina ripose la scatola su uno scaffale e si mise ad ascoltare la bambina che le descriveva il parco e la giostra. C'erano i cavalli, su quella giostra, con anelli d'ottone e stelle dorate, e tanta musica, e c'erano perfino slitte dipinte per chi non voleva salire in groppa a un cavallo... però, a dire la verità, i cavalli erano *molto meglio*.

«E c'erano anche le barchette!» riprese, ma poi aggrottò la fronte. «Però a noi le barchette non piacciono, Teddy, vero?» Il piccolo, che era entrato in quel momento, fece cenno di no con la testa. E dietro a Teddy veniva Alexis. Guardò Edwina con aria strana, come se avesse intuito che qualcosa non andava, anche se non poteva capire di che si trattasse. Solo Phillip lo capì, più tardi, quando i bambini erano già andati a letto, e provò a domandarglielo mentre salivano insieme di sopra.

«Qualcosa non va?» Si preoccupava sempre per lei, sempre pronto a recitare il ruolo paterno con i fratellini più piccoli. «Stai bene, Win?»

Lei fece segno di sì lentamente e fu quasi tentata per un momento di raccontargli la storia del velo da sposa, ma non riuscì a pronunciare una sola parola. E si chiese se suo fratello ricordasse la data delle nozze. «Sì, sto bene.» E poi: «Oggi ho ricevuto la lettera di lady Fitzgerald, la mamma di Charles».

«Oh!» A differenza di George, che era ancora troppo giovane e non avrebbe capito che cosa tutto questo poteva sottintendere, Phillip si rese subito conto di quello che Edwina doveva provare. «Come sta?» le chiese.

«Bene, credo.» Poi rivolse a Phillip uno sguardo colmo di tristezza. Doveva parlarne con qualcuno, doveva dividere quel dolore con qualcuno, anche se si trattava soltanto di suo fratello, che aveva appena diciassette anni. E quando riprese il discorso, la sua voce era bassa e roca: «Domani era... sarebbe...» No, era praticamente impossibile pronunciare quelle parole... e non appena arrivarono sul pianerottolo gli voltò le spalle di scatto. Ma Phillip la prese dolcemente per un braccio e allora Edwina tornò a guardarlo con gli occhi pieni di lacrime. «Non importa... scusami...»

«Oh, Winnie.» Aveva anche lui gli occhi lucidi mentre stringeva al petto la sorella.

«Perché è successo?» gli bisbigliò Edwina. «Perché... perché non c'erano scialuppe di salvataggio sufficienti per tutti?» Una cosa tanto sciocca... tanto banale... scialuppe per tutti i passeggeri del transatlantico... la differenza era tutta lì. Ma c'erano anche altri perché... per esempio perché il *Californian* aveva cessato di ricevere le comunicazioni radio e non avevano mai ascoltato le loro disperate richieste di soccorso, i segnali diramati a tutti i bastimenti che si trovavano sull'Atlantico... Il *Californian* si trovava soltanto a poche miglia di distanza e tutti i passeggeri del *Titanic* avrebbero potuto essere salvati... Quanti «perché» e quanti «se soltanto», ma niente ormai aveva più importanza, mentre Edwina piangeva disperatamente fra le braccia del fratello la sera prima di quello che doveva essere il giorno delle sue nozze.

13

Com'era prevedibile, il periodo di Natale fu un momento doloroso per i ragazzi Winfield. Se non altro per i più grandi. Edwina tenne i più piccoli talmente occupati a mettere dolci in forno e a preparare regalini che quasi non ebbero il tempo di pensare. Ben venne a trovarli e accompagnò i ragazzi a un'esposizione di nuove automobili; poi condusse tutta la famiglia a vedere l'illuminazione dell'albero natalizio all'*Hotel Fairmont*, più che altro per farli distrarre. I Winfield ricevettero anche qualche invito da altri amici dei genitori, ma a volte quegli incontri erano troppo penosi e li facevano sentire ancora più soli.

Alexis era sempre molto chiusa in se stessa ed Edwina faceva di tutto per aiutarla a riprendersi. Di tanto in tanto la trovava di sopra, nella camera da letto di Kate, ma quando capitava non la sgridava. Preferiva mettersi a chiacchierare con lei un po', seduta sul piccolo divano rosa dello spogliatoio, oppure sul letto, e alla fine la bambina si decideva a raggiungere gli altri.

Edwina provava sempre una strana sensazione quando era lì, in quelle camere, come se adesso fossero un luogo sacro — una specie di santuario dedicato ai genitori — e forse questa era l'impressione che avevano tutti. Negli armadi-guardaroba erano ancora appesi gli abiti di Bert e Kate; Edwina non aveva ancora trovato la forza di liberarsene. Il servizio da toilette, e le spazzole, tutto d'oro massiccio, era accuratamente disposto così come Kate lo aveva lasciato. La signora Barnes provvedeva a spolverare tutto con cura, ma perfino lei non si mostrava entusiasta all'idea di salire in quelle camere, ormai. Diceva che le facevano venire sempre una gran voglia di piangere. Quanto a Sheilagh, si rifiutava di entrarci, perfino a cercare Alexis.

Edwina non ne parlava mai, ma di tanto in tanto ci saliva. Era un modo come un altro di rimanere vicino a loro, di ricordare ciò che erano stati. Era difficile credere che fossero morti solo da otto mesi. In un certo senso sembrava che fossero passati solo pochi minuti, sotto altri aspetti sembravano millenni. La vigilia di Natale, quando i più piccoli furono a letto, lo disse anche a Phillip.

Bene o male erano riusciti a far passare anche quelle giornate di festa trascorse da soli, ma per Edwina era stato un periodo faticosissimo. Eppure aveva cercato di fare ogni cosa nel modo migliore, con bontà e dolcezza; i più piccini avevano appeso le calze come al solito, avevano cantato i canti natalizi e messo in forno i biscotti. Erano anche andati tutti in chiesa. Come aveva fatto sempre sua madre, anche Edwina aveva passato intere giornate a preparare i pacchi dei regali. Quella sera Phillip l'aveva ringraziata anche a nome degli altri, proprio come era solito fare Bert con Kate, un po' assonnato, fra gli sbadigli. Edwina, ricordandosene, era rimasta commossa.

Ben venne a trovarli il giorno di Natale e tutti furono felici di vederlo. Aveva portato un regalo per ciascuno — un meraviglioso cavallo a dondolo per Teddy, bambole per le bambine, un gioco completo da prestigiatore per George, per il quale aveva un debole, un bellissimo orologio da taschino per Phillip e uno stupendo scialle di cashmere per Edwina. Era di un delicatissimo colore azzurro e lei pensò che l'avrebbe portato molto volentieri non appena avesse smesso il lutto, in aprile. Veramente, Ben aveva pensato di regalargliene uno nero, in modo che potesse usarlo subito, ma il solo pensiero di un regalo del genere lo aveva rattristato.

«Non vedo l'ora che tu ricominci a vestirti di tanti colori», le disse con affetto mentre lei, aperto il pacco del suo regalo, lo ringraziava. Anche i bambini avevano preparato doni per Ben. Perfino George era riuscito a eseguire un piccolo quadro a olio che raffigurava il suo cane, mentre Phillip gli offrì un bellissimo portapenne in legno lavorato. Edwina aveva scelto, dopo lunga riflessione, un paio di gemelli preferiti di suo padre in oro e zaffiri. Sapeva che un dono del genere avrebbe avuto un grande significato per Ben, ma prima di regalarglieli aveva chiesto il permesso a George e a Phillip. Non voleva dar via niente che uno dei due potesse desiderare per sé; i ragazzi avevano approvato all'unanimità l'idea. Ben era il loro miglior amico e si era mostrato straordinariamente affettuoso e gentile con loro dal giorno della morte dei genitori, come del resto prima.

Fu una giornata dedicata agli affetti, per tutti. Purtroppo, anche per Ben il Natale era una festa che risvegliava tristi ricordi. Gli riportava alla mente la famiglia che aveva avuto fino a sei anni prima, fino al terremoto. Ma tutti insieme riuscirono a donarsi reciprocamente serenità e affetto e la giornata si concluse fra risate e momenti di tenerezza. Teddy si addormentò addirittura sulle ginocchia di Ben, il quale lo portò di sopra e lo mise a letto sotto lo sguardo attento di Edwina. Era bravissimo con tutti e le bambine gli volevano bene, come i ragazzi. Fannie lo pregò addirittura di mettere a letto anche lei. E prima di andarsene, fu Ben a rincalzare le coperte del lettino di Alexis finalmente sorridente.

Poi, soddisfatto e rallegrato dal calore della loro amicizia, volle bere un ultimo bicchierino di Porto con i più grandi. Tutto sommato, tenendo conto che poteva essere un momento difficile per tutti, in realtà Natale era stato allietato da una grande serenità.

Le cose andarono diversamente a Capodanno, che si trasformò in un giorno di tristezza, lacrime e angoscia. La zia Liz arrivò proprio il primo giorno dell'anno nuovo e non fece che piangere, senza smettere mai fin dal primo momento. L'abito nero che indossava era talmente severo e triste che quando Edwina la vide ebbe subito il sospetto che lo zio fosse morto e nessuno li avesse informati. Ma Liz si affrettò a rassicurarla: Rupert, a causa della sua cattiva salute, non solo stava malissimo ma era anche di umore addirittura pessimo. Fin dall'autunno la gotta lo aveva fatto soffrire moltissimo al punto che adesso, secondo lei, fra il cattivo umore e le sofferenze, a volte le pareva addirittura che sragionasse.

«Vi saluta con tutto il suo affetto, naturalmente!» si affrettò ad aggiungere, asciugandosi delicatamente gli occhi con il fazzoletto e ricominciando a piangere ogni volta che si trovava di fronte un oggetto o una fotografia che ricordava, mentre faceva il giro della casa sottobraccio a Edwina. I suoi pianti e le sue lacrime si facevano ancor più disperate quando posava gli occhi sui nipotini; e questo fatto era a dir poco snervante. Purtroppo, Liz non sopportava l'idea che la sua amatissima sorella non ci fosse più e che i suoi figli fossero orfani. Quanto a Edwina, l'ascoltare quei lamenti rendeva tutto più difficile, perché in quegli ultimi otto mesi non solo lei ma anche i suoi fratelli avevano lottato con tutte le loro forze per sopravvivere e per tirare avanti, come meglio era possibile. La zia Liz, invece, si rifiutava decisamente di ammettere tutto questo. Non faceva che ripetere che i bambini avevano un aspetto spaventoso, che erano pallidissimi... e fin dal primo momento domandò a Edwina chi fosse la sua cuoca, e se mai ne avessero una.

«È sempre la stessa, zia Liz. Sono sicura che ti ricordi della signora Barnes.» Liz, invece, si limitò a versare lacrime e passò a tutt'altro argomento: era terribile, disse, anzi addirittura *pericoloso*, che Phillip e George venissero allevati soltanto dalla sorella, anche se non specificò la natura esatta di tale pericolo. Purtroppo, sembrava che in quegli ultimi otto mesi lei stessa fosse caduta in una profonda depressione. Ci mancò poco non svenisse entrando nello spogliatoio della sorella, non appena vide tutti i suoi abiti e gli oggetti che le appartenevano ancora intatti, al posto di prima... e quando passò nella camera da letto si mise addirittura a urlare!

«Non riesco a sopportarlo... non ce la faccio... Oh, Edwina, come *hai potuto*! Come hai potuto fare una cosa del genere?»

Veramente, Edwina non riusciva a capire di che cosa dovesse sentirsi colpevole, e la zia si affrettò a spiegarglielo: «Come hai potuto lasciare ogni cosa al suo posto, come prima... come se loro se ne fossero andati di qui solo stamattina...» Liz scoppiò in singhiozzi, sull'orlo di una crisi di nervi, mentre scrollava la testa e guardava la nipote con aria accusatrice. Eppure, in un certo senso, per i ragazzi Winfield era stato un conforto avere ancora lì tutte quelle cose, gli abiti del padre, le toilette della madre, perfino quella spazzola da capelli in oro e smalto rosa, a loro tanto familiare. «Devi mettere via tutto, *immediatamente*!» implorò, ma Edwina fece cenno di no con la testa. Certo non sarebbe stato facile spiegarlo.

«Non siamo ancora pronti a fare niente del genere», le disse con voce tranquilla, porgendole il bicchiere d'acqua che Phillip, allontanatosi con molta discrezione, era corso a prendere. «E poi, zia Liz, ti prego, cerca di non essere tanto sconvolta. Diventa tutto molto difficile per i bambini.»

«Come hai il coraggio di dire una cosa del genere... Come sei diventata insensibile!» Scoppiò di nuovo in singhiozzi ed erano talmente forti che adesso sembrava riecheggiassero per tutta la casa. Edwina si affrettò a mandare i più piccoli fuori con Sheilagh, a fare una passeggiata. «Se sapessi quanto ho pianto in tutti questi mesi.. la mia unica sorella... Non puoi immaginare che cosa abbia significato per me la sua morte!» Ma Kate era anche la madre di Edwina e degli altri figli. «Per non parlare di Bert... e di Charles... e anche della povera Oona... e di tutti quei passeggeri...» Ma sembrava che Liz ignorasse il dolore degli altri. «Sareste dovuti venire in Inghilterra quando Rupert ve lo ha chiesto», disse in tono lamentoso alla nipote. «Ci avrei pensato io a occuparmi di tutti voi!» Invece Edwina, da vera egoista, le aveva tolto anche quell'ultima possibilità di fare da madre a degli orfani. Si era rifiutata di accettare la proposta e aveva insistito per rimanere a San Francisco. Fra l'altro, Rupert le aveva detto che, a giudicare da quello che il loro legale di famiglia scriveva, se la cavavano molto bene; e del resto adesso le sue condizioni di salute non gli permettevano più di accoglierli in casa. Insomma, Edwina con la sua cocciutaggine aveva rovinato tutto. Come assomigliava a suo padre in questo! «Sei stata davvero crudele a non venire da noi quando te lo abbiamo chiesto», concluse Liz.

Ma a quel punto fu Phillip che, improvvisamente, non seppe trattenersi e, a denti stretti, furibondo, esclamò: «Non c'è niente di 'crudele' in mia sorella!» Edwina, per evitare ulteriori dissidi con la zia, cercò un pretesto per allontanarlo e lo pregò di scendere subito al pianterreno a vedere che cosa stesse combinando George.

Liz rimase per ventisei giorni e a volte Edwina si scoprì a pensare che sarebbe impazzita se la zia fosse rimasta un solo momento di più, perché non faceva che innervosire i bambini più piccoli continuando a piangere e a disperarsi. Alla fine riuscì addirittura a costringere Edwina a togliere dalla camera da letto dei genitori almeno una parte di quello che conteneva, convincendola a metter via i loro vestiti e gli altri oggetti, anche se lei si rifiutò di regalarli. Liz scelse qualcosa di ciò che era appartenuto a Kate per portarlo con sé in Inghilterra, ma furono soprattutto ricordi della loro giovinezza che avevano ben poco significato per Edwina o per i suoi fratelli.

Finalmente, dopo quasi un mese, l'accompagnarono alla nave-traghetto con cui raggiungere la stazione ferroviaria a Oakland. Edwina aveva l'impressione che la zia non avesse mai smesso di piangere e che fosse rimasta in collera con lei fino alla fine. E non solo con lei, ma anche con il Destino per la sorte che le aveva riservato. Era in collera con sua sorella, che aveva scelto quella morte; era in collera con Edwina e gli altri ragazzi Winfield, che si erano rifiutati di andare a vivere con lei; era in collera con se stessa, perché le pareva che la sua vita ormai non avesse più alcuno scopo. E infine, era in collera con Rupert, per l'esistenza infelice che le faceva condurre in Inghilterra. In quegli ultimi nove mesi era come se avesse deciso di non lottare più, di rinunciare a tutto... A volte Edwina non avrebbe nemmeno saputo dire se Liz piangeva con tanto strazio la morte della sorella o se, invece, non si sfogasse così per le delusioni subite. Perfino Ben, ormai, faceva di tutto per evitarla. La mattina della sua partenza, tornata a casa con i bambini dopo avere accompagnata la zia alla nave-traghetto, Edwina si abbandonò esausta contro la spalliera del sedile. Anche gli altri tacevano. Non avevano capito perché la zia si fosse comportata in quel modo, ma una cosa era chiara: per lei provavano soltanto una profonda antipatia. Liz non aveva fatto che criticare Edwina dal primo giorno all'ultimo, o almeno questa era stata la loro impressione; si era lamentata di tutto e non aveva mai smesso di piangere.

«Come la odio!» disse Alexis tornando a casa. Ma Edwina la rimproverò dolcemente.

«No, non devi dire così.»

«Sì, la odio.» E bastava guardarla negli occhi per capire che era sincera. «Ti ha costretto a nascondere i vestiti della mamma. Non aveva nessun diritto di farlo.»

«Non sono stati nascosti», spiegò Edwina senza perdere la calma. Poi pensò che forse la zia aveva ragione. Forse era venuto il momento di farlo. Anche se non sarebbe stato facile. «A ogni modo non ha importanza», si affrettò a rassicurarla. «Non possiamo mettere via la mamma. O nasconderla. Lo sai che sarà sempre con noi.» Rimasero in silenzio per il resto del tragitto fino a casa ripensando alle parole di Edwina, a come si sentivano ancora vicini alla madre e a quanto Kate era diversa da sua sorella Liz.

14

L'ANNIVERSARIO della morte dei genitori fu una giornata difficile per i ragazzi Winfield. Eppure, la funzione religiosa che Edwina aveva fatto celebrare nella loro chiesa era stata commovente, dolce, piena di affettuoso rimpianto. Aveva ricordato a tutti la bontà di Kate e Bert, la loro generosità, le mille attività cui si dedicavano, il loro interesse alle vicende della comunità in cui vivevano e quanto fossero stati benedetti dalla sorte con figli così bravi e buoni. I ragazzi si erano raccolti nel primo banco, ad ascoltare attentamente le parole del sacerdote, a tratti asciugandosi gli occhi. Ma erano orgogliosi di essere il retaggio lasciato da Kate e Bertram.

Edwina aveva invitato alcuni degli amici della madre e del padre a un buffet freddo in giardino, dopo la cerimonia; per la prima volta dall'epoca del tragico viaggio sul *Titanic* ricevevano qualcuno in casa. Era uno stupendo pomeriggio di aprile e ne approfittarono anche per festeggiare i sette anni di Alexis. La signora Barnes aveva fatto una magnifica torta e la giornata si trasformò in un'occasione quasi di festa. Persone che Edwina non aveva quasi più incontrato durante tutto quell'anno si mostrarono felici di rivedere lei e i suoi fratelli. Da ogni parte piovvero inviti, adesso che l'anno di lutto era terminato. Ci fu qualcuno a cui non sfuggì che Edwina portava ancora l'anello di fidanzamento; e il sacerdote, durante la cerimonia, aveva menzionato anche Charles. Ma ormai Edwina era una bellissima ragazza di quasi ventidue anni e presto sarebbe diventata uno splendido partito per qualche giovanotto. A Ben non sfuggì il modo in cui la osservavano alcuni degli uomini più giovani, dopo il pranzo, e si meravigliò nel sentirsi stranamente protettivo nei suoi confronti.

«È stato uno splendido pomeriggio», le disse con voce gentile quando la trovò seduta su un dondolo del giardino con i fratelli più piccoli intorno.

«Sì, vero?» Era contenta. Lo trovava un doveroso tributo ai suoi genitori. Alzò gli occhi e gli sorrise. «Sarebbe piaciuto anche a loro.»

Ben annuì. «Sì, certo. E sarebbero stati felici di voi tutti.» Soprattutto della figlia maggiore. Che donna meravigliosa era diventata! Non bambina, non ragazza, ma donna. «È stato straordinario quello che hai fatto in quest'ultimo anno!»

Lei sorrise, lusingata, pur sapendo che c'erano ancora molte cose da fare. Ognuno dei fratelli aveva bisogno di aiuto, sia pure in modo diverso; Phillip, per esempio, era ancora preoccupato per il suo progetto di entrare ad Harvard. «A volte vorrei poter fare di più per ognuno di loro», confessò a Ben. Specialmente per Alexis.

«Non vedo che cosa potresti fare più di quello che già fai», fu il commento di Ben, mentre gli invitati andavano e venivano per il giardino e a volte si fermavano a ringraziarla. Tutti avevano qualcosa da raccontare a proposito dei suoi genitori, tanto che quando anche l'ultimo degli ospiti se ne fu finalmente andato si rese conto di essere stanchissima. Per fortuna, i bambini erano in cucina a cenare con quello che era avanzato del buffet, sorvegliati da Sheilagh e dalla signora Barnes. Edwina, in biblioteca, continuò a chiacchierare ancora del ricevimento con Ben.

«Mi sembra che tu abbia ricevuto una quantità di inviti!» Era felice per lei, ma con grande stupore si accorse di essere geloso. Quasi come se, in fondo, gli dispiacesse che fosse finito il periodo di lutto durante il quale aveva fatto vita ritirata e aveva frequentato soltanto lui. Ma Edwina sorrise e gli rispose: «È vero. Tutta quella gente voleva essere gentile... soltanto questo. Ma niente cambierà in modo particolare adesso che l'anno di lutto è finito. Ho una quantità di cose da fare. E la maggior parte delle persone non lo capisce».

Sollievo? Era sollievo quello che provava, si domandò Ben, incapace di spiegare perfino a se stesso i propri sentimenti? Era una bambina, Edwina, o no? La figlia del suo migliore amico... poco più di una ragazzina. Eppure lui sapeva che niente di questo era vero. Si sentì profondamente turbato mentre Edwina, ridendo, gli offriva un bicchiere di sherry.

«Non avere quell'aria così sconvolta!» Come lo conosceva bene! O perlomeno era quello che pensavano tutti e due.

«Non sono affatto sconvolto», mentì lui.

«Oh, sì, lo sei! Ma fai venire in mente zia Liz. Di che cosa hai paura? Che io disonori me stessa o il nome dei Winfield?» Edwina si prese gioco di lui ridendo.

«Figuriamoci!» Bevve un sorso di sherry, poi posò il bicchiere e la guardò attentamente. «Edwina, che cosa pensi di fare della tua vita, adesso?» le domandò, lanciando uno sguardo all'anello che la ragazza portava all'anulare della mano sinistra, e si chiese se lei non stesse pensando che fosse completamente impazzito. Del resto cominciava a esserne convinto anche lui stesso. «Dico sul serio», insistette poi per ottenere una risposta, meravigliando Edwina. «Ora che quest'anno di lutto è finito... che cosa vuoi fare?» Lei si fermò e ci pensò un attimo, ma la risposta era sempre la stessa, ben chiara, fin dall'aprile dell'anno precedente.

«Niente di diverso da quello che faccio adesso. Voglio dedicarmi ai miei fratelli.» Le sembrava talmente ovvio! Non esistevano altre scelte: soltanto il dovere e l'amore per loro, e la promessa fatta al padre e alla madre mentre saliva sulla scialuppa di salvataggio. «Non mi occorre nient'altro, Ben.» Ma a ventidue anni ciò non era possibile. Gli sembrava una pazzia!

«Edwina, un giorno te ne pentirai. Sei troppo giovane per dedicare la tua esistenza ai tuoi fratelli.»

«Secondo te è questo che sto facendo?» Gli sorrise, commossa dalla preoccupazione che lui manifestava in modo tanto evidente. «È proprio così sbagliato?»

«Non è sbagliato», mormorò lui dolcemente, continuando a

fissarla, «ma è un peccato, Edwina! Ti butti via... e questa è una cosa terribile. Puoi avere ben altro dalla vita! Tuo padre e tua madre hanno avuto molto di più. Avevano il loro amore, l'affetto reciproco.» Entrambi non potevano fare a meno di ricordare quanto il sacerdote aveva detto di Kate e Bert solo quella mattina.

Ed Edwina pensò che anche lei avrebbe potuto avere una vita felice con Charles, e l'aveva invece perduto. Adesso non voleva nessun altro... soltanto Charles... ma Ben la guardava con una tale intensità! «Lo sai di che cosa sto parlando, vero, Edwina?» Le sorrise dolcemente e lei, per un attimo, sembrò confusa.

«Sì, certo», mormorò con voce quieta. «Tu vuoi che io sia felice, e lo sono. Sono felice vivendo la mia vita qui, con i miei cari.»

«Ed è tutto quello che vuoi, Edwina?...» esitò, ma solo per un attimo. «Voglio offrirti molto di più di questo.» Lei lo guardò sgranando gli occhi, meravigliata.

«Davvero? Ben...» Non ci aveva mai pensato, nemmeno per un momento aveva avuto il sospetto che Ben l'amasse. E in principio neppure lui lo aveva capito, ma se ne era reso conto in quegli ultimi mesi. Da Natale in poi non era stato più capace di pensare a nient'altro che a Edwina. Si era ripromesso di aspettare a dirle qualcosa almeno fino ad aprile... almeno fino a quando non fosse passato l'anno di lutto, ma adesso, tutto a un tratto, ebbe paura. Forse avrebbe dovuto aspettare ancora un po'. «Non ho mai pensato...» mormorò lei arrossendo, ed evitando di guardarlo negli occhi come se il solo pensiero che lui la desiderasse fosse imbarazzante, quasi penoso.

«Scusami.» Lui le si avvicinò in fretta e le prese le mani. «Avrei dovuto continuare a tacere, Edwina? Ti amo... ti amo da molto tempo... ma più di qualsiasi altra cosa al mondo non voglio perdere la tua amicizia. Tu sei tutto per me... e anche i tuoi fratelli e le tue sorelle... ti prego, Edwina... non voglio nemmeno pensare di perderti!»

«Non mi perderai», gli bisbigliò lei imponendosi con uno sforzo di guardarlo. Quanto gli doveva! E del resto anche lei gli voleva bene, ma come si può voler bene all'amico più caro dei tuoi genitori, e nient'altro. Non poteva cambiare questo sentimento. E non avrebbe mai potuto mettere per lui quel velo da sposa... Era ancora innamorata di Charles. In fondo al cuore si considerava ancora la sua sposa e capiva che lo sarebbe sempre stata. «Non posso, Ben... ti voglio bene... ma non posso.» Non voleva offenderlo, ma capiva di dover essere sincera.

«È troppo presto?» le domandò lui speranzoso, ma lei fece cenno di no con la testa.

«Si tratta dei ragazzi?» Anche lui era affezionato a tutti loro, ma Edwina scrollò di nuovo la testa. Ben la stava fissando, angosciato al pensiero di perderla. E se non avesse più voluto rivolgergli la parola? Che sciocco era stato a dirle che l'amava!

«No, non si tratta dei ragazzi, Ben, e non si tratta nemmeno di te...» Sorrise, con gli occhi lucidi di lacrime, ripromettendosi, in cuor suo, di essere onesta fino in fondo. «Credo che si tratti di Charles... sarebbe come se lo tradissi... avrei l'impressione di non essergli più fedele se...» Non ebbe la forza di pronunciare altre parole e mentre le lacrime cominciavano a rigarle lentamente le guance, Ben si rimproverò per avere affrontato quell'argomento troppo presto. Forse con il tempo... ma ormai aveva capito. Aveva rischiato tutto e aveva perduto; aveva perduto Edwina, fedele al fidanzato scomparso con il *Titanic*.

«Perfino le vedove, alla fine, si sposano di nuovo. Tu hai il diritto di essere felice, Edwina.»

«Forse», rispose lei; anche se non sembrava molto convinta. «Forse è troppo presto.» Ma sapeva che non si sarebbe mai sposata. «Se devo essere sincera, penso che non mi sposerò mai.»

«Ma è assurdo!»

«Forse.» Alzò la testa a guardarlo e gli sorrise. «Ma così mi sembra tutto più facile, proprio perché ci sono i ragazzi. Non riuscirei a dare a nessun uomo quello che meriterebbe, Ben. Sarei sempre troppo impegnata con loro e, presto o tardi, qualsiasi uomo con un minimo di dignità se ne risentirebbe.»

«Pensi che me ne risentirei anch'io?» Pareva offeso ed Edwina sorrise.

«Può darsi. Tu meriti tutta l'attenzione di una moglie. E io non potrei dartela per altri quindici anni, come minimo, fino a quando Teddy non partirà per il college. Ed è un'attesa lunga.» Gli sorrise dolcemente, commossa dalla sua proposta.

Ben scrollò la testa e le sorrise. Era sconfitto, e l'aveva capito. Edwina era una ragazza testarda e se diceva una cosa bisognava crederle. Parlava sul serio. Ormai se ne era reso conto da un pezzo ed era anche per questo motivo che l'amava. Amava tutto ciò che Edwina rappresentava, il suo coraggio, l'energia indomabile, quella meravigliosa capacità di ridere... amava i suoi capelli e i suoi occhi, e il suo squisito senso dell'umorismo. E sapeva che Edwina ricambiava i suoi sentimenti, ma non nel senso che lui avrebbe desiderato. «Quindici anni potrebbero essere un po' troppo lunghi per me, Edwina. A quell'epoca ne avrei sessantuno, e potresti essere tu a non volermi più!»

«Molto probabilmente sarai più in gamba di me. Credo che per quell'epoca i ragazzi mi avranno distrutto completamente.» Il suo sguardo si fece di nuovo serio mentre gli porgeva la mano. «Tutto questo fa parte del futuro, Ben. La mia vita, adesso, è dei ragazzi.» Aveva promesso a sua madre che si sarebbe dedicata ai fratelli, a qualsiasi costo. Non poteva più pensare a se stessa. Prima di tutto c'erano i ragazzi. E per quanto affezionata fosse a Ben, sapeva di non desiderare né lui né chiunque altro, come marito. Ben non riuscì più a nascondere la propria angoscia adesso, e si accigliò. Era terrorizzato al pensiero di perderla.

«Rimarremo ancora amici?»

Edwina si sentì salire le lacrime agli occhi, ma sorrise e annuì. «Certamente!» Si alzò e gli buttò le braccia al collo. Era il suo migliore amico, l'amico più caro, adesso, e non solo l'amico di suo padre. «Non so come me la caverei senza di te.»

«Veramente, a me sembra che te la cavi benissimo», rispose lui con rammarico, ma nello stesso momento l'attirò contro di sé, tenendola stretta al cuore. Non tentò nemmeno di baciarla, e neppure di discutere. Le era grato perché non gli aveva tolto il suo affetto e la sua amicizia. Forse, in fondo, era stato meglio parlarle! Era meglio sapere quale fosse adesso la sua posizione, e quali i sentimenti di Edwina. Ma quando la salutò, prima di andarsene quella sera, si accorse di avere ancora il cuore pesante e mentre saliva sulla sua automobile si voltò di nuovo a guardarla e la salutò con un cenno della mano. Poi si allontanò desiderando che le cose fossero andate diversamente.

L'indomani arrivò un telegramma della zia Liz. Lo zio Rupert era morto proprio il giorno dell'anniversario della scomparsa di Kate e Bert. Edwina lo comunicò con aria triste ai ragazzi quella sera a cena. Era stata taciturna tutto il giorno, pensando ai discorsi che aveva fatto con Ben la sera prima. Era commossa, ma perfettamente convinta di avere preso la decisione giusta.

I fratelli e le sorelle non sembrarono particolarmente addolorati o sconvolti alla notizia e Phillip, dopo cena, aiutò Edwina a preparare un telegramma di risposta, in cui assicuravano che avrebbero pregato per lei e che le erano vicini con tutto il loro affetto, ma Edwina non volle assolutamente che si accennasse, nemmeno lontanamente, alla speranza di un'eventuale visita della zia. Era sicura che non sarebbe riuscita a sopportarla. La sua presenza, tre mesi prima, aveva turbato tutti e li aveva lasciati sconvolti.

A questo punto rifletté se non fosse il caso di prendere nuovamente il lutto, ma poi decise che non aveva senso farlo per uno zio che quasi non conoscevano e per il quale non avevano mai provato un particolare affetto. Si vestì di grigio per una settimana e poi riprese a indossare gli abiti dei colori che aveva scelto solo pochi giorni prima, quei colori che aveva messo da parte dall'aprile dell'anno precedente. Cominciò persino a mettere lo stupendo scialle di cashmere azzurro che le aveva regalato Ben, che riprese a frequentare più o meno spesso come prima. Adesso, a dire la verità, lui sembrava un poco più cauto nei suoi confronti e vagamente imbarazzato, anche se lei fece di tutto per comportarsi come se non fosse successo niente fra loro. I bambini più piccoli non si erano accorti di quello che era avvenuto, ma una o due volte ebbe l'impressione che Phillip la scrutasse in uno strano modo. Il ragazzo non riuscì tuttavia a scoprire niente altro che una vecchia amicizia ben collaudata.

In maggio, Edwina uscì per la prima volta. Accettò infatti l'invito a cena di alcuni vecchi amici dei genitori e vi si recò sentendosi un po' a disagio. Fu quindi molto sorpresa quando la serata si rivelò molto piacevole. L'unica cosa che le piacque poco fu il vago sospetto di essere stata invitata perché alla cena era anche presente il figlio dei padroni di casa; e quando l'invito venne ripetuto ne ebbe la conferma. Lui era un bel giovanotto di ventiquattro anni, con un solido patrimonio, un livello di intelligenza molto modesto e una magnifica tenuta nelle vicinanze di Santa Barbara. Disgraziatamente, non suscitò in lei il minimo interesse, come tutti gli altri giovani con i quali si trovò a far coppia ogni volta che accettava qualche invito. Del resto, adesso sembrava che quasi tutte le sue amiche di un tempo ormai si fossero sposate; molte avevano già figli ed erano quindi impegnate; passare troppo tempo con loro serviva soltanto a rammentarle Charles e la vita che non avrebbe mai avuto, il che finiva immancabilmente per rattristarla. Era più facile stare in compagnia degli amici di Kate e Bert. In un certo senso, aveva più cose in comune con loro da quando aveva cominciato a dedicarsi ai fratelli, che avevano più o meno la stessa età dei loro figli. E si rese conto che amicizie del genere le risparmiavano complicazioni sentimentali. Del resto lei continuava a non provare alcun interesse nei confronti dei giovanotti e lo aveva fatto capire molto chiaramente a tutti quelli che, di tanto in tanto, cercavano di corteggiarla. Continuava a portare l'anello di fidanzamento e a considerarsi legata a Charles, come se fosse ancora sua. Non cercava, non voleva nient'altro che i ricordi di lui, e quella vita così piena di impegni con i fratelli e le sorelle. Fu con sollievo che lasciò la città per tornare sul lago Tahoe in agosto. E quella, per tutti i Winfield, fu un'estate particolare. Qualche mese prima, Phillip era stato accettato ad Harvard e ai primi di settembre avrebbe salutato la famiglia e sarebbe partito per Cambridge. Era difficile credere che presto avrebbe lasciato la casa e i suoi. Edwina sapeva che tutti avrebbero sentito la sua mancanza, ma era felice al pensiero di quella scelta. Phillip si era offerto di rimanere a San Francisco con lei per aiutarla ad allevare i più piccoli e l'esuberante George, ma Edwina si era addirittura rifiutata di parlarne. Phillip doveva partire e basta. Non c'era altro da aggiungere. Poi, preparati i bagagli per tutta la famiglia, li aveva fatti salire sul treno per il lago Tahoe.

Quando furono lassù, in una bella serata di luna, Phillip ebbe finalmente il coraggio di farle una domanda, un po' diversa dal solito. Era da parecchio che ci pensava e si era reso conto che quel problema lo preoccupava.

«Non sei mai stata innamorata di Ben?» si decise a bisbigliarle in quella bella serata di luna.

Edwina rimase sconcertata, non solo per la domanda ma soprattutto per l'espressione di suo fratello mentre gliela faceva. Bastava guardare Phillip per capire che cosa quello sguardo significasse: Edwina apparteneva a lui e agli altri, e improvvisamente lei non seppe più che cosa rispondergli.

«No.»

«Ma lui era innamorato di te?»

«Non credo che sia molto importante», gli rispose Edwina con dolcezza, anche perché il povero ragazzo le faceva pena, tanto sembrava tormentato da quel problema!

Comunque, Phillip non aveva niente da temere ed Edwina lo rassicurò. Le sfuggì un sospiro mentre pensava al velo da sposa che teneva nascosto nel suo armadio. «Sono sempre innamorata di Charles...» E poi, nel buio, aggiunse bisbigliando: «...Forse lo sarò sempre...»

«Mi fa piacere», rispose Phillip e arrossì, come se si sentisse in colpa. «Voglio dire... no, ecco, non intendevo...»

Ma Edwina si accontentò di sorridergli. «Sì, invece. Intendevi...» Ormai apparteneva a loro... era diventata una loro proprietà... non volevano che si sposasse. Per il meglio e per il peggio, fino al giorno della sua morte, oppure fino a quando i suoi servizi non fossero stati più necessari. Edwina aveva accettato tutto ciò e, in un certo senso, voleva bene ai fratelli e alle sorelle anche per questo motivo.

Era strano, però, pensò tra sé, che i suoi genitori avessero diritto alla reciproca compagnia, a essere l'uno dell'altro, mentre i suoi fratelli erano convinti che lei dovesse voler bene soltanto a loro. E a loro doveva ogni cosa — lo pensava anche Phillip. Lui aveva il diritto di partire e di andare all'università, ma solo fintanto che Edwina rimaneva lì ad aspettarlo, occupandosi degli altri.

«Avrebbe fatto qualche differenza se lo avessi amato? Non avrebbe certo voluto dire che il mio amore per voi era diminuito», cercò di spiegargli, ma lui parve quasi offeso, come se sua sorella lo avesse tradito.

«Ma lo amavi?»

Edwina sorrise di nuovo e fece cenno di no con la testa chinandosi a dargli un bacio. Era ancora un bambino, adesso se ne rendeva conto, anche se presto sarebbe partito per Harvard. «Non preoccuparti! Io sarò sempre qui.» Era quello che aveva continuato a ripetere a tutti, fin dal giorno in cui la madre era morta. «Vi voglio bene... non preoccuparti... sarò sempre qui...» Poi bisbigliò: «...buona notte, Phillip...» mentre tornavano verso i bungalow e lui le rivolse un sorriso felice e sollevato. Le voleva più bene che mai. Come tutti gli altri. Ormai adesso Edwina era tutta loro — proprio come lo erano stati papà e mamma. E lei, da parte sua, aveva i fratelli e le sorelle... un velo da sposa che non avrebbe mai usato, nascosto in un armadio... e l'anello di fidanzamento di Charles che scintillava ancora adesso al suo anulare.

«Buona notte, Edwina», sussurrò Phillip; e lei sorrise e chiuse la porta, cercando di ricordare se mai la sua vita fosse stata diversa.

15

IL treno era fermo alla stazione e nello scompartimento di Phillip si affollavano tutti i Winfield. Inoltre c'erano Ben, la signora Barnes, un gruppetto di amici di Phillip e i suoi due professori preferiti. Era un gran giorno per lui. Finalmente partiva per Harvard.

«Ricordati di scrivere, mi raccomando!» Edwina si sentiva un po' come una chioccia con i suoi pulcini; poi, sottovoce, gli domandò se avesse nascosto tutti i suoi soldi nell'apposita cintura che lei gli aveva regalato. Phillip scoppiò in una risata e le arruffò i capelli rovinando l'elegante acconciatura. «Smettila!» Edwina lo rimproverò e lui la lasciò per andare a fare quattro chiacchiere con gli amici. Allora Edwina si mise a conversare con Ben mentre, contemporaneamente, cercava di impedire a George di calarsi come un acrobata dal finestrino. Improvvisamente si accorse che non vedeva più Alexis e fu colta dal panico al ricordo dell'altra volta in cui era sparita. Per fortuna, dopo un minuto la trovò. Era in compagnia della signora Barnes, e fissava con i grandi occhi tristi il fratello che stava per lasciarli. Fannie aveva pianto a lungo la sera prima; quanto a Teddy, nonostante i suoi tre anni e mezzo appena compiuti, aveva capito che il fratello maggiore stava per abbandonarlo.

«Posso venire anch'io?» gli domandò con un filo di speranza, ma Phillip fece cenno di no con la testa e se lo mise in spalla per farlo giocare. Da quella posizione poteva toccare il soffitto dello scompartimento e allora si abbandonò alle più pazze risate, felice, mentre Edwina stringeva a sé Fannie. Erano tutti tristi perché sapevano che avrebbero sentito la mancanza di Phillip. Per Edwina, poi, era un po' come il principio della fine anche se solo quella mattina aveva ricordato al fratello che il loro padre sarebbe stato certamente molto fiero di lui. Era un momento importante della sua vita, un momento di cui avrebbe sempre dovuto sentirsi orgoglioso.

«Non sarai più lo stesso di prima», aveva cercato di spiegargli, ma Phillip non aveva dato l'impressione di capire fino in fondo il significato di quelle parole. «Si apriranno nuovi orizzonti per te, e quando tornerai a casa ci vedrai con occhi diversi. Ti sembreremo molto piccoli e molto provinciali.» Era saggia per i suoi anni, ma le lunghe conversazioni che aveva avuto in passato con il padre le consentivano di vedere le cose da una prospettiva rara per una donna. Anche per questo Charles l'aveva amata fin dal primo momento e per questo Ben l'aveva tanto ammirata. «Mi mancherai in modo terribile», ripeté al fratello, anche se si era ripromessa di non piangere e di non rendergli più difficile il distacco. Infatti Phillip si era offerto più di una volta di rinunciare ad Harvard per aiutarla ad allevare i fratelli. Ma Edwina non gli avrebbe mai permesso di perdere una simile opportunità. Era importante per lui, ne aveva diritto, esattamente come suo padre prima di lui, e il nonno ancora prima.

«Buona fortuna, figliolo.» Ben gli strinse la mano mentre il capotreno cominciava a gridare: «Signori, in vettura!» Edwina si sentì il cuore pesante come una pietra mentre Phillip diceva addio agli amici, stringeva la mano ai professori e poi si voltava a dare un bacio ai bambini.

«Sii buona», disse con aria seria alla piccola Fannie. «Fai la brava bambina e obbedisci a Edwina.»

«Sì, lo prometto», rispose lei seria mentre due grosse lacrime le scivolavano lungo le guance. Per più di un anno Phillip era stato come un padre per lei, non soltanto un fratello maggiore. «Ti prego, torna presto...» A cinque anni e mezzo aveva già perduto due dentini e aveva gli occhi più grandi che Edwina avesse mai visto. Aveva un carattere dolce e sembrava che il suo più grande desiderio nella vita fosse quello di rimanere a casa, con i fratelli e le sorelle. A volte parlava di diventare anche lei una mamma un giorno, e niente di più. Voleva imparare a cucinare e avere «quattordici figli», ma in fondo la sua unica aspirazione era di sentirsi al sicuro, stare al riparo da tutto in una casa accogliente, per sempre.

«Tornerò presto, Fannie... te lo prometto...» La baciò di nuovo, poi si rivolse ad Alexis. Tra loro le parole non erano necessarie. Non lo erano mai state. Phillip sapeva fin troppo bene quanto Alexis gli fosse affezionata. Era lei il piccolo fantasma che entrava e usciva silenziosamente dalla sua camera, che con passo silenzioso gli portava biscotti e latte quando studiava fino a tardi, che divideva tutto ciò che aveva con lui, solo perché gli voleva bene. «Stai attenta, Lexie, abbi cura di te... ti voglio bene... tornerò, te lo prometto...» Ma sapevano tutti che per Alexis quelle promesse non significavano niente. Ancora adesso, a volte, entrava nella camera dei genitori come se si aspettasse di ritrovarli lì. Aveva sette anni, ma il dolore di averli perduti era vivo e cocente come un anno prima. Adesso la partenza di Phillip era un duro colpo ed Edwina aveva paura che ne avrebbe sofferto molto più di tutti gli altri.

«E tu, Teddy, orsacchiotto mio, sii buono e non mangiare troppa cioccolata!» Solo una settimana prima Teddy si era divorato un'intera scatola di cioccolatini e gli era venuto un terribile mal di pancia. Il bambino scoppiò a ridere vergognandosi un po' di quella birichinata, mentre Phillip lo posava a terra con delicatezza.

«Fuori di qui, ragazzaccio insopportabile», disse con una smorfia a George, mentre il capotreno invitava per l'ultima volta i passeggeri a salire e faceva segno che i parenti scendessero dal treno. Edwina ebbe appena il tempo di abbracciarlo stretto e guardarlo in faccia per l'ultima volta.

«Ti voglio bene! Torna a casa presto... e divertiti! Noi saremo sempre qui, ma questo è il tuo momento...».

«Grazie, Winnie... grazie di lasciarmi partire... se dovessi avere bisogno di me, tornerò subito.» Edwina aveva le lacrime agli occhi e gli rispose con un cenno della testa, incapace di parlare.

«Lo so...» Gli si aggrappò un'ultima volta, ma quel gesto le fece tornar subito alla memoria gli addii che non avevano avuto il tempo di dirsi sul transatlantico, quello che avrebbero voluto e non avevano potuto dirsi.

«Ti voglio bene...» Stava piangendo quando Ben l'aiutò a scendere dalla carrozza, circondandole le spalle con un braccio per consolarla. E mentre il treno usciva lentamente dalla stazione videro Phillip che dal finestrino li salutava agitando il fazzoletto. Fannie e Alexis non fecero che piangere durante il ritorno a casa, una con singhiozzi violenti e laceranti di disperazione, l'altra in silenzio, con le lacrime che le scendevano sulle guance. Edwina, guardandola, si sentì straziare il cuore. Nessuno di loro sapeva affrontare il dolore e la sofferenza di una separazione, nessuno di loro era allegro al pensiero che Phillip partisse.

Senza di lui la casa sarebbe stata una tomba. Ben li lasciò davanti all'ingresso ed Edwina li condusse dentro con aria afflitta. Quasi non riusciva a immaginare come sarebbe stata la sua vita senza il fratello.

Fannie l'aiutò ad apparecchiare la tavola, quella sera, mentre Alexis, seduta vicino alla finestra, taceva. Pareva che non avesse più voglia di parlare con nessuno, mentre pensava a Phillip. George accompagnò Teddy in giardino a giocare e ci rimasero fino a quando Edwina non li chiamò. Aveva fatto preparare il loro piatto preferito, pollo arrosto, ma nessuno manifestò grande entusiasmo. Era strano, ma non pensava mai di occupare il posto di sua madre. Dopo un anno e mezzo le pareva di avere sempre fatto quello che stava facendo. A ventidue anni era in pratica una donna con cinque figli. Purtroppo, il vuoto lasciato da Phillip le faceva tornare vivo alla memoria un dolore mai dimenticato; i suoi fratelli, le sorelline rimasero in silenzio mentre pronunciava la preghiera di ringraziamento. Poi chiese a George di tagliare il pollo.

«Adesso l'uomo di casa sei tu», gli disse, con la speranza di fargli una certa impressione con queste parole, mentre lui affondava il coltello nel petto del pollo arrosto e ne strappava un'ala come se avesse avuto tra le mani un pugnale. A tredici anni, non era certo diventato un adolescente più saggio e maturo, né aveva perduto il gusto per gli scherzi, che a lui parevano divertentissimi. «Grazie, George. Se continui a questo modo, preferisco occuparmene io.»

«Su, lasciami fare, Edwina...» Con gli stessi gesti maldestri staccò un'altra ala e poi le due cosce. Assomigliava a un soldato mercenario che si avventasse sul bottino, mentre faceva schizzare sugo d'arrosto ovunque e i bambini scoppiavano a ridere. Anche Edwina, nonostante tutto, non riuscì a trattenere una risata. Rise fino alle lacrime e quando, con uno sforzo, tentò di tornare seria e di rimproverarlo si accorse che non ci riusciva.

«George, smettila!» Lui intanto aveva diviso la carcassa in due metà e ormai maneggiava il coltello come se fosse una lancia.

«Smettila...! Sei insopportabile...» lo rimproverò, ma proprio in quel momento il ragazzo si esibì in un inchino, le mise tra le mani il piatto con la sua porzione e tornò a sedersi con un sorriso soddisfatto.

Certo, la loro vita ora sarebbe stata diversa da prima, quando al posto di George c'era Phillip, molto più serio e con un senso della responsabilità decisamente più spiccato. Ma George era George, e il suo carattere era completamente diverso da quello del fratello.

«Quando abbiamo finito scriviamo una lettera a Phillip», propose Fannie con aria seria, e Teddy trovò che era un'ottima idea. Intanto Edwina si era voltata verso George per dirgli qualcosa, ma lo sorprese mentre lanciava una cucchiaiata di piselli addosso ad Alexis. Prima che Edwina avesse il tempo di aprire bocca, due piselli si spiaccicarono sul naso di Alexis, che scoppiò in una risata scrosciante.

«Smettila!» implorò Edwina, ma in cuor suo si stava domandando come mai, tutto a un tratto, si sentisse tornata anche lei bambina... Smettila di farci ridere!... Smettila di farci sentire meglio!... Smettila di impedirci di piangere! Rimase assorta per un attimo, poi, senza dire una sola parola, posò tre piselli sulla propria forchetta e, presa la mira, li lanciò in silenzio in direzione di George, dall'altra parte del tavolo. Lui, tutto felice, le rispose allo stesso modo. Ed Edwina passò al contrattacco, mentre i più piccoli scoppiavano a ridere divertendosi un mondo. In quel momento, lontano, sempre più lontano... Phillip viaggiava senza sosta verso Harvard.

16

I PRIMI giorni dopo la partenza di Phillip, tutti si sentirono tristi; purtroppo per loro era fin troppo familiare la sofferenza per la perdita di una persona cara. Gravava sui loro cuori come una cappa di piombo al punto che, nel giro di una settimana, Edwina si accorse subito che Alexis dava qualche segno fin troppo chiaro di quelle tensioni nascoste. Aveva ricominciato a balbettare come era accaduto, sia pure per poco tempo, subito dopo la morte dei genitori. Allora quel problema si era risolto abbastanza rapidamente, mentre questa volta sembrava più persistente. Non solo, ma aveva anche cominciato a soffrire di incubi ed Edwina era sempre più preoccupata per lei.

Ne aveva parlato con Ben quel giorno, durante una delle solite riunioni al giornale; quando tornò a casa, la fedele governante, la signora Barnes, l'avvertì che Alexis aveva passato tutto il pomeriggio in giardino. Ci era andata subito dopo il ritorno dalla scuola e da quel momento non era più rientrata in casa. La giornata era molto bella e calda ed Edwina ebbe subito il sospetto che si nascondesse in quel piccolo labirinto che Kate aveva sempre chiamato il suo «giardino segreto».

Quindi pensò di lasciarla sola ancora per un po', ma poco prima di cena, non vedendola arrivare, uscì a cercarla. La chiamò più volte, ma, come accadeva spesso, Alexis non rispose.

«Su, vieni fuori, sciocchina, non nasconderti. Vieni fuori e raccontami che cosa hai fatto di bello oggi! Abbiamo ricevuto una lettera di Phillip!» Infatti l'aveva trovata sul tavolo del vestibolo insieme a un'altra, della zia Liz, in cui diceva di non stare affatto bene poiché si era slogata una caviglia durante un viaggio a Londra per vedere il suo dottore. Era una di quelle persone alle quali succedevano sempre un mucchio di piccole disgrazie. Come se tutto questo non bastasse, domandava alla nipote se si fosse finalmente decisa a vuotare la camera di sua madre. Edwina si sentì irritata per tanta insistenza. A dire la verità non l'aveva ancora fatto. Non si sentiva pronta ad affrontare una cosa del genere, soprattutto pensando ad Alexis. «Su, tesoro, vieni fuori... Dove sei?» Riprese a chiamare, guardando in direzione dei cespugli di rose che si trovavano all'estremità più lontana, sicura che la bambina si nascondesse lì; ma dopo aver girato in lungo e in largo per il giardino e avere dato un'occhiata a tutti i posti più familiari, non riuscì a trovarla. «Alexis? Sei lì?» Si guardò di nuovo attorno, si arrampicò addirittura fino alla vecchia casa sull'albero, che George si era costruito e che ormai aveva abbandonato; si strappò la gonna scendendo con un salto, ma non trovò Alexis da nessuna parte.

Tornò allora in casa e domandò alla signora Barnes se fosse proprio sicura che Alexis si trovasse in giardino. La donna le assicurò di averla vista seduta per ore, là fuori. Edwina, però, sapeva fin troppo bene che la signora Barnes non prestava mai molta attenzione ai bambini. Era uno dei compiti di Sheilagh, che purtroppo se n'era andata subito dopo Pasqua; adesso era soltanto Edwina a occuparsi di loro.

«Non sarà salita di sopra, per caso?» domandò Edwina con aria significativa, ma la signora Barnes le rispose che non se ne ricordava. Per tutto il pomeriggio non aveva fatto che preparare i vasi con la conserva di pomodoro e quindi non aveva prestato grande attenzione ad Alexis.

Edwina controllò in camera della sorellina, e anche nella propria, e infine si incamminò lentamente verso il piano superiore ricordando le parole che Liz le aveva scritto nella lettera arrivata quel giorno: «...ormai è ora che tu affronti la realtà, devi sforzarti e liberare definitivamente quelle camere. L'ho fatto anch'io, con tutta la roba di Rupert...» Ma per lei era ben diverso, Edwina lo sapeva. Adesso, però, il problema più urgente era scoprire dove Alexis si fosse nascosta ed eventualmente capire il motivo che l'aveva spinta a farlo.

«Lexie?» Scostò le tende, allargò, facendole frusciare, le gonne di sua madre e per la prima volta si accorse che in quella camera c'era odore di chiuso. L'aria era stantia. Kate e Bert non c'erano più da molto tempo, ormai, quasi diciotto mesi. Guardò perfino sotto il letto, ma Alexis era introvabile.

Tornò di nuovo al pianterreno e pregò George di aiutarla; dopo un'ora cominciò a sentirsi prendere dal panico.

«Oggi è successo qualcosa a scuola?» Ma né Fannie né George ne sapevano niente; quanto a Teddy, aveva accompagnato Edwina durante la sua visita al giornale. Le segretarie erano sempre felici di fargli da baby-sitter quando lei andava alle riunioni. A tre anni e mezzo era un piccolo incantatore. «Secondo te, dove potrebbe essere?» domandò a George. Non era successo niente di speciale in casa che avesse potuto turbarla, e nessuno aveva la minima idea di dove fosse andata. L'ora di cena arrivò e passò; Edwina e George frugarono di nuovo il giardino da cima a fondo e alla fine arrivarono alla conclusione che Alexis non era in casa né fuori. Allora Edwina rientrò in cucina e, dopo un attimo di esitazione, decise di chiamare Ben. Non sapeva che altro fare. Lui promise di raggiungerli immediatamente per aiutarli a ritrovare Alexis. Dieci minuti dopo era davanti alla porta e suonava all'impazzata il campanello. «Che cosa è successo?» domandò e per un attimo Edwina ebbe la strana sensazione che assomigliasse a suo padre. Ma non era il momento per pensieri del genere, disse a se stessa mentre si scostava una ciocca di capelli dal viso. La sua elaborata acconciatura era ormai distrutta, adesso, dopo la frenetica e vana ricerca di Alexis in giardino.

«Non so che cosa sia successo, Ben. Non riesco a immaginarlo. I bambini dicono che a scuola tutto è andato come al solito; la signora Barnes credeva che fosse rimasta in giardino tutto il pomeriggio... invece, no, o perlomeno non c'era più quando io sono tornata a casa. Abbiamo guardato dappertutto, in casa e fuori! Insomma, Alexis non si trova! Non so proprio dove possa essere!» Aveva qualche amichetta a scuola, ma si rifiutava sempre di andare a giocare a casa loro. Del resto, in famiglia sapevano tutti che era sempre stata la più fragile, la più sensibile tra loro; e non si era mai completamente ripresa dalla morte della madre. Ci si poteva aspettare, da una creatura come Alexis, che scomparisse di punto in bianco — e a volte capitava — oppure che non aprisse bocca per giorni e giorni. Era fatta così e gli altri ormai l'accettavano così come era. E se era scappata di casa, chissà dove poteva essere andata, chissà per quale motivo lo aveva fatto e che cosa sarebbe potuto succederle! Era una bambina bellissima e se fosse caduta nelle mani sbagliate... meglio non pensare a quello che sarebbe potuto succederle.

«Hai già avvertito la polizia?» Ben cercò di non perdere la calma, ma era angosciato quanto lei. Ed era contento che Edwina lo avesse chiamato.

«Non ancora. Prima di tutto ho voluto parlare con te.»

«E non hai la minima idea di dove potrebbe essere andata?»

Edwina scrollò di nuovo la testa e, dopo qualche istante, Ben chiamò la polizia. La signora Barnes l'aveva già aiutata a mettere a letto Fannie e Teddy, spiegando loro che Alexis era stata molto cattiva a scappare a quel modo. Fannie si era messa a piangere disperatamente e le aveva domandato se l'avrebbero mai più ritrovata.

George era rimasto sempre con la sorella mentre Ben chiamava la polizia; mezz'ora più tardi suonavano alla porta ed Edwina corse ad aprire. Disse di non sapere assolutamente dove la sorellina potesse essere andata, e il sergente che avevano mandato cercò di capire, un po' confuso, chi fossero il padre e la madre della piccola. Edwina gli spiegò che era lei la tutrice di Alexis e, finalmente, il poliziotto promise di fare una battuta nella zona per cercarla. Sarebbe tornato a darle notizie nel giro di un'ora.

«Dobbiamo venire anche noi?» gli domandò turbata, lanciando un'occhiata a Ben.

«No, signora. La troveremo, stia tranquilla. Lei e suo marito possono aspettare qui, con il ragazzo.» Rivolse un sorriso rassicurante a tutti e George lanciò un'occhiata a Ben. Come amico gli era molto simpatico, ma non gli garbava affatto che qualcuno si riferisse a lui come al «marito» di Edwina. Esattamente come Phillip, anche lui era terribilmente possessivo nei confronti della sorella maggiore.

«Perché non glielo hai detto?» le domandò con aria di rimprovero, non appena il poliziotto se ne fu andato.

«Che cosa dovevo dirgli?» Ogni pensiero di Edwina era concentrato su Alexis.

«Che Ben non è tuo marito.»

«Oh, per amor di Dio... vuoi essere tanto gentile, per favore, da pensare a tua sorella e a come ritrovarla, lasciando perdere queste sciocchezze?» Ma anche Ben lo aveva sentito. Dopo un anno e mezzo di totale attenzione da parte di Edwina, i ragazzi Winfield, adesso, si comportavano come se lei fosse anche una loro proprietà riservata. Ben lo giudicò un attaccamento quasi morboso, anche se capiva perfettamente di non poter interferire in nessun modo nella situazione perché, tutto sommato, non erano affari suoi! Edwina voleva dirigere la sua famiglia come meglio le pareva e, sfortunatamente, lui non aveva nessun diritto di metterci il becco! La guardò di nuovo, angosciato, e insieme ripresero a esaminare tutte le possibilità... dove Alexis potesse essere andata, e con chi... Propose a Edwina di accompagnarla con la sua automobile a casa delle amiche della bambina ed Edwina si alzò di scatto illuminandosi di speranza. A George raccomandò di aspettare che il poliziotto tornasse.

Ma dopo una rapida visita in tre case dei dintorni, si ritrovarono al punto di partenza. Nessuno aveva visto Alexis. Intanto Edwina continuava a riflettere sul comportamento della sorellina, sempre più turbata e chiusa in se stessa da quando Phillip era partito per Cambridge.

«Senti, Ben, credi che potrebbe aver fatto qualche colpo di testa... per esempio salire su un treno e partire?» Ecco l'idea che le era balenata, ma Ben le rispose che gli sembrava abbastanza improbabile.

«Ha paura della propria ombra! Non può essere andata molto lontano», obiettò mentre salivano i gradini della porta d'ingresso e rientravano in casa. Ma quando Edwina ne accennò a George, il ragazzino socchiuse gli occhi e cominciò a riflettere su questa possibilità.

«La settimana scorsa mi ha chiesto quanto tempo ci vuole ad

arrivare a Boston», finì per confessare, aggrottando la fronte, e con aria preoccupata aggiunse: «Ma io non ci ho badato più di tanto». Dio! e se avesse tentato di salire su un treno? Non sapeva nemmeno quale prendere e dove andare!... Avrebbe potuto ferirsi... cadere sui binari, farsi male cercando di arrampicarsi su un vagone merci... Tutte queste possibilità erano talmente orribili che Edwina cominciò a farsi prendere dal panico. Erano le dieci di sera ed era ormai chiaro che doveva essere successo qualcosa di molto grave.

«Ti accompagno alla stazione, se vuoi, ma sono sicuro che non può aver fatto niente di simile», disse Ben con voce pacata, cercando di rassicurarli. George, invece, lo rimbeccò in tono acido, ancora stupito e irritato al pensiero che il poliziotto avesse potuto credere che Ben fosse il marito di Edwina: «Che cosa vuoi saperne tu!» Da fedele amico della famiglia, Ben si era improvvisamente trasformato, agli occhi di George, in una minaccia. Evidentemente non gli era sfuggita la gelosia che Phillip aveva manifestato nei suoi confronti prima di partire per l'università. E anche se Edwina, in genere, sapeva tenere saldamente in pugno tutta la famiglia, questa volta era troppo preoccupata per Alexis per prestare attenzione a quello che il ragazzino stava dicendo.

«Andiamo.» Afferrò uno scialle dal tavolo del vestibolo e si precipitò correndo fuori della porta proprio mentre arrivava il poliziotto che scrollò il capo dicendo dispiaciuto: «Niente da fare! Non l'abbiamo vista».

Ben li accompagnò alla stazione con la sua auto. George aveva preso posto sul sedile posteriore e per tutto il tragitto Edwina non fece che guardare fuori del finestrino, sempre più agitata e nervosa. Anche lungo la strada non videro traccia di Alexis. Alle dieci e mezzo di sera la stazione era quasi deserta. C'erano i treni in partenza per San José, cioè l'unico mezzo, sia pure facendo un giro piuttosto lungo, di andare verso est invece di prendere la nave-traghetto per raggiungere la stazione di Oakland.

«Quest'idea è pazzesca», esclamò Ben, ma proprio in quel momento George sparì e attraversò di corsa la stazione avviandosi verso i binari della ferrovia più oltre.

«Lexie!...» gridava. «Lexie!...» Fece coppa con le mani intorno alla bocca e continuò a chiamare la sorella, ma gli rispose soltanto il silenzio. Di tanto in tanto si udivano stridere le ruote di una macchina che spostava una locomotiva o un vagone su un binario morto, ma, a parte quello, ovunque regnava il silenzio e non si vedeva nessuno. Nemmeno Alexis.

Edwina, intanto, lo aveva seguito; non sapeva perché, ma si fidava ciecamente dell'istinto di George. In un certo senso, era lui che conosceva Alexis meglio di chiunque altro, perfino meglio della sorella maggiore e di Phillip.

«Lexie!...» continuò a invocare il ragazzo senza stancarsi. Ben cercò di persuaderlo a tornare indietro proprio nel momento in cui udivano il fischio lamentoso di un treno in lontananza. Era l'ultimo merci della Southern Pacific che arrivava ogni sera poco prima di mezzanotte. In distanza apparve un largo fascio di luci; mentre si avvicinava, Edwina e Ben si tirarono indietro per mettersi in salvo dietro uno dei cancelletti a sbarre che davano accesso ai binari, ma in quell'attimo videro qualcosa come in un lampo improvviso... un movimento rapido, una piccola macchia bianca confusa, qualcosa di sfuggente...

Ma George si mosse all'improvviso e attraversò a balzi la strada ferrata prima che Edwina potesse fermarlo. Soltanto allora comprese che cosa George avesse visto. Era Alexis, rannicchiata tra due vagoni, spaventata e sola. Teneva qualcosa stretto in mano e perfino da quella distanza Edwina poté vedere che si trattava della bambola che aveva portato in salvo con sé dal naufragio del *Titanic*.

«Oh, mio Dio...» Afferrò Ben per un braccio, stringendoglielo con forza; poi si abbassò per passare anche lei sotto le sbarre, ma Ben riuscì a trattenerla e a tirarla indietro.

«No... Edwina... non puoi...» George continuava a correre, saltando da un binario all'altro, proprio davanti al treno che stava sopraggiungendo, in direzione della bambina accoccolata per terra, troppo vicina ai binari. Se non si fosse mossa il treno l'avrebbe investita in pieno. E George se ne era reso conto. «George! No!...» Edwina si mise a urlare, divincolandosi per liberarsi dalla stretta di Ben. Poi cominciò a correre anche lei attraversando i binari all'inseguimento del fratello minore. Ma le sue parole si persero nel rombo assordante del treno che entrava in stazione. Ben si guardò attorno freneticamente, alla ricerca di un segnale d'allarme, di una leva per bloccare tutto... ma non trovò niente e si sentì le guance bagnate di lacrime mentre agitava disperatamente le braccia verso il macchinista, che non lo vide nemmeno.

Intanto George, con una volontà disperata, continuava la sua corsa pazza verso Alexis; Edwina lo seguiva, inciampando, cadendo fra i binari, con le gonne raccolte e strette nella mano, urlando disperatamente che si fermasse. Ma la sua voce era soffocata dal rombo del treno. Poi, con l'impeto di un uragano, il treno le passò davanti a tutta velocità. Le sembrò interminabile l'attesa, mentre l'uno dopo l'altro sfilavano i vagoni, e quando finalmente il treno fu passato, Edwina riprese la sua corsa, singhiozzando senza riuscire a controllarsi, cercando i suoi fratelli, ormai sicura che avrebbe trovato morti entrambi. Invece vide Alexis, coperta di polvere, i capelli biondi impastati di terra, distesa sotto un treno dove l'aveva fatta rotolare suo fratello, che adesso la teneva stretta fra le braccia. George aveva fatto appena in tempo a raggiungerla e con il peso del proprio corpo che le piombava addosso era riuscito a spingerla in salvo e a salvarsi a sua volta. Adesso Alexis piangeva, un pianto disperato e fioco nel silenzio della notte, mentre il treno continuava la sua corsa, ormai lontano, accompagnato dal suo fischio lamentoso. Edwina cadde in ginocchio guardandoli, li prese fra le braccia e li strinse al cuore. Ben li raggiunse e neppure lui riuscì a trattenere le lacrime. Era ammutolito... che cosa dire ai due ragazzini, oppure a Edwina? Dopo un attimo, si affrettò ad aiutarla a rialzarsi, mentre George tirava fuori Alexis dal suo rifugio. Ben la prese subito in braccio e la portò fino alla sua automobile, e George abbracciò Edwina. Prima di arrivare all'automobile lei si fermò e abbassò gli occhi a osservarlo. George, a tredici anni, era diventato un uomo — un uomo come lo era stato il loro papà. Non un bambino, un monellaccio o un buffone, e nemmeno un ragazzo, ma un uomo — ed Edwina scoppiò in lacrime stringendolo a sé.

«Ti voglio bene... o Dio... ti voglio bene... ho pensato che tu fossi...» Ricominciò a singhiozzare al punto da non riuscire a terminare la frase. Aveva le gambe che le tremavano e le ginocchia non la reggevano quando si avviarono lentamente verso l'auto. Tornando verso casa, Alexis raccontò quello che George aveva intuito istintivamente, cioè che voleva andare da Phillip.

«Non farlo *mai più*!» le raccomandò Edwina mentre più tardi le faceva il bagno e l'aiutava a infilarsi nel suo lettino dalle lenzuola pulite. «Mai più! Poteva succederti una cosa terribile.» Come già era accaduto sul *Titanic*, Alexis aveva di nuovo rischiato la vita scappando a nascondersi, per allontanarsi dagli altri. Edwina temeva che la prossima volta, forse, non sarebbe stata altrettanto fortunata. Se George non l'avesse spinta da parte al passaggio del treno... No, non voleva neppure pensarci. Alexis le promise che non l'avrebbe fatto mai più, ma sentiva tanto la mancanza di Phillip.

«Tornerà a casa», le disse Edwina pensierosa. Anche a lei mancava Phillip, ma sapeva che aveva il pieno diritto di pensare al suo futuro.

«Mamma e papà non sono tornati», mormorò Alexis.

«Era diverso. Phillip tornerà. In primavera sarà a casa. E adesso dormi!» Spense la luce e ridiscese da Ben. George era in cucina a fare uno spuntino; quando Edwina si guardò nello specchio si accorse di essere coperta di sudiciume e di polvere, con la gonna strappata, la camicetta macchiata di grasso di macchina e i capelli arruffati.

«Come sta?» le domandò Ben.

«Sta bene.» Forse «bene» non era la parola giusta, perché per il resto della sua vita Alexis non sarebbe mai più riuscita a fidarsi di qualcuno... Non avrebbe mai più creduto che una persona, partendo, potesse poi ritornare.

«Sai quello che penso, vero?» Quella sera Ben, dopo tutte le traversie che avevano passato, aveva l'aria stanca e infelice. Quasi sembrava in collera. Aveva telefonato alla polizia, mentre Edwina metteva a letto Alexis e si era sentito addosso lo sguardo penetrante di George, durante il tragitto fino a casa, al ritorno dalla stazione.

«Credo che siamo arrivati alla resa dei conti. È chiaro che non puoi cavartela da sola, Edwina. Hai troppe responsabilità.

Lo sarebbero per chiunque. Vedi, tuo padre e tua madre, almeno, potevano contare l'uno sull'altra.»

«Stiamo bene così», gli rispose Edwina tranquillamente. Nemmeno a lei era sfuggita l'ostilità dimostrata da George nei confronti di Ben quella sera.

«Vuoi forse dirmi che pensi di andare avanti a questo modo fino a quando saranno cresciuti?» La paura e l'angoscia che aveva provato per la fuga di Alexis si trasformarono di colpo in un'ondata di collera nei confronti di Edwina, la quale, invece, si sentiva esausta e ancora troppo sconvolta per avere la forza di discutere.

«Che cosa mi proporresti, invece?» chiese lei tagliente. «Di rinunciare... e abbandonarli?»

«Puoi sposarti.» Quella sera, quando aveva avuto bisogno di aiuto, si era pur rivolta a lui! E adesso, improvvisamente, Ben sentì rinascere in sé nuove speranze.

«Non è un buon motivo per sposarmi. Non ho nessuna intenzione di prendere marito solo perché non riesco a occuparmi della mia famiglia! Finora sono riuscita a cavarmela, e se non ci riuscissi vedrò di assumere qualcuno che mi aiuti. Ma se dovessi sposarmi, lo farò solo perché amo un uomo, così come ho amato Charles. Non voglio niente di meno. Non voglio sposarmi perché non ce la faccio a tirare avanti», spiegò Edwina, pensando allo splendido rapporto che aveva legato suo padre e sua madre; a ciò che aveva provato per Charles e che non provava e non avrebbe mai provato per Ben, anche se per lei era molto importante conservare la sua amicizia.

«Tra l'altro, non credo che i ragazzi siano pronti ad accettare l'idea che io mi sposi.» In quel momento, George, che stava uscendo dalla cucina, udì le sue parole. Era stata una serata difficile per Ben ed Edwina e le loro voci risuonavano aspre e concitate.

«Se è questo che aspetti, Edwina, ti sbagli. Non saranno mai pronti ad accettare che ci sia qualcuno nella tua vita. Ti vogliono solo per loro, tutti... sono egoisti e pensano soltanto a se stessi... Phillip... George... Alexis... i più piccoli... non vogliono che tu abbia una vita tua. Vogliono che tu rimanga qui, giorno dopo giorno, minuto dopo minuto, a fare da bambinaia a tutti. Quando saranno cresciuti, quando avranno finito di servirsi di te, ti ritroverai sola e io sarò troppo vecchio per aiutarti...» Si avviò verso la porta, ma poiché Edwina continuava a tacere, si voltò di nuovo lentamente a guardarla. «Stai rinunciando alla tua vita per loro, Edwina, lo capisci questo?»

Lei lo guardò e annuì. «Sì, Ben, lo so. È quello che voglio... quello che devo fare... è quello che *loro* avrebbero voluto.»

«No, niente affatto.» Provava una grande tristezza per lei. «Avrebbero voluto che tu fossi felice. Avrebbero voluto che tu avessi ciò che *loro hanno avuto*.» Ma io non posso, avrebbe voluto gridare lei... Non posso... quello che desideravo se lo sono portati via con sé!

«Mi dispiace...» Era rimasta immobile, tranquillissima, mentre George la osservava, in un certo senso sollevato al pensiero che non fosse disposta a sposare Ben. Non lo voleva nemmeno lui! Ed era sicuro che anche Phillip non ne sarebbe stato soddisfatto.

«Dispiace anche a me, Edwina», mormorò Ben a bassa voce, prima di richiudersi la porta alle spalle. In quel momento Edwina si voltò e sorprese George che la stava guardando. Improvvisamente si sentì a disagio: non era sicura che avesse ascoltato la conversazione fin dal principio, ma lo sospettava.

«Come stai, sorellina? Tutto bene?» Si avvicinò, a passi lenti, verso di lei. Era ancora sporco, coperto di polvere e di sudiciume, e i suoi occhi avevano un'espressione angosciata.

«Sì, benissimo», gli rispose lei sorridendo.

«Ti dispiace non sposare Ben?» George voleva sapere quali fossero veramente i sentimenti di sua sorella, anche perché era convinto che in genere fosse sempre stata sincera e onesta con lui.

«No, per niente. Se lo avessi amato, lo avrei sposato la prima volta che me lo ha chiesto.» George parve stupito da questa notizia.

«Credi che ti sposerai un giorno?» Ma aveva sempre l'aria preoccupata di poco prima e a un tratto sua sorella non seppe trattenere una risata. In quel momento aveva capito che non si sarebbe sposata mai. A parte qualsiasi altra considerazione, non ne avrebbe avuto il tempo. Con tutto quello che aveva da fare — correre dietro a chi rischiava di finire sotto il treno, accompagnare i piccoli a scuola e farli studiare, insegnare a Fannie a preparare i biscotti... — era abbastanza improbabile che un altro uomo potesse entrare nella sua vita. Lo sapeva con certezza nel fondo del suo cuore e del resto non lo desiderava nemmeno.

«Ne dubito.»

«Perché?» George non le nascose di essere incuriosito. Intanto si stavano avviando verso le scale e cominciavano a salire al piano di sopra.

«Oh... per un mucchio di ragioni... magari soltanto perché voglio troppo bene a tutti voi.» Sospirò profondamente e in quel momento provò una strana fitta al cuore. «Forse perché ho amato Charles.» Forse perché quando si ama qualcuno con tanta intensità, una parte di te muore con lui... Vuol dire rinunciare a tutto, proprio come aveva fatto Kate scegliendo di rimanere con il marito. Edwina si era votata completamente a Charles e ai suoi fratelli, e adesso non c'era posto per nessun altro.

Tenne compagnia a George mentre nella sua stanza da bagno si ripuliva dal sudiciume; poi lo mise a letto, come avrebbe fatto con il piccolo Teddy. Spense la luce e gli rimboccò le coperte, dopo avergli dato il bacio della buona notte; andò quindi a dare un'occhiata a Fannie e a Teddy, che dormivano profondamente nelle loro camere, passò davanti a quella vuota di Phillip ed entrò nella propria, dove Alexis respirava tranquillamente sotto le coperte, con i capelli biondi sparsi sul guanciale. Sedette sul bordo del letto, la guardò e per la prima volta dopo molto tempo andò a prendere qualcosa sul ripiano più alto dell'armadio. Sapeva che era ancora lì, nella scatola arrivata dall'Inghilterra e legata con i nastri di raso azzurro. La tirò giù e la posò sul pavimento, piano, con cautela, poi l'aprì e dalla coroncina di raso bianco ricamata a minuscole perline si levò un tenue bagliore al lume della luna. Mentre sollevava fra le mani il velo da sposa, quel mare di tulle le fluttuò intorno lieve, delicato come i suoi sogni svaniti. Si rese conto di aver detto la verità a George poco prima... No, non avrebbe mai portato un velo come quello, nella sua vita non ci sarebbe mai più stato un altro uomo... ma solo Phillip, George, Alexis e i più piccini... Per Edwina non ci sarebbe stato niente di più di questo.

Ripiegò con cura il velo e lo sistemò di nuovo nella scatola;

mentre annodava i nastri non si accorse nemmeno delle lacrime che vi cadevano sopra. Per lei tutto era finito da molto tempo, non esisteva più... da quella lontana notte sul mare. L'uomo che aveva amato se n'era andato per sempre... Era stata innamorata alla follia di Charles e adesso capiva, con assoluta certezza, che non ci sarebbe stato mai più nessun altro.

17

ERA il 14 giugno 1914 quando il treno entrò nella stazione. Edwina, ferma alle spalle di George, agitava la mano mentre Phillip, letteralmente appeso fuori del finestrino dello scompartimento, li guardava con un sorriso felice. Sembrava che fossero passati mille anni da quando era partito, invece dei nove mesi che gli erano serviti per completare il primo anno di studi ad Harvard.

Raggiunse la pensilina prima di ogni altro viaggiatore, allargando le braccia per stringerli tutti al cuore. Edwina piangeva, George si abbandonò a urla selvagge di felicità, mentre i più piccoli saltavano su e giù strillando, eccitatissimi. Alexis, invece, era rimasta un po' in disparte e sorrideva, fissandolo incredula come se avesse avuto la certezza che lui non sarebbe mai più ritornato, nonostante le rassicurazioni di Edwina, malgrado le sue promesse che sarebbe arrivato in tempo per passare l'estate insieme.

«Ehi, ciao, vieni un po' qua, tesoro.» Phillip si voltò verso Alexis, la prese tra le braccia stringendola forte e lei chiuse gli occhi, raggiante. Phillip era di nuovo a casa e tutto andava nel migliore dei modi per i ragazzi Winfield. Era un sogno trasformato in realtà. George gli allungò un paio di pugni, scherzosamente, in pieno petto, e provò a tirargli i capelli mentre Phillip, sogghignando bonariamente, ricambiava i dispetti. Anche lui era talmente felice di essere tornato in famiglia, che gli pareva di non stare più nella pelle dalla gioia.

Mentre risaliva sul treno e cominciava a passare il suo bagaglio a George dal finestrino, Edwina si accorse che nell'anno trascorso lontano da casa era diventato molto più alto e robusto. Aveva anche preso un'aria un po' sofisticata, da persona adulta. Ormai era un uomo fatto. Aveva quasi diciannove anni, ma sembrava più vecchio della sua età.

«Che cosa stai guardando, sorellina?» Le lanciò un'occhiata al di sopra della testa di George, e lei sorrise.

«Si direbbe che tu sia proprio cresciuto da quando te ne sei andato! Stai molto bene.» I loro occhi erano della stessa sfumatura di azzurro e lei sapeva che assomigliavano entrambi alla madre.

«Anche tu sei molto carina», ammise Phillip in un tono che voleva essere burbero, ma non le confessò che quasi ogni notte sognava di tornare a casa. Però Harvard gli era piaciuta. Ben Jones aveva ragione; la vita, laggiù, era magnifica, anche se a volte sembrava di essere su un pianeta completamente diverso. Era così lontano dalla California! Quattro giorni di treno. Pareva che ci volesse un'eternità per arrivarci. Quell'anno era andato a New York, per Natale, ospite della famiglia del ragazzo con il quale divideva la camera, ma aveva provato una terribile nostalgia di Edwina e della famiglia, anche se non era nemmeno paragonabile a quella che loro avevano provato per la sua lontananza. A volte, infatti, Edwina si era perfino domandata se Alexis sarebbe riuscita a sopravvivere a quel distacco.

Phillip notò che Ben non c'era e inarcò un sopracciglio con aria interrogativa mentre si avviavano verso l'automobile parcheggiata appena fuori della stazione. «Dov'è Ben?»

«È via. A Los Angeles.» Edwina sorrise. «Però ha detto di salutarti affettuosamente. Probabilmente, un giorno o l'altro avrà il piacere di averti a pranzo, soprattutto per parlare di Harvard.» Del resto anche lei era alquanto curiosa. Era rimasta incantata dalle lettere di Phillip, in cui le descriveva le persone che aveva conosciuto, i corsi di studio che seguiva, i professori con i quali studiava. A volte si sentiva quasi invidiosa. Come le sarebbe piaciuto andare in un posto come Harvard! Prima che Charles e i suoi genitori morissero, non aveva mai pensato a niente del genere. A quell'epoca, la sua più grande aspirazione era quella di sposarsi e di avere dei figli. Adesso si era accollata talmente tante responsabilità, doveva essere sempre bene informata quando partecipava alle riunioni del consiglio d'amministrazione del giornale e cominciava a domandarsi se non sarebbe stato meglio insegnare ai fratelli e sorelle più piccoli qualcosa di più del puro e semplice modo di preparare una torta o di piantare le margheritine nel giardino.

«Chi vi ha accompagnato qui con la macchina?» Phillip stava cercando di impedire a George di rovesciare tutti i libri che aveva portato fuori dalla grossa cassa che li conteneva; contemporaneamente teneva Alexis per mano e non perdeva di vista Fannie e Teddy. Era il suo solito modo di comportarsi, un po' da prestigiatore, con i più piccini... ed Edwina rise mentre gli rispondeva.

«Io», rispose lei, molto fiera di quello che aveva fatto, e Phillip scoppiò a ridere credendo che scherzasse.

«No, cerca di essere seria!»

«Sono seria. Perché, credi che io non sia capace di guidare?» Gli rivolse un sorriso felice fermandosi vicino alla Packard che aveva comperato per tutta la famiglia — un dono ai suoi cari e anche a se stessa per il giorno del suo ventitreesimo compleanno.

«Edwina, vuoi scherzare?»

«Non scherzo affatto. Su, metti dentro i tuoi bagagli così ti accompagnerò a casa, signorino Phillip.» Caricarono ogni cosa nel baule e sistemarono il resto, legandolo saldamente, sul tetto dell'elegante vettura. Phillip non nascose il proprio stupore quando sua sorella guidò fino a casa senza problemi. I bambini chiacchieravano allegramente e George era talmente eccitato che non chiuse la bocca nemmeno un momento. Quando finalmente arrivarono davanti a casa, Phillip dichiarò, ridendo, che quel caos gli aveva fatto venire il mal di testa.

«Bene, vedo che qui non è cambiato niente.» Poi osservò con maggiore attenzione sua sorella. Stava bene ed era ancora più carina di quanto ricordasse. Era davvero una splendida ragazza. Sembrava strano che una creatura così giovane e bella e che si dedicava con tanto affetto e con tanta attenzione a tutti, non fosse sua madre ma sua sorella! Strano, pensare che avesse scelto una vita così assurda e solitaria, per dedicarsi unicamente a loro! D'altra parte sembrava che questo fosse ciò che Edwina voleva. «E tu? Come stai?» le domandò a bassa voce mentre entravano in casa dietro agli altri.

«Sto bene, Phillip.» Si fermò di colpo e lo guardò con intensità. Doveva alzare gli occhi perché Phillip era cresciuto molto in quei mesi di lontananza e adesso la dominava dall'alto della sua statura. Edwina ebbe il sospetto che ormai fosse diventato addirittura un po' più alto del padre. «Ti piace Harvard? Cioè, voglio dire se...» Lui le rispose facendo cenno di sì con la testa; del resto, bastava guardarlo per capire che era la verità.

«È molto distante da casa. Ma imparo cose bellissime e posso conoscere le persone che mi piacciono. Il mio unico dispiacere è che Harvard non sia un po' più vicino.»

«Non ci vorrà ancora molto», ribatté Edwina, sentendosi ottimista. «Ancora tre anni e tornerai qui a dirigere il giornale.»

«Non vedo l'ora!» E Phillip rise.

«Anch'io. Se tu sapessi quanto sono faticose tutte quelle riunioni!» A volte era difficile perfino discutere degli affari di famiglia con Ben. Erano ancora amici, anche se lui non aveva dimenticato la delusione per la sua proposta di matrimonio respinta, la notte in cui Alexis aveva rischiato di finire sotto un treno. E adesso erano più cauti tutti e due, e cercavano di mantenere un po' le distanze.

«Quando andiamo al lago Tahoe, Win?» Phillip si guardava attorno come se fosse rimasto lontano almeno dieci anni, riscoprendo ogni cosa, toccando gli oggetti. Se Edwina avesse potuto immaginare quanto la casa e la famiglia gli erano mancati!

«Per qualche settimana ancora no. Pensavo di andarci in luglio, come facevamo sempre. E non ero sicura di quello che avresti voluto fare in agosto.» In settembre infatti Phillip doveva tornare ad Harvard, ma prima che arrivasse quel momento avevano due mesi e mezzo per godersi la sua compagnia.

Durante la prima settimana fecero tutto quello che Phillip desiderava. Andarono a cena in tutti i suoi ristoranti preferiti e lui andò a trovare gli amici. All'inizio di luglio Edwina si accorse che nella vita di suo fratello era entrata perfino una ragazza. Una donna molto giovane e carina, bionda e delicata, che quando venne a cena una sera diede l'impressione di pendere letteralmente dalle sue labbra. Aveva appena compiuto diciott'anni ed Edwina vicino a lei finì per sentirsi quasi una centenaria. La ragazza, infatti, la trattava con la deferenza abitualmente dovuta a una donna che avesse il doppio dei suoi anni, al punto che Edwina non poté fare a meno di domandarsi se sapesse, almeno, qual era la sua vera età! Ma quando ne accennò a Phillip, il giorno dopo, lui rise e le disse che si era comportata così semplicemente per entrare nelle sue grazie. Si chiamava Becky Hancock e anche suo padre e sua madre — strana coincidenza — avevano una casa sul lago Tahoe, più o meno nei pressi della tenuta in cui abitavano i Winfield.

Naturalmente, ebbero spesso occasione di vederla in luglio, e più di una volta lei invitò Phillip, George ed Edwina a giocare a tennis. Edwina era una brava giocatrice e quando Phillip e Becky lasciavano il campo, si divertiva moltissimo a impegnarsi in un singolare — all'ultimo sangue — con George, provando sempre una grande soddisfazione quando riusciva a batterlo.

«Per essere una vecchietta, te la cavi bene», esclamò ridendo George, un giorno, e lei lo colpì scherzosamente con una palla.

«Stai attento! Non ti illudere che ti insegni a guidare la mia automobile, se continui così!»

«Va bene, va bene, chiedo scusa.» Phillip, di solito, prendeva la macchina per uscire con Becky; ma quando l'aveva a disposizione Edwina, dedicava buona parte del suo tempo a insegnare a George a guidare. A quattordici anni dimostrava già una buona attitudine e da qualche tempo era un po' meno monello del solito. Non solo, ma la sorella si era anche accorta che, negli ultimi tempi, aveva cominciato a guardare le ragazze. «Phillip è un imbecille a rimanere incollato a quella Becky», le annunciò un giorno, mentre erano in macchina insieme e a casa con i più piccoli era rimasto Phillip.

«Come mai dici una cosa del genere?» Anche se condivideva abbastanza il giudizio di George, era curiosa di conoscere il motivo che l'aveva spinto a fare quel commento.

«Phillip le piace per tutte le ragioni sbagliate.» L'osservazione era interessante.

«Per esempio?»

Lui prese un'aria assorta mentre affrontava una curva con grande perizia. Edwina si complimentò con lui per il modo in cui guidava. «Grazie, sorellina.» Poi tornò all'argomento di Becky. «Qualche volta mi sembra che Phillip le piaccia soltanto per il giornale di papà.» Il padre della ragazza era proprietario di un ristorante e di due alberghi, e quindi gli Hancock non erano certo privi di mezzi, ma il giornale dei Winfield aveva profitti ben più alti e un prestigio infinitamente maggiore. Phillip, un giorno, sarebbe stato un uomo importante — esattamente come suo padre. E Becky una ragazza furba, se stava cercando marito. D'altra parte, Phillip era ancora troppo giovane per pensare di sposarsi; Edwina, da parte sua, si augurava che il matrimonio non rientrasse nei suoi progetti ancora per molto, anzi moltissimo tempo.

«Forse hai ragione. Ma non dimentichiamo che tuo fratello è un gran bel ragazzo!» esclamò sorridendo e George alzò le spalle con aria sdegnosa; poi, la guardò di sottecchi, pensieroso, mentre tornavano verso casa.

«Edwina, per te sarebbe proprio una cosa terribile se, quando sarò grande, non dovessi lavorare al giornale?»

Lei trasalì sentendogli fare un discorso così strano, ma poi scrollò lentamente la testa. «Terribile, no... Ma per quale motivo dovresti fare una cosa diversa?»

«Non so... pensavo che potrebbe anche essere noioso! Si direbbe un lavoro più adatto a Phillip che a me», esclamò con aria talmente seria che Edwina gli sorrise. Era così giovane! E fino a pochi mesi prima così esuberante e burlone! Da qualche tempo, però, sembrava molto più maturo, e ora aveva preso la decisione di non voler fare carriera al giornale.

«E... allora quale sarebbe il genere di cose che preferiresti?»

«Non so...» Pareva esitante; poi la guardò di nuovo, preparandosi a farle una confessione. Edwina rimase ad ascoltarlo attentamente. «Credo che mi piacerebbe fare i film.» Edwina lo guardò sbalordita; poi capì a che cosa suo fratello alludesse. L'idea le sembrò talmente inverosimile che al primo momento gli rise in faccia; ma George continuò imperterrito a spiegarle che la considerava una carriera interessantissima e arrivò addirittura a descriverle il film che aveva visto poco tempo prima, interpretato da Mary Pickford.

«E quando lo avresti visto?» Non ricordava di avergli dato il permesso di andare al cinema negli ultimi tempi, ma George la guardò con un sorriso disarmante.

«Il mese scorso, quando ho marinato la scuola.» Edwina parve inorridita; ma poi scoppiarono a ridere insieme.

«Sei un monellaccio! Che disperazione!»

«È vero», ribatté lui tutto felice, «ma confessalo... mi vuoi bene ugualmente.»

«Pazienza!» Poi lo pregò di cederle il volante e tornarono a casa senza fretta, chiacchierando piacevolmente della vita in genere, della famiglia, del cinema per il quale George andava pazzo e del giornale. Quando arrivarono a casa, Edwina, arrestata l'automobile, si voltò a guardarlo stupita: «Stai parlando sul serio, George, vero?» Ma... come poteva pensare seriamente a una qualsiasi carriera? Per lei quelle erano le fantasie di un bambino.

«Sì, sto parlando sul serio. Ed è quello che farò un giorno.» Le sorrise di nuovo, felice. Edwina non era solamente una sorella per lui, ma anche la sua migliore amica. «È quello che farò, mentre Phillip dirigerà il giornale. Vedrai.»

«Mi auguro con tutto il cuore che, in un modo o nell'altro, sia uno di voi a mandare avanti quel giornale! Mi dispiacerebbe molto essermi data tanto da fare per niente!»

«Puoi sempre venderlo e guadagnare un bel mucchio di quattrini», George replicò in tono ottimistico, mentre Edwina sapeva che sarebbe stato tutt'altro che facile. In quegli ultimi tempi avevano avuto problemi sindacali e, a complicare la situazione, anche alcune difficoltà per quanto riguardava gli utili. La situazione era cambiata da quando non c'era più il proprietario a occuparsene personalmente! Edwina avrebbe dovuto lottare per altri tre anni, cioè fino a quando Phillip non avesse finito di studiare. In quel momento, tre anni le sembrarono un'eternità.

«Vi siete divertiti? Avete fatto una bella gita, ragazzi?» domandò Phillip con un sorriso quando li vide tornare. Teddy dormiva nell'amaca appesa sotto un albero in giardino e lui aveva avuto una lunga conversazione molto seria con Fannie e Alexis.

«Di che cosa avete parlato?» Edwina sorrise allegra andando a sederglisi vicino, mentre George correva a cambiarsi. Aveva un appuntamento con uno dei loro vicini per andare a pesca di trote.

«Parlavamo della mamma e di quanto era bella», le rispose Phillip a voce bassa, ma Alexis sembrò a Edwina più serena e tranquilla del solito. Adorava sentir parlare della mamma e a volte, la sera, quando dormiva nel letto di sua sorella, la costringeva a raccontarle tutto quello che si ricordava di lei per ore e ore. Per i più grandi discorsi del genere erano tristi, ma contribuivano a tenere vivo il ricordo di Kate nei più piccini; Teddy, per esempio, adorava sentire raccontare storie e aneddoti che riguardavano suo padre.

«Perché sono morti?» aveva chiesto un giorno a Edwina, e lei gli aveva risposto l'unica cosa che le sembrava logica.

«Perché Dio voleva molto bene a papà e mamma, tanto bene che gli faceva piacere averli vicino a sé.» Teddy aveva fatto cenno di sì con la testa; poi, però, si era voltato a guardarla, con aria preoccupata.

«Vuole bene anche a te, Edwina?»

«Non fino a quel punto, tesoro mio.»

«Bene.» La risposta l'aveva soddisfatto. Poi avevano cambiato argomento. Edwina a volte pensava con tristezza che Teddy, così piccolo quando Kate e Bert erano morti, in realtà non li aveva quasi conosciuti. Alexis continuava ad avere memorie ben nitide di loro e anche Fannie riusciva a ricordare qualcosa. Ormai erano passati più di due anni dalla loro scomparsa e il dolore si era fatto meno acuto per tutti. Perfino per Edwina.

«Non avete pensato a comperare un giornale oggi?» domandò Phillip distrattamente, ma Edwina gli spiegò che non ne avevano avuto il tempo. Allora le rispose che ne avrebbe comprato uno mentre andava a trovare Betty.

Qualche settimana prima era rimasto sconcertato e preoccupato dall'assassinio dell'erede al trono austriaco e, parlandone con sua sorella, più di una volta aveva insistito nel dichiarare che un avvenimento del genere aveva implicazioni politiche ben più vaste di quanto la gente comune sospettasse. In quell'ultimo anno aveva cominciato a interessarsi di politica, tanto che stava parlando di laurearsi in scienze politiche ad Harvard.

Quel pomeriggio, quando sfogliò un quotidiano, rimase stupito trovando conferma alle proprie opinioni. Si trattava di una copia del *Telegraph Sun*, il quotidiano di proprietà dei Winfield, e i titoli erano a caratteri cubitali. *L'Europa in guerra*, scriveva il giornale, e la gente, sbalordita, lo stava leggendo, raccolta qua e là in capannelli. L'assassinio dell'arciduca Ferdinando e di sua moglie a Sarajevo aveva offerto agli austriaci il pretesto che cercavano per dichiarare guerra alla Serbia. E la Germania aveva dichiarato guerra alla Russia e, nel giro di due giorni, alla Francia, invadendo anche il Belgio neutrale; il giorno successivo gli inglesi a loro volta avevano dichiarato guerra ai tedeschi. Sembrava che sul vecchio continente fosse passata una ventata di follia e in una settimana quasi tutti gli Stati erano entrati in guerra l'uno contro l'altro.

«Che cosa può significare per noi tutto questo?» gli domandò Edwina mentre tornavano in automobile da San Francisco, qualche giorno dopo. «Secondo te, entreremo anche noi nel conflitto?» Intanto lo guardava preoccupata; ma lui sorrise, affrettandosi a rassicurarla.

«Non abbiamo nessun motivo di farlo.» Da parte sua, però, era affascinato da quel succedersi di avvenimenti e non appena trovava qualcosa da leggere sull'argomento, lo divorava. Rientrato a San Francisco, si precipitò negli uffici del giornale di suo padre. E quando arrivò anche Ben rimasero ore e ore a discutere e ad analizzare le notizie che arrivavano dall'Europa.

Da quel momento, il principale argomento di conversazione per tutti fu lo scoppio delle ostilità. Fra l'altro, il Giappone stava per dichiarare guerra alla Germania e le incursioni aeree tedesche avevano avuto come obiettivo Parigi. Nel giro di un mese la guerra era ovunque, mentre il mondo assisteva sbalordito.

Phillip era ancora stupefatto e incuriosito da tutto ciò al momento della sua partenza per Harvard, ai primi di settembre. A ogni fermata, durante il viaggio, acquistò i giornali per poi discutere la situazione con gli altri viaggiatori. Il suo appassionato entusiasmo, la sua curiosità giovanile per tutto ciò erano enormi, al punto di rendere ancora più consapevole Edwina del momento cruciale che stavano vivendo. Perfino lei aveva cominciato a tenersi al corrente degli avvenimenti e a leggere tutto quello che trovava sull'argomento, in modo da mostrarsi bene informata quando andava al giornale per le riunioni mensili. Purtroppo, questo non era il solo problema che la preoccupasse in quel periodo; al giornale i sindacati avevano cominciato a creare difficoltà tanto che, in certi momenti, si chiedeva come sarebbe riuscita a conservarlo per altri due anni e mezzo. Quell'attesa le pareva senza fine. E di conseguenza le sue decisioni, quando ogni mese discuteva i problemi più impellenti, risultavano più caute del solito. Non voleva correre rischi e mettere in pericolo ciò che aveva, e benché fosse criticata per il suo atteggiamento conservatore, sapeva che — almeno per il momento — non le restava altro da fare.

Nel 1915, mentre Phillip frequentava il secondo anno ad Harvard, la Grande Guerra diventò più incandescente e cominciò il blocco della Gran Bretagna da parte dei sommergibili tedeschi. Di tanto in tanto Edwina riusciva ancora a ricevere notizie dalla zia, ma la loro corrispondenza era sempre più irregolare. Le lettere di Liz erano sempre tristi, piene di critiche e di recriminazioni. Per Edwina e i fratelli, la sorella della madre era ormai diventata un'estranea. Trovavano insopportabile il fatto che continuasse a insistere affinché Edwina eliminasse tutto quanto era appartenuto ai genitori, come del resto aveva fatto già da molto tempo — e vendesse il giornale e la casa per andare a vivere ad Havermoor con lei, — una cosa che invece Edwina non avrebbe mai fatto e della quale, di conseguenza, evitava di parlare nelle sue lettere.

In febbraio, malgrado la guerra, si aprì a San Francisco l'Esposizione Panama-Pacifico; Edwina condusse tutti i ragazzi a vederla. Si divertirono molto e le dissero che ci sarebbero tornati con piacere ogni settimana. Ma il momento più emozionante di quell'anno fu quando, in gennaio, venne inaugurato un servizio di comunicazioni telefoniche interurbane che collegava New York a San Francisco. Phillip, quando si recò in quella città in visita ai suoi amici, chiese il permesso di chiamare San Francisco, naturalmente rimborsando subito il costo della telefonata.

Una sera, il telefono si mise a suonare mentre tutti erano a cena ed Edwina sollevò distrattamente la cornetta. Si sentì avvertire dalla centralinista che si trattava di una comunicazione interurbana e improvvisamente si trovò a parlare con Phillip. La linea era disturbata e interrotta continuamente, ma riuscirono a sentirsi. Chiamò subito anche gli altri perché ascoltassero con lei la voce del fratello maggiore. Cinque teste vicinissime l'una all'altra si accostarono all'apparecchio, cinque bocche cominciarono a gridare messaggi nel microfono mentre Phillip li ascoltava, li salutava affettuosamente e, purtroppo, alla fine li avvertiva che doveva riagganciare. Fu un momento emozionante per tutti, anche perché diede loro la sensazione di averlo un po' più vicino, mentre aspettavano il suo ritorno da Harvard.

Durante quel periodo, Phillip fu invitato dalla signora Widener a una cerimonia che fu per lui particolarmente triste perché gli riportò alla memoria ricordi struggenti e dolorosi che il tempo a poco a poco stava cominciando a rendere sopportabili. Si trattava dell'inaugurazione della Harry Elkins Widener Memorial Library, una biblioteca fondata per ricordare suo figlio. L'ultima volta si erano visti a bordo del *Titanic* e Phillip lo rammentava bene. Henry era stato anche amico di Jack Thayer ed era annegato con il padre. Fu un incontro molto triste e Jack e Phillip scambiarono solo qualche parola e poi si allontanarono, ciascuno per conto proprio. Sembrava strano, adesso, pensare che quella notte si erano trovati a bordo della stessa scialuppa! Dopo la cerimonia, per un paio di giorni, i quotidiani locali tentarono di ottenere un'intervista da Phillip, ma quasi subito, e con suo grande sollievo, si dimenticarono della sua esistenza. Avevano perduto tutti troppe cose, troppe persone care, e ormai era passato troppo tempo per avere ancora voglia di parlarne! Comunque, scrisse a Edwina di aver rivisto Jack Thayer, ma lei, quando gli rispose, non affrontò l'argomento. Del resto era più che comprensibile che per sua sorella la ferita fosse ancora aperta. Phillip sapeva che continuava a pensare a Charles, ma non ne accennava quasi più. Era un dolore che la faceva ancora soffrire atrocemente e Phillip aveva il sospetto che anche in futuro sarebbe sempre stato così. La sua vita di ragazza era finita per sempre quella notte.

Ma il vero colpo, un colpo durissimo, arrivò in maggio. Phillip stava attraversando il campus dell'università quando sentì la notizia e per un attimo si arrestò, quasi impietrito, ricordando una gelida notte di quasi tre anni prima.

Silurato dai tedeschi, il *Lusitania* era colato a picco. Sembrava impossibile. Una nave passeggeri, che niente aveva a che fare con la guerra, era stata attaccata e affondata nel giro di diciotto minuti. Milleduecento innocenti erano morti. Un colpo brutale — Phillip lo comprendeva fin troppo bene!

Per tutta la mattina pensò a quanto era successo, e a sua sorella. Sapeva che la notizia di quella tragedia l'avrebbe sconvolta. E non sbagliava. Quando lo seppe, Edwina per un attimo chiuse gli occhi. Poi, lasciata la redazione del giornale, tornò a casa a piedi, fino a California Street. Ben si era offerto di accompagnarla in auto, vedendola avviarsi da sola, ma lei gli aveva risposto soltanto scrollando il capo. Non riusciva a parlare — anzi, sembrava quasi che non lo vedesse nemmeno.

Camminando lentamente ripensò anche lei, come Phillip, a quella notte terribile di tre anni prima e ai profondi cambiamenti che aveva portato nella loro vita. Con uno sforzo di volontà si era imposta di dimenticare a poco a poco e, in parte, ci era riuscita; adesso la tragedia del *Lusitania* faceva riaffiorare mille ricordi con tutta la lucidità di allora, se non peggio! Le immagini si affollavano nella mente, fin troppo nitide e precise; e rientrando in casa scoprì di non riuscire a pensare ad altro che ai genitori e a Charles. Mentre mormorava una preghiera per le anime dei morti del *Lusitania* fu come se rivedesse i loro volti offuscati dalle lacrime.

Rievocando quella notte di tre anni prima, le sembrò quasi di udire di nuovo l'orchestra del *Titanic* che suonava quelle note tristi appena prima che la nave si inabissasse. Ricordò il vento gelido sul viso, ricordò quei suoni terrificanti, che assomigliavano a un rombo, a qualcosa che si squarciava e si lacerava... ricordò di non avere mai più rivisto le persone che amava tanto e che aveva perduto così in fretta.

«Edwina?» Alexis si spaventò quando sua sorella entrò in casa e si tolse con gesti lenti il cappellino, dopo aver rialzato la veletta. «È successo qualcosa?» Ormai Alexis aveva nove anni, ma

Edwina non volle farle ricordare l'atroce perdita che avevano subìto e, accarezzandola dolcemente, scrollò il capo. Purtroppo nei suoi occhi si leggeva tutta l'angoscia che sentiva.

«No, niente, tesoro.» La bambina tornò in giardino a giocare ed Edwina rimase a lungo a osservarla, pensando alle persone care perdute, a tutte le vittime del *Lusitania*.

Fu taciturna per tutto il giorno; alla sera Phillip le telefonò, immaginando quello che doveva aver provato nell'udire la notizia. «È una gran brutta guerra, vero, Win?»

«Come hanno potuto fare una cosa del genere?... Una nave passeggeri...» Il solo pensiero la sconvolgeva, ricordando le sofferenze passate.

«Non pensarci.» Ma era impossibile non farlo. A tratti, i ricordi del *Titanic* le passavano per la mente... la notte in cui il transatlantico si era inabissato... il cigolio delle funi mentre le scialuppe di salvataggio venivano abbassate... i gemiti strazianti dei passeggeri che si erano buttati in acqua e che annegavano. Come si potevano dimenticare cose del genere? Sarebbe mai riuscita a cancellarle dai propri ricordi? Quando si trovò a letto, quella sera, cominciò a pensare che sarebbero sempre rimasti paurosamente vivi nella sua mente e rievocò il padre, la madre e Charles, la vita che aveva vissuto con loro, così nettamente in contrasto con quella di adesso, sola con i fratelli e le sorelle più piccoli.

18

Poco dopo l'affondamento del *Lusitania*, l'Italia decise di non tenere più conto del patto di alleanza con la Germania e dichiarò guerra all'Austria. Quando si arrivò al settembre di quell'anno, la Russia aveva perduto l'intera Polonia, la Lituania e la Curlandia, oltre a un milione di uomini. Il sacrificio di vite umane che la Grande Guerra richiedeva era terrificante, ma l'America continuava, ad assistere agli avvenimenti tenendosi in disparte. Nell'anno successivo, il 1916, tedeschi e francesi perdettero quasi settecentomila uomini complessivamente nella sola Verdun; più di un milione di soldati erano morti sulla Somme. I tedeschi continuarono i loro attacchi massicci con i sommergibili, provocando l'affondamento di navi commerciali e passeggeri oltre a quelle da guerra. Lo scandalo suscitato da questi attacchi fu enorme e a quel punto, ormai, perfino il Portogallo era stato coinvolto nel conflitto e le incursioni aeree su Londra si ripetevano con regolarità. In novembre Wilson era stato rieletto, più che altro perché gli Stati Uniti continuassero a rimanere neutrali. Ma gli occhi di tutti erano rivolti all'Europa e alla tragedia che stava vivendo.

Il 31 gennaio 1916, Berlino notificò a Washington che era stata ripresa la guerriglia sottomarina senza restrizioni di sorta e due mesi dopo annunciò che i sommergibili tedeschi avrebbero affondato qualsiasi bastimento viaggiasse sui mari per portare aiuti ai Paesi Alleati. Wilson si vide così costretto a prendere nettamente posizione nel giro di pochi giorni e, per quanto avesse appena parlato di una Nazione «troppo orgogliosa per combattere» (riferendosi agli Stati Uniti), si decise ad annunciare che era pronto a difendere quella libertà di cui gli americani avevano sempre goduto e soprattutto di cui si aspettavano di continuare a godere.

Edwina riceveva sempre notizie della zia Liz, benché le lettere ora fossero meno frequenti e arrivassero dall'Europa per vie sempre più indirette e complicate; per fortuna sembrava in buona salute e non molto depressa, malgrado il tempo pessimo e le gravi carenze di carburante e viveri. Raccomandava a Edwina di non correre rischi né per sé né per i fratelli, e ripeteva di avere una gran nostalgia di tutti e di desiderare moltissimo di rivederli. Manifestava la speranza — una volta finita la guerra — di poterli rivedere, ma il solo pensiero faceva tremare segretamente Edwina, che adesso non riusciva neppure a prendere la nave-traghetto per Oakland.

Si recava spesso negli uffici del giornale, dove era sempre interessante ascoltare gli uomini che discutevano le notizie del conflitto. Aveva fatto una specie di pace privata con Ben, conservando con lui un ottimo rapporto, sempre basato sul reciproco affetto. Ben aveva ormai capito che Edwina non aveva intenzione di sposarsi, con nessuno; era contenta della vita che conduceva in casa, con la sua famiglia, e apprezzava l'amicizia che la legava a lui. Teneva in grande considerazione le sue opinioni e a volte parlavano per ore della guerra e dei problemi che dovevano affrontare per il giornale. Phillip era al suo ultimo anno di studi ad Harvard, ed Edwina era ormai impaziente perché sapeva che il giornale aveva bisogno di essere preso in mano da una persona di famiglia. La concorrenza era spietata; altri quotidiani erano diretti da persone e famiglie che conoscevano bene il mestiere, per esempio i de Young, una delle famiglie più potenti di San Francisco. Purtroppo, il solido impero che Bert Winfield si era pazientemente costruito aveva risentito gravemente della sua mancanza. Cinque anni erano lunghi; ma ormai era arrivato il momento che Phillip si assumesse quell'incarico. Purtroppo, ed Edwina non si faceva illusioni in tal senso, sarebbero occorsi come minimo ancora uno o due anni prima che Phillip fosse in grado di assumerne la direzione, ma lei si augurava che, in ogni caso, sarebbe riuscito a riportare la testata di famiglia alle glorie di un tempo. Benché il loro reddito fosse un po' diminuito nell'ultimo periodo, era comunque sufficiente per mantenere il solito tenore di vita. Edwina era felice all'idea che Phillip, presto, sarebbe tornato a casa. Quanto a George, sarebbe partito in autunno per Harvard, dove avrebbe frequentato un corso della durata di quattro anni.

Ma il 6 aprile gli Stati Uniti entrarono in guerra ed Edwina tornò a casa, molto seria e preoccupata, dalla riunione mensile al giornale. Era in ansia per i suoi fratelli; ne aveva parlato a lungo con Ben, cercando di capire con chiarezza quale potesse essere il peso di un conflitto del genere sulla loro vita, ma erano arrivati insieme alla conclusione che sia Phillip, sia George non avrebbero avuto niente a che vedere con la guerra in Europa. Phillip studiava all'università e George era troppo giovane. Edwina si era sentita sollevata perché non poteva dimenticare certi articoli sconvolgenti, che aveva letto sul quotidiano di suo padre, nei quali si parlava del numero spaventoso di vittime della guerra.

Quando arrivò a casa, Alexis le disse che aveva telefonato Phillip e che l'avrebbe chiamata più tardi, quella sera stessa, ma la telefonata non arrivò ed Edwina finì per dimenticarsene. Qualche volta la chiamava, soprattutto per discutere gli avvenimenti mondiali e, anche se lei cercava con ogni mezzo di scoraggiarlo perché spendeva cifre da capogiro, si sentiva lusingata per il fatto che suo fratello volesse parlarne proprio con lei. Abituata com'era a trascorrere le sue giornate alla ricerca di bambole smarrite, legando nastri sciolti alle trecce delle sorelline o rimproverando Teddy che disseminava i suoi soldatini di stagno dappertutto, era confortante poter discutere argomenti di importanza ben maggiore con i fratelli più grandi. Anche George era molto interessato alla guerra, ma ancora di più ai film che venivano girati su quel soggetto. Appena possibile, andava a vederli in compagnia di una delle sue innumerevoli amichette. Guardandolo, Edwina non poteva trattenere un sorriso perché le faceva tornare alla mente la propria giovinezza, quando la cosa più importante erano le feste, i ricevimenti, i balli in maschera. Ci andava ancora, ma molto di rado, e tutto era talmente diverso senza Charles! E non c'era nessun altro uomo che la attirasse. A quasi ventisei anni, era soddisfatta della vita che faceva e non si dava da fare per cercare marito.

Qualche volta George la sgridava per questo. Secondo lui avrebbe dovuto uscire più spesso. Ricordava ancora quando Kate e Bert indossavano gli abiti da sera e andavano alle feste, quando Edwina usciva con Charles, sfoggiando toilette stupende. Ma quando gliene parlava, riusciva solo a farla diventare triste; le sorelline, poi, la imploravano affinché mostrasse loro quei begli abiti, ma i più eleganti ormai erano stati messi via da tempo, forse addirittura dimenticati. Ultimamente, Edwina aveva scelto uno stile più austero per il suo abbigliamento; a volte le capitava perfino di indossare qualcuno dei vestiti di sua madre. E le davano l'aspetto di una giovane matrona.

George le domandava: «Perché non esci più spesso?» ma lei insisteva nell'affermare che faceva una vita fin troppo mondana. Solo la settimana prima era stata a un concerto con Ben e la sua nuova compagna.

«Sai benissimo quello che voglio dire.» George naturalmente alludeva al fatto che Edwina non frequentava uomini, ma si trattava di un argomento che lei non aveva nessuna voglia di affrontare.

Fra l'altro, in famiglia, i sentimenti che provavano tutti nei confronti di Edwina erano confusi. In un certo senso avrebbero voluto che si divertisse di più; ma erano anche stranamente possessivi nei suoi confronti. Quanto a lei, poi, non desiderava che un uomo entrasse nella sua vita. Continuava a sognare Charles anche se, dopo cinque anni, i ricordi si erano un po' affievoliti. Ma in fondo al cuore era sempre convinta di continuare ancora adesso ad appartenergli. Detestava le chiacchiere, i bisbigli, quello che la gente diceva sul suo conto e che, a volte, le capitava di sentire per caso...

Tragico... terribile... povera creatura... una ragazza così carina... il fidanzato è morto nel naufragio del *Titanic*... te ne ricordi... e anche il padre e la madre... e a lei è toccato allevare i fratelli... Era troppo fiera per lasciar capire a tutta quella gente quanto tutto ciò avesse importanza per lei; troppo sensibile per soffrirci se qualcuno la definiva una «zitella». Purtroppo lo era e lo sapeva benissimo. A venticinque anni continuava a ripetersi che niente di tutto questo le importava e insisteva con gli altri nel dichiarare che non aveva importanza. Come se quella porta per lei si fosse chiusa definitivamente; come se quella parte della sua vita fosse ormai finita per sempre. Erano anni che non apriva più la scatola in cui era chiuso il famoso velo da sposa. Era uno strazio insopportabile. Anzi, a volte era quasi convinta che non lo avrebbe mai più guardato, eppure era lì... e per poco non era stato... bastava questo pensiero... e forse un giorno Alexis o Fannie lo avrebbero indossato per il loro matrimonio... in memoria di un amore che non era mai morto, di una vita che non era mai stata vissuta. Comunque, adesso, non aveva più alcun senso pensarci. E lei aveva troppe cose da fare. Si chiese se Phillip avrebbe ritelefonato per discutere la notizia dell'entrata in guerra degli Stati Uniti, ma sebbene lo avesse promesso ad Alexis poche ore prima, non la richiamò più.

Quando tornò a casa, George non fece che parlare della dichiarazione di guerra e più di una volta manifestò il rammarico di non essere grande abbastanza per partire anche lui. Edwina lo rimproverò e George, allora, le fece osservare che un atteggiamento del genere era decisamente poco patriottico.

«Cercano volontari, Win!» esclamò aggrottando la fronte e non poté fare a meno di notare che adesso Edwina era ancora più bella di quanto lo fosse stata sua madre. Alta, snella, con la figura aggraziata, i lunghi capelli neri lucenti che lasciava a volte sciolti sulle spalle, quando non aveva impegni e non doveva uscire. Sembrava una ragazzina, molto diversa da quando li pettinava raccogliendoli in un'acconciatura molto più severa, se doveva andare in città oppure a qualche riunione al giornale o, alla sera, a cena in casa di amici.

«Non mi interessa, che cerchino volontari o no!» replicò lei con tono fermo. «Non metterti in testa strane idee. Sei troppo giovane. E Phillip ha un giornale da dirigere. Che alla guerra vada qualcun altro! E comunque finirà molto presto.» Purtroppo, niente lasciava sperare che dovesse finire, e intanto milioni di uomini continuavano a morire nelle trincee d'Europa.

Cinque giorni dopo la dichiarazione di guerra da parte del Congresso americano, mentre Edwina stava rientrando in casa dal giardino stringendo tra le mani un mazzo di rose, alzò distrattamente gli occhi e di colpo diventò pallidissima. Immobile sulla soglia della porta della cucina, alto e bello e con un'espressione seria e grave sul viso, c'era suo fratello Phillip.

Si fermò di colpo e soltanto dopo un po' riprese a camminare lentamente verso di lui, tremando al pensiero di sapere il motivo per cui era tornato a casa e aveva fatto il lungo viaggio da Boston. Le rose le sfuggirono di mano e caddero sull'erba mentre correva tra le braccia del fratello, che la tenne stretta contro di sé a lungo. Quasi non riusciva a credere che fosse diventato adulto, un uomo fatto. Aveva ventun anni, ma a differenza di lei sembrava molto più vecchio. Le responsabilità che si era accollato in quegli ultimi cinque anni avevano lasciato il segno su di lui, come lo avevano lasciato su Edwina, che però, per quanto ne sentisse tutto il peso, almeno esteriormente non lo dava a vedere.

«Che cosa c'è?» gli domandò lentamente, staccandosi da lui. Con il cuore in gola si disse che non voleva saperlo, anche se già lo sospettava.

«Sono venuto a casa per parlare con te.» Mai e poi mai Phillip avrebbe fatto qualcosa di importante senza consultarla! La rispettava troppo, le voleva troppo bene per non chiedere la sua opinione, se non addirittura il suo permesso.

«Come hai fatto a lasciare la scuola? Non è ancora tempo di vacanze, vero?» Ma l'aveva già capito; solo, non voleva che fosse quello che tanto temeva. Avrebbe voluto sentirgli dire che si trattava di tutt'altro... magari che lo avevano cacciato dall'università.

«Mi hanno dato un permesso.»

«Oh!» Si lasciò cadere lentamente sulla sedia della cucina e per qualche istante nessuno dei due si mosse. «Molto lungo?»

Lui non ebbe il coraggio di dirlo. Non subito. Quante altre cose aveva da raccontarle, prima! «Edwina, sono venuto a parlarti... non possiamo andare in un'altra stanza?» Erano sempre in cucina e la signora Barnes stava trafficando nella dispensa. Non aveva ancora visto Phillip, ma lui sapeva che non appena avesse scoperto che era tornato a casa ci sarebbe stata tanta confusione che non avrebbe più avuto modo di parlare a quattr'occhi con Edwina.

Sua sorella, senza dire una parola, lo precedette fuori della cucina e si diresse verso il salone. Un locale che usavano di rado, tranne quando avevano ospiti, il che non capitava spesso. «Avresti dovuto telefonarmi prima di partire da Harvard», lo rimproverò Edwina. Così avrebbe potuto pregarlo di non tornare nemmeno a casa. Non voleva vederselo davanti agli occhi, non voleva osservare quella sua espressione così grave, da persona adulta che aveva qualcosa di terribile da dirle.

«Ho telefonato, ma eri fuori. Alexis non te l'ha detto?»

«Sì, ma poi non hai richiamato!» Si accorse di avere le lacrime agli occhi. Era ancora così tenero e affettuoso, e così giovane malgrado l'aria seria e quei modi raffinati che aveva acquisito all'università.

«Poi ho preso il treno, Edwina. Quella sera stessa.» Respirò a fondo, in fretta. Era arrivato il momento. «Mi sono arruolato. Tra dieci giorni parto per l'Europa. Prima volevo vederti, spiegare...» Ma non aveva ancora finito di pronunciare queste parole che Edwina si alzò in piedi di scatto e cominciò a camminare avanti e indietro per la stanza torcendosi le mani e voltandosi di tanto in tanto a guardarlo con gli occhi scintillanti di collera.

«Phillip, come *hai potuto*? Che diritto avevi di fare una cosa del genere dopo tutto quello che abbiamo passato? I bambini hanno bisogno di te... e anch'io... e George partirà in settembre per l'università...» Erano mille i buoni motivi che le venivano in mente, i motivi per i quali Phillip non doveva partire; ma il più semplice era che lei non voleva perderlo. E se fosse rimasto ferito, e se fosse morto? Solo a pensarci si sentiva svenire. «Non puoi fare una cosa del genere! Dipendiamo tutti da te... noi... io...» La voce le morì in gola mentre, con gli occhi lucidi, prima lo fissava e poi gli girava di scatto le spalle. «Phillip, ti prego, non...» mormorò con voce soffocata, ma lui le venne vicino e le sfiorò una spalla con una carezza affettuosa, ansioso di spiegarsi anche se non era del tutto convinto di poterlo fare nel modo migliore.

«Edwina, io devo partire. Non posso rimanere qui a leggere tranquillamente i giornali che parlano di quelle battaglie e sentirmi ancora un vero uomo. Per me è un obbligo fare il mio dovere adesso che il nostro Paese è entrato in guerra.»

«Stupidaggini!» Si voltò di scatto ad affrontarlo con gli occhi lampeggianti di collera, proprio come sua madre tanti anni prima. «Tu hai l'obbligo nei confronti di due fratelli e di tre sorelle. Non abbiamo fatto altro che aspettare di vederti crescere... e adesso non puoi piantarci in asso e andartene per conto tuo!»

«Non vi pianto in asso e non me ne vado per conto mio, Win. Tornerò. E te lo prometto... vi ripagherò anche di questo, farò il possibile per compensarvi, allora. Lo giuro!» Edwina lo faceva sentire colpevole perché li abbandonava ma, nello stesso tempo, lui capiva di avere un dovere ben più grande nei confronti del suo Paese. In fondo al cuore era convinto che suo padre avrebbe approvato la sua scelta. Doveva partire e non aveva importanza se Edwina andava in collera. Per Edwina, invece, era una specie di tradimento. Stava ancora piangendo e fissava angosciata il fratello quando George entrò a precipizio in casa, poco più tardi.

Stava per passare come un fulmine davanti alla porta spalancata del salone, come faceva sempre, quando vide la sorella, a testa china, i lunghi capelli scuri sciolti sulle spalle, come poco prima in giardino quando le erano sfuggite tutte quelle rose dalle mani, ma non vide Phillip nascosto dietro la porta spalancata.

«Ehi, Win... che cosa ti prende?... È successo qualcosa?» Sembrava stupito ed Edwina si voltò lentamente verso di lui. George aveva una pila di libri tra le braccia, i capelli neri tutti arruffati, le guance rosee, accaldate dalla tiepida aria primaverile, l'aria giovane e sana. Phillip, accorgendosi che stava osservando Edwina con preoccupazione, si fece avanti. George lo vide e gli bastò l'espressione dei suoi occhi per spaventarsi ancora di più. «Ehi... che cosa è successo?...»

«Tuo fratello si è arruolato nell'esercito», disse Edwina come se Phillip avesse appena ammazzato qualcuno, e George lo guardò con gli occhi sbarrati, senza sapere che cosa dire. Poi si illuminò tutto e, dimenticandosi di Edwina per un attimo, avanzò di un passo verso il fratello maggiore e gli allungò una pacca sulla spalla.

«Hai fatto bene, vecchio mio. Fagliene vedere di tutti i colori, a quella gentaglia!» Poi, di colpo, si ricordò di Edwina che, furibonda, fece un passo verso di loro e, buttando indietro con un gesto di stizza i lunghi capelli, esclamò: «Non hai pensato, George, che potrebbe essere quella gentaglia a farne vedere di tutti i colori a Phillip? E se dovesse succedere proprio questo? E se lo ammazzano? Che cosa faremo, allora? Credi che sarà altrettanto emozionante? Ti farà piacere? Che cosa faresti, se dovesse succedere... partiresti anche tu per farne vedere di tutti i colori a quella gentaglia? Pensaci, pensateci. Pensa a quello che stai facendo. Pensa a questa famiglia prima di fare qualcosa, e a quello che farai a tutti noi quando lo avrai fatto!» Poi, passando come una furia davanti a tutti e due, uscì, ma prima si voltò per lanciare un ultimo sguardo angosciato a Phillip e per dirgli con tono fermo: «Non ti permetterò di partire, Phillip. Dovrai dire a tutti che è stato un errore. Io non te lo permetterò». E richiudendosi dietro la porta con un tonfo corse a rifugiarsi nella sua camera.

19

«COME mai Phillip è tornato a casa?» domandò Alexis incuriosita mentre pettinava la sua bambola. «È stato bocciato a scuola? Lo hanno mandato via?» Come Fannie e Teddy, non nascose il proprio interesse per quell'avvenimento insolito, ma Edwina si rifiutò di parlarne mentre serviva a tutti la prima colazione, il giorno dopo.

I due fratelli maggiori erano usciti a cena, la sera prima, erano andati al club del quale era stato socio il padre, ed Edwina sapeva che avevano incontrato Ben, ma dal pomeriggio del giorno precedente non aveva più parlato con Phillip.

«Phillip ha scoperto che sentiva la nostra mancanza, tutto qui.» Lo disse con aria molto grave e non aggiunse altro. Ma bastava guardarla in faccia per capire che qualcosa non andava; qualcosa di cui lei non voleva parlare; se ne accorse perfino Teddy.

Li baciò prima che uscissero per andare a scuola, tornò fuori in giardino e raccolse le rose che aveva lasciato cadere sul prato quando Phillip era arrivato. Se n'era completamente dimenticata e ormai erano quasi appassite. Come le sembravano poco importanti, adesso! Niente aveva più importanza, se pensava alla decisione di Phillip. Non sapeva che cosa fare né come comportarsi, però era pronta a fare tutto il possibile per impedirgli di realizzare il suo sogno! Phillip non aveva nessun diritto di andarsene e di abbandonarli così, ma soprattutto non aveva nessun diritto di rischiare la vita. Portò le rose in casa e stava pensando di telefonare a Ben per parlarne con lui, quando entrò George. Era in ritardo per la scuola, come sempre, ed Edwina stava già per rimproverarlo quando incontrò il suo sguardo e capì che ormai anche per quello era troppo tardi. Come Phillip, George era quasi un uomo adesso.

«Sei proprio decisa a fare di tutto per impedirglielo, Win?» George parlò a bassa voce, guardandola con tristezza, come se sapesse che la sorella aveva ormai perduto la sua battaglia.

«Certamente. Voglio tentare di fermarlo.» Con gesti nervosi sistemò le rose in un vaso e poi si voltò a guardare George con occhi scintillanti di collera e pieni di angoscia. «Non aveva nessun diritto di fare una cosa del genere senza chiederlo a me, prima!» Voleva anche essere ben sicura che questo concetto si imprimesse in modo inequivocabile nel cervello di George. Non aveva nessuna intenzione di permettere che i fratelli più grandi si arruolassero e purtroppo conosceva bene George e sapeva che era abbastanza impulsivo da cercare di imitare il fratello maggiore, seguendolo a combattere in Europa.

«Sbagli, Win. Non dovresti. Papà non sarebbe d'accordo con te. Non approverebbe vedendo che gli metti i bastoni fra le ruote. Lui diceva sempre che quando si crede in qualche cosa bisogna fare il possibile per sostenere e difendere le proprie idee.»

Lanciandogli uno sguardo adirato, Edwina gli rispose senza mezzi termini. «Papà non è più qui con noi», obiettò seccamente. George, che non l'aveva mai sentita esprimersi in un tono così tagliente, rimase allibito. «Del resto papà non vorrebbe certo che Phillip ci lasciasse. La situazione è differente, adesso.»

«Hai me!» disse George con dolcezza, ma lei si limitò a scrollare la testa.

«Tu parti per Harvard l'anno prossimo.» Lo avevano già accettato all'università e avrebbe seguito anche lui la tradizione di famiglia. Edwina non voleva essere un peso per loro; desiderava che facessero la propria vita, ma nello stesso tempo non voleva che corressero simili rischi. «Non devi entrare in questa faccenda, George», lo ammonì. «È qualcosa che riguarda soltanto me e Phillip.»

«No, niente affatto», ribatté George, «è qualcosa che riguarda lui, e soltanto lui. Tocca a Phillip difendere le idee nelle quali crede. E tu stessa, Win, non vorresti che si comportasse diversamente. Deve fare quello che considera giusto, anche se ti addolora. Io lo capisco; cerca di capirlo anche tu.»

«Io non devo capire un bel niente!» Si voltò di scatto dall'altra parte in modo che George non vedesse che aveva gli occhi pieni di lacrime e riprese a parlargli dandogli le spalle. «Vai, adesso, altrimenti farai tardi a scuola.»

George se ne andò riluttante proprio mentre Phillip scendeva le scale. Da un capo all'altro del vestibolo gli domandò sottovoce: «Come sta?» Ne avevano parlato molto a lungo, la sera precedente, e Phillip ormai non aveva più alcun dubbio. Doveva partire.

«Credo che stia piangendo», gli bisbigliò George di rimando; poi sorrise facendogli il saluto militare. E scappò. Sarebbe arrivato tardi a scuola, come al solito, ma che importanza aveva, ormai? L'anno scolastico era quasi finito. Avrebbe preso il diploma di lì a un mese e mezzo e in settembre sarebbe partito per Harvard. Del resto la scuola per lui era un posto dove si facevano tante amicizie, dove si dava la caccia alle ragazze e ci si divertiva prima di tornare a casa, in famiglia, per la cena. La scuola gli era sempre piaciuta, ma non era mai stato uno studente serio e impegnato come Phillip. Certo si sentiva triste al pensiero che suo fratello partisse per la guerra, ma era convinto che la sua fosse la scelta giusta, esattamente com'era convinto che Edwina sbagliasse. Papà glielo avrebbe detto, se fosse stato vivo...

Del resto, Phillip non era più un bambino.

Furono più o meno queste le considerazioni che il giovane fece con la sorella poco dopo, in giardino, dove Edwina stava strappando le erbacce con gesti nervosi e quasi con violenza, ma lei prima fece finta di non sentirlo e infine si voltò a guardarlo con le guance rigate di lacrime mentre si scostava i capelli dal viso con il dorso delle mani.

«Se non sei più un bambino, comportati da uomo, allora, e stai con noi. Ho lottato per conservare quel maledetto giornale per cinque anni, per conservarlo per voi, e adesso... che cosa ti aspetti che faccia? Che lo chiuda?» Il giornale non c'entrava assolutamente con quello di cui stavano parlando e lo sapevano entrambi. In fondo, Edwina voleva soltanto fargli capire che aveva paura. Una paura tale, la sua, che non riusciva a fare tutto quanto era in suo potere per impedirgli di andare in Europa a combattere.

«Il giornale aspetterà fintanto che io sono via. E non è questo il nocciolo della questione. Lo sai benissimo.»

«Il nocciolo della questione è...» Edwina tentò di giustificarsi nuovamente, ma questa volta si accorse di non trovare le parole adatte. Non ebbe il coraggio di continuare quel discorso poiché, voltandosi, vide l'espressione del viso di Phillip. Come sembrava forte, in quel momento, e giovane, e così pieno di speranze! Credeva in quello che aveva fatto e voleva che ci credesse anche lei, per amor suo, mentre purtroppo Edwina non si sentiva di farlo. «La questione è...» sussurrò tendendogli le braccia e stringendolo al cuore «...la questione è che... Se sapessi quanto ti voglio bene...» mormorò singhiozzando. «...Oh, ti prego, Phillip... non partire...»

«Edwina, devo partire.»

«No, non puoi...» Stava pensando a se stessa, a Fannie e a Teddy, e ad Alexis. Tutti avevano bisogno di lui! Se partiva, sarebbe rimasto soltanto George. Quel burlone di George, con le sue monellerie, le scatole di latta legate dietro la carrozza, la manovella presa a prestito dalle automobili, i topolini lasciati liberi in classe... quel volto dolce che si protendeva verso di lei per darle il bacio della buonanotte, quelle braccia che avevano tenuto stretta Fannie... i ragazzi che erano stati e non erano più... E in autunno anche George se ne sarebbe andato. A un tratto ogni cosa stava cambiando, come già era successo un'altra volta, in passato, ma adesso i fratelli e le sorelle erano tutto quanto le rimaneva e non voleva perderli. «Phillip, ti prego...»

I suoi occhi erano supplichevoli e Phillip la guardò con aria triste. Aveva fatto quel lungo viaggio fin lì per parlargliene, per dirglielo, e si era aspettato una reazione così, ma ora era terribile scoprire quanto fosse penoso per tutti. «Io non parto senza il tuo consenso. Non so come farò a venirne fuori, ma se sei convinta di quello che mi stai dicendo, se non te la senti di tirare avanti senza di me, allora rinuncerò a partire.» Pronunciò queste parole con aria desolata e l'espressione dei suoi occhi fece capire a Edwina che non c'era altra scelta. Doveva permettergli di fare quello che voleva.

«E se tu non partissi?»

«Non so...» Si guardò attorno con tristezza: erano nel giardino di Kate e l'immagine della madre gli tornò davanti agli occhi, insieme a quella del padre, al quale tutti avevano voluto bene. Poi si voltò di nuovo verso la sorella. «Credo che avrò sempre la sensazione di essere venuto meno alla parola data, di essere un vigliacco. Non ho nessun diritto di lasciare che sia qualcun altro a combattere questa guerra per noi. Edwina, voglio esserci anch'io.» Sembrava così sicuro e così calmo che solo a guardarlo lei si sentì spezzare il cuore. Continuava a non capire la strana passione per la guerra che avevano gli uomini, però sapeva che Phillip non poteva rimangiarsi la parola data.

«Perché? Perché deve proprio toccare a te?»

«Perché sono un uomo, adesso, anche se tu mi consideri sempre un bambino. Edwina... quello è il mio posto.»

Lei fece cenno di sì con la testa, in silenzio; poi si alzò in piedi, si ripulì la gonna dal terriccio, si tolse la polvere dalle mani e infine, dopo un lungo attimo senza fine, sollevò di nuovo lo sguardo. «Allora, ce l'hai.» Pronunciò queste parole in tono solenne ma con voce tremante; a ogni modo, ormai aveva preso una decisione e adesso era contenta che Phillip fosse tornato a casa per parlarne con lei. Se non lo avesse fatto, non ne avrebbe mai capito il motivo. Forse non lo aveva capito neppure adesso, però doveva rispettarlo. E Phillip aveva ragione. Non era più un ragazzo, ma un uomo. E aveva diritto alle proprie opinioni, ai propri principi.

«Che cosa avrei?» le chiese confuso. Poi, a un tratto, mentre le sorrideva sembrò tornare bambino.

«Hai il mio consenso, la mia benedizione, sciocco ragazzo! Vorrei che tu non partissi, ma hai il pieno diritto di prendere le decisioni che ritieni giuste.» Poi, con lo sguardo di nuovo triste, aggiunse: «Solo una cosa: devi tornare a casa a ogni costo!»

«Te lo prometto... ritornerò...» Le buttò le braccia al collo e la strinse al cuore. Rimasero abbracciati a lungo, mentre Teddy li osservava da una finestra del piano superiore.

20

I DUE fratelli più grandi, la sera prima, avevano parlato per ore e ore mentre Phillip raccoglieva le proprie cose e diceva a George di prendere tutto quello che desiderava di quanto lui lasciava a casa. Ormai mezzanotte era passata da un pezzo quando decisero di scendere in cucina per cercare qualcosa da mangiare.

George chiacchierò animatamente, agitando la coscia di pollo che teneva in mano, augurò al fratello buona fortuna e non nascose la sua invidia al pensiero delle ragazze che avrebbe conosciuto in Francia. Ma quello, per Phillip, era l'ultimo dei pensieri.

«Non creare problemi a Edwina», gli raccomandò, invitandolo a essere serio e a non abbandonarsi a chissà quali pazzie, una volta arrivato ad Harvard.

«Non fare lo sciocco!» esclamò Geoge con un largo sorriso, mentre versava un bicchiere di birra per sé e per il fratello maggiore. Ormai i bagagli di Phillip erano pronti e, fino al mattino, non c'era più niente da fare. Avrebbero anche potuto parlare per tutta la notte, se avessero voluto, e George sapeva che Edwina non avrebbe sollevato obiezioni... nemmeno se si fossero sbronzati! Del resto ne avrebbero avuto il pieno diritto!

«Dico sul serio», riprese Phillip. «È stato difficile per lei occuparsi di tutti noi per tanto tempo.» Kate e Bert Winfield, infatti, erano morti ormai da cinque anni.

«Non siamo poi stati tanto terribili, dopo tutto!» George sorrise sorseggiando la birra e si domandò che aspetto avrebbe avuto suo fratello in uniforme. Più ci pensava, più lo invidiava e desiderava partire con lui.

«Se non fosse stato per noi, forse si sarebbe già sposata!» Phillip obiettò, pensieroso. «O forse no. Non credo che sia mai riuscita a dimenticare Charles; forse non ci riuscirà mai.»

«Secondo me non vuole dimenticarlo», gli fece notare George che conosceva bene sua sorella. Phillip annuì.

«Insomma, sii buono con lei.» Guardò con affetto il fratello minore mentre appoggiava sul tavolo il bicchiere, gli arruffò i capelli e sorrise. «Sentirò la tua mancanza, ragazzo. Divertiti, l'anno prossimo!»

«Anche tu.» George sorrise pensando alle avventure di Phillip in Francia. «Chissà che, un giorno o l'altro, io non ti riveda da quelle parti!»

Ma Phillip fece cenno di no con la testa. «Guai a te se ti azzardi a fare una cosa del genere! Hanno bisogno della tua presenza qui.» Bastava guardarlo negli occhi per capire che parlava sul serio; George annuì con un sospiro d'invidia.

«Lo so.» Poi, con un'aria grave che era insolita in lui, aggiunse: «Tu, piuttosto, pensa a tornare a casa!» Era quello che gli aveva detto anche Edwina e Phillip, tacitamente, annuì.

Poi, quando le due del mattino erano appena passate, salirono in camera sottobraccio; la mattina seguente tutto era pronto e trovarono la colazione in tavola, preparata da Edwina, che li accolse con un sorriso. I due ragazzi, dopo le discussioni della sera prima e le lunghe ore di chiacchiere in cucina, avevano l'aria stanca.

«Siete andati a letto tardi, ieri sera?» domandò versando il caffè nelle tazze mentre Fannie continuava a fissare Phillip. Non riusciva a credere che il fratello maggiore se ne andasse di nuovo, che li abbandonasse. E questa volta sapeva che Edwina non era contenta di quella partenza.

Andarono tutti insieme alla stazione ad accompagnarlo ma c'era un'aria di falsa allegria nella Packard, mentre Edwina guidava attraverso la città.

Alla stazione c'erano anche altri ragazzi in partenza con lo stesso treno. Gli Stati Uniti erano entrati in guerra soltanto da nove giorni, eppure moltissimi si erano già arruolati volontari.

Per Alexis quella era una giornata triste e al tempo stesso speciale. Festeggiava infatti il suo undicesimo compleanno, e la tristezza, per lei, era doppia poiché Phillip stava per lasciarli.

«Abbi cura di te, mi raccomando», gli mormorò Edwina mentre aspettavano il treno. George, invece, stava snocciolando, imperterrito, una serie ininterrotta di vecchie barzellette, che servirono a distrarre i più piccoli. Improvvisamente, Edwina si sentì il cuore stretto dall'angoscia vedendo in distanza il treno avvicinarsi.

Poi il treno entrò in stazione e George aiutò Phillip a caricare tutti i suoi bagagli, mentre i fratelli più piccoli assistevano a quella partenza con sguardo triste e aria afflitta.

«Quando torni?» gli domandò Teddy disperato, mentre una lacrima gli scivolava lentamente sulla guancia.

«Presto... fa' il bravo... non dimenticarti di scrivere...» Ma il fischio della locomotiva soffocò le sue parole. La partenza era prossima. Phillip baciò rapidamente tutti, poi si strinse ancora una volta al cuore Edwina. «Abbi cura di te... io starò benone... tornerò presto, Win... Oh, Dio... quanto mi mancherete tutti...» Per l'emozione, le parole gli morirono in gola.

«Non correre pericoli», bisbigliò lei di rimando, «e torna presto a casa... ti voglio bene...» Poi furono costretti a scendere di corsa sul marciapiede della stazione mentre il capotreno gridava: «Signori, in vettura!»

Edwina si strinse Teddy al fianco e George rimase immobile tenendo Alexis e Fannie per mano mentre il treno, lentamente ma inesorabilmente, usciva dalla stazione.

Edwina provò una stretta al cuore e pregò dentro di sé che tornasse a casa sano e salvo. Poi tutti agitarono a lungo la mano per salutarlo, ma ormai Phillip era già lontano e non poterono vedere il suo viso rigato di lacrime. Stava per fare quello che riteneva fosse il suo dovere, lo sapeva e ne era sicuro... ma, Dio!... quanto gli sarebbero mancati... tutti.

21

COMINCIÒ così un'attesa che sembrava senza fine. Di tanto in tanto Phillip scriveva a Edwina e ai fratelli; all'arrivo dell'inverno era in Francia alla battaglia di Cambrai. La sua unità era stata affiancata agli inglesi in quel settore del fronte e almeno per un certo periodo di tempo se la cavarono discretamente — meglio dei circa cinquecentomila uomini che erano morti nella battaglia di Passchendaele. Ma dieci giorni dopo l'inizio della battaglia di Cambrai, i tedeschi sferrarono un contrattacco; inglesi e americani, perdendo il terreno conquistato, furono costretti a ripiegare e ritornarono quasi al punto di partenza.

Il numero delle vittime fu spaventoso ed Edwina mentre leggeva il resoconto di quegli attacchi provò un tuffo al cuore pensando al fratello. Phillip nelle sue lettere le descriveva il fango, la neve e i disagi, ma non una sola volta accennò alla paura che lo attanagliava, a quanto si sentisse demoralizzato vedendo ogni giorno morire migliaia di uomini, e come pregasse in cuor suo di salvarsi e sopravvivere...

Negli Stati Uniti, ovunque, si vedevano grandi manifesti che invitavano i giovani ad arruolarsi — un severo richiamo dello Zio Sam a rispondere alla chiamata alle armi. In quello stesso anno, in Russia, cadde l'impero degli zar e la famiglia imperiale venne assassinata.

«Anche George vuole diventare un eroe?» domandò Fannie

un giorno, appena prima della Festa del Ringraziamento, ed Edwina si sentì tremare al pensiero che George seguisse l'esempio di Phillip.

«No, lui no», rispose secca. Era già abbastanza preoccupata per Phillip notte e giorno; e per fortuna George fin dall'autunno si trovava ad Harvard. Telefonava a casa di rado e dalle sue rare lettere si capiva che era felice e si trovava bene, anche se non parlava degli argomenti che avevano invece interessato Phillip quando era andato laggiù. Preferiva descrivere le persone che aveva conosciuto, i compagni che gli erano simpatici, le feste alle quali partecipava a New York, le ragazze che frequentava, passando dall'una all'altra senza stancarsi mai. Anche lui lasciò stupita Edwina quando le confidò di sentire la mancanza della California. E una volta spedì a casa anche una buffa lettera nella quale si dichiarava entusiasta dell'ultimo film che aveva visto, con Charlie Chaplin come protagonista, intitolato *La cura miracolosa*. E ne descrisse con entusiasmo un altro, con Gloria Swanson, dal titolo *Teddy at the Throttle*. Il cinema continuava ad affascinarlo; un'altra volta scrisse a casa una lunga lettera zeppa di dettagli tecnici su entrambi i film di cui aveva parlato prima, nella quale si dilungava anche a spiegare come avrebbero potuto essere resi ancora migliori. Tutto questo stupì Edwina, che finì per domandarsi se facesse davvero sul serio quando parlava di andare a Hollywood, un giorno, a «fare» anche lui qualche film. Eppure il mondo di Hollywood sembrava molto, molto lontano da Harvard.

Phillip era sempre in Francia, con le dita congelate e i compagni che morivano intorno a lui.

Per fortuna, Edwina non sapeva niente di tutto questo quando pregarono tutti insieme, soprattutto per lui, intorno alla tavola per la Festa del Ringraziamento.

«...e Dio benedica anche George», aggiunse Teddy solennemente, «che non diventerà un eroe perché mia sorella Edwina non glielo permetterà mai», quasi a fornire la propria spiegazione, mentre lei gli sorrideva. A sette anni era una specie di folletto paffuto con tanto bisogno di affetto, attaccato alla sorella in un modo tutto speciale. Edwina del resto era l'unica mamma che ricordasse.

Passarono la giornata tranquillamente e, dopo il pranzo della Festa del Ringraziamento, andarono in giardino. Era una bella giornata, abbastanza calda; Alexis e Fannie si divertirono sull'altalena mentre Teddy giocava con il pallone lanciandolo prima all'una e poi all'altra. Era strano, adesso, con i due fratelli più grandi lontano da casa, ritrovarsi sola in compagnia dei più piccini. Edwina propose di scrivere a Phillip quella sera. In cuor suo sperava che George le telefonasse. Le aveva detto che avrebbe trascorso la giornata di festa in casa di amici, a Boston.

La sera, stanchi, se ne andarono finalmente a letto ed Edwina rimase sveglia a lungo. Era molto tardi quando sentì suonare il campanello della porta. Si alzò a sedere di scatto sul letto, stupita, poi si affrettò a scendere al piano terreno per paura che le scampanellate svegliassero i bambini.

Stava ancora infilandosi affannosamente la vestaglia quando arrivò alla porta d'ingresso, a piedi nudi, con i capelli raccolti in una treccia.

L'aprì guardinga, pensando di trovarsi davanti uno degli amici di George, ubriaco fradicio, che veniva a cercarlo avendo completamente dimenticato che lui si trovava ad Harvard a studiare.

«Sì?» domandò, e per un attimo sembrò molto giovane, quasi una ragazzina, nel vestibolo semibuio, con il viso illuminato dal chiaro di luna.

Fuori c'era un uomo che non riconobbe, con un telegramma in mano. Lo guardò stupita. «È in casa sua madre?» domandò lui, facendo aumentare la sua confusione.

«Io... no... credo che lei voglia alludere a me.» Aggrottò la fronte. «Con chi vuole parlare? Per chi è il telegramma?» Un fremito sottile di paura, intanto, si era insinuato dentro di lei, giungendo fino al cuore, stringendoglielo in una morsa crudele; mentre l'uomo leggeva a voce alta e chiara il suo nome, si sentì mancare il respiro. Poi le mise in mano il telegramma e si allontanò in fretta mentre Edwina, dopo avere richiuso la porta, vi si appoggiava contro per un attimo. Non poteva trattarsi di una buona notizia. Nessuna buona notizia arriva per mezzo di un telegramma a mezzanotte passata.

Entrò lentamente nel salone, accese una lampada e si sedette, accingendosi a leggerlo. Con gesti rapidi stracciò la busta e con il cuore in tumulto e il fiato sospeso scorse frettolosamente le parole che vi erano scritte. No, era impossibile! Non poteva essere vero... cinque anni prima si era salvato dal naufragio del *Titanic*... e adesso se n'era andato per sempre...

> Ci dispiace informarla che suo fratello, il soldato semplice Phillip Bertram Winfield, è morto coraggiosamente sul campo di battaglia di Cambrai oggi, 28 novembre 1917. Il ministero dell'Esercito la prega di accogliere, con tutta la famiglia, le più sincere condoglianze...

Il telegramma era firmato da un nome che Edwina non aveva mai sentito. Un singhiozzo le salì alle labbra mentre leggeva e rileggeva quelle terribili parole almeno una dozzina di volte... Poi si alzò in silenzio e spense la luce.
Con il viso rigato di lacrime salì al piano superiore e si fermò in quel corridoio dove Phillip era vissuto, dov'erano cresciuti insieme, e dove non sarebbe mai più tornato... come gli altri... Per cinque anni era rimasto con lei, e in quei cinque anni era diventato un uomo, solo per essere ucciso dai soldati tedeschi.
E in quel momento, mentre immobile, piangendo in silenzio, stringeva fra le mani quel telegramma, nella semioscurità vide il visetto di Alexis che la stava cercando. La bambina rimase a fissarla a lungo, impietrita. Aveva capito che doveva essere successo qualcosa di terribile, ma non aveva il coraggio di avvicinarsi. La sorella maggiore spalancò le braccia e d'istinto Alexis capì che Phillip se n'era andato per sempre. Rimasero così abbracciate per un tempo lunghissimo, fino a quando Edwina asciugò gli occhi di Alexis e la portò a letto con sé. Rimasero aggrappate l'una all'altra sotto le coperte, come due bambine smarrite, fino al mattino.

22

«PRONTO? Pronto!» Edwina si mise a gridare, cercando di farsi sentire a una distanza di più di cinquemila chilometri. La comunicazione era disturbata, ma doveva assolutamente raggiungere George in qualche modo e mettersi in contatto con lui. Aveva già aspettato due giorni che suo fratello tornasse ad Harvard dopo il weekend della Festa del Ringraziamento. Finalmente, dall'altro capo del filo qualcuno rispose. «Il signor Winfield, per favore», urlò lei nel microfono e rimase ad aspettare, tendendo l'orecchio, assordata da una serie senza fine di crepitii e di rumori di ogni genere mentre andavano a cercarlo. Quando George arrivò, fu accolto da un lungo silenzio.

«Pronto!» Si mise a gridare anche lui. «...Pronto! ...Chi parla?» Pensò che la comunicazione fosse stata interrotta ma finalmente Edwina, dopo aver respirato a fondo, riprese a parlare anche se non sapeva bene da dove cominciare. Era già terribile dargli una notizia simile, e ancora peggio doverlo fare così, attraverso il telefono; d'altra parte non aveva avuto il coraggio di inviargli un telegramma perché sapeva che per lui sarebbe stato uno choc; e una lettera avrebbe impiegato troppi giorni per arrivare. George aveva il diritto di sapere tutto, esattamente come gli altri. I più piccoli avevano pianto per ore intere. Purtroppo, le lacrime erano sempre state qualcosa di familiare per tutti loro — ne avevano già versate tante in un'altra occasione, anche se oramai non se ne ricordavano più molto bene.

«George, mi senti?» Ma la sua voce gli arrivava a malapena.

«Sì... state tutti bene? Che cosa c'è?»

Era difficile dargli la risposta, ed Edwina si sentì le lacrime agli occhi prima ancora di parlare. A un tratto temette di aver commesso un errore, telefonandogli. «Phillip...» cominciò, ma prima ancora che lei volesse aggiungere qualcos'altro George aveva già capito e si sentì gelare il sangue nelle vene. «Abbiamo ricevuto un telegramma due giorni fa», mormorò Edwina singhiozzando. «È stato ucciso in Francia... e...» improvvisamente sembrò importante spiegargli tutto nei minimi particolari. «È morto combattendo eroicamente...» aggiunse e poi non riuscì più a pronunciare altro mentre i più piccoli, immobili sulle scale, la guardavano.

«Torno a casa», fu quanto George seppe rispondere, con il viso rigato di lacrime. «Torno a casa, Win...» Ormai piangevano entrambi senza ritegno e Alexis cominciò a salire lentamente i gradini fino all'ultimo piano, dove non era più stata da molto tempo. Adesso sentiva il bisogno di andarci, di essere sola, immersa nei suoi pensieri e nel ricordo del fratello maggiore.

«George», mormorò Edwina, cercando di farsi coraggio «non sentirti obbligato a farlo... noi stiamo... bene...» Ma questa volta non seppe essere affatto convincente.

«Ti voglio bene... vi voglio bene...» ripeté George, dando sfogo alle lacrime mentre pensava a Phillip, a lei, a tutti i suoi cari... e a quanto fosse ingiusto il destino. Edwina aveva ragione a non voler lasciar partire Phillip. Adesso lo capiva anche lui. Ma era troppo tardi per Phillip. «Tra quattro giorni arrivo a casa.»

«George, non...» Edwina cercò di opporsi, temendo che ad Harvard non vedessero di buon occhio un'iniziativa del genere.

«A presto... aspetta... e i bambini, come stanno?» Stavano abbastanza bene, a parte Alexis che sembrava profondamente addolorata e sconvolta. Gli altri si aggrappavano a Edwina, con il terrore di perdere anche lei.

«Bene o male se la caveranno.» Poi respirò a fondo e cercò di imporsi con uno sforzo di non pensare a Phillip e alla sua morte, solo in quella melma gelida. Povero bambino... se almeno lei avesse potuto tenerlo fra le braccia... «Allora ci vediamo tra quattro giorni.»

Poi si pentì e per un attimo provò una gran voglia di dirgli di non partire, ma George ormai aveva interrotto la comunicazione. Riattaccò lentamente e, voltandosi, seduti sulle scale, vide Fannie e Teddy che piangevano in silenzio, a pochi passi da lei. Scesero di corsa a farsi consolare ed Edwina li abbracciò e li accompagnò sopra di nuovo, nelle loro camerette. Ma quella notte vollero dormire con lei, come Alexis, che era ormai ridiscesa per raggiungerli. Edwina non era andata a cercarla perché sapeva dove fosse e quanto bisogno avesse di rimanere sola.

Parlarono di Phillip fino a sera inoltrata; parlarono di tutto ciò che avevano amato in lui. Com'era alto, distinto ed elegante, com'era gentile, come prendeva seriamente ogni cosa, quanto senso della responsabilità avesse, com'era affettuoso e buono. L'elenco delle sue qualità era molto lungo e ricordandole Edwina si rese conto, straziata dal dolore, che avrebbe sentito atrocemente la mancanza del fratello.

Mentre si stringevano l'uno all'altro in quella lunga notte, non poté fare a meno di pensare a un'altra terribile notte, quando si erano trovati nella scialuppa di salvataggio, impauriti e soli, in quell'oceano in tempesta, domandandosi se mai si sarebbero riuniti tutti insieme. Ma questa volta era diverso: sapeva che non sarebbe più stato possibile.

Quelli che seguirono furono quattro lunghi giorni di riflessioni, di pianti e silenziosa rabbia, ma quando George arrivò la casa tornò a vivere. Il solo fatto di rivederlo riportò il sorriso sulle labbra di Edwina. All'arrivo George, non trovandola nel vestibolo, era corso in giardino a cercarla e l'aveva presa tra le braccia stringendola al petto. Erano rimasti così a lungo piangendo insieme il fratello perduto.

«Sono contenta che tu sia venuto», gli confessò Edwina un poco più tardi, quando i più piccoli erano già a letto al piano di sopra. Poi gli rivolse un'occhiata piena di tristezza. «Si sente talmente la solitudine, qui in casa, senza di lui! Tutto è diverso, improvvisamente, sapendo che... se ne è andato... se ne è andato per sempre e non tornerà mai più. Non sopporto nemmeno di entrare nella sua camera, adesso.» George capiva. Lui, invece, ci era entrato quel pomeriggio stesso, e ci era rimasto a lungo, a piangere. Perché una parte di lui si era quasi aspettata di ritrovarci Phillip.

«È così strano, vero?» disse. «Un po' come se fosse ancora vivo in un luogo imprecisato, laggiù, lontano... e io sono convinto che un giorno o l'altro tornerà... Purtroppo non è così, Edwina... non è vero?»

Lei scrollò la testa pensando di nuovo a quel fratello così serio, così maturo, così pronto ad assumersi tutte le sue responsabilità. Pensò a come l'aveva aiutata con i più piccoli, a differenza di George che sembrava soltanto capace di infilare ranocchie nel letto dei fratelli... Adesso, invece, gli era grata di essere tornato a casa.

«È la sensazione che provavo per la mamma... papà... e Charles...» Edwina finì per ammettere. «Cioè che un giorno sarebbero tornati, anche se non è mai successo.»

«Vedi, a quell'epoca forse io ero troppo giovane per capire tutte queste cose», mormorò George rendendosi conto che, a poco a poco, stava conoscendo sempre meglio sua sorella. «Dev'essere stato tremendo, per te, Win... con Charles e tutto il resto.» E poi: «Non hai più voluto bene a nessun altro, vero? Voglio dire... dopo di lui...» Sapeva che Ben aveva dichiarato il suo amore a sua sorella, ma si era anche accorto che Edwina non era mai stata innamorata di lui. Ed era sicuro che dopo Ben non ci fosse più stato nessun corteggiatore serio.

Lei sorrise e scrollò la testa. «Non credo che mi innamorerò mai più di un altro uomo. Forse quell'amore mi è bastato per tutto il resto della mia vita. Solo Charles...» e la sua voce si spense senza concludere la frase, mentre ricordava il fidanzato.

«Non mi sembra giusto... tu meriti molto di più.» Poi aggiunse: «Ma un giorno o l'altro, non ti piacerebbe avere un figlio tuo?»

Di fronte a quella domanda Edwina scoppiò a ridere: «Credo di averne avuti abbastanza, grazie tante!» Poi esclamò: «Non ti pare che cinque bambini dovrebbero bastare?»

«Certo, ma non mi sembra che sia la stessa cosa!» replicò lui con aria seria ed Edwina, ridendo disse: «Io invece penso che siano sufficienti! Avevo promesso alla mamma di occuparmi di voi, ed è quello che ho fatto. Ma non sono convinta che sia necessario andarmi a cercare altre preoccupazioni dello stesso genere. E in ogni caso ormai sono troppo vecchia!» A guardarla, non si sarebbe detto che rimpiangesse la scelta fatta. L'addolorava soltanto avere perduto tante persone alle quali voleva bene. E ciò rendeva ancor più preziosi gli affetti che le erano rimasti. «Quando devi tornare ad Harvard?»

Lui la guardò con aria grave e tacque per qualche istante prima di risponderle: «Non voglio parlartene... perlomeno non stasera... magari domani...» Sapeva che Edwina sarebbe rimasta sconvolta, ma ormai aveva fatto le sue scelte e aveva preso la sua decisione prima ancora di tornare a casa, in California.

«È successo qualcosa? Non ti sarai messo in qualche guaio, per caso, George?» Se così fosse stato non se ne sarebbe affatto meravigliata, conoscendo il fratello. Gli sorrise con affetto e pensò che era ancora un bambino! Così pieno di vita e di entusiasmo, anche se in quel momento sembrava molto serio. Ma lui scrollò il capo e con tono quasi offeso rispose: «No, non mi sono messo in nessun guaio, Win. Ma questo non significa che io voglia tornare ad Harvard».

«Come?» Edwina sembrava sconvolta. Tutti gli uomini della famiglia si erano laureati ad Harvard. Da tre generazioni. E dopo George un giorno ci sarebbe andato anche Teddy e, in futuro, i loro figli.

«Non torno all'università.» Ormai aveva preso una decisione, esattamente come Phillip aveva deciso di partire per la guerra, ed Edwina lo intuì.

«Perché?»

«Perché ormai il mio posto è qui. E se vuoi proprio che sia onesto con te, ti confesso che non mi sono mai trovato a mio agio ad Harvard. Certo, mi sono divertito, ma non è esattamente quello che voglio, Win. A me interessa qualcosa di molto diverso. Il mondo vivo, vero e reale... qualcosa di nuovo, di emozionante, pieno di vita... non mi interessano i saggi di letteratura greca e le traduzioni. Tutte cose che andavano bene per Phillip... ma per me no, ecco la verità! Del resto non mi sono mai andate. Io voglio tutt'altro. Preferirei mettermi a lavorare qui.» La proposta lasciò la sorella profondamente sconvolta, anche se capiva che sarebbe stato inutile cercare di dissuaderlo. Se gli avesse lasciato fare quello che voleva non era escluso che un giorno George potesse decidere di tornare all'università per finire gli studi. Non sopportava l'idea che rinunciasse alla laurea. Anche Phillip aveva sempre avuto l'intenzione di tornare ad Harvard per laurearsi!

Ne parlarono per parecchi giorni e a un certo punto Edwina decise di affrontare l'argomento anche con Ben. Quindici giorni più tardi George cominciava a lavorare negli uffici del giornale. Edwina fu costretta ad ammettere che forse tutto questo aveva un maggior senso logico perché, morto Phillip, nessun altro della famiglia avrebbe potuto occuparsene. Naturalmente ci sarebbe voluto tempo prima che George potesse prendere in mano le redini del giornale ma forse fra un anno o due avrebbe imparato quanto era necessario e sarebbe stato in grado di farlo. Purtroppo, all'infuori di lui non restava davvero più nessuno!

Osservandolo uscire di casa ogni mattina per andare in ufficio, Edwina non poteva fare a meno di sorridere. Sembrava un bambino che fingesse di sostituire suo padre. Tanto per cominciare, si alzava invariabilmente troppo tardi, poi, infilandosi la giacca sulle scale e con la cravatta di traverso scendeva a colazione e si presentava a tavola giusto in tempo per esibirsi in qualche monelleria, con grande divertimento dei bambini. Non solo, ma dopo aver rovesciato tre bicchieri di latte, offerto il suo porridge al gatto e afferrato qualche frutto, usciva di corsa gridando a sua sorella che le avrebbe telefonato all'ora di pranzo. E in effetti la chiamava ogni giorno, ma più che altro per raccontarle una storiella divertente oppure per domandarle se le dispiaceva molto se fosse rimasto fuori a cena, cosa che, naturalmente, a Edwina non dispiaceva affatto.

Ormai le storie d'amore di George, una più colorita e romanzesca dell'altra, erano famose in tutta la città; non appena si sparse la notizia del suo ritorno, piovvero inviti da tutte le parti.

I Crocker, i de Young, gli Spreckles, tutti, insomma, lo volevano, esattamente come avevano fatto con Edwina anche se lei, ormai, preferiva quasi sempre rimanere a casa. Di tanto in tanto usciva accompagnata dal fratello che le faceva da cavaliere, sempre simpatico, bello ed elegante. Ma Edwina in realtà non si divertiva più alle feste e ai ricevimenti. George, invece, apprezzava tutto e si divertiva moltissimo — molto più di quanto si divertisse a fare il suo apprendistato al giornale.

Da qualche mese Edwina lo aveva costretto ad accompagnarla alle riunioni mensili del consiglio di amministrazione e lui ubbidiva, poi scoprì che non tornava quasi mai al giornale dopo pranzo e, svolta qualche indagine più approfondita, venne anche a sapere che se la squagliava per andare di soppiatto al cinema.

«George, per amor di Dio, cerca di non fare il bambino! Sii serio! Un giorno questa azienda diventerà tua», lo rimproverò in giugno e lui le chiese scusa. Ma il mese seguente la storia si ripeté e lei fu costretta a minacciarlo di sospendergli lo stipendio se non si fosse impegnato abbastanza per guadagnarselo.

«Edwina, non so che cosa farci! Non è colpa mia. Tutti mi fanno inchini e salamelecchi e mi chiamano signor Winfield, ma io non capisco un accidente di quello che succede intorno a me. Figurati che di tanto in tanto mi capita di voltarmi e di guardarmi indietro pensando che non salutino me, ma papà.»

«E con questo? Impara a occupare il tuo posto come si deve! Io lo farei, se fossi nei tuoi panni!» esclamò lei furibonda, ma George, stanco di essere redarguito, reagì e le rispose: «E allora, perché diavolo non ci vai tu a dirigere il giornale, me lo vuoi dire? Dirigi tutto il resto, la casa, i bambini, comanderesti a bacchetta anche me, se potessi, esattamente come facevi con Phillip!» Edwina a questo punto non riuscì più a controllarsi e gli allungò uno schiaffo. George rimase allibito, rendendosi conto di quello che aveva appena detto. Si affrettò a scusarsi, molto dispiaciuto, ma l'aveva colpita sul vivo e lo sapeva. «Edwina, perdonami... non so quello che dico...»

«Dunque è questa l'opinione che hai di me, George? Sei convinto che io comandi tutti a bacchetta? È questa l'impressione che ti do?» esclamò con il viso rigato di lacrime. «Be'... e allora vorresti dirmi, per piacere, che cosa avrei dovuto fare, secondo te, quando papà e mamma sono morti? Rinunciare a tutto? Lasciare che ognuno di voi vivesse come voleva? Ma chi pensi che sarebbe stato capace di tenervi tutti uniti? La zia Liz? Lo zio Rupert? Oppure tu stesso, magari, occupato com'eri a mettere le ranocchie nel letto di tutti? Chi altri c'era, dimmelo, per amor di Dio! Papà se n'era andato per sempre, e purtroppo non aveva avuto altra scelta!» singhiozzò Edwina e a quel punto rivelò quanto aveva sempre preferito tenere nascosto per tutti quegli anni. «E la mamma ha scelto di rimanere con lui... non hanno mai permesso né a papà né a Phillip di salire sulle scialuppe, perché erano uomini... tu sei stato l'ultimo ragazzino a essere accolto su una di quelle imbarcazioni, perché l'ufficiale incaricato di far salire i passeggeri respingeva i ragazzi e gli uomini... Così papà è stato costretto a rimanere a bordo del *Titanic* e la mamma *ha voluto* rimanere con lui. Phillip ha detto che si è rifiutata di salire sull'ultima scialuppa che calavano in mare. Lei *ha voluto* morire con papà.» Per cinque lunghi anni questo pensiero l'aveva straziata. Per quale motivo Kate aveva scelto di morire con Bert? «Dunque, chi rimaneva, George? Chi era lì? C'ero solo io... e c'eri tu... ma avevi soltanto dodici anni... e Phillip... che ne aveva sedici... Quindi non rimanevo che io. E se non ti piace il modo con cui ho mandato avanti la famiglia da quel giorno in poi, non so che cosa dirti... Mi dispiace!» Gli voltò le spalle perché aveva gli occhi velati dalle lacrime.

«Scusami, Win...» George era sconvolto per ciò che aveva fatto. «Ti voglio bene... sei stata meravigliosa... il fatto è che sono agitato, scontento, perché questo non è quello che voglio... non so che cosa farci. Mi dispiace... io non sono papà... né Phillip... e neppure te... sono io... e tutto questo non è fatto per me.» Aveva anche lui gli occhi lucidi, adesso, perché si rendeva conto di averla profondamente delusa. «Insomma, io non ce la faccio a essere come loro. Harvard per me non significa niente, Win. E del giornale non capisco niente. E sono sicuro che sarà sempre così.» Si mise a piangere e si voltò ancora a guardarla. «Se tu sapessi quanto sono mortificato!»

«Ma, allora, che cosa vorresti fare?» gli domandò lei con dolcezza. Voleva bene a George così com'era, e doveva rispettarlo per quello che era, e anche per quello che non era.

«Io voglio quello che ho sempre voluto, Win. Voglio andare a Hollywood a fare i film.» Non aveva ancora diciannove anni e il solo pensiero che volesse andare a Hollywood sembrò ridicolo e assurdo a Edwina.

«E in quale modo pensi di riuscirci?»

Gli occhi di George si illuminarono di felicità a quella domanda. «Un mio compagno di studi ha uno zio che dirige una società cinematografica e mi ha detto che, se volessi fare qualcosa in quel campo, non dovrei farmi problemi a mettermi in contatto con lui.»

«George», rispose Edwina con un sospiro, «questi sono solo sogni...»

«Come fai a dirlo? Come puoi essere sicura che io non diventerò un grande regista?» Scoppiarono a ridere insieme, tra le lacrime. Edwina avrebbe voluto essere indulgente, e cedere, ma non poteva fare a meno di pensare che sarebbe stata una pazzia. «Edwina!» esclamò George in tono supplichevole. «Non mi lasceresti tentare?»

«E se dicessi di no?» replicò lei guardandolo con aria seria, ma l'espressione delusa di George la commosse profondamente.

«In tal caso rimarrò qui e cercherò di comportarmi bene. Ma se mi lascerai andare a Hollywood, ti prometto che tornerò a casa ogni weekend a vedere come vanno le cose.»

Edwina rise a questa idea. «E che cosa me ne farei delle schiere di ragazze che ti seguirebbero? Perché sono sicura che succederebbe proprio così!»

«Potremmo parcheggiarle in giardino», propose lui sorridendo. «Bene, allora mi lascerai provare?»

«Può darsi», mormorò Edwina lentamente; poi lo guardò con aria triste. «Ma... come farò con il giornale?»

«Non lo so», le rispose George con molta schiettezza. «A ogni modo non credo che io sarei in grado di dirigerlo.» Quello era un problema che la tormentava da molto tempo; purtroppo si rendeva conto che un giorno, e presto, se non avesse trovato un uomo dalla solida tempra, capace di mandarlo avanti, avrebbe finito per dover chiudere il giornale, oppure rimetterci molto denaro.

«Suppongo che io dovrei venderlo! L'unico che davvero desiderava occuparsene era Phillip.» E chissà che cosa avrebbe deciso di fare Teddy, un giorno. Purtroppo aveva soltanto otto anni ed Edwina sapeva che non sarebbe riuscita a tener duro ancora per molto.

George la guardò con rammarico. «Io non sono Phillip, Win.»
«Lo so.» E gli sorrise. «Ma io ti voglio bene così come sei!»
«Il che significa...» Non si azzardava a tirare la conclusione che sperava, ma Edwina scoppiò in una risata facendo cenno di sì con la testa, poi gli buttò le braccia al collo e se lo strinse al cuore.

«Sì, sciagurato, vai... abbandonami!» esclamò in tono scherzoso. George era tornato a casa quando ne aveva più bisogno, sette mesi prima, al momento della morte di Phillip, ma adesso Edwina capiva che non sarebbe mai stato felice se fosse stato costretto a occuparsi del giornale. Chissà che invece, un giorno, non diventasse un bravissimo regista. Chi poteva saperlo? «A proposito, chi è lo zio del tuo amico? Una persona seria? Rispettabile?»

«È il meglio che ci sia.» E le disse un nome che lei non aveva mai sentito. Poi uscirono dallo studio di Bert tenendosi per mano. Edwina aveva ancora moltissime cose a cui pensare, e moltissime decisioni da prendere, ma ormai il destino di George era definito. Sarebbe partito per Hollywood, anche se questa scelta continuava a sembrare a Edwina un'autentica pazzia.

23

GEORGE partì per Hollywood in luglio, subito dopo la consueta vacanza sul lago Tahoe. Continuavano ad andare nello stesso posto, sempre la piccola tenuta con un gruppo di bungalow che prendevano in affitto da vecchi amici dei genitori. A Edwina e ai bambini piaceva sempre quel luogo. Era il posto migliore per trovare pace e serenità e fare lunghe passeggiate oppure nuotare. George era tuttora un maestro nella pesca dei gamberi d'acqua dolce. Quell'anno furono particolarmente felici tutti di ritrovarsi insieme, visto che poi George sarebbe partito per la sua grande avventura a Hollywood.

Durante quel periodo di vacanza parlarono moltissimo di Phillip ed Edwina dedicò parecchio tempo a riflettere sulla decisione da prendere a proposito del giornale. In fondo si era già rassegnata all'idea di venderlo, ma restava il problema di quando farlo, e come.

Al ritorno a San Francisco, domandò a Ben se non fosse opportuno offrirlo ai de Young. Erano passati due giorni da quando George era partito per Los Angeles e la casa sembrava ancora nel caos completo. I suoi amici continuavano a telefonare o a venire a cercarlo, notte e giorno. Era difficile credere che potesse fare carriera in qualsiasi posto, ma... chissà! forse Hollywood era proprio il posto giusto per uno come lui, se era vero tutto quello che si leggeva in proposito. Anche se Edwina ne dubitava. Per esempio, si raccontava che le attrici cinematografiche, una più bella ed eccentrica dell'altra, avvolte in pellicce di volpe bianca, viaggiassero a bordo di automobili da favola e partecipassero a feste incredibili, dove ogni cosa era permessa. George sembrava ancora un po' giovane per tutto questo ed Edwina, che aveva grande fiducia in lui, si era convinta che la cosa migliore fosse lasciargli fare quell'esperienza in modo che arrivasse a una soluzione definitiva: avere successo in quella professione oppure rinunciare per sempre.

«Forse è meglio che io aspetti prima di vendere il giornale, Ben? Che cosa ne dici? E se George cambiasse idea?» Questa possibilità la preoccupava, ma la verità era che il giornale da qualche tempo non rendeva più come in passato e anche le vendite avevano subito un calo notevole. Non riusciva più a sopravvivere, senza Bert Winfield alla guida, e George era troppo giovane e troppo poco interessato alle sue sorti per prenderne in mano le redini.

«Il quotidiano di tuo padre non durerà tanto a lungo da consentirgli di maturare e di assumerne la direzione.» Ben era sempre stato onesto con lei, anche se gli dispiaceva vederla costretta a venderlo. Ma non aveva più senso, ormai, conservarlo per la famiglia. Bert Winfield se n'era andato per sempre, come Phillip, l'unico che forse avrebbe potuto occuparsene e mandarlo avanti dignitosamente; quanto a George, aveva già dimostrato la sua completa mancanza di interesse.

I de Young risposero in senso negativo, senza perder tempo in trattative; per fortuna, nel giro di pochi mesi arrivò un'offerta da un gruppo editoriale di Sacramento. Già da qualche tempo stavano cercando un quotidiano di San Francisco da comprare, e il *Telegraph Sun* rispondeva in pieno alle loro esigenze. Fecero una buona offerta e Ben consigliò di accettarla.

«Lascia che ci pensi.» Era esitante, ma lui le raccomandò di non perdere troppo tempo perché c'era il pericolo che potessero cambiare idea. La somma che offrivano non era favolosa, ma le avrebbe consentito di vivere decorosamente per i quindici o vent'anni successivi e di dare un'istruzione alle sorelle e al fratellino. «E poi?» domandò a Ben con aria quieta. «E poi, che cosa succederà?» Fra vent'anni lei ne avrebbe avuti quarantasette, senza un marito, senza nessuna abilità particolare e senza una famiglia che si prendesse cura di lei, a meno che George o uno degli altri fratelli non decidesse di mantenerla. Certo non era una prospettiva che le facesse piacere, ed era bene pensarci fin d'ora. D'altra parte, anche rinunciare a vendere il giornale non era la soluzione giusta.

Ben provava una gran pena per lei, anche se non si sarebbe mai azzardato a dirglielo. «Hai tutto il tempo che vuoi, nei prossimi anni, di pensare a qualche investimento e di risparmiare un po' di soldi. Ci sono molte cose che potresti fare, e il tempo per pensarci non ti manca.» E una delle cose che Edwina avrebbe potuto fare era sposare lui, o chiunque altro. Ma a ventisette anni il matrimonio non sembrava più una soluzione probabile. Ormai l'età da marito era passata da un pezzo. Nessuna donna si sposava così, di punto in bianco, a ventisette anni. E del resto lei non ci pensava nemmeno più. Aveva fatto quello che considerava il suo dovere e non aveva rimpianti. E solo per un attimo, al momento della partenza di George, guardandolo in faccia aveva capito quanto fosse eccitante ed entusiasmante per lui quell'avventura e aveva avuto la sensazione di non avere mai realmente vissuto la propria vita. Ma era assurdo provare sensazioni simili, lo sapeva! Poi, tornata a casa dalla stazione con Fannie, Alexis e Teddy, non ci aveva più pensato e si era dedicata con loro al progetto per il giardino che avevano da tempo in mente di realizzare.

Comunque, lei non avrebbe nemmeno saputo che cosa fare a Hollywood con tutti quei divi del cinema, per non parlare dell'ambiente in cui vivevano... George aveva fatto ridere tutti come pazzi con le sue lettere in cui descriveva certe donne avvolte in lussuose pellicce, con lo strascico del vestito tempestato di strass, seguite dai loro cagnolini... Una volta uno di questi, un cane lupo, aveva alzato una zampa per fare pipì proprio addosso a un serpente che apparteneva a una stellina... provocando quasi una rissa! Era successo la prima volta che l'avevano invitato sul set. Si divertiva moltissimo e gli erano bastati pochi giorni per ambientarsi nel mondo del cinema. Il famoso zio del compagno di università esisteva davvero e, come promesso, gli aveva dato un impiego come aiuto-operatore cinematografico.

Avrebbe imparato il mestiere partendo da zero e fra una quindicina di giorni avrebbe lavorato al suo primo film.

«Diventerà un divo del cinema anche George, un giorno?» aveva voluto sapere Fannie poco dopo la sua partenza. Aveva dieci anni e tutte queste cose le sembravano affascinanti. Ma lo erano ancora di più per Alexis che, a dodici, era un'autentica bellezza. Crescendo, era diventata ancora più bella di quando era bambina, anche se la sua timidezza e l'aria sempre malinconica di chi ama stare solo con se stesso le davano un aspetto quasi cupo, imbronciato. A volte Edwina si preoccupava vedendo la reazione della sorella di fronte all'ammirazione della gente. Sembrava che tutto la spaventasse. In fondo non si era mai ripresa completamente dalla perdita dei genitori. E il durissimo colpo della morte di Phillip in guerra l'aveva resa ancora più riservata, distaccata da tutto. Eppure, con Edwina era sempre molto schietta, sicura di sé, piena di intelligenza; ma bastava che si trovasse in mezzo agli estranei e si lasciava prendere subito dal panico. Si era attaccata in un modo quasi morboso a George prima che lui partisse; lo seguiva dappertutto, a volte rimaneva seduta sulle scale per ore, fino a notte fonda, aspettando che tornasse da qualche festa. Da quando Phillip era morto, si era aggrappata a George come, in un lontano passato, aveva fatto con il padre e la madre. Adesso era ansiosa di sapere se sarebbero andati a Hollywood a trovarlo ed Edwina glielo promise, anche se lui si era già impegnato a tornare a casa per la Festa del Ringraziamento.

Fu poco prima di questa data che il giornale venne finalmente venduto al gruppo editoriale di Sacramento. E il fatto che Edwina non avesse accettato subito la loro proposta, lasciando passare un certo periodo di tempo, le aveva permesso di alzare il prezzo. Ottenne una somma consistente, se non favolosa, anche se, d'ora in avanti, lei sapeva che avrebbe dovuto essere più che mai attenta alle spese. Non ci sarebbero più stati né abiti, né automobili nuove, né viaggi costosi ma, del resto, non avrebbe sentito certo la mancanza di nessuna di queste cose. Le bastava avere il necessario per far crescere e studiare i ragazzi. Tuttavia la vendita del giornale fu ugualmente un fatto che la emozionò profondamente. L'ultimo giorno prima della cessione andò a firmare i documenti necessari in quello che era stato il vecchio ufficio di suo padre. Adesso lo occupava il direttore responsabile, ma per tutti quello era sempre rimasto l'ufficio di Bert Winfield. Alla parete era appesa una sua fotografia in piedi vicino a Kate. Edwina la tolse di lì e la osservò. Già da molto tempo tutto quanto era appartenuto a Bert era stato raccolto e messo via. Adesso decise di portar via, accuratamente incartata, anche quell'ultima fotografia; poi sedette al suo posto a firmare i documenti per la cessione del giornale.

«Credo che questo sia tutto», disse alzando gli occhi verso Ben. Lui era lì, presente nella sua qualità di legale della famiglia, per assistere alla firma dei documenti e per provvedere alle ultime questioni relative alla vendita.

«Mi spiace che la decisione debba essere questa, Edwina.» La guardò con un sorriso triste. Come gli sarebbe piaciuto vedere Phillip a dirigerlo... e del resto era quello che anche Edwina avrebbe voluto!

Poi, mentre uscivano, le domandò: «E George? Come sta?»

Lei rise prima di rispondergli, ricordando tutte le cose assurde e ridicole che le aveva scritto nella sua ultima lettera. «Non credo che sia mai stato più felice di così. Tutto quello che racconta, a me sembra pura follia. Ma a lui piace talmente!»

«Sono contento. Questa non sarebbe stata la vita adatta per lui.» Anche se non lo disse, era certo che per il giornale sarebbe stata la fine se George ne fosse diventato il direttore.

Rimasero fuori, davanti all'ingresso, per parecchio tempo; Edwina sapeva che avrebbe continuato a vederlo per consultarsi con lui su altre questioni, ma Ben, accompagnandola lentamente verso l'automobile e aiutandola a salirvi, non poté fare a meno di provare un po' di nostalgia. «Grazie di tutto», Edwina mormorò con voce dolce. Lui annuì, poi lei avviò il motore e si allontanò lentamente verso casa con il cuore pieno di tristezza. Aveva appena rinunciato a quel giornale che suo padre aveva amato tanto. Ma senza di lui... e senza Phillip... tutto era finito.

24

GEORGE tornò a casa per la Festa del Ringraziamento come aveva promesso, e cominciò subito a intrattenere tutti con una serie di storie e aneddoti uno più pazzo e divertente dell'altro, i cui protagonisti erano persone altrettanto pazze ed eccentriche. Ormai aveva fatto conoscenza dei fratelli Warner e aveva incontrato a un ricevimento Norma e Constance Talmadge; ai fratelli piccoli riservò invece racconti favolosi che avevano come protagonisti Tom Mix e Charlie Chaplin. A dire la verità, non conosceva molto bene questi personaggi famosi, ma Hollywood era così aperta a ogni possibilità, così viva, così eccitante, e l'industria cinematografica così nuova, che, secondo lui, grandi prospettive erano offerte a chiunque. E a lui tutto questo piaceva alla follia. Perché era esattamente quello che voleva. Anche lo zio del suo compagno, Sam Horowitz, sembrava un personaggio singolare, ma a sentire George era un abilissimo uomo d'affari e in città conosceva praticamente tutti. Quattro anni prima aveva aperto la più importante casa di produzione cinematografica di Hollywood, e un giorno l'intera città sarebbe certo stata sua. Infatti era molto furbo e aveva successo in tutto quanto faceva, riscuotendo ovunque consensi e simpatie. George lo descrisse come un grand'uomo, non solo perché era importante ma anche perché era piuttosto alto di statura. E a Edwina non sfuggì un'altra notizia, cioè che aveva una figlia molto carina!

George raccontò che era figlia unica; infatti la madre era morta quando lei era molto piccola, in una sciagura ferroviaria nell'Est. Così era cresciuta sola con un padre che l'adorava. Sembrava che George sapesse una quantità di cose su quella ragazza, ma Edwina preferì non fare commenti in proposito, anche per non interrompere la serie di aneddoti divertenti che continuava a raccontare senza stancarsi.

«Un giorno non potremmo venire a trovarti?» gli domandò Teddy guardandolo con occhi adoranti. Per lui, il fratello era ormai un personaggio famoso, più importante perfino di un divo del cinema! George era naturalmente fiero di ciò che faceva e dell'ammirazione dei suoi famigliari. Anche se era molto interessato al lato squisitamente tecnico del suo lavoro, l'impiego che aveva al momento, quello di aiuto-operatore cinematografico, era solo temporaneo — almeno così assicurò — e un giorno avrebbe realizzato la sua massima aspirazione e sarebbe diventato un produttore di film, a capo di una casa cinematografica, esattamente come Sam Horowitz. Era convinto che avrebbe saputo come cavarsela! Del resto, Sam gli aveva perfino promesso un posto nei suoi uffici se si fosse comportato bene e avesse dimostrato vero interesse per quel genere di attività.

«Io spero soltanto che lavorerai con maggiore impegno di quando eri al giornale», fu il commento di Edwina, e lui scoppiò a ridere.

«Te lo prometto, sorellina mia! E anche con maggiore impegno di quando ero ad Harvard!» Faceva ammenda dei propri errori adesso che aveva trovato la strada giusta. D'altra parte, Edwina era sicura che, con Phillip vivo, George probabilmente sarebbe stato ancora ad Harvard, a marinare le lezioni.

La guerra era finita da poche settimane; ne avevano parlato, con Edwina, durante i pochi giorni che era rimasto a San Francisco. Sembrava crudele a entrambi che il fratello maggiore fosse morto solo un anno prima. Sembrava tutto senza senso! Dieci milioni di morti per i Paesi alleati, venti milioni di feriti e di invalidi. Era un prezzo altissimo, quello pagato, di cui nessuno ancora riusciva a rendersi conto. E mentre parlavano della guerra in Europa, Edwina ricordò di non avere più notizie da tempo dalla zia Liz e decise che le avrebbe scritto per raccontarle della nuova attività di George a Hollywood e per darle notizie del resto della famiglia. La zia si era mostrata molto addolorata quando Edwina le aveva comunicato, un anno prima, la morte di Phillip, ma da allora in poi non si era quasi più fatta viva con loro. Edwina immaginava che fosse a causa delle difficoltà di far viaggiare la corrispondenza in partenza dall'Inghilterra.

Le scrisse dopo il ritorno di George a Los Angeles, ma Natale passò prima che le arrivasse una risposta. E per quell'epoca George era di nuovo a casa per trascorrere le feste natalizie con i fratelli e a divertirli con nuove storie e nuovi aneddoti sui divi del cinema che aveva conosciuto. Poiché durante quei pochi giorni di visita in famiglia George aveva nominato parecchie volte Helen Horowitz, Edwina ebbe il sospetto che ne fosse innamorato e si chiese se non fosse magari il caso di fare una rapida visita a Hollywood oppure di lasciargli godere la sua indipendenza senza interferire. Anche se, a diciannove anni, si considerava un uomo dall'esperienza consumata, raffinato ed elegante, lei sapeva che in fondo era ancora un bambino e forse lo sarebbe sempre stato. Del resto era proprio quello che più le piaceva in lui. Quando era a casa, non si stancava mai di giocare con i più piccoli. Alle sorelle aveva portato delle bellissime bambole e un abito nuovo per ciascuna; per Teddy aveva scelto una magnifica bicicletta e un paio di trampoli. A Edwina aveva invece regalato una favolosa giacca di volpe argentata che la sorella aveva giudicato troppo sofisticata. Poi, ricordando che anche Kate, anni prima, ne aveva avuta una simile, l'aveva provata e si era sentita bellissima e affascinante. George aveva addirittura insistito perché la indossasse la mattina di Natale a tavola, all'ora di colazione. Era sempre generoso, buono e gentile, ma anche incredibilmente buffo e divertente, come quando si mise a girare per la casa sui trampoli di Teddy e uscì addirittura in giardino per salutare i vicini di casa.

Era già ripartito quando Edwina ricevette finalmente una lettera dal legale della zia, da Londra. Le scriveva in modo molto formale rammaricandosi di doverla informare che lady Hickham si era spenta verso la fine di ottobre, ma che in seguito agli «inconvenienti» degli ultimi giorni della Grande Guerra, non era stato in grado di avvisarla prima. Come lei di certo non poteva ignorare, lord Rupert aveva lasciato le terre e le altre sue proprietà al nipote, che sarebbe anche stato l'erede del titolo nobiliare. Tuttavia, ed era più che comprensibile, aveva voluto che la consorte ereditasse il suo patrimonio personale e, secondo l'ultimo testamento, lady Hickham aveva destinato tutto a Edwina e ai suoi fratelli. L'ammontare dell'eredità, che il legale aveva calcolato più o meno approssimativamente, risultava cospicuo. Edwina rimase stupita vedendo la cifra. Non si trattava certo di una somma che avrebbe permesso a lei e alla famiglia di comperare diademi e Rolls-Royce, ma era comunque una somma ingente che — ben amministrata — avrebbe assicurato a tutti un futuro tranquillo dal punto di vista finanziario. Per quanto riguardava Edwina, era in fondo la risposta a una tacita preghiera, perché gli altri fratelli erano giovani abbastanza da potersi procurare un lavoro o fare carriera e per le ragazze c'era sempre la possibilità che trovassero un marito che si prendesse cura di loro. Mentre per lei la situazione era ben diversa. Per lei quell'eredità significava essere indipendente fino al giorno della sua morte e non dover mai contare sull'aiuto dei fratelli e delle sorelle. Rilesse la lettera e ringraziò in silenzio quella zia che aveva conosciuto poco e che, soprattutto durante la sua ultima visita, aveva anche trovato scostante e non particolarmente simpatica. Con quell'ultimo dono, la sorella di Kate li aveva salvati. La somma di cui sarebbero entrati in possesso era infatti ben più alta di quella che Edwina aveva ricavato dalla vendita del giornale e versato su cinque conti correnti, uno per ciascuno dei suoi fratelli. Ma una volta divisa era notevolmente ridotta.

«Signoriddio benedetto!» bisbigliò tra sé, lasciandosi andare contro lo schienale della seggiola, in sala da pranzo, mentre ripiegava la lettera. Era un pomeriggio di sabato e Alexis, appena entrata, si era accorta che stava leggendo la lettera arrivata dall'Inghilterra.

«È successo qualcosa di brutto?» Ormai si era abituata alle cattive notizie che arrivavano con un telegramma o una lettera, ma Edwina le sorrise alzando gli occhi verso di lei e scrollando la testa.

«No... e sì... è morta la zia Liz», annunciò con aria solenne.

«Ma ci ha lasciato un dono molto generoso, che un giorno anche tu apprezzerai, Lexie.» Presto avrebbe parlato con il suo banchiere per decidere quale fosse il modo migliore di investire quel denaro, non solo per se stessa ma anche per i ragazzi.

Alexis non sembrò particolarmente colpita dalla notizia dell'eredità e guardò Edwina con aria grave: «Di che cosa è morta?»

«Non lo so.» Edwina aprì di nuovo la lettera, sentendosi vagamente colpevole perché non provava un dispiacere maggiore per la perdita dell'unica sorella della madre. Ma la zia Liz era sempre stata una persona così nervosa, scontenta e infelice, e l'ultima visita che aveva fatto alla sua famiglia non era certo stata piacevole. «Qui non lo dice.»

Forse era stata la «spagnola», un'epidemia terribile che quell'anno aveva fatto strage di vite umane in Europa e anche negli Stati Uniti.

Cercò di calcolare l'età di Liz e scoprì che doveva avere solo cinquantun anni, poiché Kate ne avrebbe avuti quarantotto. Era strano anche che fosse sopravvissuta così poco tempo a Rupert. «È stato gentile da parte sua pensare a noi, Alexis, non trovi?» Sorrise alla sorella, la quale annuì.

«Siamo ricchi, adesso?» Sembrava che trovasse intrigante quella notizia; e venne a sedersi vicino a lei. Edwina sorrise facendo cenno di no con la testa anche se, non c'erano dubbi, si sentiva enormemente sollevata al pensiero di avere ereditato tutto quel denaro. «Adesso potremo trasferirci a Hollywood con George?»

Edwina sorrise, un po' innervosita a quell'idea.

«Non credo che ne sarebbe felice! Però potremmo far ridipingere tutta la casa...» e assumere una cuoca e un giardiniere... la signora Barnes aveva smesso di lavorare nell'estate precedente e, all'infuori di un aiuto saltuario per le pulizie, ormai Edwina faceva tutto da sé per risparmiare il più possibile.

Del resto, l'idea di trasferirsi a Hollywood non l'attirava affatto. Era felice lì dove stava, ed era già faticoso sorvegliare Alexis, che aveva tredici anni, in una città tranquilla e sonnolenta come San Francisco. Gli uomini la seguivano ovunque e lei stava cominciando a rispondere con civetteria alle loro avance. Ormai rappresentava un motivo di preoccupazione per Edwina.

«Io preferirei andare a Hollywood», annunciò Alexis in tono pratico, guardandola. I capelli biondi lunghissimi le incorniciavano il viso con morbide onde e le scendevano folti sulle spalle. Aveva un tipo particolare di bellezza che faceva voltare la gente per la strada; ovunque andassero, era lei che tutti osservavano, anche se Fannie aveva le stesse delicate fattezze di Edwina, perfette ma di un fascino molto più discreto. Era strano pensarci, a volte. Sia Kate sia Bertram erano molto belli, ma nessuno dei due aveva la bellezza sconvolgente di Alexis. Phillip era stato un bel ragazzo, dall'aspetto simpatico e piacente e Teddy gli assomigliava molto; George, invece, aveva la bellezza più virile e rude del padre.

A ogni modo il solo pensiero di andare con Alexis a Hollywood riempiva Edwina di terrore. Era proprio il posto dove non avrebbe mai voluto condurla. Quell'ambiente non era per lei, e poiché dimostrava molti più anni di quanti ne avesse in realtà, sarebbe certo stata oggetto di attenzioni da parte di attori e di gente di pochi scrupoli.

Ma quando George le telefonò, pochi giorni dopo, e sentì la notizia della morte della zia, fu lui a proporre che andassero a Hollywood per far festa tutti insieme, ma poi si affrettò a scusarsi.

«Mi dispiace, Win... la trovi una mancanza di tatto da parte mia? Dovrei sentirmi triste o qualcosa del genere?» Aveva sempre un tono talmente ingenuo che Edwina non poté trattenersi dallo scoppiare a ridere. Le era sempre piaciuta la schiettezza con la quale George esprimeva i propri sentimenti. Quando era felice, rideva e faceva ridere gli altri con lui; quando era triste, piangeva. Tutto molto semplice. La verità era un'altra: nessuno di loro aveva mai provato un affetto particolare né per la zia Liz né per lo zio Rupert.

«Anch'io provo quello che provi tu», gli confessò Edwina. «Capisco che dovrei essere triste, e credo, almeno in piccola parte, di esserlo, perché voleva molto bene alla mamma. Ma la notizia dell'eredità mi ha reso eccitata e felice. Vedi, per me fa una grossa differenza sapere che in vecchiaia non mi ritroverò seduta all'angolo di una strada a chiedere l'elemosina!» Rise di nuovo, e per un attimo sembrò tornare bambina.

«Che idea! Io non permetterei che succedesse una cosa del genere!» esclamò George, divertito. «A meno che non ci mettiamo d'accordo perché tu mi passi una quota degli introiti! Perdiana, chi ti ha insegnato tutto quello che sai?»

«Non certo tu, mocciosoo che non sei altro! Parte degli introiti? Un corno!» Ma stavano ridendo tutti e due, felici. George li invitò di nuovo ad andare a trovarlo ed Edwina accettò di raggiungerlo durante le vacanze di Pasqua dei ragazzi. Quando riattaccò, Teddy la stava guardando con gli occhi sgranati, profondamente colpito da quello che le aveva sentito dire, tanto che finì per domandarle se sarebbe davvero andata a sedersi all'angolo di una strada a chiedere l'elemosina.

Lei scoppiò a ridere e rispose: «No, niente affatto, bambino curioso! Mi stavo soltanto prendendo gioco di George».

Alexis, invece, di tutto quel colloquio aveva colto una notizia molto più interessante e adesso si rivolse raggiante alla sorella maggiore. «Andremo a Hollywood a trovare George?» Era bella come un sogno ed Edwina si domandò di nuovo se non fosse un errore portarli con sé. Ma erano tutti così eccitati e... in fondo erano ancora dei bambini! Che importanza aveva se Alexis dimostrava il doppio della sua età e gli uomini la corteggiavano? Lei era lì per proteggerla.

«Può darsi. Se vi comporterete bene. Ho detto a George che potremmo andare a trovarlo per Pasqua.» Lanciarono urla di gioia, tutti insieme, e cominciarono a saltare su e giù. Edwina rise con loro. Dopo tutto erano bravi ragazzi e lei doveva ammettere di non provare grandi rimpianti per la vita che faceva. Sembrava tutto talmente semplice!

Ricevette altre due comunicazioni dal legale della zia che voleva sapere se avesse intenzione di recarsi di persona ad Havermoor per sistemare ogni cosa e rivedere un'ultima volta la tenuta prima che passasse nelle mani del nipote di lord Rupert. Ma lei gli rispose spiegandogli che non le era assolutamente possibile andare in Inghilterra. Senza dargli altre spiegazioni. Non aveva nessuna intenzione di mettere di nuovo piede su una nave. Niente al mondo l'avrebbe convinta a una nuova traversata dell'Atlantico. Gli comunicò che i suoi obblighi famigliari non le consentivano di recarsi in Inghilterra in quel periodo e lui si affrettò a risponderle che questa decisione non creava alcun problema. Il solo pensiero di un viaggio del genere la faceva rabbrividire.

L'anniversario della morte dei genitori, il settimo, venne ricordato come sempre con una funzione religiosa in chiesa, molto semplice e con i ricordi che ciascuno di loro aveva di Kate e Bert. Quell'anno, però, George non tornò a casa poiché non poteva assolutamente lasciare Hollywood, interrompendo la lavorazione di un film. Spedì tuttavia ad Alexis, come dono di compleanno, un abito con cappotto in tinta. Adesso festeggiavano la ricorrenza il 1° aprile, perché sarebbe stato troppo doloroso celebrarla nel giorno in cui il *Titanic* era colato a picco.

Alexis compiva tredici anni ed Edwina le comperò un vestito nuovo, non più da bambina, per il viaggio a Hollywood. Lo acquistarono da I. Magnin, ed era di taffetà azzurro cielo con un colletto vaporoso e una giacca della stessa stoffa. Quando Edwina glielo vide addosso rimase commossa e a fatica trattenne le lacrime tanto era bella Alexis che, immobile davanti a lei per farsi ammirare, le sorrideva, con i morbidi capelli biondi raccolti in una crocchia in cima alla testa. Sembrava un angelo!

Erano tutti eccitatissimi quando salirono sul treno per Los Angeles pochi giorni più tardi. «Hollywood, eccoci! Stiamo arrivando!» Teddy si mise a gridare, emozionato e felice, mentre il treno usciva lentamente dalla stazione di San Francisco.

25

IL soggiorno a Hollywood si rivelò un'esperienza straordinaria, al di là delle più pazze aspettative di Alexis. Il fratello maggiore li venne a prendere alla stazione a bordo di una Cadillac che si era fatto prestare e li accompagnò al *Beverly Hills Hotel*, aperto solo sette anni prima, un albergo di lusso che sembrava appollaiato sul cucuzzolo di una collina. Si affrettò ad assicurare ai fratelli che tutta la gente del cinema scendeva lì abitualmente, e che da un momento all'altro avrebbero potuto incontrare a faccia a faccia Mary Pickford, Douglas Fairbanks, o addirittura Gloria Swanson. Videro perfino Charlie Chaplin arrivare a bordo di una berlina guidata da uno chauffeur giapponese. Fannie e Alexis non facevano che guardarsi attorno con gli occhi sgranati; quanto a Teddy, era talmente incantato dalle automobili che sfrecciavano di continuo lì davanti, da rischiare più di una volta di finirci sotto ed Edwina dovette raccomandargli di continuo di stare attento.

«Ma guarda, Edwina! È una Stutz Bearcat!» Il primo giorno ne videro ben due, oltre a quattro Rolls Royce, una Mercer Raceabout, una Kissel e una Pierce-Arrow. Teddy non stava più in sé dalla gioia mentre le ragazze, e perfino Edwina, erano affascinate soprattutto dai vestiti. Quando era andata a far spese con Alexis, Edwina aveva comprato qualche vestito nuovo anche per sé e aveva messo in valigia anche la giacca di volpe argentata che George le aveva regalato a Natale, ma adesso si sentiva quasi una nonna con le toilette che si era portata da San Francisco. Qui tutte le donne indossavano abiti piuttosto lunghi, dalla linea scivolata, e mostravano un bel pezzo in più di gambe di quanto Edwina fosse abituata a mostrare. A ogni modo il solo fatto di trovarsi a Hollywood era incredibilmente emozionante. Si lasciò convincere da George ad acquistare un certo numero di cappellini e quando, una sera, andarono a cena al *Sunset Inn* di Santa Monica volle a ogni costo che le insegnasse a ballare il fox-trot.

«Su, brava... bene, avanti così... buon Dio, i miei poveri piedi...» ripeteva George burlandosi di lei, guidandola nei passi del ballo e ridendo spensieratamente; era da tempo immemorabile che Edwina non si divertiva tanto... non sapeva nemmeno da quando... e solo per un attimo si sentì trafiggere il cuore da un lontano ricordo.

Sotto molti aspetti George assomigliava molto a Bert Winfield ed Edwina, infatti, rammentò che era stato suo padre a insegnarle a ballare quando era ancora bambina e George praticamente in fasce. Ma non era il momento di abbandonarsi ai ricordi! Si divertivano troppo... Adesso cominciava a capire per quale motivo George fosse così felice a Hollywood. Perché quello era un mondo di gente giovane, allegra, felice, pazza e burlona, che dava gioia e godimento al mondo intero con tanti film uno più bello dell'altro. Anche quelli che lavoravano per il cinema, per produrre quei film e per crearli, erano giovani, allegri e spiritosi e sembrava che tutti, lì, in un modo o nell'altro avessero a che fare con il cinema. Sentì più di una persona parlare di Louis B. Mayer, D. W. Griffith, Samuel Goldwyn e Jesse Lasky. Tutti si occupavano della produzione di film come quello che George stava imparando a girare con Samuel Horowitz. Edwina, da parte sua, era incantata da tutto. Ma i ragazzi furono ancora più felici ed eccitati quando George li accompagnò a vedere l'ultima commedia di Mack Sennett e un film di Charlie Chaplin. Mai, in vita loro, si erano divertiti tanto! George li condusse anche al *Nat Goodwin's Café* a pranzare, in Ocean Park, e con il permesso di Edwina perfino nella proibitissima sala da ballo *Three O'Clock*, a Venice, e a *Danceland*, a Culver

City. Quando rientrarono in città in automobile, li accompagnò tutti all'*Hotel Alexandria*, all'incrocio di Spring ed Eighth Street, per vedere le stelle del cinema che vi cenavano. Quella sera ebbero fortuna: c'erano Gloria Swanson e Lillian Gish, e Douglas Fairbanks con Mary Pickford. Sembrava che la loro storia d'amore fosse una cosa seria ed Edwina si scoprì a guardarli raggiante. Era quasi meglio che andare al cinema!

Poi George li accompagnò a visitare la casa di produzione Horowitz e i ragazzi rimasero per un intero pomeriggio ad assistere alle riprese di un film con Wallace Beery. Sembrava che tutto si muovesse a ritmo incredibilmente veloce, lì; e George spiegò a Edwina che erano in grado di portare a termine le riprese di un film nel giro di venti giorni. Da quando era arrivato a Hollywood, lui aveva già lavorato a ben tre film. Avrebbe anche voluto presentarla a Sam Horowitz, ma purtroppo quel giorno non era in ufficio; comunque si ripromise di farglielo conoscere in seguito.

Quella sera invitò tutti a cena all'*Hotel Hollywood*; i ragazzi non facevano che guardarsi attorno, vagamente intimiditi dall'eleganza dell'arredamento, ma soprattutto da quella che Teddy, da allora in poi, cominciò a chiamare la «signorina di George». In albergo incontrarono infatti Helen Horowitz, che indossava un abito bianco di una stoffa lieve e lucente, aveva i capelli biondi pettinati indietro in modo da lasciar libero il viso, e la pelle candida come l'avorio... più o meno dello stesso colore dell'abito che le modellava a perfezione la figura flessuosa e seducente. Era alta quasi come George, ma magrissima e molto timida. Aveva diciotto anni. Quella toilette era stata creata appositamente per lei dal sarto parigino Poiret, così spiegò con aria innocente, come se chiunque avesse l'abitudine di farsi confezionare il guardaroba in quella città.

Si mostrò cortese ma riservata, a volte stranamente ingenua ma nello stesso tempo assai sofisticata. Era molto simile ad Alexis, pensò Edwina. Aveva la stessa bellezza eterea, e il modo di fare garbato e gentile; e come Alexis pareva che non si rendesse minimamente conto dell'effetto che aveva su quanti le stavano attorno. Era cresciuta a Los Angeles, ma suo padre non gradiva che passasse troppo tempo con le persone che lavoravano «nel cinema». A ogni modo, lei preferiva di gran lunga cavalcare. Li invitò tutti nel ranch di famiglia, nella San Fernando Valley. Edwina si affrettò a spiegarle subito che Alexis aveva paura dei cavalli. Teddy sarebbe stato felice di andarci, anche se, in fondo, si sarebbe accontentato di ammirare le magnifiche automobili che vedevano dappertutto. Edwina stava cominciando a domandarsi come avrebbe fatto, al ritorno a San Francisco, a fargli riprendere il ritmo tranquillo della solita vita.

«È molto tempo che conosce George?» domandò a Helen, osservandola attentamente. Com'era bella! Eppure, anche se poteva sembrare strano, era molto semplice. Non era presuntuosa né altezzosa, ma semplicemente incantevole, e sembrava letteralmente affascinata da suo fratello George. Una ragazza del genere poteva far perdere la testa a chiunque, e George si mostrava attento e premuroso con lei. Edwina si mise a osservarli mentre ballavano e provò una strana tenerezza. Avevano qualcosa di singolare e di stupendo, così sani, giovani e innocenti! E non si rendevano assolutamente conto di quanto fossero belli! Edwina, mentre li guardava, si accorse che George era maturato da quando se n'era andato da San Francisco. Ormai adesso era un uomo fatto.

«Peccato che mio padre sia fuori città», disse Helen. «Questa settimana si trova a Palm Springs, dove stiamo costruendo una casa», annunciò, come se fosse la cosa più banale del mondo. «Però sono sicura che avrebbe avuto molto piacere di conoscervi.»

«Sarà per la prossima volta», rispose Edwina osservando di nuovo George, che aveva trovato alcuni amici e adesso li stava guidando verso di lei per presentarglieli. Erano persone brillanti e intraprendenti, ma non sembravano cattive. Davano semplicemente l'impressione di divertirsi pazzamente. Del resto lavoravano in un'industria che esigeva allegria e magari anche un pizzico di follia, visto che il suo scopo era divertire migliaia di spettatori. E in ogni caso, qualsiasi cosa si facesse — o non si facesse — a Hollywood, bastava guardarsi intorno per capire che George adorava quel genere di vita.

I fratelli non le nascosero di essere molto dispiaciuti all'idea di partire e, dopo essersi accordati per prolungare la visita ancora di qualche giorno, tornarono alla casa di produzione per vedere di nuovo George al lavoro. Fu proprio in quella occasione che uno dei registi domandò a Edwina se avrebbe permesso ad Alexis di recitare in un film. Lei esitò, e guardò George che, con suo grande stupore, fece cenno di no con la testa. Di fronte a quel rifiuto, Alexis sembrò disperata. Parlandone poi con George, Edwina si sentì spiegare che, secondo lui, sarebbe stato un errore accettare.

«Per quale motivo dobbiamo accettare che la sfruttino? Alexis non si rende nemmeno conto della sua bellezza! Certo, qui la vita è divertente. Ma è fatta per persone adulte, non per le ragazzine. Se tu glielo permettessi, vorrebbe venire a stabilirsi qui definitivamente e diventerebbe come tutte le altre. Sfrenata. L'ho già visto succedere e non voglio che faccia questa fine. Come non lo vorresti tu, se avessi la mia esperienza.» Edwina non poté dargli torto, ma rimase molto meravigliata che avesse assunto una posizione così rigorosa nei confronti della sorella. Per essere un ragazzo di diciannove anni, bisognava ammettere che dimostrava grande senso di responsabilità e pareva si trovasse perfettamente a suo agio nell'ambiente sofisticato di Hollywood. Si sentì molto orgogliosa di lui e, improvvisamente, fu doppiamente contenta di avere venduto il giornale. Se questo era ciò che George voleva, a San Francisco non sarebbe mai stato felice. Si convinse di avere fatto la cosa giusta. Come del resto lui, quando aveva scelto di venire a Hollywood.

I ragazzi non nascosero il loro malumore quando lasciarono il *Beverly Hills Hotel* e le fecero promettere che ci sarebbero tornati spesso.

«Come fate a sapere che George sarà contento di averci qui?» provò a domandare lei in tono scherzoso, ma il fratello, guardandola al di sopra delle teste dei ragazzi, le fece promettere che sarebbe tornata di nuovo e li avrebbe condotti con sé.

«Ormai per quell'epoca dovrei anche avere una casa tutta mia; così sarete miei ospiti.» Con il denaro ereditato dalla zia stava pensando di comperarsene una. Ma per il momento era ancora lì, a Beverly Hills, dove divideva un alloggio con un amico. Certo, erano ancora moltissime le cose che voleva fare, e aveva anche tanto da imparare, ma quel genere di vita gli piaceva in un modo incredibile, perché lo trovava eccitante e — per la prima volta nella sua esistenza — desiderava anche essere un allievo diligente. Sam Horowitz gli aveva offerto una grande occasione e lui era pronto a fare il possibile per mostrarsi all'altezza delle sue aspettative.

Accompagnò i fratelli e le sorelle alla stazione e dal treno tutti lo salutarono a lungo agitando le mani. Per loro era stato come essere travolti da un ciclone, tanto erano passati in fretta quei giorni. Un sogno eccitante, lo scintillio fastoso e sgargiante di un'esistenza che era tutta esteriorità e false apparenze, un lampo che dopo un bagliore accecante si era subito spento.

«Un giorno voglio tornarci», disse Alexis a voce bassa, mentre il treno correva verso San Francisco.

«Ci torneremo.» Edwina sorrise. Da anni non si divertiva così; le sembrava di avere diciotto anni e non ormai ventotto. Mancava infatti una settimana al suo compleanno, ma non pensava a festeggiarlo perché, durante quel soggiorno a Hollywood, aveva avuto un tale numero di divertimenti da bastarle per un anno intero! Sorrise tra sé mentre Alexis la guardava attentamente.

«Voglio dire che un giorno io ci tornerò... per viverci!» Lo disse come se si trattasse di un progetto dal quale niente al mondo avrebbe potuto distoglierla.

«Come George?» Edwina cercò di non dare peso a quel discorso, ma qualcosa negli occhi di Alexis le fece capire che parlava sul serio.

Poi, quando erano più o meno a metà del viaggio, Alexis la guardò di nuovo, perplessa e acciglata: «Per quale motivo non mi hai dato il permesso di recitare in quel film, come voleva quell'uomo?»

Anche questa volta Edwina cercò di sorvolare su quell'argomento, ma non le sfuggì che Alexis aveva di nuovo un'espressione molto seria e concentrata, la stessa che aveva già notato in lei, da vari giorni. Pareva così decisa, così sicura di avere uno scopo nella vita... Edwina non l'aveva mai vista così! «George non l'ha trovata una buona idea.»

«Perché?» insistette Alexis mentre Edwina si fingeva impegnatissima a rimboccare le maniche a Fannie e a guardare fuori del finestrino. Dopo un po' si decise a guardare di nuovo Alexis.

«Probabilmente perché quello è un mondo per persone adulte, che si sono abituate a quell'atmosfera e a quel ritmo di vita e sanno come comportarsi... non per dilettanti inesperti...» le rispose con onestà Edwina, dopo averci riflettuto, e sembrò che Alexis per il momento si accontentasse di questa spiegazione.

«Un giorno sarò un'attrice e tu non potrai fare niente per impedirmelo.» Era una strana cosa da dire, ed Edwina si stupì di fronte alla veemenza della sorella.

«Che cosa ti fa pensare che cercherei di impedirtelo?»

«È quello che hai appena fatto... ma la prossima volta... la prossima volta sarà diverso!» Poi tornò al suo posto e si mise a guardare fuori del finestrino, mentre Edwina la osservava sbalordita. Del resto, chi poteva saperlo? Forse Alexis aveva ragione. Forse un giorno sarebbe tornata a Hollywood a lavorare con George. Dopo tutto anche lei si stava convincendo sempre di più che suo fratello avrebbe fatto una splendida carriera. E si scoprì a pensare anche a Helen, si chiese quale fosse in realtà il suo carattere, se volesse davvero bene a George e se un giorno quel sentimento potesse trasformarsi in qualcosa di serio. Insomma, durante quel viaggio trovarono tutti molti argomenti su cui riflettere. Alla fine Edwina cedette al sonno, cullata dal rumore ritmico delle ruote del treno e, di fianco a lei, anche i due più piccoli si addormentarono con la testa appoggiata alle sue spalle. Alexis, invece, che sedeva di fronte a loro, rimase a guardare fuori del finestrino per quasi tutto il tempo, pensando a qualcosa che sapeva soltanto lei e che gli altri potevano, forse, indovinare.

26

I QUATTRO anni successivi a Hollywood furono intensissimi ed emozionanti per George e per quelli che erano diventati i suoi amici. Tra i film girati in quell'epoca ci furono *Testa di rame, Lo sceicco, Il paradiso degli sciocchi* di De Mille, e la sua commedia brillante *Perché vuoi cambiare tua moglie?* L'industria del cinema, che stava prendendo piede proprio in quell'epoca, stava rivelandosi una vera miniera d'oro per tutti coloro che ci lavoravano. Grazie a Sam Horowitz che lo aiutava, lo istruiva e lo proteggeva, George ebbe l'opportunità di occuparsi di una dozzina di film importanti: da operatore venne promosso terzo viceregista e, alla fine, cominciò a fare lui stesso il regista, realizzando così il suo sogno. La promessa fatta a Edwina quattro anni prima, nel 1919, quando era partito per Hollywood, era diventata una realtà.

Qualche tempo prima, Horowitz lo aveva perfino ceduto per un certo periodo alla Paramount e alla Universal e adesso George conosceva praticamente tutti ma soprattutto conosceva bene la sua professione. Come i fratelli Warner, anche Sam Horowitz aveva costituito una società per azioni e assunto parecchi sceneggiatori e registi. Le porte di Wall Street si erano aperte per la sua società ed era riuscita a coinvolgere persone pronte a fare forti investimenti, convincendole che Hollywood offriva la possibilità di guadagnare cifre colossali. Mary Pickford e Douglas

Fairbanks si erano uniti a D.W. Griffith e Charlie Chaplin per formare la United Artists, e altri gruppi analoghi erano in via di formazione. Era davvero un'epoca d'oro per il cinema e per quanti vi lavoravano, ed Edwina rimaneva sempre affascinata quando ne sentiva parlare. Non riusciva ancora a credere che i folli sogni del suo fratellino minore si fossero trasformati in realtà. George aveva avuto ragione quando aveva rinunciato a dirigere il giornale; la vita frenetica di Hollywood era molto più adatta al suo temperamento che non la placida e sonnolenta San Francisco.

Edwina, con i ragazzi, andava a trovarlo due o tre volte l'anno ed era sempre ospite nella sua casa di North Crescent Drive. George adesso aveva un maggiordomo, una cuoca e due cameriere: una che si occupava delle sale del piano terreno e l'altra delle camere del piano superiore. Era diventato un uomo di mondo e frequentava l'alta società. Fannie non faceva che ripetere che era persino più bello di Rodolfo Valentino, ma George a questi complimenti sorrideva divertito. Eppure Edwina ormai si era resa conto da tempo che anche molte altre ragazze di Hollywood pensavano la stessa cosa. Portava fuori attrici e attricette a dozzine, ma l'unica che sembrava avesse importanza per lui era sempre Helen Horowitz, la figlia del suo mentore. Adesso aveva ventidue anni ed era ancora più bella di quando Edwina l'aveva conosciuta.

Raffinatissima e sofisticata, l'ultima volta Edwina l'aveva vista al braccio di George e indossava un abito di lamé d'argento aderente come una seconda pelle, che aveva lasciato tutti i presenti a bocca aperta quando era entrata con aria disinvolta al *Cocoanut Grove*. Anzi, aveva dato l'impressione di non accorgersi nemmeno di tutti quegli sguardi e di tutte quelle macchine fotografiche. In seguito, Edwina domandò a George per quale motivo Helen non recitasse mai nei film di suo padre.

«Lui non vuole che abbia niente a che fare con questo ambiente. A lui basta che faccia la spettatrice. Anch'io gli avevo suggerito la stessa cosa, anni fa, ma non ne ha voluto nemmeno sentir parlare. E credo abbia ragione. Helen è sempre rimasta profondamente distaccata da questo ambiente. Le piace sentirne parlare; lo trova semplicemente divertente e basta.» Qualcosa nel modo in cui si esprimeva parlando di Helen faceva pensare a Edwina che forse un giorno da quell'amicizia sarebbe sbocciato qualcosa, ma fino a quel momento tra loro non c'era che una specie di tenero amore romantico che durava ormai da molto tempo. Del resto Edwina preferiva non insistere su quell'argomento.

Aveva appena accompagnato i ragazzi a vedere *Hollywood*, a San Francisco, e stava spiegando ad Alexis il motivo per il quale *non poteva assolutamente andare* a vedere *Gli amori del faraone,* quando il telefono squillò. Era George da Los Angeles. Voleva che Edwina lo raggiungesse a Hollywood per assistere alla prima del colossal, al quale lui aveva lavorato. Per girarlo si erano fatti cedere addirittura un attore della portata di Douglas Fairbanks. E le disse che le feste e i ricevimenti per l'occasione sarebbero stati grandiosi.

«Ti farà bene rimanere lontano per un po' da quei mostriciattoli!» Di tanto in tanto era contento di avere come ospite Edwina da sola. Ma questa volta la fama del film e la pubblicità che ne era stata fatta non avrebbero permesso una soluzione del genere. E infatti, quindici giorni dopo, Edwina partì per Hollywood con tutti i ragazzi al seguito! Alexis aveva ormai diciassette anni ed era una ragazza bellissima, come la figlia di Sam Horowitz, con la differenza che lei non aveva i capelli corti a zazzeretta e non aveva mai portato abiti di lamé d'argento. Ma era sempre incredibilmente bella, forse più di prima. Ovunque andasse la gente si voltava a guardarla. Era una creatura stupenda. A Edwina era toccato il difficile compito di evitare che i suoi corteggiatori invadessero addirittura la casa per ottenere i suoi favori e renderle omaggio.

Di solito aveva sempre cinque o sei spasimanti attorno, ma era ancora una creatura piuttosto timida, molto legata agli amici di Edwina, più vecchi di lei, perché con loro si sentiva al sicuro. Fannie aveva quindici anni e, stranamente, adorava stare in casa. Era felice se poteva lavorare in giardino o preparare torte e, soprattutto, dirigere la casa quando Edwina, troppo impegnata in altre cose, le permetteva di sostituirla. In quegli anni Edwina aveva fatto parecchi investimenti molto oculati in campo immobiliare e di tanto in tanto doveva occuparsene con l'aiuto di Ben, che da molto tempo aveva messo da parte ogni progetto matrimoniale su di lei. Adesso erano soltanto buoni amici, anzi Ben, due anni prima, si era sposato di nuovo e sembrava molto felice.

A tredici anni Teddy stava già parlando di andare ad Harvard. Hollywood gli piaceva, ma in fondo la cosa che in quel momento sembrava avesse maggior interesse per lui era l'idea di dirigere una banca. Poteva sembrare una strana scelta per un ragazzino della sua età, ma in famiglia cominciavano ad accorgersi che possedeva la quadratura mentale e la saggezza del loro fratello maggiore. Infatti a Edwina ricordava sempre più spesso Phillip. Fino a quel momento George era stato l'unico a mostrare tendenza per le scelte più imprevedibili, ma d'altra parte il mondo stravagante di Hollywood era esattamente quello che ci voleva per lui.

Questa volta scesero al *Beverly Hills Hotel*, perché George aveva la casa piena di ospiti, ma i «bambini», come Edwina continuava a chiamarli con grande indignazione di Alexis, avevano sempre trovato l'albergo molto più interessante. Infatti lì alloggiavano Pola Negri, Leatrice Joy, Noah Beery e Charlie Chaplin. Teddy, poi, andò in visibilio quando gli capitò di incontrare nell'atrio Will Rogers e Tom Mix.

Edwina rimase molto lusingata dall'invito di George di accompagnarlo alla serata di gala per la prima del film. Si comperò uno stupendo abito di lamé d'oro di Chanel e, malgrado la sua età, si sentì tornare ragazza. Aveva trentun anni, anzi quasi trentadue, ma non era molto cambiata. Il suo viso era liscio, senza una ruga, e la figura sempre perfetta. Dietro le insistenze di George si era fatta tagliare alla *garçonne* i lucenti capelli neri, e si sentì molto chic nel suo abito di lamé quando entrarono nella casa che Douglas Fairbanks aveva fatto costruire come dono di nozze per Mary Pickford, tre anni prima. Sembravano una coppia molto felice e si diceva che il loro fosse uno dei rari matrimoni che funzionavano malgrado il mondo eccentrico e affascinante nel quale vivevano.

«Dov'è Helen?» domandò a George quando si ritrovarono in giardino a bere e a guardare gli altri che ballavano. Questa volta il fratello non gliene aveva parlato ed era una cosa molto insolita per lui. Infatti sembrava che ormai andasse dappertutto con lei, ovunque lui ritenesse opportuno, anche se continuavano entrambi a frequentare altra gente; ma era Helen che lo faceva sorridere, Helen per la quale lui si preoccupava e mostrava mille premure, anche se si trattava di piccoli problemi o semplicemente di un raffreddore. Era Helen che aveva le chiavi del suo cuore. Ma non sembrava che George avesse particolarmente fretta di sposarsi ed Edwina aveva sempre preferito non chiedergli nulla in proposito.

«Helen è a Palm Springs con suo padre», le rispose a voce bassa, e poi le lanciò un'occhiata. «Sam è convinto che non dovremmo vederci più.» Ecco spiegati l'invito alla prima e anche l'assenza della ragazza. Edwina infatti aveva subito pensato che quello fosse proprio il genere di festa alla quale suo fratello avrebbe dovuto presentarsi in compagnia di Helen.

«E per quale motivo?» Edwina rimase commossa vedendo l'espressione dei suoi occhi. Nonostante l'aria apparentemente allegra, George sembrava disperato. E per lui era una cosa strana.

«Sam pensa che dopo esserci frequentati per quattro anni dovremmo sposarci, oppure non vederci più.» Sospirò e si fece riempire di nuovo di champagne la coppa che aveva in mano da un cameriere di passaggio. Ne aveva bevuto un po' troppo, ma ormai era quello che facevano tutti dal giorno in cui, tre anni prima, era cominciata l'epoca del proibizionismo. Adesso lo sport preferito da chiunque era frequentare qualche bar clandestino, oppure presentarsi alle feste private dove i liquori venduti illegalmente scorrevano a fiumi. Si sarebbe detto che la legge Volstead avesse trasformato migliaia di morigerati in accaniti bevitori. Per fortuna, George non aveva problemi del genere; e se quella sera beveva era soltanto per dimenticare il senso di vuoto e di solitudine che provava per l'assenza di Helen. Edwina si rese conto che il fratello era profondamente infelice.

«Perché non la sposi, allora?» domandò, trovando il coraggio di dirgli ciò che prima non gli aveva mai detto per non metterlo alle strette; ma quello le parve il momento adatto per farlo. Forse anche lei aveva bevuto più champagne del solito. «Sei innamorato di Helen, vero?»

George fece cenno di sì con la testa e la guardò con aria triste. «Sì. Ma non posso sposarla.»

Edwina restò di stucco. «Per quale motivo?»

«Prova un po' a immaginare che cosa penserebbero tutti! Che l'ho sposata per ottenere l'appoggio di Sam... per stringere un legame vincolante con lui. Che l'ho sposata per i suoi soldi... per avere un impiego.» Guardò la sorella con aria infelice. «La verità è un'altra: Sam, sei mesi fa, mi ha proposto di entrare in società con lui, ma come la vedo io, bisogna che faccia una scelta: o Helen o il lavoro. Se dovessi sposarla, forse sarei addirittura costretto ad andarmene da Hollywood, in modo che la gente non pensi che l'ho fatto per motivi sbagliati. Immagino che potremmo tornare a San Francisco.» Di nuovo guardò sua sorella con espressione afflitta. «Ma che cosa farei, una volta tornato a San Francisco? Me ne sono andato quattro anni fa e non ho esperienza in nessun altro campo. All'infuori di quello che faccio qui, non so fare niente. Non credo che troverei un impiego. E ho già speso tutto il denaro dell'eredità della zia Liz; quindi come potrei mantenerla?» A Hollywood George guadagnava molto bene, ma andandosene di lì si sarebbe trovato con un pugno di mosche in mano. I soldi ereditati li aveva spesi per acquistare una magnifica villa, automobili da corsa e una scuderia di costosissimi purosangue. «In conclusione, se la sposassi moriremmo di fame. Ma se accetto di entrare in società con Sam, devo rinunciare a Helen... non posso sposarla e diventare socio di suo padre. Sai che cosa penserebbero tutti? Che si tratta di nepotismo, e della peggior specie.» Posò di nuovo il bicchiere, ma questa volta, quando il cameriere gli si avvicinò di nuovo, lo coprì con la mano. Non voleva ubriacarsi quella sera, ma semplicemente piangere sulla spalla della sorella maggiore, e gli dispiaceva un po' non riuscire a farla divertire come avrebbe voluto dopo averla fatta venire a Hollywood proprio per quella grandiosa première.

«È ridicolo!» insistette Edwina, sconvolta dall'angoscia che gli leggeva negli occhi. «Tu sai benissimo come stanno le cose con Sam. Sai per quale motivo vuole farti entrare in società. È un grande onore, alla tua età... è addirittura incredibile! Faresti una delle più clamorose carriere in tutta la storia di Hollywood.»

«E diventerei anche l'uomo più solo!» Rise. «Edwina, non posso farlo. E se lei pensasse che la sposo solamente per fare carriera? Sarebbe ancora peggio. Non me la sento, insomma!»

«Non gliene hai mai parlato?»

«No. Soltanto con Sam. E lui mi ha risposto che capisce perfettamente la situazione e accetterà la mia decisione; però gli sembra che una storia come la nostra vada avanti da un po' troppo. Helen ha ventidue anni e se non vuole sposare me, secondo lui dovrebbe sposare qualcun altro!» George aveva praticamente ottenuto tutto quello che voleva — tranne la possibilità di entrare in società con l'uomo più potente di Hollywood e di prendere in moglie la donna che amava. Avrebbe potuto avere sia l'una che l'altra e invece — chissà perché — non faceva che ripetere che non poteva fare quella scelta. Edwina, pur rendendosi conto che le sue paure erano giustificate, era convinta che fosse possibile risolvere la situazione, tanto che passò buona parte della serata tentando di fargli cambiare idea. Ma George si mostrò irremovibile, mentre la riaccompagnava in albergo con la sua Lincoln Phaeton. «Non posso farlo, Win. Helen non è una specie di gratifica che mi ritroverei ad avere in più, oltre alla promozione a partner di Sam!»

«Oh, insomma!» Edwina cominciava a essere esasperata da tanta testardaggine. «Le vuoi bene?»

«Sì.»

«E allora sposala! Non sprecare il tuo tempo con altre ragazze che non ti interessano affatto. Sposala, finché puoi. Nessuno di noi sa quello che può succedere nella vita! Una volta che ti si offre l'opportunità di ottenere ciò che desideri, non lasciartela scappare!» E mentre pronunciava queste parole aveva gli occhi lucidi di lacrime; sapevano entrambi che stava ancora pensando a Charles, l'unico uomo che avesse mai amato, l'unico uomo al quale avesse mai pensato. Ma ormai se n'era andato da molto tempo, portandosi via una parte importante della sua vita. «Vuoi ottenere quel posto?» insistette lei, decisa a risolvere il problema quella sera stessa, malgrado le continue riserve di George. «Vuoi entrare in società con Sam?» gli domandò di nuovo; questa volta lui esitò, ma solo per un attimo.

«Sì.»

«E allora accetta la sua proposta, George», ribatté con voce più dolce, posandogli una mano sul braccio. «La vita ti offre soltanto un certo numero di opportunità. A te ha dato tutto quello che sognavi, e anche qualcosa di più. Accetta, sii felice, e impegnati... e sii grato per tutto ciò che hai. Fai quello che *vuoi fare*... non rovinarti l'esistenza rinunciando a qualcosa per motivi assurdi. Sam ti sta offrendo un'opportunità favolosa; Helen è la donna che ami. Se vuoi sapere come la penso, saresti pazzo a rinunciare all'una o all'altra. Tu sai benissimo che non la sposeresti mai per migliorare i tuoi rapporti con Sam. Non ne hai bisogno. Ti ha già offerto di entrare in società con lui. Che altro vuoi? Accetta, e manda al diavolo la gente che pensa male di te! Non ti rendi conto che se anche qualcuno pensasse quello che dici o si azzardasse addirittura a dirlo apertamente, nel giro di una settimana tutti se ne sarebbero già dimenticati? Ma se rinunci, non otterrai mai niente. San Francisco non è il posto per te; il tuo ambiente è questo, in questo eccentrico e pazzo mondo del cinema dove hai dimostrato di cavartela tanto bene... e un giorno la casa di produzione di Sam passerà a te, oppure ne avrai un'altra, tutta tua! Hai ventitré anni, George, e uno di questi giorni scoprirai di essere al culmine della carriera. Forse ci sei già arrivato. E adesso hai anche una ragazza che ami... Accidenti!» esclamò sorridendo, con il viso bagnato di lacrime «...Cogli al volo questa magnifica occasione, George... perché è già tua... non lasciartela sfuggire... te la meriti.» Era la verità. Edwina, con tutto l'affetto che provava per il fratello, desiderava che avesse tutto quanto lei non aveva avuto. Non aveva rimpianti, ma in un certo senso aveva rinunciato a una vita propria per prendersi cura dei fratelli e delle sorelle minori; adesso il suo unico desiderio era che ciascuno di loro riuscisse ad avere ogni cosa che la vita poteva offrire, e a realizzare i propri sogni.

«Parli sul serio, sorellina?»

«Che cosa pensi? Secondo me, tu meriti *tutto*. E poi sai che ti voglio bene, stupidone!» Gli arruffò la capigliatura accuratamente impomatata, e lui la ricambiò. Edwina gli piaceva moltissimo con i capelli tagliati alla *garçonne*... com'era carina! Peccato che non si fosse mai sposata, che non ci fosse stato più nessuno dopo Charles. E così, forse perché aveva bevuto un po' troppo champagne o forse perché momenti di intimità e di sincerità come quello erano rari, si fece coraggio e provò a domandarle qualcosa che lo incuriosiva già da molto tempo.

«Non ti dispiace di non avere mai avuto niente più di questo, Win? Non ti capita di odiare la vita che fai adesso?» Ma poi gli parve di sapere già quale sarebbe stata la risposta, gliela leggeva negli occhi.

«Odiarla?» Edwina si mise a ridere; sembrava incredibilmente soddisfatta, anzi appagata, per essere una ragazza che aveva passato undici anni ad allevare i fratelli. «Come potrei odiarla, quando voglio tanto bene a tutti voi? Non ci ho pensato nemmeno un attimo, anni fa; era mio dovere, un compito che toccava a me... devo dire che voi mi avete dato tantissima felicità! Certo, avrei voluto sposare Charles, ma questa, tutto sommato, non è stata una brutta vita.»

Ne parlava come se la sua vita fosse quasi finita. E in un certo senso, per lei, lo era. Fra cinque anni Teddy sarebbe andato ad Harvard e per quell'epoca Fannie e Alexis probabilmente sarebbero già state sposate, o comunque fidanzate. Quanto a George, ormai aveva imboccato la strada giusta, anche se adesso non faceva che tormentarsi... ma di lì a cinque anni ogni cosa avrebbe avuto certamente una soluzione. E si sarebbe trovata sola, poiché i bambini sarebbero diventati adulti. Non le piaceva pensare a quello che sarebbe successo fra qualche anno. «Non ho rimpianti», disse a George allungandosi a dargli un bacio su una guancia. «Ma non sopporterei di vederti perdere l'occasione di trascorrere il resto dei tuoi giorni con una persona che ami. Vai a Palm Springs e chiedi la mano di Helen; poi di' a Sam che accetti la proposta di diventare suo socio e dimentica quello che può pensare la gente. Io trovo che sarebbe bellissimo; anzi, puoi anche raccontare a Helen che io la penso così.»

«Sei straordinaria, Win.» Poco dopo, accompagnandola nell'atrio dell'albergo, non poté fare a meno di pensare che sua sorella era una ragazza assolutamente fuori del comune e che l'uomo che l'avesse sposata sarebbe stato molto fortunato. A volte, ancora adesso, provava uno strano senso di colpa per il fatto che non aveva trovato marito. E si sentiva altrettanto colpevole al pensiero dei sacrifici che Edwina aveva fatto per tutti loro.

Stava per dirle qualcosa a questo riguardo quando tutti e due videro la stessa cosa nello stesso momento e si fermarono di colpo. Alexis stava attraversando l'atrio. Indossava un abito da sera di raso grigio — un abito di Edwina — e si era raccolta i capelli in una crocchia sulla testa, trattenuti da una fascia di lustrini guarnita da una piuma bianca che aveva trovato chissà dove. Era al braccio di un uomo alto e bellissimo che George riconobbe. Era chiaro che stavano rientrando in albergo dopo essere stati in qualche posto. Alexis non li aveva ancora visti.

«Mio Dio!» bisbigliò Edwina, annichilita. Fino a quel momento aveva pensato che Alexis fosse nella sua camera, a letto, mentre lei e George andavano al ricevimento. «Chi è?» Lo sconosciuto sembrava sulla cinquantina; era indubbiamente un uomo affascinante, ma oltre ad avere come minimo il triplo dell'età della sorella, aveva l'aria di essere ubriaco... e letteralmente incantato da Alexis.

Sul viso di George apparve un'espressione dura mentre, continuando ad avanzare nell'atrio dell'albergo, diceva sottovoce a Edwina: «Si chiama Malcolm Stone ed è il peggior figlio di puttana che io abbia mai conosciuto. Non fa che corteggiare le ragazze giovanissime e... ascolta quello che ti dico... io lo uccido, quel bastardo, prima che riesca ad avere Alexis tra le mani». Di solito George non usava un linguaggio simile e non perdeva mai le staffe a quel modo, quando lei era presente. Edwina per un attimo rimase letteralmente allibita. Bastava guardarlo per convincersi che, se avesse potuto, George avrebbe ammazzato quell'uomo. «Qui, adesso, è la nuova star! Perlomeno, lui è convinto di esserlo. Finora ha interpretato soltanto un paio di film, ma è pieno di idee grandiose. E quando non lavora si dà un gran da fare con le signore, soprattutto con le mogli o le figlie degli altri. E sembra che la sua specialità siano le giovanissime.» Bastava osservare il modo in cui stava guardando Alexis per capire che George non si sbagliava. Aveva anche messo gli occhi su Helen e questo fatto, qualche settimana prima, lo aveva mandato su tutte le furie. Era chiaro che voleva conquistarla, proprio per quelle ragioni per le quali George non aveva il coraggio di chiederla in moglie. Perché era bellissima e ricca, naturalmente, e perché gli sarebbe servita per arrivare fino a Sam, suo padre.

«Stone!» la voce di George rimbombò per tutto l'atrio e la coppia si fermò di colpo. Alexis si voltò e rimase sconvolta trovandosi di fronte George. Aveva sperato di tornare a casa prima di loro, ma si era talmente divertita a ballare all'*Hollywood Hotel* da dimenticarsi che il tempo passava. Le era già capitato di incontrare Malcolm nell'atrio dell'albergo, e la terza volta che si erano trovati a faccia a faccia si erano anche presentati. Malcolm Stone aveva riconosciuto subito il suo cognome e quindi le aveva domandato se non fosse parente di quel George Winfield che lavorava per la Horowitz Pictures. Lei gli aveva risposto in senso affermativo e lui si era affrettato a invitarla a pranzo in albergo. Proprio quel giorno Edwina era andata a visitare i pozzi di bitume di La Brea con i fratelli più piccoli, mentre Alexis era rimasta in piscina a godersi il sole.

«Mi vuoi spiegare che cosa stai facendo con mia sorella?» gli domandò George con voce vibrante di collera mentre, attraversato il salone, andava a piantarsi di fronte a Malcolm Stone.

«Assolutamente niente, caro figliolo. Soltanto divertirci un po'. Tutto molto corretto e irreprensibile, vero, mia cara?» replicò con un falso accento inglese. A Edwina bastò un'occhiata ad Alexis per capire che aveva perduto completamente la testa per lui. Per quanto fosse una creatura molto timida provava una strana attrazione per gli uomini anziani. «Tua sorella e io siamo stati a ballare all'*Hollywood Hotel*, vero, mia cara?»

Malcolm, dall'alto della sua statura, la guardò sorridendo, ma l'unica a non capire che l'espressione dei suoi occhi era tutt'altro che bonaria fu proprio Alexis.

«Lo sai o non lo sai che mia sorella non ha ancora diciassette anni?» George era addirittura furioso ed Edwina era non meno sconvolta e agitata di lui. Alexis si era comportata molto male, fuggendo a quel modo mentre loro erano fuori.

«Ah!» Stone rivolse un altro sorrisetto alla ragazza. «Credo che ci sia stato un piccolo equivoco.» Liberò con delicatezza dal proprio braccio la mano di Alexis e la offrì a George. «Sbaglio, o mi pareva che avessimo detto che stavamo per compiere i ventun anni?» Alexis diventò rossa come un papavero per la vergogna ma, a dire la verità, non sembrava che Malcolm Stone fosse particolarmente preoccupato da questa notizia. L'unica cosa imbarazzante era che fosse stato il fratello maggiore a rivelarglielo.

Fin dall'inizio della serata aveva capito che Alexis doveva essere molto più giovane di quanto ammettesse, ma era una bellissima bambina, una creatura stupenda, e lui aveva pensato che farsi vedere in sua compagnia non gli avrebbe certo guastato la reputazione. «Spiacente, George.» Ma non sembrava per niente pentito. Anzi, piuttosto divertito. «Non essere troppo severo con lei, è una ragazzina incantevole.»

Sempre fermo davanti a Stone, George non moderò il suo atteggiamento né le sue parole: «Stai alla larga da mia sorella».

«Certo, come vuoi.» E dopo aver fatto un profondo inchino a tutti e tre, l'attore si allontanò rapidamente.

George lo seguì con lo sguardo, ancora furioso, poi afferrò Alexis per un braccio e tutti insieme si avviarono in fretta verso il cottage dove la famiglia alloggiava. Alexis si era messa a piangere ed Edwina aveva l'aria preoccupata. «Si può sapere che cosa ti è saltato in testa? Mi vuoi spiegare perché sei uscita con lui?» George era fuori di sé, come gli capitava raramente. Con le sorelline e il fratellino era sempre stato protettivo e interveniva quando aveva l'impressione che Edwina fosse un po' troppo severa. Ma questa volta, no. Questa volta gli sarebbe piaciuto dare ad Alexis una di quelle lezioni che si ricordano per un pezzo. Disgraziatamente, era troppo grande per quello, oltre al fatto che Edwina, sicuramente, non glielo avrebbe permesso. Avrebbe voluto strangolarla con le proprie mani per essere caduta preda di un uomo come Malcolm Stone. «Ma lo sai chi è quello? È un impostore, un imbroglione con i fiocchi! Sta leccando i piedi a tutti, qui a Hollywood, per fare carriera, ed è deciso a sfruttare chiunque può!» George conosceva fin troppo bene il mondo in cui viveva; la città era piena di individui senza scrupoli come Malcolm Stone.

Alexis, che ormai singhiozzava senza ritegno, si divincolò dalla stretta di George. «*Non è affatto* quello che dici! È dolce, buono e gentile; dice che dovrei recitare nei film con lui. Una cosa del genere tu non me l'hai mai detta, George!» esclamò in tono di accusa, con il viso rigato di lacrime. Disgraziatamente, nel giudizio di suo fratello, Malcolm Stone poteva essere qualsiasi cosa, ma non certo «buono e gentile»! Piuttosto un tipo ambiguo e viscido, della peggior specie.

«Hai perfettamente ragione! Non ti ho mai detto niente di simile! Che cosa credi! Che ti voglia vedere in compagnia di gente del genere? Non essere ridicola! E poi... guardati... sei una bambina! Alla tua età il posto adatto non è Hollywood, e tanto meno l'ambiente del cinema!»

«Questa è la cosa più cattiva che tu mi abbia mai detto!» piagnucolò Alexis, mentre George la trascinava quasi di peso nel soggiorno della suite che occupavano. Poi si lasciò andare di schianto in una poltrona, sempre singhiozzando, mentre Edwina, agitatissima, assisteva alla scena.

«Posso interrompere per domandare per quale motivo non mi hai chiesto il permesso di uscire con lui e non hai nemmeno pensato a presentarci?» Era la prima cosa che le fosse venuta in mente, e adesso la preoccupava. Fin da bambina Alexis aveva avuto l'abitudine di andarsene per conto proprio, e undici anni prima, sul *Titanic*, ciò le era quasi costato la vita.

«Perché...» Alexis riprese a singhiozzare ancora più forte, appallottolando il fazzoletto fra le mani e inondando di lacrime l'abito da sera di Edwina che aveva «preso in prestito» per quella scappatella. «Sapevo che non me lo avresti permesso.»

«Vedo che hai ancora un po' di buon senso, Alexis. E posso anche chiederti quanti anni ha quel signore?» le domandò Edwina con aria piena di disapprovazione.

«Ha trentacinque anni», rispose Alexis con sussiego, e suo fratello scoppiò in una risata di scherno.

«Trentacinque anni, un corno! Ne ha come minimo cinquanta! Dio mio! Dove sei stata fino ad ora!» esclamò George, ma Edwina sapeva che in quel momento il fratello era ingiusto; in fondo Alexis era una bambina, abituata a vivere in una città tranquilla come San Francisco, ben diversa da Hollywood, con tutto il suo fascino, le sua eccentricità, i suoi costumi più liberi. Non ci si poteva aspettare che individuasse alla prima occhiata mascalzoni del genere di Malcolm Stone, come poteva fare suo fratello che a Hollywood lavorava e viveva. «Ma riesci a immaginare che cosa potrebbe farti un tipo del genere?» Alexis scrollò la testa, singhiozzando, e George si rivolse a Edwina, esasperato. «Lascerò che sia tu a spiegarglielo.» Poi, riprendendo il discorso con la sorella minore, aggiunse: «Quanto a te, puoi considerarti maledettamente fortunata se non ti rispedisco a casa prima del giorno del tuo compleanno».

Avevano infatti deciso di festeggiarlo a Los Angeles, durante le vacanze di Pasqua; purtroppo, per tutto il resto della settimana l'umore generale fu piuttosto cupo e la situazione abbastanza tesa. Alexis era praticamente in castigo ed Edwina aveva provato a parlarle seriamente più di una volta. Il guaio era che la sua straordinaria bellezza faceva colpo su qualsiasi uomo e perfino lì, in quella città piena di belle donne, ovunque andasse la gente si voltava a guardarla.

Eclissava tutti intorno a lei, perfino le sorelle. A complicare ulteriormente le cose, due giorni dopo la famosa scappatella in compagnia di Malcolm Stone, uno di quegli agenti cinematografici sempre alla ricerca di nuovi talenti le si avvicinò nel salone dell'albergo per domandarle se le sarebbe piaciuto recitare in un film per la Fox Productions. Edwina declinò l'offerta con gentilezza, a nome della sorella minore, e Alexis scappò via correndo e si chiuse nella sua camera, in lacrime, accusandola di volerle rovinare per sempre la vita. Si mise a letto e quella sera George domandò a Edwina che cosa fosse successo, perché non l'aveva mai vista comportarsi così. Purtroppo, da quattro anni non viveva più in famiglia e quindi non poteva sapere che Alexis, la quale non aveva mai avuto un carattere semplice, adesso era diventata ancora più difficile e incontrollabile. Per quanto timidissima, e in un certo senso ancora inconsapevole del proprio fascino straordinario, smaniava dalla voglia di sfondare nel mondo del cinema.

«È un'età difficile», spiegò Edwina a George quando si ritrovarono soli. «Ed è una ragazza bellissima. A volte questo fatto genera un po' di confusione. Le vengono offerte le prospettive più allettanti e noi diciamo che... deve rinunciarvi. Gli uomini le corrono dietro e noi diciamo che non può uscire con nessuno di loro. Ai suoi occhi tutto questo non è molto divertente, e noi facciamo la parte dei cattivi. Perlomeno io.»

«E Dio sia ringraziato per questo!» Non si era mai reso conto della difficoltà di un compito del genere per Edwina. Allevare i suoi fratelli e le sue sorelle, e farli crescere, non doveva essere stato affatto semplice come lui a volte aveva pensato. «E adesso come ce la caviamo con questa piccola capricciosa?» Si comportava come se Alexis avesse commesso chissà quale delitto a Los Angeles, ed Edwina scoppiò a ridere.

«Adesso la riaccompagnerò a casa. E mi auguro che si metta tranquilla. La mia unica speranza è che trovi marito presto; allora toccherà a lui preoccuparsi se ha una moglie troppo bella!» Rise di nuovo e George scrollò la testa, divertito ma anche sconcertato.

«Spero di non avere mai figlie!»

«E io spero che tu ne abbia una dozzina», ribatté Edwina con un'altra risata. «A proposito», riprese, guardandolo con aria significativa e tornando di nuovo a sentirsi, forse più del solito, la sorella maggiore, «che cosa hai deciso per quanto riguarda Helen? Per quale motivo non sei a Palm Springs?»

«Ho telefonato, ma adesso sono a San Diego in visita da amici. Ho lasciato un messaggio all'albergo, ma preferisco aspettare fino al loro ritorno. Mi dispiace, a proposito, che tu non abbia potuto vedere Sam.» Edwina lo aveva incontrato tre anni prima e lo aveva trovato davvero simpatico. Era un uomo che faceva un'ottima impressione, con gli occhi intelligenti e l'aria saggia; tutto in lui, a cominciare dalla sua statura e dalla figura imponente, fino alla stretta di mano sicura e decisa, trasudava potere.

«Lo vedrò la prossima volta. Ma tu, piuttosto, stai attento», riprese guardandolo severamente. «Non fare pasticci! Si tratta della tua vita. Ricordati quello che ho detto e fai la cosa giusta. Ci siamo capiti?» Gli rivolse un sorrisetto malizioso; ma sapevano benissimo entrambi a che cosa lei alludesse.

«Sissignora! E farai meglio a dare gli stessi consigli anche alla tua sorellina!» Per fortuna, dopo una giornata di pianti e di disperazione perché l'avevano costretta a rinunciare sul nascere alla sua carriera di diva del cinema, Alexis si calmò e riuscì a godersi la festa del suo compleanno. Non rimaneva che un giorno prima della partenza da Los Angeles ed Edwina voleva accompagnare i due più piccoli sul set dell'ultimo film che George stava girando. Lui era impegnato con l'ufficio produzione, ma i ragazzi ebbero la fortuna di fare la conoscenza di Lillian Gish, e quello fu il momento più bello del loro soggiorno. Vedendolo nel suo ambiente di lavoro, Edwina si decise a fare a George una domanda alla quale già pensava da un po' di tempo, cioè da quando l'agente della Fox aveva fatto ad Alexis la proposta di lavorare nel cinema.

«Non credi che un giorno le lasceresti fare un film per te?»

George ci pensò un momento e poi si abbandonò contro la spalliera della poltrona con un profondo sospiro. «Non so. Non ci ho mai pensato. Perché? Sei la sua agente?»

Edwina rise. «No, era solo una mia curiosità personale. Perché mi sembra che Alexis provi per tutto questo la stessa attrazione che provavi tu.» Era vero; e di certo Alexis era bella abbastanza per diventare una grande diva del cinema. Su questo non c'erano dubbi. Forse era ancora troppo giovane, ma chissà che un giorno... Alexis, se lo avesse saputo, avrebbe toccato il cielo con un dito.

«Non so, Edwina. Può darsi. Ma se tu sapessi che cosa io vedo qui, certe volte! Sei proprio convinta che ti piacerebbe lasciare tua sorella in questo ambiente?» Lui, no. Non sarebbe stata certo la vita che avrebbe desiderato per i suoi figli, se ne avesse avuti. Esattamente come Sam non la desiderava per Helen. E infatti, secondo l'opinione di George, Helen era una persona molto più gradevole e simpatica proprio per questo motivo.

«A me sembra che Helen, pur vivendoci, non ne abbia risentito!» gli fece notare Edwina, e lui annuì.

«Verissimo. Ma lei è diversa. Lei non lavora nel cinema. Suo padre la chiuderebbe in casa al solo pensiero di lasciarla comparire in un film.» Edwina si era domandata spesso per quale motivo Helen non avesse fatto quella carriera, e la risposta di George adesso spiegava tutto.

«Così... era solo un pensiero che mi era venuto. Non importa.»

«Dov'è Alexis?»

«In albergo. A riposare. Non si sentiva bene.»

«Sei sicura?» Era diventato sospettoso di tutto; in ogni uomo vedeva un probabile violentatore, un lussurioso che mirava soltanto ad approfittare di sua sorella. Edwina lo prese un po' in giro per questo mentre tornava sul set a cercare i ragazzi più piccoli.

George li invitò tutti a pranzo; poi li lasciò davanti all'albergo e tornò in ufficio. Ma quando salirono nelle loro camere non trovarono Alexis. Edwina mandò Teddy a cercarla in piscina.

«Non c'è. Forse è uscita a fare quattro passi.» Intanto Teddy ne approfittò per tornare subito fuori nella speranza di poter vedere di nuovo Tom Mix nell'atrio dell'albergo e Fannie cominciò a preparare le valigie per aiutare Edwina. All'ora di cena Alexis non si era ancora fatta viva ed Edwina cominciò a farsi prendere dal panico. Improvvisamente si domandò se George non avesse avuto ragione di insospettirsi tanto, anche se le dispiaceva avere dubbi del genere sulla sorella minore. Purtroppo Alexis era sempre stata diversa dagli altri... timida... scontrosa... chiusa in se stessa... paurosa di tutto e di tutti quando era piccola, anche se adesso era un po' migliorata. In tutta la sua vita aveva sempre cercato la protezione e l'appoggio degli adulti, e lo faceva ancora. Aveva un attaccamento addirittura morboso per Edwina e per George; in un certo senso Edwina aveva finito per convincersi che non si fosse mai più ripresa dalla morte di Phillip, un colpo durissimo per lei, forse più della scomparsa dei genitori. Sembrava avesse un bisogno addirittura innaturale di attaccarsi ai padri, agli zii, ai fratelli maggiori delle sue amiche, e non certo perché ne fosse attratta sessualmente — o perlomeno non era tanto matura da vedere la situazione sotto questo punto di vista — ma perché sembrava eternamente alla ricerca di un fratello più grande, come Phillip, oppure di un padre.

Alle otto di sera Edwina si decise a telefonare a George, anche se lui aveva un impegno e si erano già accordati che li avrebbe accompagnati alla stazione la mattina dopo. Con voce tremante, gli spiegò che non sapevano dove fosse Alexis. Fu contenta di averlo chiamato prima che uscisse e infatti George si precipitò subito in albergo, in abito da sera, per discutere il da farsi.

«L'hai vista con qualcuno?» Edwina rispose di no. «Possibile che sia uscita di nuovo con Malcolm Stone? Secondo te, può essere tanto stupida?»

«Non stupida», gli spiegò Edwina, lottando per ricacciare indietro le lacrime, «solo giovane.»

«Non raccontarmi storie! Sono stato giovane anch'io.» E lo era ancora, pensò Edwina sorridendo, anche se lui, a quasi ventiquattro anni, ormai credeva di non esserlo più. «Ma io non sparivo ogni due minuti per andare a spassarmela con opportunisti cinquantenni!»

«Lascia perdere questo... piuttosto, che cosa facciamo, George? E se le fosse successo qualche cosa?» Eppure, chissà perché, lui non pensava affatto che l'avessero rapita o che fosse rimasta vittima di una disgrazia, a differenza di Edwina che ormai ne aveva praticamente la sicurezza e voleva che chiamasse la polizia. Lui, invece, esitava a farlo.

«Se non le è successo niente, e se è andata fuori di nuovo con Stone, o con qualcun altro come lui, la stampa monterebbe uno scandalo su una notizia simile... e non credo che tu voglia niente del genere.» Preferì fare un giro dell'albergo, distribuendo mance generose e facendo un mucchio di domande; in venti minuti ottenne la risposta che stava cercando. Quando tornò era furibondo: Alexis era andata al *Rosarita Beach* in compagnia di Malcolm Stone. L'attore aveva noleggiato un'automobile ed era partito in compagnia di una bella ragazza bionda, giovanissima, per condurla nel famoso albergo dove tutti erano soliti andare a bere e a giocare d'azzardo, appena al di là del confine messicano.

«Oh, mio Dio...» Edwina scoppiò in lacrime e diede ordine ai ragazzi di chiudersi in un'altra camera. Non voleva che sapessero niente di quello che era successo. «George, e adesso che cosa facciamo?»

«Che cosa facciamo?» ripeté lui, infuriato. Ormai erano le otto e mezzo e per quanto fosse abituato a una guida veloce, ci sarebbero volute almeno due ore e mezzo per arrivare al *Rosarita Beach*. A quel punto, sarebbero state le undici di sera e non restava da augurarsi che non fosse troppo tardi... «Adesso saliamo in macchina e andiamo anche noi nel Messico... Ecco quello che facciamo! Andiamo a prenderla. E poi io lo ammazzo.» Per fortuna, Edwina conosceva troppo bene suo fratello per credergli. Dietro suo ordine, si precipitò a prendere un cappotto e uscì in fretta e furia, seguendolo e voltandosi solo un momento a gridare a Fannie e a Teddy di non azzardarsi a uscire dalla camera, per nessuna ragione. Quanto a loro, sarebbero rientrati molto tardi.

Edwina attraversò di corsa l'atrio dell'albergo e seguì George, che immediatamente salì in automobile, accese il motore e partì diretto a sud. Quando arrivarono al *Rosarita Beach* erano le undici meno venti. L'albergo, una costruzione di forma allungata e irregolare, si trovava proprio sulla spiaggia; qua e là, tutt'intorno, erano parcheggiate lussuose automobili americane. Di solito, i clienti arrivavano a frotte da Los Angeles per ubriacarsi, divertirsi e commettere qualche pazzia, piccola o grande che fosse.

Entrarono. George era pronto a buttar giù la porta di ogni camera da letto per trovare la sorella, ma per fortuna la scoprì seduta al bar. Malcolm Stone stava giocando d'azzardo, e scommetteva cifre molto alte. Era ubriaco fradicio. Alexis, un po' sbronza, era visibilmente nervosa. Ci mancò poco che svenisse quando vide George ed Edwina. Suo fratello attraversò la sala, afferrò Alexis per un braccio e la sollevò praticamente di peso dallo sgabello sul quale era seduta.

«Oh... io...» Non riusciva nemmeno a parlare tanto era sconvolta! Sembrava che tutto fosse successo così in fretta! Malcolm Stone si voltò a guardarli con aria vagamente divertita.

«Ci incontriamo di nuovo», disse freddamente, abbozzando il classico sorriso da divo del cinema che gli era abituale... Ma George non sorrideva!

«A quanto sembra, la prima volta non mi hai capito. Alexis ha diciassette anni e se ti azzardi ad avvicinarti a lei un'altra volta, prima ti faccio mandar via dalla città e poi provvedo a farti schiaffare al fresco. Te lo ripeto, se ti azzardi a metterti in contatto con mia sorella un'altra volta, puoi salutare la tua carriera di attore del cinema fin da questo momento... Sono stato chiaro questa volta? Mi hai capito?»

«Perfettamente. Le mie scuse. Evidentemente l'altra volta avevo equivocato.»

«Bene», disse George scaraventando la giacca su una sedia e allungando un primo pugno allo stomaco di Stone e il secondo al mento, prima di tirarsi indietro di scatto. «Cerca di non equivocare questa volta!» Mentre Malcolm Stone cadeva in ginocchio sul pavimento, intontito dai pugni, e la gente si voltava a guardarlo sbalordita, George tornò a prendere la giacca, afferrò Alexis per un braccio e uscì dalla sala seguito da Edwina.

27

IL viaggio di ritorno a Los Angeles fu penoso per tutti, ma per Alexis in modo particolare. Non fece che piangere disperatamente per tutto il tempo, non tanto perché avesse paura della punizione che l'aspettava quanto perché era impaurita e si vergognava terribilmente di quello che era successo. Si sentiva umiliata, non solo per la scenata in pubblico ma perché ormai si era accorta che Malcolm, in realtà, non aveva nessuna intenzione di riaccompagnarla a Hollywood, quella sera! Lo aveva capito quando George si era presentato sulla porta del bar, come un cavaliere chiuso nella sua lucente armatura. Stavolta aveva corso un grosso rischio, e anche se Malcolm le era simpatico perché la trattava come una bambina — «la mia piccolina», così la chiamava — e le sue attenzioni la rendevano felice e la lusingavano, in fondo era un sollievo, adesso, tornare a casa e alla sicurezza della vita famigliare.

«Tu qui non ci tornerai mai più!» le disse George in tono deciso quando arrivarono in albergo, dopo averla rimproverata per tutto il viaggio dalla frontiera messicana verso nord. «Sei una ribelle, e non ci si può fidare di te. Se io fossi Edwina, ti rinchiuderei in un convento. Puoi considerarti fortunata perché non vivi con me! È tutto quello che posso dire!» Ma era ancora furioso quando, dopo averla mandata a letto, versò qualcosa da bere per sé e per Edwina.

«Cristo, ma non si rende conto di quello che poteva fare quel bellimbusto? Ci mancava solo di ritrovarci fra nove mesi con un marmocchio sulle braccia!» Bevve un lungo sorso di liquore e si lasciò cadere di schianto sul divano, mentre Edwina lo guardava con disapprovazione.

«George!»

«Be', che cosa credi che le sarebbe successo? Possibile che lei non riesca a immaginarlo?»

«Penso che adesso l'abbia capito perfettamente.» Alexis gliel'aveva spiegato mentre si spogliava; poi Edwina l'aveva messa a letto, rimboccandole le coperte come si fa con una bambina disobbediente. Non era una situazione facile per Alexis: anche se fisicamente era ormai una donna, in realtà era ancora infantile. Purtroppo, Edwina era convinta che non sarebbe mai cambiata. Ed era una conseguenza degli choc terribili che aveva subito nella sua infanzia; adesso aveva bisogno di molto di più di quanto gli altri erano in grado di darle. Purtroppo, non sarebbe mai più riuscita ad avere ciò di cui aveva realmente bisogno, una madre e un padre. Le mancavano da quando aveva sei anni. E c'era stata quella notte terribile, quando si era convinta di avere perduto tutti i suoi cari, quando l'avevano scaraventata nella scialuppa di salvataggio, con la sua bambola, pochi minuti prima che il *Titanic* colasse a picco.

«Lui le aveva detto che l'avrebbe riaccompagnata a casa stasera», spiegò Edwina a George, che continuava a sorseggiare il suo bicchiere di whisky. Il viaggio in automobile era stato lungo, e lunghissima quella terribile serata. Gli doleva la mano con la quale aveva colpito Malcolm Stone. Edwina preferì non rivelargli quanto fosse rimasta impressionata da quella sua incredibile esibizione di audacia e di forza. «E ha capito che lui le aveva raccontato un sacco di storie soltanto quando siamo apparsi noi, come gli eroi di un film.»

«È stata fortunata, può esserne contenta! Di solito non arrivano gli eroi all'ultimo momento, quando si ha a che fare con individui della razza di Malcolm Stone! Ti giuro che lo ammazzo, se si azzarda ad avvicinarsi ad Alexis un'altra volta!»

«Non lo farà. Domani torniamo a San Francisco e la prossima volta che verremo lui chissà dove sarà finito, o forse si sarà dimenticato completamente dell'esistenza di Alexis. Certo che questa città è veramente incredibile!» Sorrise e George scoppiò in una risata. In fondo, tutto era finito bene, non era successo nessun guaio e lui era felice di aver ritrovato la sorellina. «Anzi», aggiunse Edwina con aria maliziosa, «vecchia come sono, mi accorgo che quasi quasi comincia a piacermi!»

«E allora resta, Win.» Scoppiò a ridere anche George davanti all'espressione dei suoi occhi. Così eccitata gli parve ancora più bella. Aveva gli occhi splendenti, il viso delicato incorniciato dai capelli corti, e ancora una volta George pensò, come gli capitava spesso, che era una donna incantevole ed era un vero peccato che non si fosse mai sposata. «Diavolo, se rimani ancora un po' da queste parti finirà che ti troviamo marito!»

«Fantastico!» rise Edwina divertita; ma era l'ultimo dei suoi pensieri. A lei interessava soltanto trovare un buon marito a Fannie e ad Alexis e vedere George felice con Helen. «Alludi a qualcuno come Malcolm Stone? Non è per niente stimolante!»

«Eppure io sono sicuro che deve esserci qualcun altro in giro!»

«Magnifico! Avvertimi quando lo trovi. E intanto, mio caro...» Si alzò in piedi e cominciò a stiracchiarsi. La serata era stata faticosa e si sentivano entrambi molto stanchi. «Me ne torno a casa, a San Francisco, dove l'unica cosa divertente in programma è una cena a casa dei Templeton Crocker, e le uniche notizie scandalistiche riguarderanno chi ha comprato una nuova automobile e chi ha fatto l'occhiolino alla moglie di un amico alla serata inaugurale del teatro dell'Opera.»

«Vedi perché mi sono trasferito qui?» disse George.

«Ma se non altro», ribatté Edwina, accompagnandolo alla porta con un sorriso e uno sbadiglio, «a San Francisco nessuno ha mai tentato di fuggire portandosi via la tua sorellina.»

«Ecco un punto a favore di quella città. Buona notte, Win.»

«Buona notte, caro... e grazie per avere sistemato le cose!»

«Figurati. Quando hai bisogno di me...» La baciò sulle guance e andò a prendere l'automobile. La sua adorata Lincoln era letteralmente coperta di polvere dopo quella corsa forsennata, e mentre guidava lentamente verso casa si scoprì a pensare quanto sentisse la mancanza di Helen e quanto fosse affezionato alla sorella maggiore.

28

Fu due mesi più tardi che George andò a trovarli a San Francisco. Edwina si meravigliò di quella visita perché era un po' che non si faceva vivo, ma aveva pensato che fosse preso da mille impegni. Invece scoprì che era tornato a casa per informarla di avere chiesto la mano di Helen, la quale aveva accettato di sposarlo. Era raggiante, mentre glielo raccontava! Edwina pianse nel sentire quella notizia, commossa e felice; quanto a George, bastava guardarlo per capire che era al settimo cielo.

«E la società con Sam?» A un tratto Edwina parve preoccupata, ma George si mise a ridere divertito. Edwina sapeva quanta importanza avessero per lui i legami di affari con Horowitz, ma desiderava che George ottenesse tutto, sposare Helen e diventare socio di Sam. Se lo meritava.

«Helen ha fatto il tuo stesso ragionamento, e anche Sam. Io ne ho parlato a lungo con tutti e due; Sam ha detto che ero matto. Ha sempre saputo che se avessi sposato Helen era solo perché l'amavo; quanto a lui, vuole ancora avermi come socio.» Era visibilmente soddisfatto ed Edwina si mise a gridare di gioia.

«Evviva! Quando avete intenzione di sposarvi?» Era ormai giugno, ma Helen era stata irremovibile. I preparativi delle nozze richiedevano tempo.

«In settembre. Helen dice che non ce la farebbe a organizzare tutto prima di allora. Vedi, sarà una specie di film con la regia di Cecil B. De Mille, il matrimonio!» spiegò George, ridendo. «E assumeremo circa quattromila comparse.» Sarebbe stata una di quelle feste grandiose in perfetto stile hollywoodiano, ed Edwina non aveva mai visto suo fratello così felice. «Ma la verità è un'altra. Sono venuto a casa perché volevo parlarti di una certa questione... credo di essere pazzo a pensarci, anzi solo a prenderla in considerazione, ma ho bisogno del tuo consiglio.» Lei non nascose di essere lusingata e anche eccitata di fronte a una simile premessa.

«Di che cosa si tratta?»

«C'è un film che stiamo preparando da un paio d'anni. Volevamo che lo interpretasse l'attrice adatta, ma non ne abbiamo trovata nessuna; e adesso a Sam è venuta un'idea pazzesca. Non so, Edwina.» Sembrava molto preoccupato e anche lei aggrottò la fronte perché non capiva a che cosa volesse mirare.

«Che cosa ne diresti se facessimo un provino ad Alexis per quel film?» In un primo momento, Edwina rimase senza parole; come avevano riso insieme all'idea che il famoso agente della Fox volesse la loro sorellina... e adesso era proprio lui, George, a chiederle la stessa cosa. Ma in questa occasione Alexis, controllata a vista dal fratello, non avrebbe corso rischi.

«Capisco che è una follia anche solo prendere in considerazione un'eventualità del genere. Ma è talmente perfetta per quella parte, e... credimi, mi fa letteralmente diventare pazzo con tutte le lettere che mi manda, continuando a ripetermi che vuole fare del cinema! Come faccio io a sapere se è la strada giusta per lei? Forse ha ragione. Forse ha un grande talento.» Si sentiva dilaniato dai dubbi e non sapeva prendere una decisione. Ma non nascondeva anche di sentirsi terribilmente tentato. Sapeva che Alexis sarebbe stata perfetta per quel film.

«Non so.» Edwina esitava. Voleva rifletterci. «Se tu sapessi quanto me lo sono domandata anch'io! Ha una tale smania di fare l'attrice. Ma quando eravamo a Los Angeles, due mesi fa, e ti ho domandato che cosa ne pensavi, se ti sembrava una buona idea, quella di farle fare l'attrice un giorno, non mi è parso che fossi d'accordo. Che cosa c'è, adesso, di diverso?» Non voleva decidere alla leggera, ma capiva anche di potersi fidare di George.

«Lo so», disse lui con aria meditabonda. «Non volevo che la sfruttassero, e non voglio neppure adesso. Può darsi, nel caso accettasse di firmare un contratto per interpretare i film in esclusiva per noi, che si possa avere il pieno controllo del suo lavoro. Ammesso che riusciamo a controllare anche lei...» aggiunse guardando con aria cupa la sorella maggiore. «Credi che saprebbe comportarsi come si deve?» Non aveva ancora dimenticato lo scontro con Malcolm Stone per strappargli dalle grinfie Alexis e non aveva nessun desiderio di ripetere quella terribile esperienza. Non avrebbe mai dimenticato quel viaggio notturno in Messico con Edwina.

«Credo di sì, se riuscissimo a tenerla d'occhio. Alexis ha solo bisogno di sentire che qualcuno la protegge, le vuole bene e si occupa di lei. Allora tutto va liscio.»

George rise alle parole della sorella. «Ti devo dire che è esattamente quello che vuole qualsiasi altra stella del cinema di mia conoscenza. Sarà la diva perfetta.»

«E quando vorresti che cominciasse?»

«Fra qualche settimana, verso la fine di giugno. E al termine dell'estate dovrebbe avere finito.» In quel periodo anche gli altri sarebbero stati liberi dai loro impegni. Alexis infatti sarebbe già stata diplomata, e Fannie e Teddy avrebbero cominciato le vacanze estive. Alexis inoltre non aveva nessun desiderio di continuare gli studi e andare al college, erano poche le ragazze che ci tenevano. Quanto a Fannie, Edwina sapeva benissimo che non interessava nemmeno a lei. Ma se Alexis avesse terminato le riprese del film per la fine di agosto, sarebbero potuti tornare a casa in tempo per l'inizio delle lezioni, in settembre. Teddy doveva iniziare le superiori e a Fannie mancavano due anni. «Certo dovresti rinunciare ai tuoi programmi e alle vacanze sul lago Tahoe per quest'anno, ma nessuno vi impedisce di passare qualche giorno di riposo a Del Coronado, tutti insieme, per respirare un po' di aria di mare, oppure a Catalina. In ogni caso dovrai venire a Hollywood per il mio matrimonio.» Edwina sorrise a quel pensiero. «Che cosa ne pensi? Il vero problema, naturalmente, non è tanto dove passare l'estate con i ragazzi, ma piuttosto se hai intenzione o no di sottoporre Alexis alle fatiche e alle tensioni che sono inevitabili per chi interpreta un film.»

Edwina stava facendo cenno di sì con la testa, mentre rifletteva, e nel frattempo cominciò a girare lentamente per la stanza e poi guardò fuori della finestra, verso il giardino. Il roseto di Kate era in fiore, ancora adesso, come tutti gli altri arbusti che aveva piantato lei, con le sue mani. Poi, sempre con lentezza, si voltò a guardare suo fratello.

«Penso che dovremmo lasciarglielo fare.»

«Perché?» Non ne era più tanto sicuro neppure lui stesso, ecco il motivo per il quale era venuto a San Francisco a discutere la questione con lei.

«Perché se non glielo permettessimo, non ce lo perdonerebbe mai.»

«Non è necessario che lo sappia. Non siamo obbligati a dirglielo.»

«No», ammise Edwina tornando a sedersi. «Però sono convinta che riuscirebbe a fare quello che tu vuoi e penso che meriti molto di più di quanto San Francisco può offrirle. Guarda come è bella!» Sorrise con orgoglio e George annuì. Edwina sembrava il classico tipo della madre chioccia con i suoi pulcini... ma del resto anche lui provava gli stessi sentimenti nei confronti dei fratelli. «Non so, George, può darsi che un giorno ci pentiremo di questa scelta ma credo che dovremmo offrirle una simile opportunità. Se dovesse comportarsi male, la riaccompagneremo a casa e la terremo sotto chiave per sempre.» Risero insieme a questa idea; ma poi Edwina lo guardò con aria grave. «Secondo me, chiunque merita di non lasciarsi sfuggire l'occasione giusta. Come te.» E sorrise.

«E tu?» George la guardò con affetto ed Edwina gli sorrise di nuovo.

«Io sono stata felice della mia vita... Offri ad Alexis questa opportunità!» E George fece cenno di sì con la testa.

Poco prima dell'ora di cena mandarono a chiamare Alexis. Era appena rientrata da un giro di spese in centro con una compagna di scuola. Né lei né la sorella minore amavano molto studiare. Del resto, secondo il giudizio che Bert Winfield aveva dato molti anni prima sui suoi figli, Edwina, Phillip e Teddy erano i «cervelli» della famiglia. Quanto a George, aveva fatto una splendida carriera a Los Angeles, questo era innegabile. Con il suo ingegno brillante, i suoi modi cortesi e accattivanti, aveva imboccato la strada giusta e mai, nemmeno una volta, si era pentito di avere lasciato Harvard.

«Qualcosa non va?» Alexis li guardò innervosita, quando la convocarono, e George osservandola per l'ennesima volta riuscì soltanto a pensare che era bellissima e che sarebbe stata perfetta per il loro film.

«Noooo!» rispose Edwina con un sorriso. «George ha qualcosa da dirti e credo che ti piacerà.» Tutto questo rese molto più interessante e un po' meno sinistro e inquietante il fatto di essere stata convocata nel grande salone dal fratello e dalla sorella.

«Ti sposi?» gli domandò. Aveva indovinato, e lui fece cenno di sì con la testa, ridendo felice.

«Ma non è di questo che volevo parlarti. Helen e io ci sposeremo in settembre. Ma io ed Edwina abbiamo certi progetti per te che dovrebbero essere realizzati prima di allora.» Per un attimo, Alexis mise il broncio, convinta che avessero intenzione di mandarla in una delle solite scuole di perfezionamento a terminare gli studi, e non la trovava affatto un'idea divertente. «Senti un po', ti piacerebbe venire a Los Angeles», cominciò George e lei subito si rasserenò «...a recitare in un film?» Lo fissò con gli occhi sgranati per un attimo che parve lunghissimo e poi, alzandosi dal divano, si precipitò ad abbracciarlo.

«Dici sul serio?... Dici sul serio?...» Poi si voltò di scatto verso Edwina. «... Posso?... Posso davvero?... Me lo permetti?» Sembrava pazza di gioia e George ed Edwina ridevano divertiti, mentre Alexis rischiava di soffocare il fratello a furia di baci e abbracci.

«Va bene, va bene...» George riuscì a liberarsi da quella stretta e minacciò la sorella con un dito. «Però devo dirti qualcosa. Se non fosse stato per Edwina, non saresti mai riuscita a fare niente del genere. Non sono del tutto sicuro che te lo avrei permesso, dopo quella stupidissima scappatella di due mesi fa.» Alexis abbassò gli occhi perché era bastata quella allusione a farle ricordare i rischi corsi con Malcolm Stone. Provava ancora vergogna per quello che era successo, anche se aveva sempre difeso le proprie idee con Edwina. «Se mi combini un altro scherzetto del genere», continuò George «ti chiudo in camera e butto via la chiave... Quindi, adesso, sarà meglio che cerchi di comportarti bene.»

Lei gli gettò di nuovo le braccia al collo e per la seconda volta George corse il rischio di rimanere soffocato dall'entusiasmo e dalla violenza delle manifestazioni di affetto di Alexis. Le sorrise, guardandola. «Te lo prometto, George... ti prometto che sarò buona. E dopo il film verremo anche noi ad abitare a Hollywood?» Ecco una cosa alla quale Edwina e George non avevano nemmeno pensato.

«Io credo che tua sorella vorrà tornare qui, affinché Fannie e Teddy possano riprendere la scuola.»

«Perché non possono andare a scuola a Hollywood?» domandò Alexis in tono pratico, ma nessuno degli altri due era pronto a considerare un'eventualità del genere. Poi Alexis ebbe un'idea ancora migliore, che a George non piacque affatto. «Perché non posso venire a vivere con te e con Helen?»

Lui si lasciò sfuggire un gemito, mentre Edwina scoppiava a ridere. «Perché il mio matrimonio finirebbe in un divorzio, oppure mi troverei in prigione, nel giro di pochi mesi! Continuo a non capire come Edwina riesca a sopravvivere dovendo occuparsi di tutti voi. No, non è assolutamente possibile che tu venga a vivere con me e con Helen.» Per un attimo Alexis sembrò contrariata, ma poi si affrettò a proporre qualcosa che le sembrava ancora meglio.

«Se diventerò una diva famosa, non potrò avere una casa tutta mia? Come Pola Negri?... Così avrei anche un mucchio di cameriere, e un maggiordomo... e un'automobile tutta per me, come la tua... e due cani lupo irlandesi...» Aveva già in mente, nei minimi dettagli, come sarebbe stata la sua vita futura, e quando uscì dal salone con aria trasognata, come se camminasse fra le nuvole, George non poté trattenere un sorriso e guardò Edwina con aria contrita.

«Sai che cosa ti dico? Forse finiremo per pentirci di questa decisione. Ho detto a Sam che sono pronto a intentargli causa se questo film segnasse la rovina di mia sorella!»

«E lui che cosa ha risposto?» chiese Edwina sogghignando. Non lo conosceva molto bene, ma le piaceva tutto ciò che George le raccontava a proposito del suo socio.

«Ha detto che per quanto lo riguarda lui ha già dato tutto quello che doveva a Dio e alla patria; adesso mia sorella e sua figlia sono un problema soltanto mio!» Ma, a guardarlo, non si sarebbe detto che la cosa gli dispiacesse.

«Mi sembra un uomo pieno di buon senso», commentò Edwina, poi si alzò preparandosi ad andare a tavola.

«E infatti lo è. Ha detto che vuole invitarci tutti fuori a cena, quando verrete a Los Angeles, per festeggiare il nostro fidanzamento.»

«Questa è un'idea che ha tutta la mia approvazione!» disse lei baciandolo su una guancia e prendendolo sottobraccio.

I ragazzi furono felicissimi quando, a tavola, Edwina annunciò che George ed Helen si sposavano. E si mostrarono eccitati alla prospettiva di un altro viaggio a Los Angeles. Quanto all'idea che Alexis interpretasse il film, rimasero incantati. Edwina per un attimo si era chiesta se Fannie sarebbe stata gelosa di sua sorella, ma il suo bel visino sereno e ridente si illuminò di gioia e, alzandosi di scatto per abbracciare Alexis, si accontentò di domandarle se avrebbe potuto assistere alle riprese del film. Poi guardò Edwina con aria preoccupata.

«Ma noi torniamo qui, vero? Voglio dire qui a casa, a San Francisco.» Era tutto quello che desiderava, tutto quello che amava, la casa in cui aveva vissuto tutta la vita e le piacevoli occupazioni a cui era abituata.

«Certo! È quello che ho intenzione di fare, Fannie», rispose Edwina con sincerità. Anche per lei era un progetto migliore dell'idea di Alexis di trasferirsi a Hollywood e di comperare un paio di cani lupo irlandesi!

«Bene.» Poi Fannie tornò al suo posto e si sedette con un sorriso felice, mentre Edwina si domandava tacitamente come due sorelle potessero essere tanto diverse.

29

Partirono per Los Angeles quindici giorni dopo la visita di George a San Francisco, e questa volta furono suoi ospiti. Lui non voleva che Alexis combinasse qualche altra sciocchezza, in albergo da sola, e pensava che tutto sarebbe stato più facile per Edwina, in quella casa comoda, ampia e accogliente. Noleggiò una macchina appositamente per lei, per tutta la durata del suo soggiorno; quanto a Teddy, trovò immediatamente il modo di occupare il tempo cavalcando i cavalli di suo fratello. Un pomeriggio, mentre Edwina assisteva a una delle esibizioni del fratellino, arrivò una limousine e si fermò accanto a lei. Era una Rolls-Royce nera e per un attimo Edwina non riuscì a capire chi fosse. Pensò si trattasse di uno degli amici di George, forse una donna. Ma quando l'autista in uniforme spalancò la portiera e si fece da parte, vide che il passeggero era un uomo alto e imponente, dalle spalle larghe. Edwina notò la robusta e massiccia corporatura quando, scendendo dall'automobile, l'uomo si raddrizzò sulla persona. Aveva anche una folta capigliatura bianca e, voltandosi a osservare Edwina, la fissò con un'espressione interrogativa. Lei aveva i capelli scuri tagliati cortissimi e l'abito di seta blu scuro, molto elegante, che indossava e metteva in risalto la sua figura snella e flessuosa. Stava fumando una sigaretta mentre osservava Teddy a cavallo, ma all'improvviso si sentì un po' sciocca e impacciata. Lo sconosciuto sembrava osservarla con grande curiosità e all'improvviso lei, intuendo di chi si trattava, sorrise. Lasciò cadere la sigaretta e gli tese la mano con aria di scusa.

«Mi dispiace. Non avrei dovuto fissarla a quel modo! Ma al primo momento non ho capito chi fosse. Lei è il signor Horowitz, vero?» Lui sorrise lentamente, continuando a guardarla. Edwina aveva fascino e stile, ed era anche una donna stupenda. Già da tempo l'ammirava benché si fossero incontrati soltanto una volta, qualche anno prima. Apprezzava George, le cose in cui credeva e gli ideali che difendeva, e aveva capito che in buona parte il merito di tutto questo era della sorella maggiore, che lo aveva allevato.

«Anch'io sono spiacente, mi perdoni...» Sembrava quasi impacciato. «Per un momento mi sono domandato chi fosse quella donna così giovane e bella in casa del mio futuro genero!» E adesso che l'aveva riconosciuta non poté fare a meno di ammirarla di nuovo. Perché Edwina era davvero una donna incantevole e benché indossasse un abito molto semplice aveva un'aria incredibilmente sofisticata. Si era sentito in dovere di comperarsi qualche vestito nuovo prima di tornare a Hollywood, in modo da non mettere in imbarazzo suo fratello. E adesso, Horowitz sembrava profondamente colpito. Del resto Edwina aveva sempre avuto un ottimo gusto, proprio come sua madre, e grazie all'eredità della zia poteva permettersi abiti di classe.

«Volevo essere io, in persona, a darvi il benvenuto a Los Angeles. So quanto George sia felice di avervi tutti suoi ospiti, prima del matrimonio, e per assistere alle riprese del film. Helen e io siamo felicissimi che siate qui.» Per quanto tutto in lui indicasse potere e forza — dalla statura imponente al modo in cui lo chauffeur seguiva ogni suo movimento e gli ubbidiva — nonostante questo c'erano in Sam una dolcezza, una bontà d'animo e una semplicità che Edwina aveva già ammirato in Helen. Nessuna ostentazione da parte sua, né volgarità. Era un uomo tranquillo, molto cordiale e in un certo senso perfino intrigante. Le si avvicinò e per qualche attimo rimasero a osservare Teddy che cavalcava. Era bravo, ed era uno splendido ragazzo. Li salutò con la mano, felice, e Sam ricambiò il saluto. Non aveva mai incontrato i fratelli più piccoli di George, ma sapeva quanto fossero importanti per lui e anche questo era un aspetto del futuro genero che apprezzava molto. Sapeva anche che era stata Edwina ad allevarli tutti, da sola, e l'ammirava per questo. Mentre la osservava di sottecchi, fermo al suo fianco, dovette ammettere che era una donna straordinaria.

«Gradisce una tazza di tè?» gli domandò Edwina e lui annuì, sollevato al pensiero di non vedersi offrire champagne alle undici del mattino. A Hollywood tutti bevevano troppo, almeno secondo la sua opinione, e questo non gli era mai piaciuto.

La seguì in casa, imponendosi con uno sforzo di non guardarle troppo le gambe messe in evidenza dall'abito di seta blu che le aderiva sui fianchi.

Edwina ordinò un tè per tutti e due al maggiordomo, poi precedette Sam attraverso la biblioteca fino al giardino che guardava a sud. Qui erano state disposte comode poltrone e un tavolino, e quell'angolo aveva un'aria molto anglosassone.

«Le piace Los Angeles?» le domandò Sam mentre aspettavano il vassoio del tè, che arrivò quasi immediatamente.

«Moltissimo. Ogni volta che veniamo qui ci divertiamo sempre alla follia. Questa volta penso che i ragazzi saranno più eccitati del solito per il film di Alexis. Per noi è un vero e proprio avvenimento! È una ragazza molto fortunata.»

«Si può considerare ancora più fortunata ad avere tutti voi.» Le sorrise. «Helen avrebbe dato tutto pur di avere una famiglia come la vostra durante gli anni dell'adolescenza, invece di essere figlia unica, costretta a vivere soltanto con suo padre!»

Edwina parve malinconica per un attimo e per quanto si fosse affrettata a voltarsi dall'altra parte, lui rimase commosso da quel gesto, che aveva un grande significato e che non gli era sfuggito. «In entrambe le nostre famiglie sono mancate le persone più care, e hanno lasciato un vuoto incolmabile», disse Edwina. Sapeva che Helen aveva perduto la madre quando era ancora molto piccola. «Ma siamo riusciti a cavarcela», esclamò sorridendo con aria vittoriosa e guardandolo al di sopra della tazza di tè. Sam non poté fare a meno di ammirarla più che mai. Era una ragazza assolutamente diversa dalle altre e non solo perché era molto bella ed elegante, ma soprattutto perché possedeva una forza morale che lasciava stupiti tutti, fin dal primo momento. Sam l'aveva già notato qualche anno prima, e adesso, rivedendola, rimase colpito e affascinato dalla giovane donna.

«Che cosa pensa di fare durante il suo soggiorno qui? Ha in progetto qualche visita da turista? Qualche buona commedia a teatro? Oppure qualche visita agli amici?» Tutto, in lei, lo incuriosiva; e non faceva niente per nascondere il suo interesse. Sotto certi aspetti gli ricordava la figlia, e si capiva subito che doveva essere una persona estremamente indipendente. Edwina non poté fare a meno di ridere di fronte all'ingenuità di quelle domande. Evidentemente Sam Horowitz non sapeva niente di Alexis.

«Penso che dovrò passare il mio tempo a tener d'occhio la vostra diva, signor Horowitz!» Sorrise e lui annuì. Sapeva benissimo a che cosa alludeva Edwina, anche se Helen era sempre stata una figlia molto docile. Nonostante questo, di tanto in tanto, anche con lei aveva dovuto stringere un po' i freni. «Oggi è con George; ecco perché io sono qui con i due più piccoli. Ma da domani mattina so già quello che mi aspetta... farò la guardarobiera, la guardia del corpo, la consigliera.»

«Si direbbe un lavoro faticoso!» Sorrise posando la tazza e distendendo le lunghe gambe davanti a sé. Anche Edwina lo stava osservando. Sapeva che doveva avere superato da poco la cinquantina, ma non dimostrava la sua età e dovette ammettere che era un uomo molto bello. E parte del suo fascino veniva proprio dal fatto che non sapeva di possederlo. Era schietto, semplice, completamente a suo agio. In quel momento alzò gli occhi per osservare Teddy con interesse; il ragazzo, infatti, lasciato il cavallo, li aveva raggiunti in giardino. Edwina lo presentò e Teddy, dopo aver stretto educatamente la mano di Sam, cominciò a parlare con entusiasmo dei cavalli.

«Sono fantastici, Win. Ne ho provati un paio. Non c'è niente da dire... sono bestie meravigliose!» Il primo era stato un puledro arabo; poi lo stalliere gli aveva consigliato di provarne un altro, un po' più mansueto. «Secondo te, dove può averli trovati George?»

«Non ne ho assolutamente la minima idea!» Edwina sorrise felice e Sam la osservò divertita.

«Ne ha comprato uno da me. Anzi, si tratta proprio di quello che stavi cavalcando. Bella bestia, vero? A volte sento la sua mancanza!» Sam si mostrò gentile e cordiale con il ragazzo, esattamente com'era stato con Edwina.

«Come mai lo ha ceduto?» Teddy era molto curioso, e andava pazzo per i cavalli.

«Pensavo che George ed Helen avrebbero potuto apprezzarlo più di me. Vanno molto spesso a cavalcare insieme mentre io, a dire la verità, non ne ho più il tempo. E poi...» sorrise con un po' di tristezza, guardando il ragazzo che somigliava tanto alla sorella e aggiunse: «sono troppo vecchio per cavalcare così spesso!» Naturalmente stava scherzando, ed Edwina replicò subito, respingendo quell'idea: «Non dica assurdità, signor Horowitz!»

«Per favore, sarei molto felice se mi chiamasse Sam. Altrimenti mi fa sentire davvero vecchio! Praticamente posso considerarmi un nonno!» concluse e scoppiarono a ridere insieme. Poi Edwina lo guardò sollevando un sopracciglio.

«Davvero? C'è forse qualcosa di speciale che dovrei sapere su questo matrimonio?» Sam in realtà aveva soltanto voluto scherzare e quindi si affrettò a fare cenno di no con la testa per rassicurarla. Ma l'idea dei nipotini non gli dispiaceva e si augurava che Helen e George gli avrebbero dato presto una simile gioia. Aveva sempre sperato che il futuro genero volesse una famiglia numerosa, come quella in cui era nato. L'idea di avere una schiera di marmocchi per la casa piaceva moltissimo a Sam. Del resto anche lui aveva desiderato avere tanti figli... fino a quando la madre di Helen non era morta. E non si era mai più risposato. «Mi domando che impressione mi farà essere zia», stava dicendo Edwina con aria pensosa, mentre versava altro tè nelle tazze di entrambi. Le sembrava ancora tutto molto strano.

A quel punto Sam li invitò a cena da lui. Era venuto di persona a fare quell'invito e le assicurò che lei e i ragazzi sarebbero stati i benvenuti.

«Non daremo troppo disturbo, signor... scusa, Sam?» Edwina arrossì, mentre lui le rivolgeva un sorriso.

«Per carità! Assolutamente no. Anzi, sarebbe un onore. Voglio che con te vengano anche Teddy, Fannie e Alexis. E George, naturalmente. Ho detto tutti i nomi giusti?» le domandò mentre si alzava in piedi dominandola dall'alto della sua imponente statura. Edwina, intanto, l'osservava stupita. Era davvero molto alto e bellissimo! E subito si rimproverò per aver fatto simili pensieri sul futuro suocero di suo fratello!

«Mando la macchina a prendervi alle sette. So bene quanto poco ci si possa fidare del mio socio in faccende del genere! Per lui sarà più comodo raggiungerci direttamente dall'ufficio.» Sam sorrise a Edwina e lei annuì.

«Ti ringrazio moltissimo.» Lo accompagnò fino all'automobile mentre Teddy saltellava allegro di fianco a loro.

«Allora, ci vediamo stasera.» Sam parve esitare un attimo prima di stringerle la mano e di salire a bordo della Rolls-Royce. Poco dopo lo chauffeur avviò il motore e lui li salutò con un cenno. Proprio mentre si allontanava, anche Fannie uscì in giardino.

«Chi era?» domandò, senza mostrare un particolare interesse.

«Il padre di Helen», rispose Edwina mentre Teddy continuava a descrivere con entusiasmo gli splendidi cavalli di George, interrompendosi solo, di tanto in tanto, per dire che Sam gli era molto simpatico. Poi dichiarò che avrebbe voluto provare di nuovo il cavallo arabo, ma Edwina glielo proibì, raccomandandogli di non fare pazzie.

«Ma io sto attento a quello che faccio!» replicò Teddy, quasi offeso da quella osservazione, ma la sorella lo guardò con aria severa.

«Non sempre.»

«E va bene...» finì per ammettere Teddy. «Cercherò di esserlo.»

«Me lo auguro!»

«Dobbiamo proprio uscire a cena?» le domandò Fannie, che preferiva sempre rimanere a casa, come del resto Edwina. D'altra parte era troppo giovane per fare una vita così ritirata e infatti la sorella insistette perché li accompagnasse.

«Vedrai, sarà divertente.» Edwina ne era convinta. Gli Horowitz erano persone simpatiche e Sam era stato davvero gentile a venire a invitarli di persona. «A parte il fatto che siamo tutti invitati!»

Alexis, invece, non nascose il suo entusiasmo quando tornò a casa e immediatamente cominciò a pensare all'abito che avrebbe indossato... preferibilmente uno di sua sorella Edwina. Era eccitatissima e non faceva che parlare di come aveva passato la giornata sul set. Con George avevano firmato il contratto e aveva dovuto sottoporsi a una prova per tutti gli abiti che avrebbe indossato nel film.

«Possiamo restare fino a tardi?» continuò a chiedere mentre si vestivano e per poco non svenne per l'emozione, quando si trovò davanti la lussuosa automobile che Sam aveva mandato.

George, invece, preferì raggiungerli a bordo della sua, nel caso lui ed Helen avessero deciso di uscire dopo cena.

Gli Horowitz avevano una casa splendida, e perfino Edwina rimase impressionata quando la vide. Le stanze erano enormi, i soffitti altissimi, e l'arredamento era costituito esclusivamente da pezzi di antiquariato che Sam aveva portato dall'Inghilterra e dalla Francia. In alcuni locali le pareti erano rivestite di legno pregiato, altri avevano pavimenti di marmo coperti da raffinatissimi tappeti Aubusson. C'erano anche molti quadri di Impressionisti. In questa splendida cornice, Sam Horowitz si fece avanti per dare loro il benvenuto e baciò Edwina sulle guance come se fosse una bambina che conosceva da sempre. Riuscì a far sentire a propri agio anche i ragazzi più piccoli. Perfino la bellezza di Helen splendeva più radiosa in quell'atmosfera, anche se a volte si mostrava un po' timida. A Fannie mostrò le sue vecchie bambole e la camera da letto, mentre Alexis rimase soprattutto colpita dalla vasca da bagno in marmo rosa, incassata nel pavimento. Mentre le ragazze facevano il giro della casa con Helen, Sam accompagnò Edwina e Teddy nelle scuderie per dare un'occhiata ai suoi cavalli arabi, tutti campioni di razza che arrivavano dal Kentucky. Fu a questo punto che Edwina, improvvisamente, riuscì a capire per quale motivo George avesse avuto paura per tanto tempo di chiedere a Helen di sposarlo. Era difficile, se non impensabile, poter mantenere un simile tenore di vita. Eppure, malgrado tutto, Helen era una ragazza di una semplicità straordinaria, che adorava George, cosa che a Edwina non sfuggì affatto! Doveva esserne innamoratissima. E non sembrava né viziata né piena di pretese. Forse non aveva un'intelligenza eccezionale, ma era una creatura adorabile. In un certo senso, a Edwina ricordava Fannie, con qualche anno di più e più sofisticata. Anche a lei piaceva molto cucinare e il suo sogno era rimanere a casa e avere tanti bambini. Mentre ascoltava questi discorsi a tavola, Alexis fece una smorfia e dichiarò che dovevano essere tutti matti.

«E tu invece, signorina, che cosa preferiresti fare?» le domandò Sam con aria divertita.

Lei non esitò nemmeno un attimo prima di rispondere: «Andare fuori, divertirmi... andare a ballare tutte le sere... non sposarmi mai... e recitare nei film».

«Be', almeno una parte dei tuoi desideri si è realizzata, non ti pare?» le domandò Sam in tono gentile. «Ma io spero che tutti i tuoi sogni si realizzino. Comunque sarebbe un vero peccato se tu non dovessi mai sposarti!» Poi, di colpo, si rese conto di avere fatto una gaffe e lanciò un'occhiata a Edwina, con espressione mortificata. Ma lei si limitò a sorridere e cercò di metterlo di nuovo a suo agio.

«Non preoccuparti per me. Io *adoro* essere una zitella», replicò in tono scherzoso, ma Sam non rise.

«Non dire sciocchezze!» borbottò. «È assurdo che tu osi definirti tale!» D'altra parte, Edwina non era più una ragazzina.

«Ho trentadue anni», riprese lei con orgoglio, «e sono felicissima del mio stato.» Sam la fissò a lungo, stupito. Sotto certi aspetti era un po' strana eppure gli piaceva moltissimo.

«Sono sicuro che non saresti una zitella, come dici, se tuo padre e tua madre fossero vivi», mormorò dolcemente, ed Edwina fece cenno di sì con la testa... certo... se fosse stato vivo anche Charles, ormai sarebbero sposati da undici anni. Adesso non riusciva neppure più a immaginarlo.

«Le cose vanno come devono andare; è sempre stato così.» A ogni modo sembrava completamente a suo agio: Helen, molto abilmente, cambiò argomento e più tardi, quando si ritrovò sola con suo padre, lo rimproverò aspramente.

«Mi dispiace... non ci ho pensato...» rispose lui in tono di scusa quando Helen gli fece notare che il fidanzato di Edwina era morto nel naufragio del *Titanic*. Questo bastò per farlo sentire ancora più mortificato di prima. Poi, come se volesse far dimenticare la gaffe, propose a tutti di andare a ballare. Anzi, pensò che fosse meglio accompagnare «i ragazzi» a casa e poi invitò Helen, George ed Edwina a raggiungerlo al *Cocoanut Grove*. A tutti parve un'idea magnifica, tranne ad Alexis, che si infuriò per essere stata esclusa dall'invito. Edwina le ricordò allora sottovoce che era ancora troppo giovane, che non doveva fare scenate, e che per lei ci sarebbero state altre occasioni di uscire e divertirsi, se si comportava bene e non faceva capricci. Mentre la limousine li riportava a casa, tenne il broncio per tutto il tempo ed Edwina si preoccupò di accompagnarla dentro con gli altri, sana e salva. Poi tornò fuori e salì di nuovo sulla Rolls-Royce di Sam. Helen e George erano su un'altra auto, subito dietro. Edwina sorrise vedendo che Sam aveva riempito due coppe con lo champagne che era tenuto in fresco da varie ore.

«Queste abitudini potrebbero essere pericolose!» esclamò, e gli sorrise, commossa da tutte quelle piccole attenzioni ma anche divertita dalle bizzarrie e dalle eccentricità di Hollywood.

«Lo credi davvero?» E la guardò negli occhi. Cominciava già a conoscerla meglio e a Edwina non sfuggì lo scintillio di quelle pupille azzurre al chiaro di luna. «Non sono del tutto sicuro di doverti credere. Mi sembri una persona di tale buon senso che con te rischi del genere non si possono correre!»

«Forse è vero. E inoltre non ho grandi esigenze!»

«Verissimo! È quello che sospettavo, altrimenti non avresti rinunciato alla tua vita per allevare cinque ragazzi.» In silenzio sollevò la coppa di champagne per fare un brindisi ed Edwina, a sua volta, volle fare un brindisi a George ed Helen. Sam le sorrise. Fino a quel momento la serata era stata piacevolissima.

Quando arrivarono al *Cocoanut Grove*, ballarono per ore e ore, scambiandosi i partner, chiacchierando e ridendo. Sembravano amici di vecchia data. Più di una volta Edwina si accorse che Helen stringeva la mano al padre o gli accarezzava affettuosamente un braccio, e lui la guardava con adorazione. Ma la stessa intimità c'era anche fra Edwina e George. Anzi, a un certo momento, si lanciarono a ballare sei tanghi scatenati, uno di seguito all'altro, come autentici professionisti.

«Siete una coppia fantastica!» esclamò Sam con ammirazione, mentre George, senza nemmeno il tempo di tirare il fiato, dopo quell'esibizione di bravura e di stile, ripartiva con Helen verso la pista da ballo.

«Anche voi!» replicò Edwina ridendo. «Vi ho visto, sai?»
«Davvero? Allora perché non ci riproviamo anche noi due? Più che altro per essere sicuri che non ci pesteremo i piedi il giorno delle nozze!»

Edwina ballò tutta la sera con Sam, ed ebbe modo di conoscerlo sempre meglio. Quanto a Helen, già da tempo aveva ottenuto la sua incondizionata approvazione.

Edwina si stupì rendendosi conto di quanto fosse facile scivolare sulla pista fra le braccia di Sam. Le ricordava qualcuno, ma non sapeva bene chi e solo in seguito capì che le ricordava suo padre, quando la faceva ballare da piccola. Sam Horowitz era molto più alto, con una figura molto più robusta della sua ed era proprio questo che le dava l'impressione di essere tornata bambina. Per quanto buffo potesse sembrare, scoprì che tutto questo le piaceva. Così come le piaceva Sam, con le sue premure e quegli occhi pieni di bontà e di comprensione, ai quali sembrava che nulla sfuggisse. In fondo aveva allevato la figlia da solo dopo la morte della moglie, quando Helen era ancora molto piccola.

«A volte non è stato facile; Helen ha sempre pensato che io fossi troppo severo.» Eppure adesso bastava guardarla per capire che non lo pensava più, anzi lo adorava. Era una splendida ragazza e da come si comportava non era difficile intuire che fosse letteralmente affascinata da George. Edwina era felice per tutti e due. Anche se, insieme a tanta gioia, provava un po' di tristezza. Erano giorni dolceamari, quelli, per lei; spesso le facevano tornare alla mente gli ultimi tempi passati con Charles, quando erano andati in Inghilterra a festeggiare il loro fidanzamento. Qualche anno prima, finalmente, si era decisa a togliersi dall'anulare l'anello che lui le aveva regalato e adesso, ogni tanto, lo contemplava ancora quando le capitava di prendere qualcosa dall'astuccio dei gioielli.

Sam la invitò a un ultimo ballo e, stretta fra le sue braccia, Edwina osservò il suo bellissimo fratello che guidava la fidanzata sulla pista da ballo, esibendosi in un elegantissimo tango. Anche lei e Sam, però, stavano dimostrandosi ballerini provetti.

Le due coppie si divertirono e tornarono a casa alle tre del mattino. Quando Sam fermò la sua auto per farla scendere davanti alla casa di George, al suo posto salì Helen. Edwina ringraziò ancora Sam per la bellissima serata, mentre George dava un ultimo bacio a Helen. Sam ed Edwina finsero di non vedere.

«Dobbiamo rifarlo presto», le mormorò Sam sottovoce, e per un attimo Edwina provò una stretta al cuore e il rimpianto che le loro vite non fossero state differenti.

Il giorno dopo Alexis cominciò a girare il film. Tutto risultò molto più difficile di quanto avesse creduto; ci furono giorni in cui la fatica le parve insopportabile, ma per quanto duro fosse il lavoro, per quanto esigente il regista si mostrasse con lei, fu subito chiaro a tutti che recitare le piaceva enormemente. Edwina rimaneva con lei sul set durante le riprese, quasi ogni giorno; dopo un po', però, si accorse che la sua presenza era inutile. Alexis recitava perfettamente il suo ruolo, era disinvolta e sicura di sé davanti alla macchina da presa e tutti, dalla diva più famosa all'ultima comparsa, le volevano bene. E anche Alexis si rese conto, nello stesso momento in cui arrivò a Hollywood, che quell'ambiente e quella vita erano fatti per lei, proprio com'era capitato a George. Perché quello era un mondo di favola, un mondo di finzione e di illusioni nel quale lei sarebbe sempre rimasta bambina e dove avrebbe sempre trovato persone pronte a proteggerla e ad amarla come lei sognava. Edwina si sentì sollevata vedendola soddisfatta e felice e così impegnata in quello che stava facendo.

«Sembra una persona completamente diversa», disse a George una sera, mentre era a cena con lui ed Helen al *Cocoanut Grove*, uno dei loro locali preferiti. Edwina, poco prima, si era divertita a guardare Rodolfo Valentino che ballava con Constance Talmadge... e all'improvviso si era accorta di sentire la mancanza di Sam. Erano diventati ottimi amici e molto spesso usciva con lui, George ed Helen. Ma quella sera Sam non li aveva accompagnati, era andato nel Kentucky per acquistare due nuovi cavalli.

«Devo ammetterlo!» esclamò George mentre versava altro champagne alla sorella e alla sua futura moglie. «Alexis è molto brava a recitare in quel film. Più brava di quanto pensassi.

Anzi», aggiunse guardando Edwina con aria significativa, «forse rischia di diventare addirittura un problema!»

«Un problema? E di che genere?» replicò lei meravigliata. Fino a quel momento tutto era andato liscio!

«Perché ben presto tutto questo mi sfuggirà di mano! Se continuerà così, presto riceverà altre offerte per altri film. E allora, che cosa decideremo?»

Anche Edwina ci aveva riflettuto in quell'ultima settimana e non aveva ancora trovato la soluzione. «Penserò a qualche cosa. Ma ti confesso che non ho nessuna voglia di rimanere qui con gli altri due.» Del resto George adesso aveva la sua vita e Alexis non era ancora adulta e matura abbastanza per vivere da sola a Los Angeles. «Non ti preoccupare. Qualcosa mi verrà in mente!»

Per fortuna, quando finirono le riprese del film ci fu un periodo di calma e poterono tornare tutti a San Francisco affinché Fannie e Teddy potessero riprendere la scuola. Edwina scoprì che le dispiaceva molto lasciare Hollywood, ma d'altra parte capiva che era un dovere per lei tornare a casa. Del resto lo aveva promesso ai due più piccoli. A malincuore lasciò George, Helen e perfino Sam; e ben presto si rese conto che sentiva la mancanza di quelle divertenti serate in cui uscivano a cena e poi a ballare.

A ogni modo sarebbero tornati a Los Angeles alla fine di settembre, per il matrimonio di George ed Helen. A quell'epoca si cominciò a parlare di un altro film per Alexis, la quale supplicò Edwina di lasciarle affittare un appartamento in modo da poter vivere da sola. La sorella le rispose che ciò sarebbe stato possibile soltanto se le avesse trovato uno *chaperon*. In effetti la situazione si stava facendo sempre più complicata ed Edwina non era ancora riuscita a risolverla, quando partirono per assistere a quel matrimonio di cui tutti parlavano.

George andò a prenderli alla stazione ed Edwina si mise a ridere quando si accorse che era nervosissimo. Aveva deciso di non creargli problemi questa volta e quindi aveva prenotato le camere per tutti al *Beverly Hills Hotel*, che ai ragazzi piaceva molto e che anche lei trovava accogliente e simpatico.

La festa di addio al celibato di George era fissata per quella sera, mentre per la successiva era in programma una cena all'*Alexandria Hotel*, per una specie di prova generale della festa di nozze. Già la sera prima i promessi sposi avevano preso parte a una grandiosa festa in loro onore.

«Non credo che arriverò vivo alla fine della settimana», mormorò George con un gemito lasciandosi cadere di schianto sul divano del salotto della suite e alzando gli occhi verso sua sorella. «Non immaginavo che sposarsi fosse così estenuante.»

«Oh, smettila!» lo rimbeccò lei divertita. «Sono sicura che troverai meraviglioso ogni minuto... Come sta Helen?»

«Grazie a Dio ha una resistenza eccezionale! Se non ci fosse lei, non ce la farei ad affrontare tutto questo. Ricorda ogni cosa che dobbiamo fare, dalla prima all'ultima; sa perfettamente chi ha mandato i regali; chi verrà e chi non verrà; e dove dovremmo trovarci in determinati momenti. A me non resta che vestirmi per la cerimonia, cercare di non dimenticarmi gli anelli e pagare il viaggio di nozze... Ma non sono del tutto sicuro che saprei fare almeno questo senza di lei.» Edwina ne rimase colpita, come lo era stata qualche mese prima quando Helen le aveva chiesto se le avrebbe fatto piacere essere la sua damigella alla cerimonia. Ci sarebbero state altre dodici damigelle, accompagnate da dodici cavalieri, un testimone dello sposo, quattro bambine a guidare il corteo e un compare d'anello. George non scherzava dicendo che il suo matrimonio avrebbe dovuto avere la regia di Cecil B. De Mille!

La cerimonia doveva svolgersi nel giardino degli Horowitz, sotto un gazebo coperto di rose e gardenie, che erano state coltivate appositamente per Helen e George; sarebbe seguito un ricevimento in casa, ma nel giardino erano già state innalzate due enormi tende, con due orchestre, e i nomi più famosi di Hollywood sarebbero stati presenti. Ogni volta che ci pensava, Edwina si sentiva le lacrime agli occhi; quando erano andati a Hollywood in giugno aveva portato con sé un dono speciale per Helen.

«Divertiti, stasera.» Diede un bacio al fratello che stava andandosene per prepararsi alla sua festa di addio al celibato. Poi decise di fare un bagno e mentre faceva scorrere l'acqua nella vasca, Alexis, Fannie e Teddy corsero via come una banda di monelli a vedere chi c'era nei saloni dell'albergo. «Per favore, comportatevi bene», raccomandò al terzetto. Comunque, pensò, se fossero restati insieme non avrebbero corso grossi guai. Anche se era stato proprio lì, in quell'albergo, che Alexis aveva incontrato Malcolm Stone, ma erano ormai passati parecchi mesi e la sua sorellina pareva definitivamente rinsavita.

30

LA Duesenberg di Sam arrivò davanti all'albergo alle undici e mezzo precise ed Edwina salì con i tre ragazzi per essere accompagnata a casa Horowitz. Tutto era stato organizzato alla perfezione.

Le gigantesche tende erano già montate e le due orchestre pronte con leggii e musica. Paul Whiteman e la sua orchestra, Joe «King» Oliver con la sua Creole Jazz Band dovevano cominciare a suonare verso le sei di sera e continuare fino alle ore piccole. La ditta incaricata di organizzare il banchetto era già in piena attività e il personale di servizio degli Horowitz aveva ogni cosa sotto controllo. In sala da pranzo, alle dodici in punto, sarebbe stato servito un raffinatissimo spuntino a tutti gli invitati, con l'eccezione della sposa. Quando Sam scese a salutarli, diede l'impressione di essere perfettamente calmo e padrone di sé. Non era ancora vestito per la cerimonia e guardando Edwina pensò che era molto bella nell'abito di seta bianca, con il lungo filo di perle che era appartenuto a sua madre. Era un gran giorno per tutti, ma soprattutto i ragazzi Winfield erano emozionatissimi. George aveva pregato Teddy di fargli da testimone e questo aveva lusingato lui e commosso profondamente Edwina. Lei sarebbe stata la damigella d'onore di Helen e Alexis una delle altre dodici damigelle, mentre Fannie, con altre ragazzine, avrebbe preceduto il corteo portando fiori. Ognuno di loro aveva un ruolo particolare in quel matrimonio. Alle due le ragazze raggiunsero la camera dove le damigelle venivano pettinate, acconciate, truccate e profumate; Teddy si unì al gruppo degli uomini, mentre Edwina andava a cercare Helen.

«Ci vediamo dopo», le disse Sam a bassa voce, sfiorandole affettuosamente un braccio prima che lei si allontanasse. «Questa è una grande giornata per noi, vero?» Effettivamente Edwina si sentiva in un certo qual modo la madre dello sposo. Quanto a Sam, anche quel giorno — come sempre del resto — sarebbe stato per Helen non solo il padre ma anche la madre.

«Sarà bellissima.» Edwina gli sorrise, sapendo quanto doloroso sarebbe stato il distacco per Sam. Lo sentiva anche lei, sebbene George da più di quattro anni non vivesse in famiglia. Comunque, era per tutti un momento importante.

Molto stupita, trovò Helen seduta tranquillamente nella sua camera da letto. Era splendida, perfettamente padrona di sé, con l'acconciatura dei capelli già pronta, la manicure perfetta, l'abito da sposa preparato. Non aveva nient'altro da fare se non riposare e rimanere tranquilla e rilassata in attesa delle cinque quando, al braccio del padre, avrebbe raggiunto il gazebo fiorito per diventare la moglie di George Winfield.

Fino a quel momento Edwina non si era mai resa conto dell'incredibile capacità di Helen di organizzare e occuparsi di ogni cosa, e di quanto assomigliasse in ciò a suo padre. Faceva tranquillamente tutto quello che doveva, sempre sorridente e gentile, pensava a tutto e a tutti e badava che ciascuno fosse a proprio agio. Edwina fu contenta notando tutto questo per l'ennesima volta; ormai sapeva senza ombra di dubbio che lei e George sarebbero stati molto felici. Ma per un attimo provò un po' di compassione per quella ragazza. Perché in un momento così importante della vita Helen non aveva una madre vicino ma soltanto un'amica, a circondarla di affetto e di premure e a salutarla prima che se ne andasse per sempre dalla sua casa. Erano due giovani donne sole: una che non aveva mai conosciuto la mamma, l'altra che era stata costretta a prenderne il posto per allevare cinque fratelli.

Guardandosi attorno, Edwina osservò i metri e metri di pizzo Chantilly, le centinaia di bottoncini, le innumerevoli piccole perle, lo strascico di quasi sei metri... ma non il velo. Lo vide passando nello spogliatoio di Helen. Era stato stirato e appoggiato su un sostegno da cappello il più in alto possibile, su un cassettone, ma anche così lo strascico di tulle occupava buona parte della stanza perché era lungo come quello del vestito di Helen.

Edwina, vedendolo, si sentì salire le lacrime agli occhi. Era esattamente come doveva essere, qualcosa di impalpabile, una nuvola trasparente per coprire il viso di una vergine, per farla desiderare dal suo sposo mentre procedeva lentamente verso di lui per raggiungerlo.

Era come sarebbe apparso undici anni prima, se lei avesse sposato Charles. Invece lo aveva offerto a Helen e in quel momento si sentì profondamente commossa al pensiero che fra poco lo avrebbe indossato. Udì un lieve rumore e si voltò di scatto. Helen l'aveva raggiunta nello spogliatoio. Le sfiorò una spalla con una dolce carezza. Erano sorelle, ormai, non più solamente amiche. Sorelle che potevano confortarsi e sostenersi a vicenda; Edwina si voltò ad abbracciarla, con le guance rigate di lacrime mentre ricordava Charles, ancora vivo e presente. Malgrado fosse scomparso da tanti anni, il suo ricordo era ancora fresco nel cuore e nella mente e, chiudendo gli occhi, le pareva di rivederselo davanti, esattamente come rivedeva Kate e Bert.

«Grazie», sussurrò a Helen stringendola in un abbraccio. Anche Helen piangeva, adesso. Riusciva a intuire solo vagamente quanto quel dono significasse per Edwina.

«Grazie a te per avermelo offerto... oh, come vorrei che lo avessi portato anche tu...» mormorò, desiderando per Edwina tutte quelle gioie che lei adesso avrebbe avuto.

«È stato come se lo avessi portato, nel mio cuore.» Poi si staccò da Helen e le sorrise. «Era un uomo straordinario e io l'ho amato moltissimo.» Mai, prima di allora, aveva parlato di Charles con Helen. «Anche George è un uomo straordinario... vi auguro di essere sempre felici!» La baciò di nuovo e, poco dopo, l'aiutò a vestirsi. Quando la vide con l'abito da sposa, rimase senza fiato. Le sembrò più bella di qualsiasi altra sposa che avesse mai visto, nella vita reale o in un film. I capelli biondi le incorniciavano il viso, quasi un'aureola intorno alla testa, e in quelle ciocche d'oro erano stati intrecciati dei piccoli fiorellini bianchi e dei mughetti; la coroncina che teneva fermo il velo appartenuto a Edwina si adattava perfettamente a quella acconciatura, con le guarnizioni di piccole perle luccicanti e i metri e metri di candidissimo tulle. Furono necessarie sei damigelle per aiutarla a scendere lo scalone; Edwina aveva gli occhi lucidi quando la vide.

L'abito che indossava lei, invece, era di pizzo celeste, con un mantello in tinta che formava un piccolo strascico. Uno stupendo cappellino, una creazione di Poiret che arrivava da Parigi, le copriva interamente la testa e un'ala scendeva fin quasi a nasconderle un occhio, dandole un'aria misteriosa e al tempo stesso sexy. Il vestito aveva una scollatura molto accentuata che metteva in risalto il décolleté perfetto. Quel colore dava ai suoi lucenti capelli neri i riflessi azzurrini di un'ala di corvo. Edwina non poteva immaginarlo, ma suo fratello pensò di non averla mai vista tanto bella!

Anche Sam, guardandola, non nascose la sua ammirazione. Dopo un attimo, un gran silenzio calò sulla folla degli invitati e apparve Helen. Con quella raffinatissima toilette e quella impalpabile nuvola di tulle, sembrava uscita da un sogno e Sam non poté fare a meno di pensare che ormai non era più la sua bambina, e che stava per perderla. Una lacrima, una sola, gli scese lenta su una guancia; dopo un attimo strinse più forte il braccio di sua figlia mentre tutti, guardandoli, si sentivano commossi. La sposa era bellissima e Sam appariva forte e imponente, ma anche tenero e affettuoso. Edwina sapeva quanto significasse Helen per lui e anche per George. Era una ragazza fortunata, adorata dal padre e dal marito.

Si levarono le prime note della musica e le damigelle, insieme con le bambine che portavano i fiori, avanzarono fra le due ali di invitati. Terminato questo breve corteo, fu Edwina a farsi avanti precedendo Helen e Sam, a passo lento e misurato, stringendo fra le mani il bouquet di orchidee bianche. Le damigelle le sembravano tutte giovanissime, e riuscì anche a intravedere Alexis e Fannie che ridacchiavano.

Poco più avanti scorse George che attendeva impaziente con il bel viso sereno e sorridente di cominciare la sua vita accanto a Helen. Vedendolo, Edwina rimpianse che Kate e Bert non potessero essere presenti in quel momento. Poi si spostò di lato e apparve Helen, bella come una visione. Dalla folla si levarono sospiri e sommessi mormorii di ammirazione. Edwina andò a prendere il posto che le era stato riservato e Sam Horowitz, con aria solenne, dopo aver guardato un'ultima volta la sua unica figlia, con un sorriso pieno di tristezza ne affidò la mano delicata, coperta dal lungo guanto di capretto bianco, a George.

Edwina poté sentire un brusio fra la folla mentre Helen e George prendevano posto sotto il baldacchino, come voleva la tradizione religiosa di Helen. Guardandoli, versò in silenzio lacrime di gioia per loro e, ripensando all'amore che lei stessa aveva perduto tempo prima, anche lacrime di dolore e di nostalgia.

La funzione religiosa fu bellissima e tutto si svolse secondo un cerimoniale prestabilito. Helen aveva infatti deciso che le nozze venissero celebrate secondo la sua fede religiosa.

Ci vollero ore prima che tutti sfilassero lentamente davanti agli sposi per fare loro gli auguri, ed Edwina si trovò di fianco a Sam. Si sentiva esausta dopo tante emozioni, ma ben presto tornò a sorridere alle battute di spirito di Sam, che stringeva la mano degli ospiti, la presentava agli amici e, appena possibile, si metteva a parlottare sottovoce con lei. Anche Edwina lo presentò ai loro amici venuti da San Francisco — in gran parte vecchie conoscenze dei genitori — e a Ben, naturalmente, che era arrivato in compagnia della moglie, la quale aspettava un bambino. Dopo che Helen ebbe ballato con Sam, e George con Edwina, quest'ultima ballò a sua volta con Sam, e anche con Teddy, con attori del cinema e con amici, persone che non conosceva e probabilmente non avrebbe mai più rivisto. Tutti si divertirono e finalmente, a mezzanotte, gli sposi si allontanarono a bordo della Duesenberg che Sam aveva offerto a George come dono di nozze. La mattina dopo avevano intenzione di partire per New York in treno e da lì raggiungere il Canada. Avevano anche parlato di un viaggio di nozze in Europa in un primo tempo, ma George si era ribellato al pensiero di mettere piede su un transatlantico ed Helen non aveva insistito. Sapeva che prima o poi avrebbero fatto la traversata, e non volle esercitare pressioni proprio in quell'occasione. Del resto era felice di andare in qualsiasi posto, pur di stare con lui. Era letteralmente radiosa di felicità quando finalmente l'automobile si mosse. Edwina si voltò verso Sam con un sorriso, domandandosi dove fossero andati a cacciarsi Alexis, Teddy e Fannie. Li aveva tenuti d'occhio per l'intera serata e aveva notato che si divertivano tutti, soprattutto Alexis.

«È stato magnifico», mormorò Edwina con un sorriso.

«Tuo fratello è un ottimo ragazzo», replicò Sam con ammirazione.

«Grazie, signore!» Edwina abbozzò un inchino sorridendogli. Indossava sempre l'abito di pizzo azzurro. «E lei ha una figlia adorabile.»

Poi Sam la invitò per l'ultimo ballo ed Edwina, guardandosi attorno, sussultò scoprendo che c'era anche Malcolm Stone. Subito pensò che fosse venuto in compagnia di qualcuno, perché sapeva che era impossibile che fosse stato invitato. Poco dopo chiamò a raccolta i fratelli, ringraziò Sam e se ne tornò a casa, esausta ma felice. Solo più tardi, quella sera, mentre si spogliavano e stava chiacchierando con Alexis, le domandò se avesse visto Malcolm.

Alexis per un attimo non rispose; poi fece cenno di sì con la testa. Naturalmente lo aveva visto e aveva anche ballato con lui. Ma preferì non dirlo a Edwina, sperando che la sorella non li avesse visti insieme. Anche lei era rimasta sorpresa di trovarlo a casa di Helen; Malcolm ridendo le aveva confidato di essere entrato con un inganno. Infatti aveva finto di aver dimenticato a casa l'invito.

«Sì, l'ho visto anch'io», rispose a Edwina con tono indifferente, senza compromettersi, mentre si toglieva le perle che le aveva chiesto in prestito.

«È venuto a parlarti?» Edwina aggrottò la fronte mentre si sedeva davanti alla toilette, sentendosi vagamente preoccupata.

«Non proprio», ma era una bugia.

«Mi meraviglio che abbia avuto il coraggio di presentarsi in quella casa.» Questa volta Alexis non le rispose e si guardò bene dal rivelarle che avevano un appuntamento per il giorno dopo, a pranzo, per parlare del suo prossimo film. Malcolm le aveva detto che anche lui aveva fatto un provino e Alexis si era meravigliata molto perché fino a quel momento non si sapeva niente di preciso e perfino lei non aveva ancora firmato ufficialmente il contratto. «È stato un matrimonio splendido, vero?» Edwina aveva deciso che era meglio cambiare argomento. Ormai non aveva più senso parlare di Malcolm Stone. Tutto quello che era successo apparteneva al passato.

Tutti furono d'accordo nel dichiarare che Helen era bellissima, assolutamente stupenda... e mentre andava a letto, quella sera, Edwina sorrise tra sé, stanca, felice, triste ma anche piena di gioia al pensiero di averle offerto quel velo da sposa. Alexis invece, mentre a poco a poco si abbandonava al sonno, non stava affatto pensando a quello. Sognava Malcolm e il loro appuntamento per l'indomani.

31

ALEXIS e Malcolm Stone si incontrarono il giorno dopo all'*Ambassador Hotel*, a pranzo; quando arrivò, la ragazza era nervosissima. Edwina aveva fatto un salto a casa di George per sistemare alcune cose e Alexis aveva detto a Fannie che usciva per vedere un'amica.

Quando domandò al portiere dell'albergo di chiamarle un tassì, Fannie era nella sua camera a leggere un libro e Teddy in piscina. Era salita e se n'era andata senza dire niente a nessuno.

«Mia sorella sarà furiosa quando lo saprà», confessò a Malcolm. Era più carina che mai in quel momento, con il tailleur bianco avorio e il cappellino in tinta con la veletta che le nascondeva soltanto gli occhi. Lo guardò come una bambina fiduciosa.

«Bene. In tal caso faremo il possibile perché non ne sappia niente, non ti sembra?» Malcolm era più affascinante del solito e quando allungò una mano per stringere quella di Alexis, lei provò anche un leggero brivido di paura. Da tutta la sua persona irradiava qualcosa di stranamente sensuale, ma allo stesso tempo la faceva sentire una bambina da coccolare e proteggere. Era questo il lato di Malcolm che ad Alexis piaceva, non l'altro. «Per fortuna quel tuo bellissimo fratello non è in città!» E rise, come se trovasse divertente tutto questo. «Dove è andato in luna di miele?»

«A New York e in Canada.»

«Non in Europa?» esclamò stupito. «Mi sorprende molto.» Ma Alexis non gliene spiegò il motivo. «Quanto tempo rimarranno via?»

«Un mese e mezzo», gli rispose subito lei, mentre Malcolm le baciava con ardore il palmo delle mani.

«Povera piccolina, e tu che cosa farai adesso senza di lui? Immagino che sarà tutto preso dalla sua mogliettina... e tu ti sentirai sola e abbandonata, vero?» In realtà George aveva affidato Alexis a Edwina, ma ascoltandolo, la giovane cominciò ad avere la sensazione di essere davvero rimasta sola al mondo! «Povero amore mio, ci penserà Malcolm ad avere cura di te, vero, tesoro?» le mormorò, e Alexis annuì. Il suono di quella voce suadente le fece dimenticare a poco a poco la terribile esperienza del *Rosarita Beach*.

Poi Malcolm le domandò quando avrebbe cominciato a girare il nuovo film e lei finì per ammettere che sia Edwina, sia George volevano che aspettasse a firmare qualsiasi contratto fino a quando lui non fosse stato di ritorno.

«Questo significa che sei libera per i prossimi due mesi?» Quella prospettiva gli sembrava splendida.

«Ecco... sì... ma devo tornare a San Francisco, perché mia sorella e mio fratello vanno ancora a scuola.» E improvvisamente, sotto la veletta, perfino a Malcolm Alexis sembrò ancora una bambina. Aveva il viso e il corpo di un angelo, ma se fosse stata diretta da un bravo regista avrebbe potuto trasformarsi senza difficoltà in una seducentissima vamp. Lasciata a se stessa, invece, era ancora deliziosamente infantile. Anche questo faceva parte del suo fascino. Adesso, però, di fronte alle avance di Malcolm si sentì a disagio e a un tratto si scoprì quasi ansiosa di tornare presto in albergo. «Ora devo proprio andare», disse alla fine, mentre lui cercava di prendere tempo baciandola di nuovo, sempre più spesso, e giocherellando con i suoi capelli. Aveva bevuto moltissimo a pranzo e sembrava che non avesse la minima fretta. Poi cercò di persuaderla a bere un po' di vino con lui e alla fine Alexis si decise ad accettare nella speranza che dopo l'avrebbe finalmente riaccompagnata in albergo. Ma quando cominciò a bere scoprì che le piaceva... Quel vino aveva un sapore ancora più piacevole dello champagne della sera prima. Alla fine del pomeriggio erano ancora seduti a bere, a ridere e a baciarsi... Alexis si era dimenticata di tutto e di tutti. Continuò a ridere anche quando salirono in macchina per raggiungere l'appartamento di Malcolm. Tutto adesso le sembrava incredibilmente divertente, soprattutto il fatto che Edwina l'aspettasse, Dio sa dove! Non riusciva più a ricordarsene.

Quando arrivarono, Malcolm le offrì altro vino e si mise a baciarla fino a quando lei si sentì ansante ed eccitata e, a un tratto, si rese conto che le sarebbe piaciuto fare anche qualcos'altro con lui, ma non riusciva a ricordare esattamente che cosa... Poi le tornò in mente che una volta erano andati insieme in qualche posto e per un minuto pensò che si fossero sposati, ma poco dopo anche quel pensiero divenne confuso. Era priva di conoscenza quando Malcolm la riaccompagnò giù e la caricò in macchina, insieme a una valigia. Lui ci aveva pensato tutta la notte ed era arrivato alla conclusione che quella fosse una magnifica idea, la soluzione per tutti i suoi problemi. Lasciò i soldi dell'affitto bene in vista sul tavolo e decise di abbandonare l'auto alla stazione, con un biglietto. Fra l'altro non era nemmeno sua; se l'era fatta prestare da un collega di lavoro che aveva recitato con lui nel suo ultimo film.

Il treno era ancora in stazione quando arrivarono e a quel punto Alexis si era un po' ripresa. Si mise a sedere più dritta e si guardò attorno.

«Dove stiamo andando?» chiese voltandosi verso Malcolm, ma aveva la sensazione che tutto ondeggiasse intorno a lei e non riusciva a immaginare dove si trovasse o dove fossero diretti.

«Andiamo a New York, da George», le disse Malcolm, e nelle condizioni in cui Alexis si trovava, quest'idea le sembrò la più logica.

«Davvero? Perché?»

«Non pensarci, amore mio», ripeté lui e la baciò. Aveva studiato un piano perfetto. Alexis sarebbe diventata il mezzo migliore per arrivare alla celebrità e alla fama. Non appena l'avesse compromessa quel tanto che bastava, George non avrebbe infatti avuto altra scelta. Soprattutto adesso che era sposato con la figlia di Sam Horowitz. Non gli avrebbe certo fatto piacere che la sua giovane sorella venisse giudicata una sgualdrina da tutta la gente del cinema.

Il treno uscì dalla stazione mentre Alexis, seduta accanto a Malcolm, dormiva russando leggermente, e lui, abbassando gli occhi a guardarla, sorrise e pensò che avrebbe potuto farle di peggio... perché Alexis era proprio molto carina. Anzi, era una bellissima ragazza.

32

«COME sarebbe... che cosa mi stai dicendo? Che cosa vuol dire che non sai dov'è andata?» Nell'esatto momento in cui il treno lasciava la stazione portando via Alexis, Edwina era da Fannie e la stava interrogando. La ragazzina aveva le lacrime a fior di pelle.

«Non so... Ha detto che usciva per incontrarsi con un'amica o qualcosa del genere... mi pare che fosse qualcuno che aveva recitato nel suo film... non me ne ricordo...» Fannie era ormai in preda al panico; quanto a Teddy, non era lì al momento in cui Alexis era uscita.

«Non hai visto nessuno?» Fannie fece cenno di no con la testa, terrorizzata al pensiero che alla sorella fosse successo qualcosa di terribile.

«Era elegante, vestita bene, e aveva un'aria molto carina», aggiunse ed Edwina non appena sentì queste parole si sentì rabbrividire. Subito sospettò che ci fosse di mezzo Malcolm Stone e di colpo intuì che la sera precedente Alexis doveva averle mentito. Lo aveva temuto fin dal primo momento, ma poi aveva pensato che fosse meglio non insistere troppo su quell'argomento.

Il portiere le riferì che Alexis era andata via in tassì. E quando vide che per le nove non era rientrata, Edwina si decise a telefonare a Sam. Si scusò per averlo disturbato e gli spiegò il problema. Voleva sapere se fosse possibile rintracciare Malcolm, nel caso Alexis si trovasse con lui.

Passarono due ore prima che Sam la richiamasse. A quell'ora ormai Teddy e Fannie dormivano profondamente. Tutto quanto aveva ottenuto era un indirizzo fornitogli da un altro attore, e si trattava di una via in una delle zone più malfamate della città.

«Non voglio che tu vada. Me ne occuperò io. Vuoi che lo faccia subito o domattina?» Si capiva che era pronto ad aiutarla, ma lei insistette dichiarando che ci avrebbe pensato da sola. Discussero per un po' e alla fine Edwina accettò di farsi accompagnare. Quando arrivarono era mezzanotte e non ci volle molto per rendersi conto che l'appartamento era vuoto.

A quel punto si decise ad avvertire la polizia, pur sapendo quale scandalo sarebbe scoppiato. Sam, sia pure con riluttanza, la lasciò con i poliziotti all'albergo, all'una del mattino. Edwina gli disse che si sentiva abbastanza in forze per rimanere sola con loro e non voleva che lui si fermasse a tenerle compagnia. Poi cercò di spiegare alla polizia tutto quello che poteva, cioè quanto Fannie le aveva riferito. Alexis era uscita per trovarsi con un'amica e non era più rientrata. L'indomani mattina Edwina cominciò a lasciarsi prendere dal panico. Di Alexis nessuna traccia. E la polizia non aveva alcun indizio da cui partire. Nessuno aveva visto niente, nessun cadavere era stato scoperto. E nessuna giovane donna la cui descrizione corrispondesse a quella di Alexis risultava ricoverata in uno degli ospedali cittadini. Eppure Alexis doveva essere in qualche posto! Purtroppo Edwina non riusciva a immaginare dove, o con chi, o perché. L'unico a cui continuasse a pensare era Malcolm Stone, anche se si rendeva conto che avrebbe potuto sbagliarsi. Ormai l'unico incontro-scontro con lui risaliva a parecchi mesi prima e non riusciva a credere che quel mascalzone non avesse imparato la lezione! Era mezzogiorno quando Sam Horowitz le telefonò; ed Edwina era ormai sull'orlo di un collasso nervoso. Quello che le disse bastò per confermarle i suoi sospetti. Dopo aver fatto qualche indagine discreta per conto proprio, era riuscito a sapere che Malcolm Stone aveva lasciato l'alloggio in cui abitava, saldando il debito per l'affitto, e sembrava che si fosse volatilizzato. Sam lo aveva scoperto ritornando a casa sua quella mattina, e poi, per un colpo insperato di fortuna, era anche riuscito a sapere, tramite un attore, che Malcolm aveva abbandonato alla stazione l'auto di cui si serviva abitualmente, con un messaggio, e quindi si poteva presumere che avesse lasciato la città. Adesso la domanda cui dare risposta era un'altra: aveva Alexis con sé? Ecco quello che Edwina doveva assolutamente sapere. Ma purtroppo non sapeva come fare.

«Potresti dire alla polizia che Malcolm l'ha rapita», suggerì Sam, ma Edwina si ribellò al pensiero di una cosa del genere. E se non fosse stato vero? Se Alexis lo avesse seguito di sua volontà — ed era quello che lei temeva — lo scandalo sarebbe scoppiato, tutti i giornali ne avrebbero parlato e la sua reputazione sarebbe stata rovinata per sempre. Mentre si lambiccava il cervello si accorse di sentire terribilmente la mancanza di George. «C'è qualcos'altro che posso fare per aiutarti?» Sam le offrì di nuovo la sua collaborazione ma lei gli rispose soltanto che avrebbe cercato di trovare una soluzione e lo avrebbe tenuto al corrente se ci fosse stata qualche novità. Fra l'altro non voleva approfittare troppo della sua gentilezza. Aveva fatto abbastanza e questo non era un problema che lo riguardasse. Inoltre era imbarazzante dover ammettere, con lui, che non era in grado di controllare la sorella più giovane. E all'improvviso Edwina pensò con terrore che lo scandalo avrebbe potuto anche coinvolgere George, Sam ed Helen.

In ogni caso, ormai, non c'era più modo di fermare Malcolm e Alexis e neppure di raggiungerli se avevano lasciato la città; l'unica soluzione che riuscì a trovare fu tornare a San Francisco e aspettare che Alexis si facesse viva. Verso la fine del pomeriggio chiamò Sam al telefono e gli spiegò il suo progetto; la mattina dopo, con Fannie e Teddy, tornava a casa.

Durante il viaggio in treno tutti e tre rimasero in silenzio, tristi e preoccupati. Edwina continuava a torturarsi al pensiero di quello che poteva essere successo alla sorella e Fannie si sentiva in colpa per non averle fatto altre domande, per non essere riuscita a sapere di più su quello che voleva fare, e addirittura per non averle proibito di uscire dall'albergo.

«Quante sciocchezze!» Edwina cercò di rassicurarla, ma senza successo. «Non è colpa tua, tesoro.» Se Alexis aveva sbagliato, doveva prendersela soltanto con se stessa.

«Ma... e se non tornasse mai più?» Fannie ricominciò a piangere mentre Edwina sorrideva con tristezza. Certo che sarebbe tornata... ma chissà quando, e come, o in quali condizioni. In fondo, si sentiva quasi più tranquilla al pensiero che fosse in compagnia di Malcolm Stone piuttosto che angosciarsi immaginando chissà quali disgrazie.

Ma non sapeva neppure lei quale fosse il destino peggiore e per tutto il viaggio non fece che tormentarsi in preda all'ansia.

Solo tre giorni dopo ricevette finalmente notizie di Alexis, quando ormai si sentiva sul punto di impazzire. La telefonata arrivò a San Francisco una sera alle dieci.

«Mio Dio, ma riesci a capire come eravamo angosciati? E dove sei adesso?»

Alexis aveva la voce tremante. Si vergognava terribilmente e avrebbe preferito non telefonare, ma Malcolm l'aveva convinta a farlo. Quella era stata la settimana più brutta della sua vita. Tanto per cominciare, era stata male sul treno, al punto che aveva creduto di morire; poi lui le aveva raccontato che per tutta la loro notte di nozze lei non aveva fatto che dormire. Le aveva anche detto che si erano sposati appena prima di salire sul treno e per dargliene la prova, aveva voluto fare l'amore con lei per tutta la seconda notte di viaggio.

Per Alexis era stata un'esperienza terribile, completamente diversa da quello che si era aspettata, e adesso non riusciva neppure a immaginare per quale motivo lo avesse sposato. Malcolm era cambiato rispetto a quando lo aveva conosciuto a Los Angeles e non faceva che parlare dei film che avrebbero girato insieme! E per quanto fosse molto bello, alla cruda luce del giorno, Alexis si rese conto che era vecchio.

«Io sto bene», riprese con voce fievole, ma non sembrava per niente convinta di quello che diceva. «Sono con Malcolm.»

«Lo avevo immaginato», rispose Edwina con voce strozzata, quasi piangendo. Ma erano lacrime di sollievo, le sue. «Perché? Mi vuoi spiegare per quale motivo hai fatto una cosa del genere, Alexis?» Ormai Edwina sentiva soprattutto un gran bisogno di chiedere a se stessa dove avesse sbagliato con sua sorella. «Perché mi hai raccontato tutte quelle bugie?»

«No, non è vero, sai? Al matrimonio quasi non gli ho rivolto la parola. Ho solo ballato con lui una volta e ho accettato il suo invito a pranzo.»

«Bene, e adesso dove sei?» Era stato il pranzo più lungo della sua vita, non c'erano dubbi!... Edwina, ormai, non si faceva più illusioni. Sapeva benissimo che cosa doveva essere successo. Dopo cinque giorni, nemmeno lei poteva essere tanto sciocca da nutrire qualche speranza.

«Sono a New York», le rispose Alexis, sempre più innervosita. Edwina sussultò, poi scrollò la testa e si chiese se fosse il caso di mettersi in contatto con George. Detestava l'idea di infastidirlo durante la luna di miele e del resto anche lui avrebbe potuto fare ben poco. Adesso Edwina voleva una cosa sola: che tutto fosse messo a tacere e non scoppiasse uno scandalo. Stava già pensando di chiamare Sam per informarlo che aveva rintracciato Alexis e di far giurare a Teddy e Fannie che avrebbero mantenuto il segreto... anche con George! Meno gente sapeva quello che era successo, meglio sarebbe stato per Alexis. Al momento non riusciva a pensare ad altro.

«E dove sei, a New York? In quale albergo?» domandò con il cervello in tumulto.

«All'*Illinois Hotel*», rispose Alexis e diede a Edwina un indirizzo del West Side, molto lontano dal centro. Non erano scesi né al *Plaza* né al *Ritz-Carlton* e del resto Malcolm Stone non era certo il tipo che poteva permetterselo. «E... Edwina...» continuò Alexis con voce rotta dall'emozione; sapeva che avrebbe spezzato il cuore della sorella, ma doveva dirglielo, a ogni costo: «Sono sposata».

«*Che cosa?*» urlò Edwina nel microfono. «Che hai detto?»

«Sì, ci siamo sposati prima di prendere il treno.» Ma evitò di raccontarle che in quel momento lei era ubriaca fradicia e non se ne ricordava assolutamente; a ogni modo le sembrava giusto almeno informarla.

«E adesso torni indietro?» Edwina, intanto, stava pensando che avrebbe fatto di tutto per annullare il matrimonio e costringere Alexis a ragionare... ma per prima cosa doveva convincerla a tornare a casa.

«Non so...» riprese Alexis con voce tremante, come se stesse per scoppiare in lacrime. «Malcolm dice che vorrebbe tentare di ottenere una parte in una commedia qui a New York.»

«Oh, per amor di Dio! Stammi a sentire...» chiuse gli occhi per un attimo e fece qualche rapido calcolo. «Rimani dove sei. Vengo a prenderti.»

«Hai intenzione di dirlo a George?» Forse aveva ancora un briciolo di buon senso, visto che sembrava vergognarsi di quello che aveva fatto. Edwina, rendendosene conto, ne fu sollevata.

«No, niente affatto. Non ho intenzione di raccontarlo a nessuno e non devi farlo neppure tu. E nemmeno Malcolm. Meno persone sapranno qualcosa di questa faccenda, meglio sarà. Vengo a prenderti, ti porto a casa con me e così la smetterai con tutte queste sciocchezze. Otterremo l'annullamento del matrimonio e non se ne parlerà mai più.» Intanto, in cuor suo pregava che — come George aveva detto qualche mese prima — non rimanesse ad Alexis un «marmocchio» come dono di Malcolm. «Tra cinque giorni sarò a New York. Vengo a prenderti.»

Ma Alexis, dopo avere riattaccato, si pentì di aver fatto quella telefonata. A un tratto Malcolm era tornato gentile e pieno di premure nei suoi confronti e questa volta, quando fecero l'amore, scoprì che le piaceva e non aveva più nessuna voglia di tornare in California. Preferiva rimanere a New York con lui. L'albergo nel quale alloggiavano era buio, sporco e squallido e c'erano cose in Malcolm che non le piacevano affatto. Come non le era piaciuto il modo in cui l'aveva ingannata per riuscire a farle lasciare la California. Ma adesso che era con lui, in certi momenti era sicura di essere innamorata. Malcolm era molto bello, anche se beveva troppo e quando era ubriaco diventava volgare e manesco; però sapeva anche essere molto tenero e dolce con lei e la trattava come una bambina. E quando la presentava come sua moglie, la faceva sentire proprio come una persona grande, una vera donna. Il giorno dopo fu certa di avere fatto la scelta giusta e si pentì di avere detto a Edwina che l'avrebbe aspettata lì, a New York. Soprattutto le dispiaceva averle detto in quale albergo si trovava. Ma quando ritelefonò per convincerla a non venire, Fannie le spiegò che Edwina era già partita per New York.

«Perché lo hai fatto, Lexie?» piagnucolò Fannie e Alexis, sentendo la mano di Malcolm accarezzarle la coscia, ebbe un fremito di piacere.

«Faremo dei film insieme», le spiegò, come se questo cambiasse tutto. «E poi io volevo essere la moglie di Malcolm.» Fannie sussultò e si lasciò sfuggire un grido. Edwina non le aveva raccontato che Alexis si era sposata con Malcolm, ma semplicemente che si trovava a New York.

«Che cosa? Ti sei sposata?» urlò nel microfono, sconvolta, mentre Teddy l'ascoltava incuriosito. Edwina infatti aveva conservato il segreto e improvvisamente Alexis si ricordò che era stato vietato anche a lei di parlarne.

«Ecco, più o meno...» Ma se avesse confermato che era diventata la moglie di Malcolm, Edwina non avrebbe potuto fare annullare il matrimonio... oppure sì? Era confusa e sempre più pentita di avere parlato. Quando riattaccò, disse subito a Malcolm che le dispiaceva di aver telefonato a Edwina. Lui, che era già di cattivo umore perché sembrava che non ci fosse lavoro in nessun teatro di New York, diventò ancor più immusonito.

«Mi è venuta un'idea», le annunciò, attirandola sul letto vicino a sé e facendole scivolare la camicetta. Le aveva comperato qualche vestito fuori della stazione, a Chicago, ma tutta roba scadente e di poco prezzo. Per Alexis, però, tutto questo era stranamente eccitante... un po' come recitare in un film.

Fecero di nuovo l'amore; poi Malcolm uscì e rimase fuori a lungo. Alla sera, rientrando, aveva con sé due biglietti. Ed era ubriaco fradicio. Alexis, da sola, si era lasciata prendere da mille paure ed era quasi fuori di sé per il terrore, ma lui le promise che il giorno dopo tutto si sarebbe sistemato. Partivano per Londra, le spiegò, perché gli avevano offerto una parte in una commedia, a teatro, e dopo sarebbero tornati in California. E a quel punto sarebbe stato troppo tardi perché sua sorella potesse fare qualche cosa. Con un po' di fortuna, almeno così pensava, per quell'epoca Alexis avrebbe potuto perfino essere incinta. E anche se non lo fosse stata, ormai lo scandalo sarebbe stato di dominio pubblico perché qualcuno di loro si azzardasse a fare qualcosa. E lui avrebbe trascorso il resto dei suoi giorni nel lusso, alle spalle di George Winfield.

33

PRIMA di lasciare la California, Edwina aveva telefonato a Sam rassicurandolo e confermandogli che tutto si era sistemato. Gli spiegò che c'era stato un grosso equivoco, che Alexis era rimasta sconvolta per qualche cosa che lei le aveva detto ed era tornata a San Francisco in treno da sola. E — sempre secondo questa versione dei fatti — l'avevano trovata lì, al loro ritorno, in perfetta salute, pentita di avere provocato tanto subbuglio. Insomma, era stata una tempesta in un bicchier d'acqua.

«E Malcolm Stone?» le aveva domandato Sam sospettoso. Quella storia non lo convinceva.

«Nessuno l'ha visto!» aveva ribattuto Edwina in tono sicuro e si era affrettata a ringraziarlo per l'interessamento. Poi aveva lasciato Fannie e Teddy alle cure della governante e la mattina dopo era partita per New York con l'intenzione di ricondurre a casa Alexis.

Aveva fatto giurare a tutti che avrebbero conservato il segreto, nel caso George avesse telefonato, e aveva rassicurato Fannie e Teddy spiegando che sarebbe tornata al più presto.

Prese il treno per New York piena di timori e triste, mentre le tornavano alla mente ricordi dolorosi. L'ultima volta aveva fatto quello stesso viaggio in compagnia del padre, della madre, di tutti i fratelli, e di Charles, per imbarcarsi sul *Mauretania*, a New York. Ebbe molto, troppo tempo per pensare durante il viaggio, e quando finalmente arrivò all'*Illinois Hotel* era tesa, agitata, con i nervi a pezzi. Si recò in albergo direttamente dalla stazione, aspettandosi di trovare Alexis piangente e sconvolta. Quanto a Malcolm, lo avrebbe fatto perseguire penalmente. Invece trovò una letterina in cui Alexis, con la sua calligrafia infantile, le spiegava che Malcolm voleva lavorare in teatro a Londra e che lei lo aveva seguito, come è dovere di ogni moglie. Edwina capì che sua sorella aveva perduto la testa ed era talmente infatuata di quell'uomo da avere accettato di salire a bordo di un transatlantico con lui. Poi si domandò se Malcolm si rendesse conto del guaio in cui era andato a cacciarsi. E se Alexis gli avesse mai raccontato che, undici anni prima, si era trovata a bordo del *Titanic*.

Uscì dall'*Illinois* in lacrime, domandandosi che cosa fare, se fosse il caso di seguirli fino a Londra per ricondurre a casa la sorella, oppure se quest'idea fosse del tutto insensata. Forse Alexis voleva a ogni costo rimanere con Malcolm e... forse era ormai troppo tardi per intervenire. Che cosa avrebbe fatto se erano sposati sul serio, come Alexis dichiarava, o se era già rimasta incinta? Che cosa poteva fare? L'annullamento era assolutamente da escludere se Alexis aspettava un figlio da Stone.

Pianse in silenzio mentre il tassì la portava al *Ritz-Carlton*, dove chiese una camera. Quando vi entrò, ciò bastò a ricordarle quelle in cui aveva alloggiato con i fratelli e le sorelle durante la sua ultima visita a New York. All'improvviso provò un gran desiderio di avere accanto a sé qualcuno che l'aiutasse. Purtroppo non c'era nessuno... papà, mamma, Phillip se ne erano andati per sempre... George era sposato... quanto a Sam, lo conosceva appena... e non poteva certo confidare a Ben che con Alexis aveva fallito. Non c'era proprio nessuno a cui rivolgersi e quella sera, a letto, si rese conto di dover prendere una decisione da sola. Purtroppo non aveva molte scelte. Sapeva che non avrebbe più avuto il coraggio di salire a bordo di un transatlantico... dopo quello che era successo sul *Titanic*! Nello stesso tempo non poteva permettere che Alexis se ne andasse con Malcolm Stone senza fare almeno il tentativo di ricondurla a casa. Dopo tutto Alexis le aveva telefonato e le aveva spiegato dove si trovava. Tutto ciò non poteva significare che una sola cosa: voleva che Edwina trovasse il modo di raggiungerla.

Ci rifletté tutta la notte e la mattina dopo, a lungo. Sapeva su quale transatlantico viaggiavano. Avrebbe potuto spedire un cablogramma, ma se Alexis era così infatuata di Malcolm non sarebbe certo servito a farla tornare indietro. Capiva che bisognava agire, e presto, altrimenti tutto sarebbe stato inutile. E in quel momento, come se fosse l'unica risposta che poteva trovare, vide davanti a sé il viso di sua madre — e allora seppe che cosa doveva fare! Doveva seguire Alexis. Nel pomeriggio fissò un posto sul *Paris* per la traversata. Alexis era partita tre giorni prima a bordo del *Bremen*.

34

QUANDO salì a bordo del *Bremen*, in seconda classe, Alexis era così pallida e silenziosa che Malcolm cercò con ogni mezzo di rassicurarla e di farla tornare di buonumore. Le spiegò che si sarebbero divertiti moltissimo, ed era convinto che lei non fosse mai stata a bordo di un transatlantico in vita sua. Ordinò una bottiglia di champagne e cominciò a baciare Alexis con passione, continuando a parlarle della vita che avrebbero fatto un giorno e dei viaggi in prima classe su navi ancora più lussuose. «Prova un po' a pensarci!» le mormorava, infilandole una mano sotto il vestito. Ma Alexis non sorrideva.

Continuò a tacere fino a quando non ebbero lasciato il porto; e quando scesero nella cabina e le si avvicinò, Malcolm si accorse che tremava.

«Non soffrirai il mal di mare, vero?» le domandò senza perdere il buonumore. A pensarci bene, non era certo il destino peggiore diventare il marito di quella giovane donna, e per di più sorella di un pezzo grosso di una casa di produzione! Anche se adesso, per pagare i biglietti, aveva speso fino all'ultimo centesimo. La nave era squallida, tetra e lugubre, ma ai tedeschi piaceva ridere e bere e, per fortuna, c'era la possibilità di giocare d'azzardo, fare qualche partita a carte ed esibire sua «moglie». Alexis, invece, si mise subito a letto e quella stessa sera, all'ora di cena, Malcolm si accorse che non riusciva nemmeno a respirare. Era sdraiata sotto le coperte, con gli occhi sbarrati, sconvolta e ansimante. Terrorizzato, si precipitò a cercare uno dei camerieri, e lo pregò di chiamare immediatamente un medico. Alexis sembrava in fin di vita.

«*Mein Herr?*» domandò il cameriere, lanciando un'occhiata nella cabina alle sue spalle. Non gli era sfuggito quanto fosse bella la piccola sposa americana. Erano una gran bella coppia, anche se il marito sembrava così vecchio da essere scambiato per suo padre.

«Mia moglie... non sta bene... ci occorre un medico, e presto!»

«Certamente.» L'uomo sorrise. «Posso portarle una tazza di brodo e qualche galletta salata? È un toccasana per il mal di mare, signore. Non ha mai viaggiato su un transatlantico sua moglie?» Ma aveva appena finito di parlare che Alexis si lasciò sfuggire un gemito, come se fosse in preda ad atroci dolori, e quando si voltò a guardarla Malcom vide che era svenuta.

«Il dottore, brav'uomo, e presto!» Di nuovo Malcolm temette che stesse per morire. Era terrorizzato. E se fosse morta davvero? George Winfield non gliel'avrebbe mai perdonato! Avrebbe dovuto dire addio a Hollywood e alle Duesenberg e a tutti i sogni che aveva accarezzato pensando di sfruttare la piccola, dolce Alexis.

Il medico di bordo arrivò subito e domandò in tono brusco, senza mezzi termini, se per caso Alexis fosse incinta e ci fosse qualche sintomo di un possibile aborto. A questo Malcolm non aveva pensato, ma gli sembrava troppo prematuro dal momento che quando erano partiti dalla California Alexis era ancora vergine. Disse che non lo sapeva e il medico, allora, lo pregò di uscire immediatamente dalla cabina. Malcolm cominciò a camminare su e giù per i corridoi, fumando e chiedendosi per quale motivo Alexis fosse svenuta e fosse stata tanto male.

Il medico rimase a lungo nella cabina, e quando uscì lo guardò accigliato. Poi gli fece cenno di seguirlo nel corridoio e Malcolm obbedì. «Adesso come sta? Tutto bene?» chiese.

«Sì. Dormirà per un bel po'. Le ho fatto un'iniezione.» Poi lo condusse in un piccolo vano arredato con alcune poltrone, lo fece sedere e lo guardò attentamente. «Era importante questo viaggio in Europa?» gli domandò in tono di rimprovero, di cui Malcolm non capiva assolutamente la ragione.

«Sì... io... sono attore... e devo recitare in un teatro di Londra.» Come ogni altra cosa nella vita, anche questa era una menzogna. Non aveva la minima idea se avrebbe trovato lavoro in quella città. Si accese una sigaretta e sorrise nervosamente al medico tedesco.

«Ma, dunque, non le ha detto niente?» si stupì l'uomo chiedendosi se quei due fossero davvero sposati. Lei era troppo giovane, troppo spaventata, e portava scarpe di lusso molto costose. Chissà perché, quella ragazza aveva l'aria di essere scappata di casa. Se era davvero così, quel viaggio per mare stava diventando un vero incubo per lei. Non poté fare a meno di provare compassione, mentre fissava Malcolm aggrottando la fronte.

«Che cosa non mi ha detto?» Malcolm sembrava confuso... e ne aveva motivo!

«Non le ha parlato dell'ultima volta che è stata in Europa?» Singhiozzando, Alexis aveva rivelato ogni cosa al dottore confessandogli che adesso non se la sentiva assolutamente di rimanere a bordo del transatlantico. Era tutto troppo terribile per lei... e se fossero colati a picco? Gli si era aggrappata disperatamente, come impazzita, e lui aveva subito pensato di darle un sedativo. Se poi l'americano fosse stato d'accordo, l'avrebbe fatta ricoverare in infermeria e avrebbe messo un'infermiera al suo fianco per tenerla costantemente d'occhio, fino all'arrivo in Inghilterra.

«Io non ne so niente!» replicò irritato.

«Non sa che era a bordo del *Titanic*?» Se erano davvero sposati, era impossibile non avesse rivelato almeno questo al marito!

«Ma era una bambina, a quell'epoca! Molto piccola!» Malcolm sembrava dubbioso.

«Aveva sei anni, e ha perduto il padre e la madre, oltre al fidanzato della sorella, quando il transatlantico è colato a picco.» Malcolm annuì, riflettendo che questo spiegava molte cose sul destino e sul modo di comportarsi di Edwina. In realtà, non si era mai meravigliato in modo particolare che non ci fossero né un padre né una madre a sorvegliare Alexis, ma soltanto George e la sorella maggiore, sempre così attenta e vigile. Aveva semplicemente pensato che fossero in qualche posto. A dire la verità, non solo non ci aveva mai riflettuto seriamente ma non gliene importava nemmeno gran che. Quanto ad Alexis, del resto, non si era mai offerta spontaneamente di raccontargli la sua storia. Il dottore continuò: «Quella notte rimase separata dagli altri e fu imbarcata a viva forza su una scialuppa di salvataggio, l'ultima messa in mare. Non ritrovò il resto della sua famiglia fino a quando non furono tutti a bordo della nave che li trasse in salvo. Se non sbaglio, doveva essere il *Carpathia*». Corrugò la fronte nello sforzo di ricordare. A quell'epoca lui viaggiava sul *Frankfurt*, come medico di bordo, e anche loro avevano ricevuto alcuni degli ultimi disperati messaggi del *Titanic*. «Posso suggerirle», aggiunse in tono significativo, «che per il resto del viaggio sua moglie rimanga sempre sotto l'effetto dei sedativi? Altrimenti temo che non sarebbe in grado di sopportare la tensione e mi sembra... ecco... molto fragile...» Malcolm sospirò, lasciandosi andare contro la spalliera della poltrona. Solo questo ci mancava! Un'isterica durante un viaggio per mare, una ragazza la cui famiglia era perita nel naufragio del *Titanic*... E come accidenti l'avrebbe riportata negli Stati Uniti quando fosse venuto il momento di ritornare? Chissà, forse a quell'epoca sarebbe stato George a occuparsene, oppure Edwina. Ma per il momento non avrebbero potuto far niente, nessuno dei due. Era al sicuro, lontano da tutto e da tutti, fino al momento in cui non fosse stato pronto a scendere a patti con loro, e le condizioni le avrebbe dettate lui. Per quell'epoca Alexis sarebbe stata totalmente sua e loro avrebbero dovuto cedere.

«Per me va bene», dichiarò, pienamente d'accordo con le proposte del dottore. Anzi, questo gli consentiva di essere più libero e di divertirsi un po' per conto proprio, se avesse voluto.

«Allora ho il suo permesso di trasferirla in infermeria, signore?»

«Naturalmente.» Malcolm sorrise, lo salutò educatamente e salì nel bar mentre il medico, l'infermiera e una cameriera portavano fuori dalla cabina Alexis che dormiva profondamente sotto l'influsso dei sedativi.

E continuò a dormire per il resto del viaggio, svegliandosi solo quando le venivano somministrati altri sedativi. Si rendeva conto solo vagamente di trovarsi su una nave, ma più di una volta, svegliandosi al buio, si mise a urlare invocando la madre. Purtroppo sua madre non venne mai. C'era solo una donna vestita di bianco che pronunciava parole che lei non capiva... e Alexis cominciò a chiedersi se per caso la nave fosse colata a picco e lei non si trovasse in un altro posto... Forse adesso, finalmente, avrebbe ritrovato la mamma... o era soltanto Edwina?

35

ANCHE per Edwina fu un momento difficile quando dovette decidersi a salire a bordo del transatlantico; e non ci fu nessun medico pronto a somministrarle sedativi. Quando si imbarcò sul *Paris*, dove aveva fissato un posto in prima classe, aveva soltanto la valigetta che aveva portato con sé dalla California. Non aveva nemmeno un abito da sera, ma sapeva che non ne avrebbe avuto bisogno. Il suo unico scopo, adesso, era raggiungere Londra per riportare a casa Alexis. Aveva letto quella lettera sciocca e assurda nella quale la sorella descriveva i loro progetti e insisteva nel ripetere di essere felice con Malcolm. A Edwina non importava affatto che fosse felice o no. Alexis aveva soltanto diciassette anni e lei non le avrebbe certo permesso di fuggire chissà dove con quella canaglia! Anzi, adesso le dispiaceva perfino di averla portata a Hollywood e di averle dato il permesso di recitare in quel film. D'ora in avanti non ce ne sarebbero stati altri. Sarebbe tornata alla vita tranquilla di San Francisco, appena fosse riuscita a liberarsi di Malcolm Stone. E se era molto fortunata, nessuno a casa avrebbe mai saputo quello che era successo a New York, e forse neppure che ci fossero andati! Era preparata a raccontare qualsiasi bugia, adesso, se ci fosse stata costretta, per proteggere la sorellina. E solo il desiderio di raggiungerla e riportarla a casa l'aveva convinta a salire sulla nave, anche se aveva le gambe che le tremavano.

Fu accompagnata nella sua cabina da una cameriera e qui si lasciò subito cadere su una poltrona, chiudendo gli occhi e cercando di non ricordare l'ultimo transatlantico sul quale aveva viaggiato né con chi avesse viaggiato e ciò che era successo durante la traversata.

«Posso portarle qualcosa, madame?» Il cameriere era pieno di attenzioni, ma Edwina, pallidissima, fece cenno di no con la testa e gli rivolse un debole sorriso. «Forse, se madame salisse sul ponte, credo che si sentirebbe un po' meglio.» Era molto premuroso, ma lei si limitò a sorridere e a far cenno di no con la testa, ringraziandolo.

«Purtroppo non credo proprio che qualcosa cambierebbe!» E mentre uscivano dal porto di New York, poco dopo, si scoprì a pensare a Helen e a George in luna di miele. Aveva raccomandato di nuovo a Fannie e a Teddy, nell'ultima telefonata, di non fargli il minimo cenno di quello che era accaduto. Dovevano semplicemente dire che tutto andava benissimo e che lei e Alexis erano fuori. D'altra parte, sapeva che George avrebbe dedicato tutto il suo tempo a Helen e quindi era poco probabile che telefonasse spesso. Per fortuna, Fannie e Teddy sapevano dove fosse e sapevano che stava viaggiando verso Londra. Nessuno dei due, però, poteva immaginare quale sforzo terribile le era costata quella decisione. Sia l'uno sia l'altra erano talmente piccoli all'epoca della morte dei genitori (avevano due e quattro anni rispettivamente) che ormai non ricordavano quasi più nulla del *Titanic*. Per Alexis, invece, il viaggio sul *Bremen* era un'esperienza che si rifiutava di ripetere e anche per Edwina, sul *Paris*, la traversata si prospettava estremamente penosa.

La prima sera decise di cenare nella propria cabina e non mangiò quasi nulla. Il cameriere lo notò e si chiese quale problema avesse la giovane donna. Al primo momento aveva creduto che si trattasse di mal di mare, ma adesso non ne era più sicuro. Edwina non usciva mai dalla cabina e teneva sempre le tende chiuse; ogni volta che le portava i pasti su un vassoio, la trovava con un aspetto spaventoso, terribilmente pallida. Più che altro, sembrava una persona che soffrisse di un dolore segreto o avesse subìto un trauma terribile.

«Madame è triste, oggi?» le domandò con tono preoccupato, quasi paterno, quando lei alzò gli occhi a sorridergli. Era seduta allo scrittoio e stava preparando una lettera per Alexis nella quale le rivelava tutto ciò che pensava di quella fuga assurda e della ignobile relazione con Malcolm. Meditava di consegnargliela nel momento in cui l'avrebbe incontrata. Questo, se non altro, serviva a tenerla occupata, impedendole di pensare al luogo in cui si trovava. Il cameriere giunse così alla conclusione che fosse una donna giovane, ma molto seria e riservata. Il secondo giorno di viaggio, invece, si domandò se per caso non fosse una scrittrice, e insistette di nuovo affinché salisse sul ponte. Era una bellissima giornata di ottobre, il sole splendeva ed era veramente penoso vederla così pallida e infelice. Tra le varie ipotesi, non aveva escluso che facesse quel viaggio in Europa per dimenticare un amore perduto. Alla fine, dopo tante insistenze e tante premure, quando il cameriere le portò il vassoio con il pranzo, Edwina si mise a ridere e si alzò in piedi. Dopo aver lanciato un'ultima occhiata alla cabina in cui era rimasta chiusa per quasi due giorni, acconsentì a salire sul ponte per fare una passeggiata. Ma tremava da capo a piedi quando, infilato il cappotto, si avviò lentamente verso il ponte.

Mentre camminava senza fretta, cercò di non pensare ad analogie e a differenze... anche lì c'erano ovunque le scialuppe di salvataggio, e cercò di non guardarle. Ma se alzava gli occhi a fissare l'immensa distesa blu del mare, la sola vista riusciva a turbarla. No, lì non c'era davvero nessun posto in cui potesse rifugiarsi per sfuggire ai ricordi; anche se tutto ciò che era successo risaliva a molto tempo prima, nella sua mente era ancora vivo e presente. Non poteva respingere quella lontana realtà. C'erano momenti in cui doveva fare uno sforzo con se stessa per ricordare che non si trovava sul *Titanic*.

Mentre tornava dalla passeggiata sul ponte, le giunsero all'orecchio le note di un motivo musicale. Nel salone era infatti in pieno svolgimento un tè danzante e, a un tratto, Edwina si ritrovò con gli occhi pieni di lacrime. Quella musica risvegliava in lei molti ricordi. Anche lei aveva ballato, un pomeriggio, con Charles, mentre Kate e Bert li guardavano sorridendo, tenendosi un po' in disparte. Desiderò poter correre lontano da lì, lontano da quelle memorie... e fu quello che fece, senza guardare dove stava andando... Mentre si allontanava così precipitosamente, andò a sbattere con violenza contro un uomo e gli cadde letteralmente tra le braccia nel vano tentativo di fuggire il più lontano possibile dal suono di quella musica così familiare e struggente.

«Oh... oh...» Stava quasi per cadere, non riuscendo più a tenersi in equilibrio, quando lo sconosciuto allungò rapidamente una mano, salda e robusta, per sorreggerla.

«Mi scusi... sono spiacente... non le ho fatto male?» Alzò gli occhi di scatto e si trovò di fronte un uomo alto, biondo, molto bello, fra i trentacinque e i quarant'anni. Era vestito con estrema eleganza, indossava un cappotto di taglio impeccabile, guarnito da un collo di castoro, e aveva il cappello.

«Io... sì... mi dispiace...» Gli aveva fatto cadere di mano due libri e un giornale ma, chissà perché, all'improvviso trovò stranamente rassicurante il fatto che avesse con sé qualcosa di tanto banale e comune per passare il tempo. A volte, invece, a lei bastava pensare di essere su una nave per sentire solo una gran voglia di infilarsi la cintura di salvataggio.

«È proprio sicura di non essersi fatta male?» domandò di nuovo lo sconosciuto. Edwina era pallidissima e lui aveva paura che svenisse se non l'avesse sorretta. La giovane donna sembrava turbata, profondamente sconvolta.

«No, davvero... mi sento bene», gli rispose con un debole sorriso e lui, pensando che si fosse ripresa, le lasciò il braccio. Portava i guanti. Poi, alzando gli occhi, Edwina notò che aveva un bellissimo sorriso. «Mi scusi, come sono maldestra! Ma stavo pensando a qualcosa...»

A un uomo probabilmente, immaginò lo sconosciuto. Del resto una donna così bella doveva trovarsi sola molto di rado e — in ogni caso — mai molto a lungo.

«Niente di male, per carità. Stava rientrando per il tè?» le domandò cortesemente. Sembrava che non avesse nessuna fretta di lasciarla.

«Veramente, no. Stavo scendendo in cabina.» Lo sconosciuto non nascose la propria delusione quando lei si allontanò. Arrivata davanti alla porta della cabina, Edwina trovò il cameriere il quale si congratulò con lei, felice che si fosse finalmente decisa a prendere una boccata d'aria. Edwina sorrise, commossa da tante premure. «È stato molto bello. Aveva ragione», ammise e accettò la sua offerta di servirle il tè. Glielo portò nel giro di pochi minuti, con un piatto di pane tostato e profumato di cannella.

«Deve uscire di nuovo. L'unica cura per i dispiaceri è il sole, l'aria fresca, la compagnia di gente simpatica e un po' di buona musica.»

«Le sembro tanto triste?» gli chiese, stupita da questa osservazione. Più che triste era spaventata, sebbene in fondo, doveva ammetterlo, ritrovarsi a bordo di un transatlantico risvegliava in lei anche ricordi dolorosi. «Sto benissimo, mi creda.»

«Sì, effettivamente si direbbe che sta molto meglio!» dichiarò lui, con visibile soddisfazione. Ma rimase di nuovo deluso, quella sera, quando Edwina lo pregò di servirle la cena in cabina, come al solito.

«Abbiamo un bellissimo salone da pranzo, madame. Non vuole proprio cenare a tavola con tutti gli altri?» Non che gli importasse molto di servirle la cena lì, ma era orgoglioso della nave sulla quale lavorava e gli dispiaceva se i passeggeri non approfittavano di tutte le comodità che offriva.

«Purtroppo non ho portato niente di adatto per vestirmi.»

«Non ha importanza. Una bella donna può andare dappertutto anche con un semplice abito nero.» Infatti aveva notato che Edwina ne aveva uno di lanètta nera, quella mattina.

«Stasera no. Magari, domani.» Il cameriere non insistette e si affrettò a servirle un pasto squisito: *filet mignon* con asparagi e salsa olandese e *pommes soufflées* che aveva ordinato appositamente per lei al cuoco (o perlomeno così disse); ma anche questa volta, come era già accaduto nei giorni precedenti, Edwina mangiò pochissimo.

«Madame non ha mai fame», si lamentò l'uomo mentre portava via il vassoio, ma più tardi, quando tornò a prepararle il letto per la notte, si rallegrò vedendo che non era rimasta in cabina come al solito, ma era salita di nuovo sul ponte. Infatti Edwina, dopo averci pensato a lungo, aveva deciso di prendere ancora una boccata d'aria prima di andare a dormire. Tenendosi a debita distanza dal parapetto, si mise a camminare lentamente avanti e indietro sul ponte di passeggiata, a occhi bassi, terrorizzata al pensiero di quello che avrebbe potuto vedere se distrattamente avesse guardato verso il mare aperto. Forse una scialuppa di salvataggio, oppure un fantasma... oppure un iceberg... Stava sforzandosi di non pensare a niente di tutto questo mentre procedeva nel suo cammino... ed ecco che, pochi attimi dopo, si scontrava con un elegantissimo paio di scarpe da sera nere, di vernice: un paio di scarpe maschili... Sollevò la testa di scatto e si trovò davanti il bellissimo uomo biondo con il cappotto dal collo di castoro.

«Oh, no!...» Scoppiò a ridere, e questa volta era imbarazzata davvero. Urtandolo gli aveva fatto cadere di nuovo qualcosa dalle mani e lo sconosciuto non poté fare a meno di sorridere divertito.

«Sì direbbe che non facciamo altro che scontrarci! Si sente bene?» Naturalmente Edwina era diventata rossa e si sentì terribilmente a disagio.

«Non guardavo dove stavo andando. Di nuovo!» E sorrise.

«Neppure io», confessò lui. «Ammiravo il mare, così sterminato... È stupendo, non trova?» E si voltò di nuovo a guardare in quella direzione. Edwina, invece, non si mosse. Rimase immobile a fissare lo sconosciuto, pensando che il suo modo di fare le ricordava moltissimo Charles. Così alto, bello e aristocratico — anche se era biondo, e non bruno, e notevolmente più vecchio di Charles all'epoca del viaggio sul *Titanic*. Anche lo sconosciuto, adesso, la stava fissando con un sorriso cordiale e sembrava non avesse più voglia di riprendere la sua passeggiata. «Avrebbe piacere di fare quattro passi con me?» Le offrì il braccio perché lei potesse appoggiarsi, ma Edwina, invece, stava cercando un modo cortese di rifiutare, senza tuttavia riuscire a trovare nessuna scusa convincente.

«Ecco... veramente... ero un po' stanca... avevo intenzione di...»

«Ritirarsi in cabina? Anch'io, poco fa; ma forse una passeggiata farà bene a tutti e due. Schiarisce le idee... e gli occhi...» concluse in tono scherzoso mentre Edwina, senza pensarci, lo prendeva sottobraccio. Lo seguì lentamente, ma non sapeva bene che cosa dirgli. Non era abituata a parlare con gli estranei, solo con i ragazzi e gli amici che la conoscevano da una vita, e naturalmente i conoscenti di George, a Hollywood, che però non le incutevano molta soggezione perché, per la maggior parte, erano sciocchi e vanesi.

«Lei è di New York?» Lo sconosciuto stava tentando di fare conversazione, ma era soprattutto lui a parlare. Edwina si sentiva troppo nervosa, ma questo non sembrò stupirlo né tanto meno infastidirlo. Continuarono la passeggiata nella fresca aria notturna, sotto la luce della luna. Edwina si sentì un po' sciocca a camminare a quel modo, su e giù per il ponte, in compagnia di quell'affascinante sconosciuto. Non sapeva che cosa dire; ma pareva che lui non ci badasse.

«Veramente, no», bisbigliò nel buio. «Vengo da San Francisco.»

«Ah... e va a Londra a trovare degli amici... oppure a Parigi?»

«A Londra.» Per strappare mia sorella dalle braccia di un bastardo che ha più di cinquant'anni e che è riuscito a convincerla a fuggire con lui, anche se lei ha solo diciassette anni. «Ma per pochi giorni», precisò.

«È un viaggio lungo, per un soggiorno di pochi giorni. Evidentemente a lei i viaggi per mare devono piacere molto.» Continuò a conversare con disinvoltura, mentre riprendevano la passeggiata; a un certo momento si fermò davanti a due poltrone a sdraio. «Ha voglia di sedersi un momento?» Edwina accettò, senza saperne il motivo, ma quell'uomo le era simpatico e, chissà perché, le pareva che fosse più facile accettare le sue proposte invece di prendere altre iniziative. Così si accomodò sulla poltrona accanto a lui, che le distese una coperta sulle gambe. Poi si voltò di nuovo a guardarla. «Mi dispiace... Ho dimenticato di presentarmi.» Le tese una mano con un simpatico sorriso: «Sono Patrick Sparks-Kelly, di Londra».

Lei gliela strinse educatamente e tornò a riappoggiarsi alla spalliera della poltrona a sdraio. «Io sono Edwina Winfield.»

«Signorina?» le domandò subito, e lei annuì con un sorriso, chiedendosi quale differenza facesse. Quando la vide far cenno di sì con la testa, lui inarcò un sopracciglio. «Ah! Più misteriosa che mai. Ma lo sa che i passeggeri non fanno che parlare di lei?» Sembrava enormemente incuriosito, ed Edwina rise di nuovo. Era divertente, simpatico, e le piaceva.

«Davvero?»

«Le assicuro che è la verità... proprio così! Due signore oggi mi hanno raccontato che a bordo c'è una bellissima giovane donna che cammina avanti e indietro per il ponte di passeggiata ma non vuol parlare con nessuno, e prende tutti i pasti nella sua cabina.»

«Deve trattarsi di qualcun'altra!» ribatté Edwina, sempre sorridendogli, convinta che fosse tutta un'invenzione.

«Be', lei non cammina avanti e indietro sul ponte di passeggiata tutta sola? Sì, che lo fa! Lo so benissimo perché l'ho vista con i miei occhi e...» aggiunse in tono gioviale, «mi sono anche trovato, e più di una volta, a scontrarmi con quella stessa bellissima e giovane donna! E poi... non mi dirà che prende i suoi pasti nel salone da pranzo, vero?» Si voltò a guardarla con aria interrogativa ed Edwina rise di nuovo, scrollando il capo.

«No, infatti. Ecco... non ancora... ma...»

«Ah, vede! Dunque ho ragione. È proprio lei la donna misteriosa che incuriosce tutti gli altri passeggeri. E sarà meglio che le dica subito che la gente ha fatto lavorare la fantasia e ha immaginato storie incredibili sul suo conto! Secondo qualcuno, lei è una bellissima giovane vedova in viaggio per l'Europa per dimenticare il suo lutto; secondo qualcun altro è una divorziata con vicende drammatiche alle spalle; e infine c'è chi dice che è una persona molto famosa. Devo ammettere che finora nessuno ha scoperto chi potrebbe essere questa persona tanto famosa, ma non c'è dubbio che si tratti di un personaggio che tutti conosciamo e amiamo, per esempio...» ci pensò un attimo e prima socchiuse gli occhi, poi la fissò attentamente «...non potrebbe trattarsi di Theda Bara?» Edwina scoppiò in una risata a quell'ipotesi suggestiva e anche lui sorrise.

«Lei ha una fantasia sfrenata, signor Sparks-Kelly.»

«Un nome complicato e quasi ridicolo, non trova? Soprattutto quando è pronunciato con l'accento americano. La prego, mi chiami Patrick. Quanto poi alla sua identità, temo che dovrà rivelarci la verità prima che tutti i passeggeri di prima classe diventino pazzi a furia di lambiccarsi il cervello per indovinarlo. Devo confessarle che non ho fatto altro anch'io, per tutto il giorno, ma adesso sono completamente bloccato, al limite delle mie risorse!»

«Purtroppo credo che tutti rimarranno terribilmente delusi. Sono soltanto una sconosciuta che va in Europa per incontrare sua sorella.» Era una spiegazione un po' più semplice di quanto fosse la realtà, ma le sembrava più opportuna, e del resto lui non nascose il suo interesse anche per quella notizia così banale.

«E ha intenzione di fermarsi solo per pochi giorni? Molto triste per noi!» Sorrise, ed Edwina, guardandolo di nuovo, pensò che era davvero un uomo bellissimo! Ma si trattava di una semplice considerazione, la logica conseguenza del fatto che vedeva tanti attori del cinema in compagnia di suo fratello. «Comunque, è molto interessante che lei non sia sposata!» Lo disse come se si trattasse di un lavoro affascinante e, chissà perché, Edwina lo trovò divertente. «Le americane sono bravissime in questo genere di cose. Non so come spiegarlo... ma lo fanno con stile. Invece le ragazze inglesi cominciano a farsi prendere dal panico all'idea di non sposarsi fin da quando hanno dodici anni, e se non trovano un marito durante la prima stagione mondana, subito dopo l'ingresso in società, le famiglie praticamente le seppelliscono vive in fondo al giardino!» Edwina scoppiò a ridere sentendo questa descrizione; non aveva mai considerato il suo stato di donna non sposata né come una virtù né come una scelta. Nel suo caso era dovuto più che altro alle circostanze; era stato un dovere.

«Non sapevo che il fatto di essere nubile fosse considerato una prerogativa delle americane! Forse per noi non è facile trovare marito come per le ragazze inglesi. Le inglesi sono molto meglio educate. Non discutono tanto come noi!» Sorrise; poi le venne in mente la zia Liz, che aveva sposato lo zio Rupert. «Avevo una zia, sposata con un inglese.»

«Oh, davvero? E chi sono?» chiese, come se fosse sicuro di conoscerli e forse era proprio così. Edwina non se ne sarebbe meravigliata affatto.

«Lord e lady Hickham. Lo zio si chiamava Rupert Hickham ed è morto qualche anno fa. A dire il vero è morta anche la zia. Non avevano figli.»

Lui ci pensò un momento e poi fece cenno di sì con la testa. «Credo di sapere chi fosse lui... anzi, sono sicuro che mio padre lo conoscesse. Un tipo di uomo piuttosto burbero e difficile, se mi consente un giudizio spassionato.» Edwina rise perché quello era un modo fin troppo benevolo di descrivere lo zio Rupert, ma intuì che l'inglese non inventava niente e doveva conoscere davvero lord Hickham, se di lui ricordava quella caratteristica in particolare.

«Per carità, è un giudizio azzeccatissimo. Quanto alla povera zia Liz, aveva addirittura paura della propria ombra! Lui l'ha talmente terrorizzata che era diventata mite e sottomessa. Siamo stati in visita da loro, ad Havermoor...» stava per aggiungere: «undici anni fa», ma improvvisamente scoprì che non voleva dirlo. Si limitò a mormorare: «Molti anni fa...» e la sua voce si fece all'improvviso triste e roca. «Da allora non sono più tornata in Inghilterra.»

«E questo quando è successo?» le chiese lui con interesse senza tuttavia rendersi conto del disagio che ciò provocava in Edwina.

«Undici anni fa.»

«Effettivamente è passato molto tempo.» Intanto la osservava con attenzione, chiedendosi che cosa potesse essere successo a quell'epoca, mentre Edwina annuiva. Un'espressione di angoscia era apparsa nei suoi occhi, ma lui fece finta di non essersene accorto.

«Sì, è vero.» E improvvisamente Edvina si alzò in piedi, come se sentisse l'impulso irresistibile di andarsene di lì. Era stanca di continuare a fuggire per dimenticare il passato; era stanca di dover affrontare il presente e di lottare. «Credo proprio che sia venuto il momento di scendere in cabina. È stato un piacere parlare con lei, signor Sparks-Kelly.»

«Patrick», la corresse lui. «Posso accompagnarla fino alla sua cabina? O forse accetterebbe di fare una piccola deviazione per bere qualcosa nella sala bar? È molto simpatica e accogliente, se ancora non l'ha vista.» Ma l'ultima cosa al mondo che Edwina aveva voglia di fare era un giro turistico della nave, sedersi in un salone ed essere costretta a conoscere altri passeggeri... Tutto questo le ricordava troppo l'altra traversata, quella che aveva fatto a bordo del *Titanic*. Non avrebbe mai voluto vedersi davanti agli occhi un'altra nave per il resto dei suoi giorni ed era a bordo del *Paris* solo a causa di Alexis.

«Non credo proprio, ma la ringrazio moltissimo.» Poi gli strinse la mano e se ne andò. Ma quando si ritrovò nel corridoio si accorse che non sopportava nemmeno l'idea di ritornare in cabina. Era tutto troppo opprimente, troppo familiare, troppo angoscioso... e il pensiero di affrontare i suoi sogni, i ricordi, gli incubi... era intollerabile. Fu così che tornò di nuovo sul ponte, ma scelse quello appena fuori della sua cabina e si appoggiò al parapetto pensando a come ogni cosa sarebbe potuta essere e a come invece era finita. Era talmente assorta nei propri pensieri che non udì quel rumore di passi; si riscosse soltanto quando lui si fermò alle sue spalle e disse in tono gentile: «Di qualsiasi cosa si tratti, signorina Winfield, non è possibile che sia davvero tanto brutta... mi scusi». Le sfiorò un braccio, ma lei non si voltò. «Non vorrei che pensasse che voglio intromettermi nei fatti suoi, ma se sapesse che aria triste aveva quando se ne è andata... Ho cominciato a preoccuparmi!»

Allora Edwina si voltò a guardarlo, con i capelli scompigliati dalla brezza e gli occhi lucidi, e lui si accorse subito, al chiaro di luna, che aveva le guance rigate di lacrime. «Si direbbe che io debba passare tutto il mio tempo a convincere la gente che sto benone!» esclamò lei cercando di sorridere, ma non ci riuscì. Intanto si asciugava gli occhi. Patrick non le tolse un momento gli occhi di dosso.

«E ci è riuscita?» La sua voce era calda, gentile, ed Edwina quasi rimpianse di averlo conosciuto. Che senso aveva? Quell'uomo, come lei del resto, aveva la propria vita; e se lei si trovava lì, su quella nave, era solamente per ricondurre a casa Alexis.

«No.» Gli sorrise. «Non credo di essere riuscita a convincere nessuno.»

«Allora temo proprio che dovrà metterci più impegno!» Poi, cercando di essere il più gentile possibile, le fece una domanda difficile: «Mi dica... le è successo davvero qualcosa di terribile?» Non sopportava più di vedere tanta sofferenza nei suoi occhi, perché Edwina non aveva fatto che tormentarsi e angosciarsi fin da quando erano usciti dal porto di New York.

«Non ultimamente.» Voleva essere sincera con lui, ma senza entrare in particolari. «E di solito non sono il tipo che piange per nulla!» Sorrise e con un gesto aggraziato della mano si asciugò le guance. Poi respirò profondamente l'aria salmastra e cercò di assumere un'espressione un po' allegra. «Il fatto è che le navi non mi piacciono molto.»

«Per qualche motivo specifico? Soffre di mal di mare?»

«Non esattamente.» Preferiva rimanere nel vago. «La verità è che non mi sento più a mio agio quando sono a bordo di una nave... ci sono troppi...» si interruppe prima di pronunciare la parola *ricordi*, ma poi decise di essere onesta. Non sapeva chi lui fosse ma, almeno in quel momento, sembrava che volesse esserle amico e lo trovava simpatico. «Ero sul *Titanic* quando è naufragato», gli spiegò con voce sommessa. «E ho perduto i genitori e anche l'uomo che stavo per sposare.» Questa volta non pianse, e Patrick per un momento rimase senza parole.

«Mio Dio!» esclamò lui, profondamente turbato e commosso. «Non so che cosa dire... salvo che è molto coraggiosa a viaggiare di nuovo su un transatlantico. Dev'essere una cosa terribile per lei. È la prima volta che mette piede su una nave da quel giorno?» Tutto questo spiegava perché fosse così pallida e tesa e perché uscisse di rado dalla cabina. Lei fece cenno di sì.

«Infatti. E non è facile. Avevo giurato a me stessa di non salire mai più su una nave. Ma ho dovuto farlo per ricondurre mia sorella a casa.»

«Era anche lei sul *Titanic*?» La storia di Edwina lo aveva stupito e incuriosito. Aveva sentito parlare di persone che si erano trovate su quel transatlantico ed erano annegate, ma non gli era mai capitato di incontrare, e conoscere, qualcuno dei superstiti.

«Eravamo convinti che si fosse smarrita. Si era allontanata mentre ci facevano salire sulle scialuppe, almeno così credevamo. Invece lei era tornata in cabina a prendere la sua bambola. Aveva sei anni!» Gli rivolse un sorriso pieno di tristezza. «Il transatlantico è colato a picco proprio il giorno del suo compleanno. A ogni modo poi l'abbiamo ritrovata sulla nave che ci ha raccolto e salvato, ma ormai aveva subìto uno choc terribile e da allora in poi non è più stata... be', proprio per colpa di quello che aveva passato è sempre stata una bambina difficile.»

«Aveva altre persone di famiglia con sé?» Era interessato moltissimo a tutto, ma in modo particolare a Edwina. In fondo, era proprio come avevano immaginato: una giovane donna bellissima e misteriosa.

«Avevo tre fratelli e due sorelle e ci siamo salvati tutti. Solamente i miei genitori e... il mio fidanzato... sono annegati. Anche lui era inglese.» Sorrise a quel ricordo, mentre Patrick Sparks-Kelly la osservava. «Sì chiamava Charles Fitzgerald.» La voce le tremò mentre pronunciava quel nome e per un attimo si toccò istintivamente l'anulare, come se cercasse l'anello di fidanzamento. Ormai non lo portava più da anni e si era addirittura offerta di restituirlo alla famiglia di Charles, ma lady Fitzgerald aveva insistito perché lo conservasse. Ora Patrick la stava fissando sbalordito.

«Mio Dio...» Quando i suoi occhi incontrarono quelli di Edwina, sembrava che avesse visto un fantasma. «Ricordo di avere sentito parlare di lei... una ragazza americana... di San Francisco... e questo è stato... oh, Dio! dieci o dodici anni fa. Anch'io mi ero appena sposato a quell'epoca.» Poi le spiegò meglio tutto: «Charles era un mio secondo cugino».

Rimasero in silenzio un istante, pensando a lui; poi Edwina sorrise di nuovo. Com'era strano il mondo! Com'era strano che dovessero incontrarsi e conoscersi adesso, tanto tempo dopo la sua scomparsa!

«È stata una cosa trèmenda. L'unico figlio maschio... il preferito... terribile...» Più ci rifletteva, più altri particolari gli ritornavano alla memoria; ricordava perfino di avere sentito parlare di Edwina. «Il padre e la madre lo hanno pianto per anni.»

«Anch'io», sussurrò lei.

«E non si è mai più sposata?»

Lei scrollò la testa e gli rivolse un sorriso dolce e sereno. «Poi sono stata troppo impegnata. Avevo gli altri fratelli da allevare. A quell'epoca avevo vent'anni e gli altri erano ancora molto piccoli. Mio fratello Phillip aveva sedici anni e si è occupato moltissimo di loro, cercando di fare le veci di un padre, ma deve essere stato molto duro per lui ritrovarsi, così giovane, con una simile responsabilità sulle spalle. Poi, un anno dopo, nel 1913, partì per il college. All'epoca, George aveva dodici anni, Alexis sei, la mia sorellina più piccola, Fannie, ne aveva quattro e l'ultimo soltanto due. Mi hanno tenuto impegnata per qualche anno!» esclamò ridendo, e lui la guardò con stupore.

«E ha fatto tutto questo... sola?» Era incredibile! Che donna meravigliosa!

«Più o meno. Ho cercato di fare del mio meglio... Qualche volta le assicuro che non sapevo più dove sbattere la testa per la disperazione, ma siamo riusciti a cavarcela e a sopravvivere...» Tutti tranne Phillip.

«E adesso che cosa è successo della sua famiglia? Dove sono tutti gli altri?»

Edwina sorrise pensando a loro e improvvisamente sentì la mancanza dei due più giovani che aveva lasciato a San Francisco. «Il maggiore, Phillip, è morto in guerra sei anni fa. L'altro fratello, George, è l'eroe di famiglia; ha piantato in asso gli studi ad Harvard all'epoca della morte di Phillip ed è tornato a casa, ma dopo un po' è partito per Hollywood, dove ha fatto una brillante carriera.»

«Come attore?» chiese Patrick incuriosito. Sembrava una famiglia straordinaria e interessante, certo molto di più della sua in Inghilterra.

Ma Edwina fece cenno di no con la testa e continuò a dargli altre spiegazioni: «No, adesso è a capo di una casa di produzione. È molto bravo nel suo lavoro. Hanno fatto parecchi film di una certa importanza. E qualche settimana fa si è sposato». Sorrise. «Poi c'è Alexis. Quella di cui le parlavo. Devo incontrarmi con lei a Londra», ma non ne spiegò il motivo. «Poi c'è Fannie, la nostra donnina di casa, che ha quindici anni. E il più piccolo, Teddy, che ormai è un giovanotto tredicenne!» Concluse la descrizione della sua famiglia con un lampo di orgoglio negli occhi che commosse profondamente Patrick.

«Ed è riuscita ad allevarli ed educarli tutti, da sola? Brava! Io non so davvero come ne sia stata capace!»

«L'ho fatto, semplicemente. Un giorno dopo l'altro. Nessuno mi ha domandato se ne avevo voglia. Era qualcosa che andava assolutamente fatto, e io volevo troppo bene a tutti...» Poi, con voce dolcissima aggiunse: «L'ho fatto per loro... e per mia madre... lei è rimasta sul *Titanic* per trovare Alexis. E poi...

quando hanno impedito agli uomini di salire sulle scialuppe di salvataggio, ha preferito rimanere con mio padre».

Questo particolare lo sconvolse, mentre pensava ai bambini che abbandonavano il transatlantico con Edwina la quale, adesso, fissando con sguardo assente il mare, tornava con la mente a quella notte il cui ricordo l'avrebbe perseguitata per sempre. «Penso che in un primo momento fossero convinti che ci fossero altre scialuppe di salvataggio. In realtà, nessuno si era mai reso conto che erano pochissime e che la situazione era tragica. Nessuno è mai venuto a dirci che *dovevamo* abbandonare la nave immediatamente. L'orchestra continuava a suonare e non abbiamo sentito né sirene, né campane... c'era solo tanta gente che girava qua e là convinta di avere chissà quanto tempo a disposizione... e quelle poche, preziose scialuppe che venivano calate in mare. Forse mia madre ha pensato che avrebbe potuto abbandonare il transatlantico in seguito, oppure rimanere con mio padre fino a quando non fossero arrivate altre navi in soccorso...» Ma poi, voltandosi a guardare quell'uomo, quello sconosciuto che era stato sul punto di diventare un cugino, gli rivelò quella verità che aveva tenuto nascosta perfino a se stessa per tanti anni e lui, ascoltandola, le prese la mano e gliela strinse. «Per molto tempo l'ho odiata per ciò che aveva fatto... per quello, non perché mi aveva lasciato la responsabilità dei miei fratelli... ma perché aveva scelto di morire con lui, per averlo amato più di quanto amasse noi... per aver lasciato che fosse l'amore per mio padre a ucciderla. Credo che questo mi abbia terrorizzato a lungo, dopo... mi spaventava... mi faceva sentire così colpevole al pensiero di avere abbandonato Charles, come se anch'io avessi dovuto rimanere con lui, così come lei era rimasta con papà.» Edwina, con le guance rigate di lacrime, proseguì: «Invece non l'ho fatto... sono salita sulla prima scialuppa con i bambini... li ho portati via con me e ho lasciato che i miei genitori e Charles morissero mentre noi eravamo in salvo!» Il solo fatto di poterne parlare era una liberazione; riusciva finalmente a scrollarsi dalle spalle quel senso di colpa che si era trascinata dietro per quasi una dozzina d'anni... e mentre pronunciava quelle parole si abbandonò a poco a poco fra le braccia di Patrick, che la strinse dolcemente a sé.

«Ma non poteva certo immaginare, in quel momento, ciò che sarebbe successo! Lei non lo sapeva... esattamente come non lo sapevano loro... erano convinti che ci sarebbe stata un'altra scialuppa di salvataggio, o che comunque il transatlantico non sarebbe mai colato a picco.» Esattamente ciò che lei aveva pensato.

«Non ho capito, in quel momento, che stavo per dire addio ai miei genitori», singhiozzò Edwina. «Quasi non ho nemmeno dato un bacio a Charles... e non lo avrei più riveduto!» Scoppiò in lacrime disperate nel silenzio della notte, mentre Patrick continuava a tenerla stretta fra le braccia.

«Non avrebbe potuto fare niente di più. Ha fatto tutto quello che era giusto... Certo avete avuto una terribile sfortuna! Ma non deve sentirsi in colpa perché lei si è salvata e gli altri no!»

«Ma per quale motivo mia madre è rimasta con papà?» gli domandò Edwina, come se lui fosse in grado di darle una spiegazione, ma anche Patrick poteva solo fare qualche supposizione.

«Forse gli voleva troppo bene per vivere senza di lui. A volte succede. Ci sono donne capaci di simili profondi sentimenti. Forse si è resa conto che non avrebbe avuto la forza di affrontare il futuro senza il marito accanto, e sapeva che lei l'avrebbe sostituita e si sarebbe presa cura degli altri figli.»

«Ma è stata ingiusta verso i suo figli... e verso di me. Anch'io ho dovuto continuare a vivere senza Charles!» Adesso sembrava quasi in collera, mentre per la prima volta rivelava i suoi sentimenti più intimi e segreti. «In certi momenti l'ho odiata perché io mi ero salvata e lei no. Perché era toccato proprio a me dover affrontare tanto dolore e tanta sofferenza? Perché era toccato proprio a me dover vivere senza di lui? Perché ero stata costretta a...» Non riuscì ad andare avanti, ma ormai non aveva più nessuna importanza. Tutti loro se ne erano andati per sempre, e lei era riuscita a tirare avanti. Aveva dedicato la sua vita all'amore per Charles e per la sua famiglia, aveva allevato i figli di suo padre e di sua madre, ma non era stato facile. E Patrick, vedendola piangere, lo capì.

«A volte la vita è talmente ingiusta!» Provava una gran voglia di piangere con lei, ma capiva che non sarebbe servito a niente. Tuttavia fu contento che Edwina gli avesse rivelato tutto questo. Era evidente che doveva essere la prima volta che si confidava con qualcuno, mettendo a nudo i suoi sentimenti, soprattutto il risentimento nei confronti della madre che aveva scelto di morire con suo marito.

«Mi dispiace.» Finalmente alzò gli occhi a guardarlo. «Non avrei dovuto raccontarle niente di tutto questo.» Poi si asciugò di nuovo le guance e accettò con gratitudine il fazzoletto di lino, con lo stemma e il monogramma, che lui le offrì. «Di solito evito di parlare di certe cose.»

«Lo avevo capito!» Poi le sorrise di nuovo. «Vorrei che ci fossimo incontrati dodici anni fa. Chissà, forse l'avrei rubata a Charles e lei avrebbe avuto una vita molto più felice. E anch'io. Mi avrebbe impedito di sposare la persona sbagliata, come invece ho fatto. Anzi, a proposito», aggiunse sorridendo, «ho sposato una cugina prima di Charles, da parte di madre. Una 'ragazza bellissima', come ripeteva mia madre, ma purtroppo mi sono accorto solo troppo tardi che lei non mi amava.»

«Siete sempre sposati?» gli domandò Edwina lanciandogli un'occhiata. Il pensiero che avrebbe potuto sposare Patrick, a quell'epoca, era intrigante, adesso; e di nuovo le dispiacque di non averlo conosciuto prima.

«Sì», rispose lui. «Abbiamo anche tre bei ragazzi e scambiamo qualche parola più o meno una volta ogni due mesi, fra un viaggio e l'altro, quando ci incontriamo a colazione. Temo che mia moglie sia... diciamo, non particolarmente interessata agli uomini; è molto più felice quando si trova con le sue amiche e i suoi cavalli.» Edwina si rese conto che Patrick le aveva confidato qualcosa che per lui doveva essere molto importante. E pur desiderandolo, preferì non fargli altre domande in proposito. Le bastava sapere che era sposato con una donna di cui non era innamorato e che non lo amava; e se l'allusione alle «amiche» significava qualcosa, non aveva comunque molta importanza. In effetti Patrick aveva detto proprio quello che lei credeva di aver capito. L'unica cosa curiosa era che, per quanto ci si fossero provati pochissime volte, fossero addirittura riusciti a mettere al mondo tre figli, ma ormai era improbabile che qualcosa del genere succedesse di nuovo poiché nessuno dei due lo desiderava.

«Pensa di divorziare da sua moglie, un giorno o l'altro?» gli domandò Edwina con voce sommessa, e Patrick scrollò la testa.

«No, e per varie ragioni, fra le quali anche i miei figli. A parte il fatto che temo che mio padre e mia madre non sopravviverebbero a un colpo del genere. Vede, nessuno ha mai divorziato nella mia famiglia. E per complicare le cose, grazie a una nonna francese io sono uno di quei tipi che si trovano molto di rado in circolazione... un cattolico inglese! Purtroppo, credo proprio che Philippa e io rimarremo legati per il resto dei nostri giorni; il che mi porta a fare una vita piuttosto solitaria, a differenza di mia moglie, e ad avere prospettive piuttosto squallide per i prossimi quaranta o cinquant'anni.» Nonostante il tono scherzoso, a Edwina non sfuggì il suo disperato senso di solitudine. E lo aveva anche letto nei suoi occhi mentre le descriveva il suo matrimonio.

«E per quale motivo non la lascia, allora? Non può vivere così per il resto della sua esistenza!» Era incredibile! Erano praticamente due sconosciuti e si stavano confidando i segreti più intimi. Ma sono cose che succedono spesso durante un viaggio per mare.

«Non ho scelta», rispose Patrick senza perdere la calma; e si riferiva di nuovo alla moglie. «Esattamente come non l'ha avuta lei quando si è trovata costretta ad allevare i suoi fratelli. *Noblesse oblige*, come avrebbe detto mia nonna. Ci sono cose che si fanno per dovere, non soltanto per amore. È il mio caso. I ragazzi sono straordinari, adesso cominciano a crescere e, naturalmente, sono già fuori di casa, in collegio. Richard è stato l'ultimo ad andarsene, l'anno scorso, a sette anni. Effettivamente, adesso mi sento un po' più libero. Anzi, tutto sommato non sono nemmeno costretto a stare a casa, e infatti per la maggior parte del tempo non ci sto!» Rivolse a Edwina un sorriso quasi fanciullesco. «Passo molta parte del mio tempo a New York e vado a Parigi per affari non appena è possibile. Devo anche occuparmi delle proprietà terriere di mio padre. Ho amici a Berlino, a Roma... come vede non è poi brutta come sembra, la mia situazione!» Edwina non era d'accordo su questo e, appoggiata a lui che le circondava le spalle con un braccio, rispose con sincerità: «Veramente, a me sembra molto vuota e molto triste». Preferiva essere franca; e Patrick la guardò con ammirazione e tenerezza.

«Hai ragione», le disse infine, passando decisamente al tu, visto che ormai si stavano parlando a cuore aperto. «È vero. Ma è tutto quello che ho, Edwina, e cerco di cavarmela come meglio posso. Esattamente come te. Non è una vita, ma è la mia vita. Come per te. Pensa un po' a quello che hai fatto... hai trascorso un'intera esistenza piangendo e portando il lutto per un uomo che è scomparso dodici anni fa. Un uomo al quale volevi bene quando ne avevi venti! Pensaci... pensa a lui. Sei proprio sicura che lo conoscevi?... che ti avrebbe davvero reso felice? Tu hai diritto a molto, molto di più di questo... come me. Purtroppo la verità è un'altra: non abbiamo avuto quello a cui avevamo diritto. E adesso anche tu ti accontenti, circondata dai fratelli e dalle sorelle ai quali vuoi bene, e io faccio la stessa cosa con i miei figli. Non ho diritto a niente di più, perché sono un uomo sposato. Tu, invece, sei libera e quando lascerai questa nave dovresti cercare qualcuno, un uomo che ti ami, magari perfino un uomo che a Charles sarebbe piaciuto... Sposalo, e abbi dei figli da lui. Io non posso più fare niente di tutto questo, ma tu sì! Edwina, non sprecare la tua vita!»

«Non dire sciocchezze!» Rise, guardandolo, ma le parole di Patrick erano state molto sagge — che lei se ne rendesse conto o no. «Ma lo sai», continuò dandogli del tu anche lei, «quanti anni ho? Trentadue! Sono troppo vecchia per tutto questo. La mia vita è già a metà.»

«Anche la mia. Io ho trentanove anni. Ma sai che cosa ti dico? Se mi capitasse un'altra occasione, l'opportunità di amare una persona, essere felice e avere dei figli, non me la lascerei assolutamente scappare!» Dopo aver detto tutto questo, chinò la testa a guardarla e prima che Edwina facesse in tempo a rispondergli le diede un bacio. La baciò come lei non era più stata baciata da quando Charles era morto; anzi, non riusciva nemmeno a ricordare, allora, di essere stata baciata a quel modo; e per un attimo le tornò in mente quello che le aveva appena detto. E se avesse avuto ragione? E se Charles fosse ormai soltanto un ricordo lontano dell'adolescenza? Possibile che lei fosse tanto cambiata? Che ormai fosse diventata adulta e matura al punto da non poter più accettare di vivere solo di ricordi? Era davvero convinta di ricordare le cose come erano veramente state? Impossibile saperlo, adesso, anche se non aveva alcun dubbio: aveva amato Charles. Ma forse aveva vissuto nel suo ricordo troppo a lungo. Forse era finalmente venuto il momento di spezzare quel legame segreto. Poi, a un tratto, mentre ricambiava il bacio di Patrick, ogni pensiero svanì e si aggrapparono l'uno all'altro come due persone che stanno per annegare.

Passò molto tempo prima che Patrick si staccasse da lei. Poi la baciò ancora e, chinando la testa a guardarla, le disse qualcosa che lei aveva il diritto di sapere, fin dal principio. Sapeva che era necessario dirglielo.

«Edwina, indipendentemente da tutto quello che succederà fra noi, devo dirti che non posso sposarti. Voglio che tu lo sappia fin d'ora, prima che ti innamori di me, e che io mi innamori di te. E anche se un giorno arriverò ad amarti moltissimo. Rimarrò legato a mia moglie fino alla morte. E non voglio rovinare anche la tua vita. Quindi ti dico subito che se mi permetterai di amarti ti lascerò sempre la tua libertà... per il tuo bene, e anche per il mio... Non esigerò niente da te e non ti permetterò nemmeno di esigere qualcosa da me. Nessun impegno morale da nessuna parte. Ci siamo capiti?»

«Sì, certo!» rispose lei con voce roca, apprezzando la sua onestà, anche se aveva intuito fin dal principio che Patrick era un uomo fatto così. Era proprio per questo che si era abbandonata a quelle confidenze e già sentiva di volergli bene. Era assurdo, visto che lo conosceva appena, ma era sicura di amarlo.

«Non ti permetterò di fare quello che hai fatto con Charles... di vivere nel suo ricordo per anni... Io voglio amarti, ma voglio che tu viva la tua vita, che sia una persona felice, completa, appagata. E se tu dovessi amarmi un giorno, sposerai un altro uomo e farai quello che ti ho detto.»

«Ti preoccupi troppo.» Sorrise. «Non si può prevedere tutto. E se Philippa un giorno morisse, oppure ti lasciasse o decidesse di andarsene chissà dove?»

«Non me la sento di costruire la mia vita su una eventualità del genere; né ti permetterò di farlo. Ricordati, amore mio, un giorno io ti lascerò libera... come un uccellino... perché tu torni alla casa dalla quale sei venuta, lontano, laggiù, al di là del mare.» Ma non appena gli sentì pronunciare queste parole Edwina si sentì profondamente triste, costretta a pensare alla sua solitudine ancora prima che l'amore nascesse fra loro, al punto che gli si aggrappò, bisbigliando dolcemente: «Non ancora... ti prego...».

«No... non ancora...» le sussurrò Patrick di rimando e poi, come il ricordo di un sogno lontano, le arruffò i capelli e le disse ancora: «...Ti amo...» Non erano più due sconosciuti; le reciproche confessioni e il legame con Charles li avevano uniti.

36

Fu una di quelle cose che potevano accadere soltanto nei romanzi, oppure in certi film di George. Si erano incontrati e si erano innamorati e adesso vivevano come sospesi fra due mondi. Edwina scopriva a poco a poco una vita che non aveva mai avuto o aveva dimenticato in quegli ultimi undici anni.

Chiacchieravano, ridevano, passeggiavano per ore avanti e indietro sui ponti del transatlantico — e a poco a poco lei riuscì a superare le proprie ansie e le paure. Patrick cercò di esserle sempre accanto, durante le esercitazioni che venivano fatte vicino alle scialuppe di salvataggio, anche se lui in realtà avrebbe dovuto effettuarle in un altro settore della nave.

Il commissario di bordo comunque non sollevò obiezioni. E gli altri passeggeri osservavano con simpatia e anche con un po' d'invidia quella bella coppia innamorata e felice. Patrick ed Edwina erano sempre molto discreti e di solito sceglievano qualche angolo solitario o nascosto per conversare, baciarsi e tenersi per mano. Era proprio quello di cui entrambi sentivano la mancanza da molto tempo, anche se Edwina sospettava che Patrick avesse avuto qualche relazione amorosa, nonostante lui sostenesse di non avere mai amato nessun'altra dal giorno in cui si era sposato. E lei voleva credergli.

«Com'eri da bambina?» le domandò Patrick una volta, ansioso di sapere tutto, qualunque cosa la riguardasse.

«Non lo so», rispose lei sorridendogli raggiante. «Non credo di averci mai pensato. Felice, suppongo. Abbiamo fatto una vita abbastanza tranquilla fino a quando loro sono morti. Andavo a scuola, litigavo con Phillip perché ci portavamo via i giocattoli a vicenda... mi piaceva moltissimo aiutare la mamma in giardino... anzi...» e ricordando all'improvviso, aggiunse: «...subito dopo la sua scomparsa... quando siamo tornati a casa, avevo preso l'abitudine di andare fuori, nel suo roseto a potare gli arbusti e... allora parlavo con lei... quando strappavo le erbacce... e qualche volta mi arrabbiavo! Volevo sapere perché avesse deciso di rimanere con papà, invece di pensare a tutti noi, i suoi figli. Avevo la sensazione che ci avesse abbandonato.»

«E hai mai avuto una risposta?» Le sorrise, chinandosi a guardarla, e lei scrollò la testa.

«No, ma dopo mi sentivo sempre meglio.»

«Quindi deve essere stata una buona idea. Anche a me piace occuparmi del giardino, quando ne ho il tempo.» Parlavano di ogni cosa, degli amici d'infanzia, degli sport che preferivano, degli autori più amati. A lui piacevano le opere classiche, i libri seri; Edwina preferiva invece scrittori più alla moda, come F. Scott Fitzgerald e John Dos Passos. Entrambi amavano la poesia, i tramonti e il chiaro di luna. Con le lacrime agli occhi Edwina gli confidò quanto fosse orgogliosa di George e di quello che aveva realizzato, e quanto volesse bene a Helen. Gli raccontò perfino di averle regalato il velo che avrebbe dovuto portare il giorno delle nozze con Charles. Patrick rimase commosso.

«Vorrei che tu lo avessi portato per me.»

«Anch'io», bisbigliò Edwina mentre gli asciugava le lacrime. E quella sera, il giorno dopo che si erano conosciuti, andarono a ballare. Lei si rammaricò di non avere portato con sé neppure un vestito adatto, e Patrick, chissà come, riuscì a convincere una delle cameriere a trovargliene uno. Le andava a pennello ed era firmato Chanel. Per tutta la sera Edwina visse nel terrore che qualche passeggera di prima classe, furibonda, si avventasse contro di lei per strapparglielo di dosso. Per fortuna, tutto andò liscio e si divertirono moltissimo. Ballarono a lungo, girando lentamente sulla pista della sala da ballo. Ogni cosa sembrava perfetta.

Il transatlantico non naufragò, ma arrivò troppo presto. Sembrò che fossero passati solo pochi, brevi attimi, ed eccoli a Cherbourg, e di lì a Southampton!

«E adesso, che cosa facciamo?» gli domandò Edwina con aria desolata. Ne avevano discusso almeno cento volte e non aveva fatto che ripetere mentalmente le parole che gli avrebbe detto lasciandolo, ma ora che il momento era arrivato si accorse di non avere il coraggio di parlare.

Lui si mostrò invece deciso e per l'ennesima volta le disse: «Trovi Alexis, pranziamo o ceniamo insieme a Londra per festeggiare l'avvenimento; poi tu torni di nuovo a casa, riprendi la tua vita e incontri un uomo simpatico che ti sposi». Ma Edwina sbuffò.

«E mi vorresti spiegare in che modo potrei trovarlo? Con un annuncio sul giornale?»

«No, ma devi smettere di avere quell'aria da vedova inconsolabile! Devi uscire e viaggiare... In dieci minuti ti ritroverai con almeno una dozzina di uomini davanti alla porta di casa... credimi!»

«Quante sciocchezze!» Non era questo che lei voleva. Ma Patrick.

Edwina gli aveva confessato il vero motivo per il quale andava a Londra e ascoltando il racconto delle malefatte di Malcolm anche Patrick si era indignato. Si era già offerto di aiutarla a rintracciare la sorella. Avevano intenzione di passare al setaccio tutti gli alberghi, anche i più piccoli e modesti. E lui ne aveva già in mente parecchi, dove di solito alloggiavano gli attori. Era certo che non sarebbe stato molto difficile rintracciarli. All'arrivo sarebbe passato dal suo ufficio per sistemare alcune questioni in sospeso; poi, verso la fine del pomeriggio, insieme a Edwina avrebbero cominciato la loro ricerca. Ma sebbene fosse ansiosa di ritrovare Alexis, Edwina non voleva separarsi da Patrick nemmeno per un minuto. Dopo essere stati insieme quasi ogni ora per tre giorni consecutivi, adesso le sembrava strano non averlo accanto. Per un tacito accordo era solo alla sera che si lasciavano. Si baciavano, si abbracciavano e si tenevano stretti per mano, ma Patrick non aveva assolutamente voluto approfittare di lei, per poi lasciarla. E anche se Edwina aveva apprezzato questo gesto, avrebbe tuttavia desiderato che le cose andassero diversamente.

In fondo, una situazione del genere era quasi ridicola! La sua sorellina diciassettenne era fuggita per seguire un uomo con il quale aveva una relazione scandalosa. Lei, invece, se ne tornava negli Stati Uniti ancora vergine e zitella! Rise a questo pensiero e Patrick la guardò incuriosito notando in lei qualcosa di diverso. Glielo leggeva negli occhi.

«Che cosa stai meditando di combinare, cattivella?»

«Stavo semplicemente pensando quanto sia assurdo che Alexis si dia alla pazza gioia e si comporti come una ragazza poco seria con quel mascalzone, mentre io devo fare tutto di nascosto! È una situazione che non mi piace affatto!» Risero insieme, ma non ci sarebbero state difficoltà se avessero voluto che le cose andassero diversamente. Purtroppo, era accaduto tutto troppo presto, per entrambi, e nessuno dei due voleva sciupare ciò che avevano. Perché — lo sapevano bene — era qualcosa di molto raro e di molto speciale.

Patrick prese con lei il treno per Londra. Rimasero seduti tranquillamente nello stesso scompartimento a chiacchierare. Patrick le spiegò che Philippa non sapeva, e forse non le interessava nemmeno sapere, che lui sarebbe arrivato quel giorno. Fra l'altro, aveva il vago sospetto che non fosse nemmeno a casa ma, cosa molto più probabile, a qualche allenamento di purosangue in Scozia.

La accompagnò fino al *Claridge's*, dove Edwina fissò una camera, e le promise di tornare a prenderla verso le cinque. Non era ancora mezzogiorno. Edwina si affrettò a mandare subito un telegramma a Fannie e Teddy spiegando dove si trovava e che tutto andava bene, e pregandoli, nel caso avessero notizie di Alexis, di comunicargliele immediatamente. Purtroppo, poteva soltanto sperare che a casa non ci fossero problemi; in caso contrario avrebbero potuto mettersi in contatto con lei in albergo, dove si sarebbe fermata ancora per un paio di giorni.

Fece una corsa da *Harrods* dove, con una rapidità incredibile, per lei inconsueta, si comperò un mucchio di vestiti; poi si fece fare una messa in piega da un parrucchiere della zona e infine tornò in albergo in tassì, carica di scatole e di cappelliere e con una pettinatura diversa dalla solita. Alle cinque, quando arrivò, Patrick la trovò elegante e sorridente ed eccitatissima al pensiero di rivederlo.

«Santo cielo!» esclamò ridendo. «Si può sapere come hai fatto a fare tutte queste cose in un solo pomeriggio?» Ma anche lui non era stato da meno. Le aveva comperato una rara copia delle opere di Elizabeth Barrett Browning... e se Edwina avesse avuto maggior familiarità con i negozi di Londra avrebbe subito capito che l'astuccio che Patrick tirò fuori dalla tasca arrivava dal negozio di Wartski. Dapprima rimase senza fiato, quando lui glielo offrì, e provò quasi un po' di timore ad aprirlo. Ma alla fine si decise. Poi per un lungo momento rimase in silenzio fissando il dono con gli occhi sgranati. Era un sottile braccialetto tempestato di brillanti. Quel gioiello era stato donato dal principe Alberto alla regina Vittoria. Era raro che oggetti del genere fossero in circolazione e venissero messi in vendita, ma a volte venivano offerti dai gioiellieri ai clienti importanti. Era il genere di gioiello che Edwina avrebbe potuto portare sempre, e quando se lo mise al polso pensò che ci sarebbe rimasto per molto, moltissimo tempo... in ricordo di Patrick.

Lui aveva portato anche una bottiglia di champagne, ma dopo averne bevuto un bicchiere decisero che era meglio iniziare subito la ricerca di Alexis. Cominciarono a passare in rassegna ogni albergo di Soho, servendosi dell'automobile con autista che Patrick aveva noleggiato appositamente; erano le otto, quando si accinsero a fare l'ultimo tentativo. Edwina aveva con sé una fotografia di Alexis e Patrick fece scivolare nella mano del portiere un biglietto da cinque sterline.

«Ha visto questa ragazza?» gli domandò Edwina mostrandogli la piccola istantanea che da anni portava con sè, nel portafogli. «È in compagnia di un uomo che si chiama Malcolm Stone, alto, piuttosto bello, sui quarantacinque, cinquant'anni.» Il portiere guardò prima lei, poi Patrick e infine la banconota che aveva ancora stretta in mano; quindi si decise a fare cenno di sì con la testa e tornò a osservarli con attenzione:

«Certo, sono qui. Ma la ragazza... che cosa ha fatto? Vi ha forse rubato qualcosa? Sono americani, sapete.» Evidentemente non aveva badato all'accento di Edwina, e poiché era stato Patrick a dargli il denaro, fu a lui che si rivolse.

«Sono ancora qui?»

«No, se ne sono andati ieri. Sono rimasti solo pochi giorni. Se vuole, posso controllare e dirle con esattezza il giorno dell'arrivo. Lei è una ragazza molto carina, con lunghi capelli biondi.» Edwina si accorse di avere il cuore in gola e pensò al lungo viaggio che aveva fatto e quanto fosse ormai vicina Alexis... Eppure una parte molto piccola di lei provava quasi dispiacere al pensiero di trovarla troppo presto. Perché avrebbe significato il ritorno a casa. E l'addio a Patrick. «Sono andati a Parigi per qualche giorno; perlomeno lui ha detto così. Hanno lasciato la camera libera per quindici giorni, ma hanno detto che sarebbero tornati. E torneranno di sicuro. Lui ha lasciato qui una valigia.» Patrick lanciò un'occhiata a Edwina, che gli rispose con un impercettibile cenno di assenso. Allora lui allungò al portiere un'altra banconota e domandò di vedere la valigia. Quando l'aprirono trovarono dei capi di vestiario da uomo e, sopra tutto il resto, un tailleur bianco avorio. Era lo stesso tailleur che Alexis indossava al momento della partenza da Los Angeles e c'era anche il cappellino, ormai completamente ammaccato. A ogni modo Edwina li riconobbe immediatamente.

«È proprio quello!» Aveva gli occhi lucidi quando sfiorò con la mano l'abito, chiedendosi che cosa fosse successo a sua sorella da quando se n'era andata di casa. «È suo, Patrick. Indossava questo tailleur il giorno in cui è scomparsa, a Los Angeles; il giorno dopo le nozze di George.» Le sembrava che da allora fosse passato un secolo... e in un certo senso era così. Erano passati poco più di quindici giorni, ma in quel breve tempo l'esistenza di Alexis era totalmente cambiata, Edwina lo sapeva. Alzò gli occhi verso Patrick.

«Che cosa vuoi che facciamo adesso?» le domandò lui a bassa voce, mentre il portiere si allontanava per rispondere al telefono.

«Non so. Dice che rimarranno via per due settimane.»

«Perché non andiamo a cena, così ne parliamo?» A Edwina parve una buona idea. Prima che uscissero, il portiere domandò se doveva avvertire il signor Stone che erano stati lì a cercarlo, ma Edwina si affrettò a rispondere: «No. Non dica niente».

Con un'altra banconota da una sterlina si assicurarono il suo silenzio. Quindi uscirono lentamente, salirono sull'automobile che li aspettava e tornarono al *Claridge's*, a cena. Poi salirono nella camera di Edwina e Patrick si affrettò a domandarle se voleva seguirli a Parigi, anche se poteva sembrare una ricerca inutile e con scarse probabilità di successo. Non sapevano in quale albergo sarebbero scesi, né il motivo di quel viaggio, e comunque il fatto che avessero lasciato la valigia significava che avevano intenzione di tornare. «Secondo me non ci rimane che attendere.» E così, adesso avevano quindici giorni a disposizione.

«Non c'è niente di particolare che ti piacerebbe fare qui?» le domandò. Una cosa, indubbiamente, ma per quello c'era tempo e ne avrebbe parlato a Patrick solo più tardi.

«Veramente, no», gli sorrise. Ma nel frattempo a lui era venuta un'altra idea. Una cosa che desiderava fare da anni. C'era un posto, in Irlanda, nel quale gli sarebbe piaciuto tornare. Non c'era più stato fin da ragazzo e lo aveva sempre considerato il luogo più romantico del mondo. Quando glielo sentì descrivere, a cena, Edwina capì subito che non avrebbe desiderato andare in nessun altro posto, se non lì.

«Sei certo di poterlo fare?» gli domandò lei preoccupata e lui scoppiò a ridere, sentendosi di nuovo giovane e spensierato. Edwina lo faceva sentire giovane, felice, pieno di vita... e anche lei sembrava una ragazzina... Soltanto adesso si rendeva conto di ciò a cui aveva rinunciato! E all'improvviso tutto parve dieci volte più romantico di prima.

«Sì, facciamolo, Edwina», le sussurrò Patrick chinandosi per darle un bacio.

La mattina dopo, Edwina telefonò a Fannie e a Teddy per informarli che stava bene. Patrick venne a prenderla, salirono su un treno e poi su una nave-traghetto e infine noleggiarono un'auto per raggiungere Cashel. Stava calando la sera quando si trovarono davanti la Rocca di Cashel. La località era triste, il castello severo e imponente, i campi intorno coperti di ginestre e di altre piante della brughiera. Guardandosi attorno, Edwina pensò che non aveva mai visto un paesaggio simile, così verde... Camminarono a lungo nel tramonto. E infine si ritrovarono l'uno tra le braccia dell'altro, mentre Patrick la baciava.

«Hai fatto un lungo, lunghissimo cammino, per ritrovarti qui con me», le disse mentre il sole tramontava al di là del lago, nell'aria fresca della sera.

«Un po' come se lo avesse voluto il destino, non ti pare?»

«Sì, è stato il destino», confermò lui e poi aggiunse: «ricorderò sempre questo giorno, Edwina, fino a quando sarò molto, molto vecchio, fino al giorno della mia morte ricorderò questo momento». La baciò di nuovo e poi si avviarono lentamente verso l'albergo e salirono nella loro camera. In quel momento Edwina sentì di essere nata solo per lui, e che così doveva essere. Patrick aveva preso una sola stanza per tutti e due, ed entrambi sapevano perché. Avevano così poco tempo e così tanto da dirsi, tante cose da imparare... e mentre Patrick le toglieva lentamente il vestito, con gentilezza infinita, e la prendeva fra le braccia per farla sdraiare sul letto, Edwina capì quante cose aveva anche da insegnarle!

Rimase sdraiata al suo fianco fino all'alba, quando lui la prese e la fece sua; ed Edwina capì che quello era il giorno delle sue nozze, l'unico che avesse mai avuto, non quello che aveva pensato di vivere con Charles... Anche l'unica vita che avrebbe mai avuto era questa, fatta solo di due brevi, dolci e preziose settimane con Patrick.

37

LE ore passarono rapide e lievi come il battito d'ala di un angelo, mentre Patrick ed Edwina passeggiavano fra le colline, remavano sul piccolo lago, raccoglievano fiori selvatici, fotografavano ogni cosa e trascorrevano le notti strettamente avvinghiati nel letto. Poi tutto finì, in un batter d'occhio. Tornarono a Londra in silenzio, con il desiderio di non arrivare mai. Alla fine si erano concessi due giorni in più — due giorni rubati — ma ormai era il momento di tornare. Edwina doveva assolutamente ritrovare Alexis. A volte aveva la sensazione che quella sua ricerca fosse senza senso. Spesso era stata sfiorata dal sospetto che la sorella non volesse essere né seguita né trovata; nella lettera che le aveva scritto, a New York, aveva ripetuto che si era sposata con Malcolm ed Edwina quasi la invidiava, forse perché aveva tutto quello che desiderava. Per quanto non riuscisse a credere che Malcolm Stone potesse essere un uomo gradevole e simpatico, non si poteva nemmeno escludere che Alexis lo amasse sul serio. Non sapeva ancora che cosa avrebbe detto a George, al suo ritorno; forse nulla. Ma adesso non pensava né ad Alexis né a George. Soltanto a Patrick. Gli strinse dolcemente la mano, desiderando con tutto il cuore di essere sua per tutta la vita, anche se sapevano entrambi che non sarebbe mai stato possibile. Patrick glielo aveva detto fin dal principio; Edwina doveva tornare negli Stati Uniti e riprendere la vita di sempre.

Ma per un attimo, un meraviglioso attimo, avevano vissuto il loro sogno d'amore, e lei sapeva che sarebbe per sempre rimasto chiuso nel suo cuore, come la cosa più rara e preziosa. Mentre tornavano a piedi verso l'albergo di Alexis, il braccialetto di brillanti che aveva al polso mandò mille bagliori di fuoco, a ricordo dei giorni che avevano vissuto insieme, dell'amore che li aveva uniti e degli attimi meravigliosi che mai avrebbero dimenticato.

Quando arrivarono, Patrick chiese di Malcolm Stone. Il portiere non era lo stesso della volta precedente e rispose che i signori Stone erano in albergo.

Dopo avergli dato una lauta mancia, Patrick gli diede ordine di non telefonare per avvertirli; poi guardò Edwina.

«Vuoi salire con me o preferisci che prima gli parli io a quattr'occhi?»

«Forse è meglio che venga con te», rispose lei a bassa voce, «altrimenti Alexis potrebbe spaventarsi.» Anche se, a dire la verità, era un po' difficile pensare che ci fosse ancora qualcosa che poteva sconvolgerla, dopo la vita che doveva avere fatto in quell'ultimo mese. Fra l'altro, George sarebbe presto tornato a Hollywood ed Edwina non vedeva l'ora di riportare a casa la sorella senza provocare scandali. Così seguì Patrick su per le scale per raggiungere la camera di cui avevano avuto il numero dal portiere. Si accorse di avere le mani che tremavano mentre aspettava che qualcuno venisse ad aprire, quando Patrick bussò. Chissà se c'erano?

Patrick la guardò, le sorrise per farle coraggio e poi bussò più forte. Dopo meno di un minuto, un bell'uomo alto, a piedi nudi e con un sigaro in bocca, spalancò la porta. In mano stringeva una bottiglia di whisky. Dietro di lui, una bella ragazza in sottoveste di raso li stava fissando con gli occhi sbarrati. Ci volle qualche istante perché Edwina riconoscesse in quella ragazza sua sorella. I lunghi capelli biondi erano stati tagliati corti e poi arricciati e il viso truccato con il fard e abbondante cipria chiarissima. Gli occhi erano sottolineati dal kohl e le labbra dal rossetto. Ma nonostante quella specie di maschera, Patrick si rese conto che Edwina aveva ragione: Alexis era davvero bellissima.

Scoppiò in lacrime appena li vide. Malcolm, invece, fece un inchino e li invitò a entrare, molto divertito dal fatto che la sorella vergine si fosse fatta accompagnare da un cavaliere.

«Oh, santo cielo! Non ci aspettavamo così presto una visita dei famigliari!» E guardò Edwina con aria sarcastica. «Non immaginavo che sarebbe stata tanto cortese da venire a trovarci a Londra, signorina Winfield.» Per un istante, Patrick provò una gran voglia di prenderlo a pugni, come aveva fatto George nel bar del *Rosarita Beach*, qualche mese prima, ma preferì dominarsi e per il momento tacque.

Edwina guardò con aria severa la sorella e Patrick si accorse che tutta la sua dolcezza era sparita. Improvvisamente era diventata autoritaria e dura. «Alexis, per favore, sii tanto gentile da fare le valigie. Raccogli la tua roba.» Poi guardò Malcolm Stone con aria sprezzante. L'attore puzzava di liquore e di sigari di qualità scadente. Edwina rabbrividì pensando alla vita indegna che sua sorella doveva aver fatto con quell'uomo. Ma Alexis non si mosse.

«Sta forse meditando di portare mia moglie in qualche posto?» le domandò Malcolm in tono beffardo.

«Il caso vuole che sua 'moglie' sia una ragazza di diciassette anni e, a meno che lei non abbia intenzione di prepararsi una bella difesa per le imputazioni di ratto e violenza, le consiglierei di lasciare che Alexis torni a casa con me, signor Stone», replicò Edwina glaciale.

«Qui non siamo in California, signorina Winfield. Siamo in Inghilterra. E Alexis è mia moglie. Quindi lei non ha voce in capitolo.»

Edwina non lo degnò di uno sguardo e, come se Malcolm non esistesse nemmeno, si rivolse di nuovo alla sorella.

«Alexis, vieni?»

«Io... devo proprio? Lo amo.» Queste parole furono come una pugnalata per Edwina, e Patrick se ne rese conto perché ormai la conosceva bene. Apparentemente, la giovane donna non diede segno di avere sentito. E lui non poté fare a meno di ammirarla per il coraggio e la decisione con cui affrontava quella bambina stupida e sciocca, e l'ignobile canaglia con la quale era fuggita. Per quanto sconvolta fosse, Edwina infatti non lo lasciò capire e riprese a parlare con Alexis in tono calmo, perfettamente padrona di sé.

«È così che preferisci vivere?» le domandò con dolcezza, guardandosi attorno nella stanza, senza lasciarsi sfuggire niente: il vano senza porta adibito a stanza da bagno, i vestiti sparsi qua e là sul pavimento, le bottiglie di whisky vuote, i mozziconi di sigaro... Alla fine lanciò un'occhiata a Malcolm. «È questo ciò che hai sempre desiderato?» Chiunque si sarebbe sentito morire dalla vergogna, soprattutto una ragazza di diciassette anni. Perfino Patrick si sentì imbarazzato da quel tono e, dentro di sé, anche Malcolm. «È questo il tuo sogno, Alexis? E di tutto il resto che ne è stato? La stella del cinema... la casa... dov'è tutto l'amore che hai sempre avuto? Sei cambiata fino a questo punto?» Alexis cominciò a piagnucolare e le voltò le spalle. Edwina aveva capito il dramma della sorella e ne soffriva moltissimo. Non era stato un caso che Alexis fosse scappata di casa il giorno dopo le nozze di George. In fondo continuava a cercare quel padre che aveva perduto... così come aveva cercato di fuggire di casa quando Phillip era partito per Harvard... Aveva bisogno dell'appoggio degli uomini, di un uomo qualsiasi, chiunque fosse. Ciò che Alexis desiderava realmente non era un amante, e nemmeno un marito, ma un padre. Mentre guardava con il cuore colmo di tristezza sua sorella, Edwina provò una gran voglia di piangere.

«Edwina...» Alexis scoppiò in lacrime. «Se tu sapessi come mi dispiace...» Tutto era andato diversamente da come si aspettava. Si era illusa che la fuga con Malcolm sarebbe stata qualcosa di divertente, di magnifico, di affascinante... ma ormai già da qualche settimana aveva capito che la verità era ben diversa. Malcolm si serviva di lei, semplicemente, in tutti i modi possibili e immaginabili, e tutto questo era triste e deprimente. Perfino il viaggio a Parigi era stato un disastro. Malcolm si era ubriacato in continuazione e lei aveva scoperto che più di una volta l'aveva lasciata per andare fuori con altre ragazze. Ma in fondo non le era dispiaciuto perché almeno l'aveva lasciata in pace. Non voleva più avere niente a che fare con lui, ma in fondo al cuore continuava a desiderare di essere amata. Quando la chiamava la «sua bambina», si sentiva disposta a fare qualunque cosa per lui, e questo Malcolm lo aveva capito fin troppo bene sfruttandolo a suo vantaggio.

«Vestiti!» disse Edwina tranquillamente, mentre Patrick continuava a guardarla con ammirazione.

«Signorina Winfield, *lei non può* portare via mia moglie.» Malcolm fece un passo verso Edwina, barcollando, mentre tentava senza successo di assumere un'aria minacciosa. Con la coda dell'occhio Edwina si accorse che Patrick si faceva avanti e alzò una mano per fermarlo. Già da un po' aveva qualche vago sospetto e non se ne sarebbe andata di lì fino a quando non avesse saputo la verità. Malcolm Stone non era tipo da sposarsi, tanto meno con una bambina diciassettenne come Alexis.

«Ha qualche prova del suo matrimonio con mia sorella, signore?» gli domandò cortesemente. «Non può aspettarsi che io le creda se non vedo le prove. E a proposito...» a questo punto si rivolse ad Alexis, che intanto si stava vestendo. Si era infilata uno strano indumento di raso rosso che fece accapponare la pelle a Edwina, ma il solo fatto che le ubbidisse le diede una certa tranquillità. «A proposito, Alexis, come hai fatto a entrare in Inghilterra e in Francia senza passaporto? Te n'eri procurata uno a New York, per caso?» le chiese in tono gelido e Alexis si affrettò a darle la risposta.

«Malcolm ha detto che lo avevo perduto. E stavo così male che hanno preferito lasciarmi tranquilla.»

«Stavi male, sulla nave?» le chiese Edwina con comprensione. Sapeva che quel viaggio doveva essere stato un trauma per lei e si meravigliava addirittura che Alexis l'avesse affrontato.

«Mi hanno imbottito di sedativi per tutta la traversata sul *Bremen*», le spiegò mentre si infilava le scarpe.

«Imbottita di sedativi?» Edwina reagì immediatamente e, rivolta a Malcolm, esclamò: «E *pensa davvero* di tornare negli Stati Uniti, signor Stone?... Imbottita di sedativi... rapita... violentata... una ragazza di diciassette anni... una minorenne... una bella storia da raccontare in tribunale!»

«Crede sul serio che ci arriveremo?» Malcolm stava alzando la cresta. «È proprio convinta che suo fratello e quella specie di bambola hollywoodiana che ha sposato abbiano voglia di far circolare una notizia del genere? Pensa che gioverebbe alla sua reputazione? No, signorina Winfield, suo fratello non mi intenterà causa, come non lo farà lei, e nemmeno Alexis. Anzi, il signor George Winfield mi farà lavorare, ecco quello che farà... darà un lavoro a suo cognato! E nel caso non volesse darmi lavoro, non è escluso che si accontenti di darmi semplicemente dei soldi!» Scoppiò in una risata, mentre Edwina lo ascoltava inorridita; quando si voltò a guardare Alexis, comprese che era la verità. Ora Alexis piangeva disperatamente, vergognandosi per quello che stava dicendo l'uomo con il quale era fuggita di casa. Lo aveva saputo, anzi lo aveva sospettato fin dal principio che lui non l'amava e adesso, di fronte a quella ammissione, dovette affrontare la cruda realtà.

«Alexis, lo hai sposato, sì o no?» Edwina la stava guardando dritto negli occhi. «Dimmi la verità. Voglio saperla. Mi sembra che dopo quello che hai appena sentito, dovresti dirmela; e non soltanto per un riguardo a George ma anche per te stessa.» Ma Alexis stava già facendo cenno di no con la testa, con grande sollievo di Edwina e anche di Patrick, e piangeva sommessamente mentre Malcolm imprecava, furibondo, e se la prendeva con se stesso per avere rimandato di continuo quella decisione.

Mai e poi mai aveva pensato che venissero a cercarla fino in Inghilterra!

«In principio ha detto che ci eravamo sposati e io ero troppo ubriaca per ricordarmene. Poi ha ammesso che non eravamo sposati. Avremmo dovuto celebrare il matrimonio a Parigi, ma lui era sempre troppo ubriaco», gridò Alexis ed Edwina quasi lanciò un grido di gioia mentre si voltava verso Patrick.

«Non può portarsela via», Stone tentò di trovare una scappatoia con un bluff. «Secondo il diritto comune, Alexis è mia moglie. Non le consentirò di portarla via con sé.» Poi gli venne un'altra idea. «A parte il fatto che...» aggiunse pretenzioso, anche se si era accorto che la gallina dalle uova d'oro gli stava sfuggendo di mano «...non avete pensato che potrebbe essere incinta?»

«Non sono affatto incinta», ribatté Alexis, con enorme sollievo di Edwina. Per fortuna, almeno di questo si poteva essere sicuri. Poi Alexis si avvicinò a Edwina e guardò Malcolm con tristezza. «Non mi hai mai voluto bene, vero? Non sono mai stata la tua bambina...»

«Certo che lo eri!» Ma si sentì imbarazzato di fronte a tutte quelle persone, e guardò di nuovo Alexis di sottecchi. «Potremmo sposarci adesso, sai? Non sei costretta ad andare con loro, a meno che tu non lo voglia.»

Ma Edwina tolse ogni illusione a entrambi e, guardando prima Malcolm e poi sua sorella, disse: «La porterei via anche con la forza, se ci fossi costretta».

«Non può fare niente del genere!» Malcolm fece un altro passo verso di lei e poi, all'improvviso, guardò Patrick come se lo vedesse per la prima volta. «E lui chi sarebbe?»

Edwina stava per rispondere, ma Patrick la precedette e, fissando Malcolm con aria minacciosa, esclamò: «Sono un giudice. E se lei si azzarda a dire ancora una sola parola oppure a insistere per trattenere presso di sé questa bambina, la metteremo in carcere e faremo tutto il possibile per ottenere al più presto la sua estradizione». E a questo punto, dopo le minacce di Patrick, Malcolm Stone non ebbe più la forza di reagire. Era sconfitto. Ammutolito, fissò Patrick che apriva la porta ed Edwina che portava via sua sorella. Alexis si voltò una sola volta a guardarsi indietro. Dopo pochi minuti erano tutti e tre nell'atrio dell'albergo; l'incubo era finito. Edwina ringraziò Dio che Alexis non avesse mai sposato quel mascalzone e pregò di poterla ricondurre a San Francisco senza che si sapesse quello che era successo. Quanto alla sua carriera di attrice cinematografica, poteva dirle addio per sempre. Da quel giorno in avanti — Edwina lo giurò a se stessa — Alexis sarebbe rimasta a casa con Fannie a imparare a fare il pane e i biscotti di farina di avena! Quello che la rattristava era soprattutto il fatto che, sebbene in tutti quegli anni lei l'avesse circondata di premure e di affetto, niente di tutto questo era bastato ad Alexis, che aveva preferito rovinarsi nella vana ricerca di una figura paterna.

Fu più o meno quello che disse a Patrick poche ore dopo, quella sera stessa, quando finalmente Alexis era andata a dormire. Prima c'era stata una lunga scenata, con lacrime, crisi di nervi e scuse. E Alexis aveva supplicato Edwina di perdonarla. In realtà niente di tutto questo sarebbe stato necessario perché Edwina l'aveva presa dolcemente tra le braccia e avevano pianto insieme. Dopo aver messo a letto Alexis, Edwina era tornata fuori, nel salottino, a parlare con Patrick.

«Come sta?» Anche lui aveva l'aria preoccupata. Era stata una serata lunga e difficile per tutti, ma fortunatamente si era risolta per il meglio. La ragazza per fortuna stava bene, e non era stato difficile liberarsi di Malcolm Stone.

«Adesso dorme, grazie a Dio», gli rispose Edwina con un sospiro, lasciandosi cadere su una poltrona. Lui le versò una coppa di champagne. «Che serata!»

«E che tipo losco, quell'individuo! Che cosa ne pensi? Credi che si farà vivo di nuovo per perseguitarvi?» Anche Edwina se l'era chiesto, ma per il momento poteva fare ben poco per impedirlo. L'unica soluzione sarebbe stata parlarne con George e farlo mettere sulla lista nera, ma anche questa soluzione non la entusiasmava affatto.

«Non so. Spero di no. D'altra parte, questa storia non può certo giovare nemmeno a lui, in fondo! Certo, non si è comportato come un Principe Azzurro! Per fortuna è stato troppo pigro per sposarla. Anche se sarebbe stato comunque possibile far annullare il matrimonio, chissà quante complicazioni ci sarebbero state... e sono sicura che la storia sarebbe finita sui giornali! Pensa allo scandalo!»

«E adesso?»

«Se ho un po' di fortuna, sono convinta che riuscirò a farla tornare negli Stati Uniti senza troppo scalpore; nessuno ne saprà niente. Credi che riuscirei a ottenere un passaporto per Alexis anche qui?»

«Domani cercherò di parlare con qualcuno all'ambasciata.» Era amico dell'ambasciatore americano e aveva buone speranze di procurare il documento ad Alexis, senza dover dare troppe spiegazioni! Come aveva già pensato Malcolm Stone, anche lui avrebbe potuto dire che la ragazza lo aveva smarrito mentre era in viaggio con la sorella.

«Vorresti fare qualcosa anche per me?» gli domandò Edwina. Avrebbe voluto farlo fin dal primo momento, da quando aveva scoperto che Charles era suo cugino. «Te la sentiresti di telefonare a lady Fitzgerald da parte mia? Immagino che ormai sia molto anziana.» Del resto, non era più tanto giovane già undici anni prima. «Ma se le fa piacere, sarei lieta di andare a trovarla.»

Lui rimase in silenzio per un attimo, poi annuì.

«Sento il bisogno di dirle addio», mormorò Edwina dolcemente. Prima, non ne aveva mai avuto l'occasione. Ma soprattutto era stato necessario dire addio per sempre a Charles e in questo Patrick l'aveva finalmente aiutata.

«Lo farò domani.» Poi, quasi con rammarico, le diede il bacio della buona notte. «Ci vediamo domattina.»

«Ti amo», sussurrò Edwina e lui sorridendo l'attirò di nuovo contro di sé.

«Anch'io ti amo.» Ma adesso sapevano entrambi che la fine era prossima. Se Edwina voleva ricondurre Alexis a casa in segreto, era necessario partire al più presto. Tuttavia non sopportava il pensiero di lasciare Patrick.

38

LA mattina dopo Alexis si spaventò terribilmente quando arrivò Patrick. Andò lei ad aprirgli la porta e subito tornò indietro correndo a cercare Edwina.

«Quel giudice è qui di nuovo!» le sussurrò in tono agitato, ed Edwina andò a vedere di chi si trattasse. Ma quando scoprì che era Patrick scoppiò in una risata irrefrenabile.

«Ma non è il giudice!» disse continuando a ridere. «È Patrick Sparks-Kelly, il mio amico.» Poi aggiunse, a beneficio di Alexis, perché le sembrava di dover giustificare il fatto che lo conoscesse bene: «È il cugino di Charles».

«Ma io pensavo... hai detto...» Alexis sembrava di nuovo una bambina, con la faccia ripulita dal trucco. Edwina aveva cercato di metterle in ordine i capelli, rovinati dai trattamenti che aveva fatto a Parigi. Alexis sorrise e sembrò tornata la creatura splendida e semplice di prima, mentre Edwina le spiegava che Patrick aveva fatto solamente finta di essere un giudice per spaventare Malcolm.

«Ho finto di esserlo solo perché avevo paura che il tuo amico ci creasse dei problemi», spiegò lui. Poi informò Edwina che poteva andare a ritirare il passaporto al numero quattro di Grosvenor Garden e infine, abbassando la voce, le disse che lady Fitzgerald li aspettava alle undici.

«Si è meravigliata di ricevere mie notizie?» Edwina non voleva procurarle uno choc troppo violento. Se non aveva sbagliato i calcoli, la madre di Charles ormai doveva aver superato da un pezzo i settant'anni.

Ma Patrick scrollò la testa. «Credo che sia rimasta meravigliata soprattutto dal fatto che ti conoscevo.»

«E tu... che spiegazione le hai dato?» Lo guardò con aria preoccupata. Quante cose avevano da nascondere, perfino ad Alexis!

«Le ho detto semplicemente che ci eravamo conosciuti sulla nave.» Poi sorrise. «Una coincidenza felice... per me...»

«Secondo te, rimarrà molto turbata rivedendomi?» gli domandò ancora, in tono ansioso; ma lui scrollò di nuovo la testa.

«No, assolutamente! Sono sicuro che già da molto tempo abbia trovato la rassegnazione... L'ha trovata molto prima di te.»

Quando andarono a farle visita quella stessa mattina, poco più tardi, Edwina si rese conto che Patrick aveva ragione. Lady Fitzgerald l'accolse con gentilezza e affetto; poi la fece sedere accanto a sé e le parlò a lungo mentre Patrick e Alexis passeggiavano nei suoi splendidi giardini.

«Ho sempre avuto la speranza che tu un giorno ti sposassi», le disse con tristezza, osservandola. Era stata una ragazza molto graziosa, a quell'epoca, ed era ancora bella. Quando seppe che Edwina non aveva più preso marito, pensò che era davvero un gran peccato! «Immagino che ti sia stato impossibile, dovendo occuparti di tutti i tuoi fratelli. Che cosa tremenda... che tua madre sia annegata con tuo padre. È stata una tragedia spaventosa... tante vite... perdute... e solo perché la compagnia di navigazione non ha pensato, molto stupidamente, di predisporre sul transatlantico un numero sufficiente di scialuppe di salvataggio... e il capitano si è intestardito a non volere far ridurre la velocità della nave quando ha incontrato gli iceberg sulla sua rotta... e anche la radio della nave più vicina non funzionava... Una volta, pensando a tutto questo provavo un senso di disperazione, ma alla fine sono arrivata a convincermi che era stato il destino a decidere che Charles non si salvasse. Vedi, mia cara, ecco che cosa è il destino. Sii grata di essere viva e goditi ogni momento!»

Edwina le sorrise, cercando di ricacciare indietro le lacrime, e intanto le tornava alla mente la prima volta che si erano incontrate e il velo nuziale che le aveva mandato quando avevano finito di ricamarlo, anche se ormai Charles era morto e lei non lo avrebbe mai più indossato. La ringraziò di nuovo, per questo, e lady Fitzgerald le spiegò per quale motivo glielo avesse fatto avere.

«Non mi pareva giusto conservarlo qui. E anche se sapevo che saresti rimasta turbata e addolorata, ho pensato che dovessi assolutamente averlo.»

«Lo ha messo mia cognata il mese scorso. Era bellissima.» Le promise di mandarle una fotografia e la vecchia signora sorrise, improvvisamente stanca. Suo marito era morto l'anno prima e anche lei non era in buone condizioni di salute; però il solo fatto di vedere Edwina le aveva riscaldato il cuore.

«La tua sorellina è una ragazza molto bella, mia cara, e assomiglia anche un po' a te quando avevi la stessa età, a parte naturalmente i capelli molto più chiari.»

«Io spero soltanto di non essere stata sciocca come lei!» Edwina sorrise, lusingata da quel complimento. In fondo, sia pure alla lontana, l'aveva paragonata ad Alexis.

«Una sciocca, tu? Niente affatto! E sei stata anche molto coraggiosa... molto coraggiosa davvero... forse adesso sarai anche fortunata e troverai un uomo che ti ami. Sei rimasta fedele a lui tutti questi anni, vero?» Lo aveva intuito fin dal primo momento ed Edwina, con gli occhi pieni di lacrime, fece cenno di sì. «Adesso devi lasciarlo andare...» le bisbigliò lady Fitzgerald baciandola con tenerezza sulle guance; per un attimo, il ricordo di Charles le ritornò talmente vivo davanti agli occhi da trovarlo quasi insopportabile.

«Lui adesso, ovunque si trovi, è felice, come sono felici i tuoi genitori. E anche tu, Edwina, devi essere felice. È quello che loro desiderano!»

«Ma sono stata felice!» protestò Edwina soffiandosi il naso nel fazzoletto di Patrick che aveva conservato. E subito si domandò se lady Fitzgerald se ne fosse accorta. Ma era troppo vecchia per badare a particolari del genere o per domandarsi di chi fosse il fazzoletto che Edwina teneva fra le mani. «Sono stata felice con i miei fratelli e le mie sorelle per tutti questi anni!»

«Non basta!» la rimproverò la madre di Charles. «E lo sai benissimo. Pensi che un giorno o l'altro tornerai in Inghilterra?» le domandò mentre si alzavano e si avviavano lentamente verso il giardino. Edwina si sentiva come svuotata, ma era felice di essere venuta a trovarla e sapeva che tutto ciò che lady Fitzgerald aveva deto era vero. *Loro* non potevano che desiderare di vederla di nuovo felice. E lei non poteva più nascondersi di fronte alla vita. Questo lo aveva imparato con Patrick. E adesso avrebbe dovuto dire addio anche a lui. In quel momento le parve che la sua vita fosse soltanto un susseguirsi di tristi addii.

Verso mezzogiorno salutò lady Fitzgerald e la baciò; da molto tempo non si sentiva più così serena e felice! Parlò di lei con Patrick, durante il pranzo al *Ritz*, ripetendogli che era una donna incantevole. E lui fu pienamente d'accordo, come Alexis.

Dopo il pranzo andarono a prenotare i posti di ritorno per la traversata sull'*Olympic* e quindi a ritirare il passaporto di Alexis. Erano state fortunate, così si sentirono dire. L'*Olympic* sarebbe partito la mattina dopo ed Edwina, di colpo, si sentì sommergere da un'ondata di panico al pensiero di lasciare Patrick. Gli lanciò una rapida occhiata e lui rispose con un cenno di assenso; allora fissò due cabine di prima classe, comunicanti, per sé e per la sorella.

Ma in quelle ultime settimane Alexis era diventata molto più matura e intuitiva. Infatti insistette per lasciarli soli, quella sera, dichiarando di essere completamente esausta.

«Non hai paura che scappi di nuovo, vero?» domandò Patrick preoccupato, mentre uscivano per andare a cena all'*Embassy Club*.

Ma Edwina scoppiò a ridere, divertita, e lo rassicurò: era convinta che questa volta Alexis avesse imparato la lezione.

La serata passò troppo in fretta e ben presto dovettero tornare al *Claridge's*, dove non era possibile appartarsi in qualche angolo tranquillo a scambiarsi tenerezze, come avevano fatto in Irlanda. Edwina avrebbe voluto fare l'amore di nuovo, ma sapevano entrambi che niente sarebbe cambiato. Era meglio evitarlo.

«Come posso dirti addio, Patrick? Ti ho appena trovato!» Le erano stati necessari undici anni per dire addio a Charles;

e adesso — da un momento all'altro — doveva lasciare per sempre suo cugino. «Verrai a Southampton con noi, domani?» Ma lui fece segno di no, tristemente.

«Sarebbe doloroso per tutti e due, non ti pare? Forse anche Alexis ne sarebbe turbata.»

«Sono comunque convinta che abbia capito tutto.»

«E così entrambe tornerete a casa con il vostro segreto.» La baciò teneramente ed Edwina capì che Patrick le aveva restituito la libertà per sempre.

«Ti rivedrò?» gli domandò mentre lui la salutava fuori del *Claridge's*.

«Forse. Se tu tornerai qui. O se io verrò in California. Non ci sono mai stato.» Ma Edwina dubitava che lo avrebbe mai fatto. Tutto stava andando esattamente come lui aveva detto: nessun legame tra loro, liberi entrambi di andarsene per sempre. Sfiorò il braccialetto che lui le aveva donato e che lei avrebbe sempre tenuto al polso, così come avrebbe conservato nel cuore il ricordo di ciò che Patrick era stato per lei.

Ma il resto sarebbe svanito, memoria felice di un tempo lontano: poche settimane che lui le aveva donato per liberarla per sempre dai vincoli che troppo a lungo l'avevano legata. «Ti amo», sussurrò Patrick appena prima di lasciarla. «Ti amo alla follia... ti amerò sempre... e sorriderò ogni volta che penserò a te... sorriderò, come dovresti fare anche tu, ogni volta che penserò all'Irlanda.» La baciò un'ultima volta, mentre Edwina scoppiava in lacrime, poi salì in automobile e se ne andò senza voltarsi indietro. Lei rimase lì a lungo, con il viso rigato di lacrime, e rientrando lentamente in albergo si rese conto di quanto lo avesse amato.

39

La mattina dopo, alle otto, partirono per Southampton, come avevano fatto tanti anni prima, ma questa volta erano soltanto loro due, due sorelle, due amiche, due superstiti. Non parlarono molto durante il viaggio, anche perché Alexis aveva capito che Edwina desiderava rimanere sola con i suoi pensieri. E infatti, rimase a lungo immobile a guardare fuori del finestrino. Salirono sull'*Olympic* provando ancora un certo nervosismo all'idea di trovarsi a bordo di un transatlantico, e poi raggiunsero le loro cabine. Edwina lasciò Alexis sbalordita quando la informò tranquillamente che voleva salire sul ponte per assistere alla partenza. Ci andò sola, perché la sorella non ne aveva nessuna voglia.

Mentre il gigantesco transatlantico mollava gli ormeggi e si staccava dalla banchina per uscire lentamente dal porto, Edwina lo vide. Fu come se avesse avuto sempre la certezza che lui sarebbe stato lì. Patrick, dalla banchina, la salutò agitando la mano. Lei gli mandò un bacio, piangendo, e si sfiorò il cuore con la mano. Patrick, a sua volta, la imitò. Continuò a guardarlo finché fu possibile, fino a quando la nave fu lontana, lontanissima, ed Edwina sapeva che non lo avrebbe mai dimenticato. Passò ancora parecchio tempo prima che si decidesse a ridiscendere in cabina, dove trovò Alexis addormentata. Quel viaggio era stato molto faticoso per tutte e due.

Lo stesso giorno si recarono anche loro a fare le esercitazioni con le scialuppe di salvataggio, ma adesso Edwina riusciva soltanto a pensare a Patrick, non a Charles... alle piacevoli passeggiate sul ponte, a quelle lunghe conversazioni... alla sera in cui avevano ballato e lei si era fatta prestare il vestito... Adesso tutto questo la faceva sorridere e mentre alzava gli occhi vide un uccello sfrecciarle davanti. Le tornò alla mente qualcosa che Patrick le aveva detto. Qualunque cosa fosse potuta succedere tra loro, Patrick aveva dichiarato fin dal primo momento che la sua intenzione era di lasciarla libera perché ritrovasse la via di casa. Ognuno di loro aveva la propria vita, il proprio mondo, e non esisteva alcuna possibilità di ritrovarsi e di stare insieme. A trentadue anni, aveva amato ed era stata amata da due uomini; a questo pensiero si sentì stranamente matura. E persino Alexis se ne accorse.

«Ti eri innamorata di lui, vero?» le domandò il secondo giorno di viaggio ed Edwina rimase in silenzio a lungo, guardando il mare senza risponderle.

«Era un cugino di Charles.» Ma non sembrava la risposta giusta a quella domanda e bastò perché Alexis capisse. Come cominciava a capire, del resto, e lo aveva imparato a caro prezzo, che a volte è meglio non dare risposta a certe domande.

«Credi che George verrà a saperlo... di Malcolm, voglio dire?» Sembrava terrorizzata ed Edwina rifletté a lungo prima di rispondere.

«Forse no, se ti comporti con moltissima discrezione e se Fannie e Teddy non parleranno.»

«E se glielo raccontassero... loro o qualcun altro?»

«Che cosa credi che possa fare, in fondo?» le domandò Edwina, rivolgendosi per la prima volta a sua sorella come a una persona adulta. «Non può fare niente. Se del male è stato fatto, la vittima sei tu, nel tuo cuore, nella tua anima, in quella parte di te che ha una vera importanza. Se riesci a scendere a patti con tutto questo e a sentirti in pace, hai vinto. Hai imparato una dura lezione; fa' in modo che ti possa servire in futuro. Tutto ciò che realmente importa è quello che ne hai ricavato. Il resto non conta.» Alexis sorrise, sollevata, ed Edwina le accarezzò una mano. Poi Alexis si chinò a darle un bacio.

«Grazie per avermi tirato fuori da quella situazione.» Ma la verità era un'altra: tutto quello che era successo aveva fatto bene a entrambe. Anche Edwina aveva imparato una lezione molto preziosa, e ne era grata.

«Figurati! Quando hai bisogno di me...» sorrise e si allungò sulla poltrona a sdraio con gli occhi chiusi, ma subito li riaprì di scatto. «Be', forse avrei fatto meglio a dirti di non rifarlo, grazie!»

«Sì, hai ragione!» Alexis rise.

Rimasero per la maggior parte del tempo nelle loro cabine a leggere, a giocare a carte, a dormire e a chiacchierare, e finirono per conoscersi meglio. Alexis dichiarò che voleva lavorare seriamente e far carriera come attrice cinematografica; ma Edwina le disse che, secondo lei, avrebbe fatto meglio ad aspettare almeno fino ai diciotto anni, in modo da poter affrontare l'impegno con maggiore responsabilità. Alexis si mostrò d'accordo. L'esperienza con Malcolm Stone le aveva aperto gli occhi, e adesso capiva che razza di uomini poteva incontrare nel mondo del cinema; anzi, arrivò addirittura a dire che d'ora in poi avrebbe voluto Edwina sempre vicino, perché la proteggesse.

«La prossima volta saprai come comportarti.» Alexis, però, non ne era molto convinta e le fece notare che, tutto sommato, Fannie era fortunata perché aspirava soltanto ad avere una casa e dei figli, un giorno, e dalla vita non desiderava niente di più emozionante di qualche manicaretto da preparare per suo marito. «Le grandi sfide della vita non sono per tutti», osservò Edwina. «Ma solo per poche rare persone. E quelle che rimangono al di fuori del cerchio magico che queste esperienze creano, non riescono mai a capirle.»

Conobbero qualche altro passeggero e fecero qualche amicizia durante il viaggio, ma provarono entrambe un grande sollievo quando il transatlantico attraccò nel porto di New York. Certe brutte esperienze sono dure a morire! Quando scesero a terra, Edwina continuava a sentire la mancanza di Patrick. Le aveva mandato dei fiori, a bordo, con un biglietto, sul quale erano scritte soltanto queste parole: «Ti amo, P.» E nell'albergo di New York, invece, trovò altri fiori con un breve messaggio: «*Je t'aime... Adieu...*» Edwina rimase a fissarlo un momento, mentre sfiorava con la mano il braccialetto, e poi lo mise con cura nel portafogli.

A New York rimasero una sola notte; di lì telefonarono a Fannie e a Teddy e vennero a sapere che George aveva chiamato un paio di volte. Fannie non si era persa d'animo e gli aveva risposto che Alexis era fuori ed Edwina soffriva di una violentissima laringite. Anche Sam Horowitz aveva telefonato e lei gli aveva dato la stessa spiegazione; all'infuori di questo, «nessun pericolo». Quanto a loro, erano emozionati e felici che l'avventura di Alexis si fosse risolta nel modo migliore. Quattro giorni dopo erano a casa; fra grida di giubilo, baci, abbracci e lacrime, Alexis giurò e spergiurò che non li avrebbe mai più lasciati, nemmeno per andare a Hollywood, ed Edwina non poté fare a meno di scoppiare a ridere.

«Un giorno o l'altro ti faccio rimangiare quello che stai dicendo!» esclamò, divertita. Proprio in quel momento suonò il telefono! Era George. Erano rientrati a Hollywood proprio quel giorno, dopo una luna di miele stupenda; Helen, poco dopo, parlando con Edwina le confidò che sperava di essere incinta.

«Davvero? Che gioia!» E si stupì di se stessa perché aveva provato una punta di invidia. Helen aveva dieci anni di meno, era appena tornata dalla luna di miele e aveva un marito che l'adorava, mentre Edwina era di nuovo sola, a badare alla famiglia.

Dopo che ebbe finito di parlare, Helen passò il microfono a George il quale si affrettò a domandarle premurosamente: «A proposito, come va la tua gola?»

«Bene. Perché?» Ma subito ricordò le bugie di Fannie. «Oh... adesso è guarita perfettamente... ma è stato un bruttissimo raffreddore. Anzi, avevo addirittura paura che si trasformasse in una di quelle influenze che non finiscono mai, o addirittura in una polmonite: invece tutto si è risolto!»

«Mi fa piacere. Sai, una notte ho fatto un sogno stranissimo.» Preferì non raccontarle che l'aveva sognata a bordo di una nave perché sapeva che ne sarebbe rimasta troppo sconvolta, ma si era talmente angosciato che non aveva potuto fare a meno di svegliare sua moglie. Ed Helen era convinta che quella fosse la notte in cui era rimasta incinta. «A ogni modo sono contento che adesso tu stia bene. Quando venite a trovarci?»

Il solo pensiero di partire terrorizzava Edwina. Aveva appena fatto mezzo giro del mondo, ma naturalmente George non poteva certo immaginarlo: «Non venite voi per la Festa del Ringraziamento?» gli domandò. George, però, aveva altri progetti.

«Sam stava pensando che potremmo fare a turno. Potrebbe organizzare tutto a casa sua, quest'anno; e tu, a casa nostra, l'anno prossimo.» Aveva promesso a Helen di proporre così l'invito a Edwina, ma l'aveva anche messa in guardia... Se sua sorella si fosse mostrata troppo dispiaciuta di non poter organizzare la festa a San Francisco, a casa, come faceva sempre, avrebbero dovuto rinunciare a tutto e andare da lei.

All'altro capo del filo, Edwina rifletté su questa proposta per un tempo che sembrò lunghissimo e poi fece lentamente cenno di sì con la testa. «Va bene... potrebbe essere divertente, tanto per cambiare un po'! Anche se la povera Fannie aveva intenzione di cucinare il tacchino in un modo speciale!»

«Può sempre farlo a casa di Sam!» le suggerì George con un sorriso, mentre accarezzava il ventre di Helen, ancora liscio e piatto. «Anche Helen sarà il suo aiuto in cucina, non è vero, cara?» Continuò prendendosi affettuosamente gioco di lei. Sua moglie si lasciò sfuggire un gemito. Gli aveva infatti confermato che non sapeva nemmeno che esistesse una stanza della casa chiamata cucina!

«Immagino che Sam avesse telefonato per questo», riprese Edwina, pensierosa; fino a quel momento non aveva ancora trovato un minuto per richiamarlo.

«È probabile», rispose George. «Bene, allora ci vediamo fra qualche settimana.»

Edwina informò i ragazzi che per la Festa del Ringraziamento sarebbero andati a Los Angeles; cominciava così una nuova tradizione per la loro famiglia. Avrebbero festeggiato quel giorno con Helen, George e Sam. E tutti sembrarono contenti, perfino Alexis.

«Temevo che non mi avresti fatto uscire mai più di casa, sai?» Era sorta una nuova intimità fra loro dal giorno della grande avventura... e non pareva che agli altri questo dispiacesse. Teddy e Fannie sembravano quasi due gemelli; erano felici che Edwina e Alexis fossero tornate a casa. Mentre andava a letto, quella sera, Edwina concluse che tutti sembravano improvvisamente cresciuti, più seri e maturi. Poi, mentre si addormentava, non poté fare a meno di pensare a Patrick. Adesso tutto le sembrava solo un sogno: il viaggio in nave e poi sul treno, la lunga gita in Irlanda, la scenata drammatica con Malcolm e Alexis, il braccialetto di brillanti, lo champagne, il libro di poesie, la visita a lady Fitzgerald... Quante cose! si disse Edwina durante il viaggio verso Los Angeles, per la Festa del Ringraziamento. Aveva ancora una grande confusione nella mente e sentiva il bisogno di riordinare le idee.

I due novelli sposi stavano benissimo e ormai Helen aveva annunciato a tutti di aspettare un bambino. Sam era letteralmente al settimo cielo e aveva già espresso la speranza che fosse un maschietto.

Quanto a Fannie, preparò il suo tacchino «speciale» per tutti e poi domandò a Helen se le avrebbe permesso di venire a Hollywood per qualche mese ad aiutarla con il bambino. L'idea colse Helen di sorpresa, ma poiché la nascita era prevista per giugno, Fannie sarebbe stata libera per tutto il periodo delle vacanze.

«E che cosa farò io tutta l'estate mentre tu sarai occupatissima a cambiare i pannolini, Fan?» protestò Teddy, ma George fu pronto a intervenire.

«Pensavo che a te forse sarebbe piaciuto venire a lavorare alla casa di produzione, l'estate prossima, per capire come funziona.» Era una proposta che aveva già pronta da parecchio tempo e Teddy non nascose il suo entusiasmo mentre divorava allegramente, insieme a tutti gli altri, la torta di zucca che Fannie aveva appena tirato fuori dal forno. Era una cuoca bravissima e Sam si complimentò con lei per ogni cosa. Edwina ne fu commossa. Sam era sempre molto gentile con tutti loro, come se ormai li considerasse la sua famiglia, e anche questo, per lei, aveva una grande importanza.

Così, poco dopo, cercò di ringraziarlo mentre Alexis discuteva con George di un nuovo film e Fannie, Helen e Teddy giocavano a carte. Uscirono a fare quattro passi in giardino e fu a quel punto che gli mormorò: «Grazie per essere così buono con loro. Lo apprezzo moltissimo», e sorrise.

«Per molto tempo hai sacrificato la tua vita per loro. Ma posso dirti che sono degni di te. Devi esserne orgogliosa.» La guardò con dolcezza e le chiese: «Che cosa pensi di fare quando saranno diventati adulti, Edwina?»

«La stessa cosa che tu fai con Helen!» In fondo, si considerava praticamente della stessa generazione di Sam, benché la realtà fosse diversa. Lei aveva trentadue anni e Sam cinquantasette. «Tu farai il nonno e io la zia! In fondo, più o meno è la stessa cosa.» Sorrise con dolcezza, ma lui scrollò il capo.

«No, niente affatto», le rispose in tono pacato, mentre passeggiavano in giardino, dopo la cena; Edwina si sentiva a proprio agio con Sam, come se fossero da sempre vecchi amici e potessero confidarsi qualsiasi cosa. Il padre di Helen le piaceva, le era sempre piaciuto, come del resto Helen. «Io ho vissuto la mia vita, molto tempo fa, con una donna che amavo e che mi ha fatto soffrire atrocemente. Tu hai avuto molto poco nella tua esistenza, a parte un branco di bambini ai quali voler bene e ai quali dare tutto ciò che avevi da offrire. Ma quando cercherai di vivere la tua vera vita? Quando sarà il tuo turno? E che cosa succederà quando se ne saranno andati tutti? Ecco quello che volevo dire... nipotine e nipotini non sono abbastanza... tu hai bisogno di molto, molto di più. Dovresti avere dei figli tuoi.» Aveva un tono così grave che lei quasi scoppiò a ridere.

«Perché, in questo periodo, mi dite tutti la stessa cosa?» Patrick... lady Fitzgerald... e adesso Sam... «Ehi, ho allevato cinque fratelli come se fossero miei figli. Non ti pare che sia abbastanza?»

«Forse. Ma non è la stessa cosa. O perlomeno io non lo credo.»

«Io, invece, sì», replicò lei convinta. «Gli ho voluto bene come se fossero miei.» Ebbe un attimo di incertezza prima di continuare. «Forse li ho amati più di mia madre.» Kate non li aveva amati abbastanza per scegliere di salvarsi per loro, per scegliere di lasciare il marito per loro... ma ripensandoci adesso, dopo averne parlato a lungo con Patrick, Edwina si rese conto che, dopo tanti anni, non era più in collera per questo. Poi si decise a domandare a Sam qualcosa a proposito di ciò che le aveva detto, visto che ormai tra loro c'era grande confidenza.

«Perché hai detto che tua moglie ti ha fatto soffrire atrocemente? Credevo che fosse morta.»

«Infatti.» E guardò con aria seria la giovane amica dal cuore saggio e dallo sguardo dolce. «Era scappata di casa e si trovava in viaggio con un altro uomo quando è rimasta uccisa in quell'incidente ferroviario. Helen aveva soltanto nove mesi e non sa niente di tutto questo.» Per un attimo, Edwina, sconvolta, rimase in silenzio.

«Che cosa terribile dev'essere stata per te», mormorò colpita soprattutto dal fatto che Sam non lo avesse mai rivelato a sua figlia. Era un uomo buono e gentile e questo era uno dei motivi, anche se non il più importante, per il quale le piaceva. Lo aveva ammirato e rispettato fin dal principio e teneva in grande considerazione la sua amicizia.

«È stato davvero terribile. E per molto tempo ho portato dentro di me questo tormento», continuò Sam, «al punto che ho corso il rischio di esserne distrutto. Ma un giorno sono arrivato alla conclusione che era un fardello troppo pesante da portare, e me ne sono liberato. Lei mi aveva lasciato Helen: forse era sufficiente. Anzi, adesso lo so con sicurezza.» Edwina, comunque, pensò che era molto triste il fatto che Sam non si fosse più risposato. Tutto quanto le aveva raccontato era successo circa ventun anni prima. La sua solitudine durava da molto, troppo tempo. Lei sapeva che di tanto in tanto Sam si faceva vedere in giro con qualcuna delle più importanti attrici di Hollywood, ma non aveva mai sentito dire che avesse una relazione seria con una donna, e nemmeno George. Sam Horowitz viveva per il suo lavoro, i suoi affari e sua figlia. Fu a questo punto che lui la lasciò senza parole con la domanda successiva. «A proposito, com'era l'Europa?» Lei smise di colpo di camminare e si voltò a guardarlo, stupita.

«Che cosa ti fa pensare che io sia stata in Europa?» Fannie le aveva detto che quando Sam aveva telefonato, gli aveva raccontato la stessa storia della laringite, come a George.

«Ho telefonato un paio di volte per sapere come stavi. Ti eri mostrata così affettuosa con Helen il giorno del suo matrimonio, quasi come una madre, e volevo ringraziarti. Ma la piccola Fannie mi ha raccontato un mucchio di bugie! Voleva farmi cre-

dere che tu avessi un raffreddore terribile e che addirittura non fossi in grado di parlare a causa di una fortissima laringite...»
Le ripeté tutto questo facendo un'imitazione perfetta della vocina di Fannie, ed Edwina si mise a ridere, ammirando quel viso dai tratti forti e decisi e i folti capelli bianchi rischiarati dai raggi della luna. Ancora una volta, dovette ammettere che era davvero un bell'uomo. «A ogni modo, ho capito subito che qualcosa non andava; così ho fatto qualche piccolo controllo, molto discreto, e ho scoperto che non soltanto Malcolm Stone era sparito dalla città, ma anche la signorina Alexis. E non ci ho messo molto a capire dov'eri andata tu. A un certo momento ho persino pensato di raggiungerti, ma poi mi sono detto che se avessi avuto bisogno di me, mi avresti certo telefonato, o perlomeno ho sperato che lo avresti fatto. Mi fa piacere pensare che siamo amici», concluse guardandola con aria interrogativa. «Anzi, devo confessarti che sono rimasto un po' deluso quando non mi hai telefonato.» Poi, con dolcezza infinita, aggiunse: «Sei salita a bordo di un transatlantico da sola, vero?» Sì, era vero, anche se non era rimasta sola a lungo. «Per fare una cosa del genere ci è voluto un gran coraggio», continuò Sam, mentre lei annuiva. «E l'hai trovata. Dov'era?»

«A Londra.» Edwina sorrise ripensando alla scena nella squallida camera d'albergo, quando lei e «il giudice» avevano ritrovato Alexis.

«Era con Stone?»

Edwina esitò e infine annuì. «Però George non lo sa e io ho promesso ad Alexis che non glielo avrei detto.» Guardò Sam preoccupata e lui scrollò la testa con un'espressione malinconica. Edwina era rimasta profondamente colpita dal fatto che avesse scoperto tutto e tuttavia non lo avesse raccontato a nessuno. Era intelligente, furbo e molto discreto, e inoltre voleva bene a tutti loro.

«Non tocca a me raccontare né a mio genero né al mio socio quello che sua sorella può aver combinato. Finché tu riesci a tenerla sotto controllo, rispetto le tue scelte. A proposito, adesso Stone dove si trova?»

«Credo sia rimasto in Inghilterra. Non penso che abbia fretta di tornare a Hollywood. Ha troppa paura di George.»

«E ha ragione! Sono convinto che tuo fratello lo ammazzerebbe, se sapesse tutto. La mia defunta consorte mi ha insegnato un certo numero di trucchetti dei quali credo che avrei potuto benissimo fare a meno... Ed è proprio per questo che ho avuto subito il sospetto che avesse lasciato Hollywood anche Alexis. A ogni modo, adesso mi sembra che abbia deciso di comportarsi bene.»

«Infatti! In primavera, quando avrà compiuto diciott'anni, vorrebbe tornare a Hollywood per interpretare un altro film. E se questo sarà il suo desiderio, può darsi che George glielo permetta!» Edwina ormai era convinta che Alexis avesse fatto la sua scelta. Infatti non faceva che parlare della sua carriera di attrice.

«E tu?» le domandò Sam in modo esplicito. «Che cosa hai intenzione di fare, adesso?» Il suo sguardo incontrò quello di Edwina. Erano tante le cose che avrebbe voluto domandarle, di cui avrebbe voluto parlarle e che voleva sapere da lei.

«Non lo so, Sam», rispose con un sospiro. Però sembrava felice. «Farò tutto quello che sarà necessario per loro, continuerò a seguirli, rimarrò a casa... tutto quello che...» Non era certo un problema del genere a preoccuparla. Ormai seguiva i loro destini e la loro vita da undici anni e non aveva nient'altro da fare. E del resto voleva bene alla sua famiglia. Sam, invece, stava cercando di dirle qualcos'altro, anche se non sapeva bene da dove cominciare. E per la prima volta da molto tempo si accorse di essere perfino un po' spaventato.

Smisero di camminare e Sam si chinò di nuovo a guardarla. Il viso di Edwina era illuminato dalla luna, gli occhi azzurri come l'acciaio, la pelle color dell'avorio spiccava singolarmente in contrasto con i capelli scuri. «Hai mai pensato a te, Edwina? Quando ti deciderai a vivere la tua vita? Fra poco ognuno di loro se ne andrà per conto suo e tu non te ne accorgerai fino all'ultimo momento! Sai quando io mi sono reso conto che Helen se n'era andata sul serio, e per sempre? È stato il giorno in cui ha sposato George. A un tratto mi sono trovato ad affidarla a lui. Avevo costruito un impero per lei, all'improvviso lei mi lasciava. Ma sai che cosa ho anche scoperto, quel giorno, mentre tu ti occupavi di lei e davi l'ultimo tocco al velo nuziale... quel velo che avresti portato tu se il tuo fidanzato non fosse annegato insieme con i tuoi genitori?... Ho scoperto che avevo costruito un impero anche per me e adesso non avevo più nessuno con cui dividerlo, capisci? Dopo tutti questi anni, dopo tutto il lavoro e l'amore che ho riversato su Helen e su sua madre prima di lei... a un tratto mi ritrovo solo. Un giorno ci saranno i nipotini, certo, e vedo Helen molto spesso... ma non è la stessa cosa! Non c'è nessuno che mi tenga la mano, nessuno per me, nessuno che mi voglia bene e si preoccupi di me... e io non ho nessuno di cui prendermi cura, a parte quell'unica figlia. Ti ho osservato a lungo quel giorno», riprese Sam con dolcezza, mentre le stringeva una mano, avvicinando il viso a quello di Edwina... e lei capì che cosa le era piaciuto in Sam fin dal principio: la sua gentilezza, la forza, la bontà d'animo, la saggezza. Era molto simile al padre perduto, una persona con cui ridere e parlare, a cui aveva voluto bene subito, istintivamente. Era schietto e sincero e per un momento Edwina credette quasi di amarlo. Mentre scacciava questo pensiero, Sam le sorrise: «Sai che cosa voglio? Voglio essere qui, per te. Tenerti per mano, stringerti tra le braccia quando piangi e ridere con te quando sei allegra e ti diverti. Voglio essere presente nella tua vita, Edwina. E vorrei che tu fossi presente nella mia vita quando avrò bisogno di te. È qualcosa cui abbiamo diritto entrambi, tu e io». Le sorrise quasi con tristezza. «E che non abbiamo mai avuto.»

Lei rimase in silenzio a lungo, senza sapere che cosa rispondergli. Non era Patrick e nemmeno Charles. Non era giovane, ma in fondo non era più giovane neppure lei, e sapeva che gli voleva bene. Era l'uomo che aveva desiderato per anni senza mai rendersene conto. Un uomo da proteggere, rispettare e amare. Un uomo con il quale poter trascorrere il resto della vita. E a un tratto comprese anche un'altra cosa. Capì che era disposta a rimanere al suo fianco per affrontare e superare qualsiasi avversità, nel bene e nel male, come era stato anche per sua madre. Era scomparsa nell'oceano con Bert perché non c'era stato per lei amore più grande... non c'era stato amore più grande di quello che provava per suo marito... o di quello che Edwina aveva provato per i loro figli... o di quello che lei e Sam avrebbero provato un giorno l'uno per l'altra, o per i loro figli.

Edwina improvvisamente fu sicura che un giorno anche loro avrebbero avuto lo stesso tipo di amore dei suoi genitori. Quell'amore che si costruisce a poco a poco, che si difende come se fosse il bene più prezioso. Quel tipo di amore per il quale si vive... e si è disposti a morire. Il loro sarebbe stato un sentimento pacato e sereno, ma Edwina intuì che alla base di quel legame che già stava nascendo fra lei e Sam c'era la roccia solida sulla quale si può costruire una vita.

«Non so che cosa dire...» Gli sorrise, quasi intimidita. Non aveva mai pensato a niente di simile con lui. Lo aveva sempre considerato il padre di Helen... ma poi ricordò come si fosse subito rivolta a lui quando Alexis era scappata di casa, trovando comprensione e aiuto. Aveva sempre pensato che, in caso di bisogno, avrebbe potuto chiamarlo senza rimanere delusa. Era un amico, per lei, prima e più di qualsiasi altra cosa — e questo le piaceva in Sam. Anzi, a dire la verità le piaceva tutto di lui. «Che cosa penserà Helen?» chiese preoccupata. E George... e gli altri... ma immaginava che sarebbero stati contenti, proprio come lui.

«Credo che penserà che sono incredibilmente fortunato, ed è quello che penso anch'io!» Le stringeva la mano con forza.

«Edwina... non dire niente se ritieni che sia troppo presto... Io voglio soltanto sapere se vedi per noi un futuro insieme, oppure se mi giudichi pazzo.» La guardò esitante, quasi come un adolescente, e lei rise divertita.

«Penso che siamo pazzi tutti e due, Sam, ma penso anche che quest'idea mi piace!» Gli andò più vicino e lui sorrise. Poi, voltandosi verso di lei, la prese tra le braccia e la strinse forte a sé mentre la baciava.

FINE

Collana «Superbestseller»

Romanzi

330. A. Vázquez-Figueroa, *Tuareg*
331. M. Higgins Clark, *Mentre la mia piccola dorme*
333. J. Michael, *Una sola passione*
336. W. Strieber, *L'ombra del gatto*
337. D. Eddings, *Il Signore dei Demoni*
338. D. Eddings, *La maga di Darshiva*
349. L. Sanders, *Vite rubate*
350. V.C. Andrews, *L'ombra del peccato*
352. D. Steel, *Una perfetta sconosciuta*
353. S. King, *L'incendiaria*
355. J. Manning, *Magnolia*
356. J. Wylie, *Il trono di Ark (Libro primo)*
357. M. Lackey, *Un araldo per Valdemar (Libro primo)*
358. J. Chant, *La grigia criniera del mattino*
359. R. Cook, *La mutazione*
360. J. Higgins, *Viaggio all'inferno*
361. G. Seymour, *Una canzone all'alba*
362. G. Davis, *La città di giada*
363. D. Eddings, *La profetessa di Kell*
364. S. Casati Modignani, *Saulina*
366. S. Beauman, *L'angelo caduto*
367. L. Blair, *Un mondo di differenza*
368. L. Spencer, *L'amore più vero*
369. H. Turtledove, *La legione perduta (Libro primo)*
370. D. Koontz, *Visioni di morte*
374. S. Lord, *La collina d'oro*
375. B. Taylor Bradford, *Le donne della sua vita*
376. B. Erskine, *La signora di Hay*
378. S. King, *L'ultimo cavaliere (Serie La Torre Nera)*
379. D. Steel, *Cose belle*
380. G. Green, *La stirpe di Ippocrate*
381. J. Wylie, *Gli eredi di Ark (Libro secondo)*
382. M. Lackey, *Le frecce di Valdemar (Libro secondo)*
383. V. De Angelis Fey, *L'avventuriera*
384. L. Sanders, *Il decimo comandamento*
385. S. Sheldon, *La congiura dell'Apocalisse*
386. N. Gage, *Eleni*
387. R. Mason, *Il mondo di Suzie Wong*
390. J. Lynch, *Il diario segreto di Laura Palmer*
393. S. King, *Christine (La macchina infernale)*
395. B. Plain, *Più forte del tempo*
396. D. Greenburg, *Nanny*
397. P.A. Whitney, *La piuma sulla luna*
398. R. Forrest, *Il vento dell'India*
400. W. Gill, *Tenera rosa, selvaggia orchidea*
401. D. Steel, *Il cerchio della vita*
402. S. Birmingham, *Scie di profumo*
403. J. Higgins, *Il nido del falco*
404. C. Gray, *La terza vita*
405. J. Saul, *I figli della palude*
406. C. Arnothy, *Vento africano*
407. M. Bosse, *I cancelli del cuore*
408. L. Sanders, *Esca fatale*
409. S. Lord, *Il prezzo della bellezza*
410. C. Francis, *L'inverno del lupo*
411. D. Francis, *Soldi che scottano*
412. L. Waller, *Al di là dei sogni*
414. H. Turtledove, *Un imperatore per la legione (Libro secondo)*
415. R. Emerson, *Le montagne incantate (Libro primo)*
416. K.L. Davis, *La scia di un sogno*
417. L. Spencer, *A braccia aperte*
418. R. Cook, *Segni di vita*
420. J. Briskin, *L'altra faccia dell'amore*
421. C.S. Baehr, *Figlie del deserto*
422. J. Dailey, *Il rondò delle maschere*
435. V. Cowie, *Scandali e segreti*
436. S. King, *La chiamata dei tre (Serie La Torre Nera)*
437. P. Straub, *Mystery*
438. I. Trump, *Soltanto per amore*
439. B. Erskine, *L'ombra di una voce*
440. G. Seymour, *Caccia all'uomo*
441. S. Casati Modignani, *Lo splendore della vita*
442. D. Koontz, *Il posto del buio*
443. M. Higgins Clark, *Le piace la musica, le piace ballare*
445. M. Tem, *Lucy*
446. S. Sheldon, *E le stelle brillano ancora*

447. D. Steel, *Il caleidoscopio*
448. S. Coonts, *L'ultimo volo*
449. J. Wylie, *Il mago di Ark (Libro terzo)*
451. V. Holt, *Ventaglio indiano*
452. J. Higgins, *Il tempio del deserto*
453. F. Mustard Stewart, *Bagliori d'oro*
454. R. Campbell, *Antiche immagini*
455. L. Sanders, *Il sesto comandamento*
456. M. Lackey, *Il destino di Valdemar (Libro terzo)*
457. J. Cooper, *Polo*
458. J. Michael, *Quella sconosciuta emozione*
460. R. Emerson, *Le caverne dell'esilio (Libro secondo)*
461. E. Segal, *Atti di fede*
462. B. Plain, *Nel sole della vita*
464. G. Masterton, *L'inno delle Salamandre*
465. H. Turtledove, *La legione di Videssos (Libro terzo)*
466. B. Taylor Bradford, *Ricorda*
467. J. Archer, *Sulle ali di un sogno*
468. W. Katz, *Somiglianza fatale*
469. L. McMurtry, *Una voce da lontano*
470. P.L. Sulitzer, *Una donna in prima pagina*
473. D. Steel, *Zoya*
474. S. King, *Scheletri*
475. E. Stewart, *Ragnatela di sangue*
476. J. Scott, *La sposa d'inverno*
478. R. North Patterson, *Grado di colpevolezza*
479. H. Thomas, *Il segreto di Klara*
480. G. Petievich, *Alto tradimento*
481. R. Emerson, *Sui mari del fato (Libro terzo)*
482. S. King, *La metà oscura*
483. J. Burchill, *Ambizione*
484. J. Farris, *L'angelo delle tenebre*
485. L. St. Clair Robson, *Tōkaidō*
486. D. Steel, *Daddy-Babbo*
487. E. Lanza, *Una pazza voglia d'amore*
488. D. Francis, *I binari della paura*
489. L. Sanders, *Delitti capitali*
490. J. Weber, *La violinista*
491. M. Higgins Clark, *La Sindrome di Anastasia*
492. B. Bickmore, *Dove brucia il sole*
493. S.E. Phillips, *Un fiore nella polvere*
494. P. Straub, *Koko*
495. D. Koontz, *Incubi*
497. I. Wallace, *L'ospite di riguardo*
498. Y. Lacamp, *L'elefante blu*
499. W. Adler, *Bugie private*
500. P.L. Sulitzer, *Kate*
501. A. Wallace, *La forza del desiderio*
502. J. Saul, *L'incubo della luna d'agosto*
503. Emiliani & Morandi, *L'occhio chiuso del Paradiso*
504. J. Kellerman, *Senza colpa*
505. S. Coonts, *Minotauro*
506. L. Nickles, *Il profumo del successo*
507. H. Turtledove, *Le daghe della legione (Libro quarto)*
509. J. Deveraux, *La duchessa*
510. C. Arnothy, *Un affare di eredità*
511. A. Scholefield, *L'ultimo safari*
512. R. Cook, *Sguardo cieco*
513. J. Higgins, *Il ritorno dell'aquila*
514. R. Laymon, *Una notte di pioggia*
515. K. Tyers, *Guerre stellari - La tregua di Bakura*
516. S. Casati Modignani, *Il Cigno Nero*
517. J. Dailey, *L'amore di una vita*
518. D. Steel, *Messaggio dal Vietnam*
519. S. King, *Terre desolate (Serie La Torre Nera)*
522. K. Harvey, *Farfalla*
523. M. Higgins Clark, *In giro per la città*
524. V. Cowie, *Fascino*
525. T. Piccirilli, *Padre delle tenebre*
526. S. Casati Modignani, *Come vento selvaggio*
528. A. Mattei, *Coniglio il martedì*
529. J. Lindsey, *Amore selvaggio*
530. D. Koontz, *Fuoco freddo*
531. S. Woods, *Carico bianco*
533. S. Smith, *L'erede scomparso*
534. L. Sanders, *Il settimo comandamento*
535. B. Plain, *I tesori del tempo*
536. A.V. Roberts, *Due passioni una vita*
537. J. Farris, *Raptus*
538. P. Vincenzi, *Peccati segreti*

539. M. West, *Gli amanti*
540. S. Shagan, *Pilastri di fuoco*
541. R. Thomas, *Una donna del nostro tempo*
542. A. Hoffman, *La notte dei prodigi*
543. E. Leonard, *Il tocco*
544. L. Sprague de Camp, F. Pratt, *Il castello d'acciaio*
545. J. Herbert, *Stregata*
546. L. Spencer, *Un velo sul passato*
547. J. Briskin, *I sogni sono giovani*
548. P.A. Whitney, *Arcobaleno nella nebbia*
549. V.N. McIntyre, *Guerre stellari - La stella di cristallo*
550. P. Margolin, *Non dimenticare mai*
551. S. King, *Quattro dopo mezzanotte (Volume primo)*
552. D. Steel, *Batte il cuore*
553. J. Saul, *Creature*
556. V. Holt, *Prigioniera del cuore*
557. S. Coonts, *L'assedio*
558. S. Spruill, *Diagnosi fatale*
559. S. King, *Quattro dopo mezzanotte (Volume secondo)*
560. W. Adler, *La guerra dei Roses*
561. F. Mustard Stewart, *L'isola promessa*
562. D. Mortman, *La rosa selvaggia*
563. J. Glanfield, *Hotel Quadriga*
564. N. Barber, *I venti del destino*
565. D. Steel, *Nessun amore più grande*
566. N. Thayer, *Per sempre*
567. T. Jefferson Parker, *Una lunga estate di paura*
568. D. Koontz, *In un incubo di follia*
569. R. Cook, *Morbo*
570. J. Kellerman, *Occhi indiscreti*
571. M. Higgins Clark, *Un giorno ti vedrò*
572. E. Adler, *Smeraldi*
573. L. Fleischer, *Viaggio in Inghilterra*
574. S. Coonts, *Il cavaliere rosso*
575. C. Andrews, *Ingraham - A scuola di terrore*
576. M. Frost, *La congiura dei sette*
577. P. Abrahams, *Gli abissi dell'amore*
578. D. Kaufelt, *La rosa d'argento*
579. M. Swindells, *La signora dell'isola*
580. J. Briskin, *Passioni nascoste*
581. J. Higgins, *L'occhio del ciclone*
582. S. Pieczenik, *Massima vigilanza*
583. J. Sandford, *Preda di ghiaccio*
584. W. Strieber, *Fuoco impuro*
585. N. Proffitt, *Ai confini dell'Eden*
586. D. Martin, *Occhi di vetro*
587. C. Francis, *Una scelta pericolosa*
588. H. e S. Kaminsky, *Avere tutto*
589. M. Lavenda Latt, *Le signore della legge*
590. R. Reed, *Vizi*
591. D. Francis, *In trappola*
592. W. Katz, *Anniversario di sangue*
593. S. King, *Cose Preziose*
594. R. Pearson, *Shock*
595. N. Barber, *I giorni dell'addio*
596. M.M. Kaye, *L'ombra della luna*
597. B. Wood, *Momenti d'amore*
598. A. Scott, *Indiscrezioni*
599. L. Blair, *Privilegio*
600. L. Sanders, *Il caso di Lucy Bending*
601. R. Mason, *Il vento non sa leggere*
602. S. Beauman, *Destiny*
603. M. Walters, *La morte ha freddo*
604. D. Steel, *Gioielli*
605. M. Haran, *Il trionfo di una donna*
606. D. Mortman, *Jennifer*
607. G. Pansa, *Ma l'amore no*
608. D. Koontz, *Cuore nero*
609. P. Gregory, *La signora delle ombre*
610. S. Gunn, *L'ombra del corvo*
611. B. Plain, *Al di là del fiume*
612. D. Unkefer, *Aquile Grigie*
613. J. Rossner, *Le sue piccole donne*
614. J. Archer, *L'icona*
615. C. Coulter, *L'eredità dei Wyndham*
616. N. Condé, *Nel folto del bosco*
617. J. McNaught, *Un incontro perfetto*
619. M. Swindells, *L'estate della vita*
620. G. Seymour, *Bersaglio mobile*
621. K. Douglas, *Un destino nella polvere*
622. J. Farris, *Gli artigli del male*
623. R. Osborne, *Istinti - Basic Instinct*
624. P. Ouellette, *Progetto Deus*
625. P. Atzori, *Il padrone delle farfalle*
626. L. Blair, *Una stagione per cambiare*

*Finito di stampare nell'ottobre 1997
da Lito 3 - Pioltello (MI)
Printed in Italy*